Angeline Bauer

Der Maler und das Mädchen

Roman

aufbau taschenbuch

ISBN 978-3-7466-2474-7

Aufbau Taschenbuch ist eine Marke
der Aufbau Verlag GmbH & Co. KG

1. Auflage 2009

Umschlaggestaltung Mediabureau Di Stefano, Berlin
unter Verwendung zweier Motive von Bridgeman Art Library
Satz LVD GmbH, Berlin
Druck und Binden CPI – Clausen & Bosse, Leck
Printed in Germany

www.aufbau-verlag.de

Oft genügt ein Windhauch, um einen Baum umzuwehen,
der gerade noch einem Sturm standgehalten hatte.

(Angeline Bauer)

Anmerkungen zur Geschichte Regensburgs

1245 erhob Kaiser Friedrich II. Regensburg zur freien Reichsstadt. Sie war damit nicht mehr der Herrschaft des Bischofs oder dem Bayerischen Herzog unterstellt, sondern direkt dem Kaiser. 1486 schloss sich Regensburg zwar noch einmal Bayern an, kehrte aber 1492 auf Druck Friedrich III. wieder zum Reich zurück.

Die Bürger litten unter dem ständigen Machtgerangel. Hinzu kamen Städtekriege, Bedrohung durch die Hussiten* und Kämpfe der einflussreichen Patrizierfamilien um die Vorherrschaft, was zur Folge hatte, dass es wirtschaftlich mehr und mehr bergab ging.

In solchen Zeiten erwies es sich als äußerst ungünstig für Regensburg, als Freie Reichsstadt wie eine Insel mitten in Bayern zu liegen und außerhalb der Stadtmauern kaum über ein eigenes Territorium zu verfügen. Als Rat und Bürgerschaft 1542 dann auch noch geschlossen zum Lutherischen Glauben übertraten – nur der Bischof und die geistlichen Stifte mit ihren Untertanen blieben dem Papst treu –, hatte man sich die erzkatholischen Bayern, von denen man umgeben war, gänzlich zu Feinden gemacht. Immer wieder versuchten sie, die Stadt zu demütigen und durch Blockaden unter Druck zu setzten.

Auch im Jahr 1546, in dem dieser Roman spielt, befand sich Regensburg in einer solchen Blockade. Erst zur Eröffnung des Reichstages am 5. Juni 1546 war Herzog Wilhelm IV. von Bayern bereit, die Sperre aufzuheben.

* Anhänger des tschechischen Theologen und Reformators Jan Hus (* um 1370)

Kaiser Karl V. hatte zu diesem Reichstag nach Regensburg einberufen. Vorausgehen sollten die so genannten zweiten *Regensburger Religionsgespräche*. Doch als Karl V. am 10. April 1546 in Regensburg ankam, hielten sich kein einziger Fürst mehr und nur wenige Gesandte in der Stadt auf, auch die meisten der Theologen waren bereits abgereist. Somit waren die Religionsgespräche gescheitert, und es blieb nur noch der Weg, den Konfessionskonflikt mit militärischen Mitteln zu lösen.

Durch den Ausfall der Religionsgespräche hatte der Kaiser bis zur Reichstagseröffnung Zeit zur Verfügung. Er begab sich auf Jagdausflüge und war wohl auch öfter als gewöhnlich mit sich alleine. Dass ihm in dieser Situation die schöne Bürgertochter Barbara Blomberg auffiel und seine Phantasie beflügelte, ist nur deshalb erstaunlich, weil er kein Frauenheld war und keine Liebschaften pflegte. Seiner 1539 verstorbenen Gattin, Isabella von Portugal, war er zeitlebens treu geblieben.

Das Verhältnis zur Jungfer Blomberg blieb geheim, nicht einmal seine nächsten Vertrauten schienen davon gewusst zu haben. Doch Barbara wurde von ihm schwanger. Am 24. Februar 1547 – dem Geburtstag Karl V. – schenkte sie einem Sohn das Leben. Der Kaiser erkannte ihn an und holte den Knaben an den spanischen Hof. Als *Don Juan d' Austria* ging er später in die Geschichte ein.

1. Kapitel

3. April 1546 – Regensburg

Meister Zacharias hatte ein wenig geschlafen. Als Heinrich, der Kutscher, gegen das Kutschendach klopfte, schreckte er auf.

»Wir sind da, Herr, eine richtige Milchsupp'n liegt über der Stadt.«

Conrad Zacharias beugte sich aus dem Fenster. Endlich, nachdem er vier Stunden in diesem ungemütlichen hölzernen Kasten auf Rädern durchgeschüttelt worden war, hatten sie Regensburg erreicht. Die Steinerne Brücke mit ihren drei Tortürmen tauchte vor ihnen aus dem Nebel auf. Irgendwo im grauen Dunst über dem Fischmarkt zogen Möwen ihre Kreise. Sehen konnte man sie nicht, nur ihr Kreischen war zu hören, und vom Dom her klangen die Glocken zur vollen Stunde – es war zehn Uhr am Vormittag.

Vor dem Tor des ersten Brückenturmes zügelte Heinrich die Pferde. Zwei Schlagbäume mit langen Eisenstacheln an Ober- und Unterseite versperrten ihnen den Weg. Der vordere war der Bayrische, der hintere der Reichsstädtische. Der Turm selbst, vom Dunst benetzt, glänzte schwarz. Wie ein düsteres Mahnmal hob er sich aus dem Nebel ab, ein steinerner schwarzer Reichsadler blickte von oben auf sie herab.

Die bayerischen Wachen verlangten die Papiere, die reichsstädtischen darüber hinaus das Brückengeld, das zu entrichten war.

»Und führt Ihr Lebensmittel mit Euch?«

»Eine Kiste Äpfel, ein Feldhuhn, eine Flasche Branntwein.« Die Flasche reichte Meister Zacharias aus dem Fenster.

Der Wachmann nahm sie, zog den Pfropfen, roch daran und nickte zufrieden. Dann warf er einen Blick auf die Kiste, die unter der Bank stand. Das Feldhuhn lag obenauf. »Den Branntwein muss ich konfiszieren. Die Äpfel und das Feldhuhn habe ich nicht gesehen.«

Der Wachmann gab Zeichen, weiterzufahren. Die Kutsche rumpelte über die hölzerne Zugbrücke auf die Steinerne Brücke, und es ging der Stadt entgegen.

Bei klarem Wetter blickte man von hier auf den mächtigen Dom mit seinen beiden gedrungenen Turmstümpfen, sah die stolzen Patriziertürme, die sich weit über die Dächer der Häuser und Stadtburgen erhoben, die Zinnen des Rathauses, die Kirchtürme und Klosteranlagen, die Wehrtürme der Stadtmauer und langgezogenen Hügelketten im Süden, die der Stadt gleichsam als Kulisse dienten. Doch heute versperrte eine weiße Wand den Blick auf dieses Wunderwerk menschlicher Baukunst, das selbst Könige und Kaiser noch zum Staunen brachte.

Als sie den zweiten Brückenturm passiert hatten, klopfte Heinrich noch einmal gegen das Kutschendach. »Gleich zum Rathaus, Herr?«

»Ja. Dort setzt du mich ab, dann brauche ich dich nicht mehr. Sag meinen Töchtern, sie möchten dir für die Nacht ein Lager richten und dass in der Kiste unter den Äpfeln ein Schinken und ein Ziegenkäse liegen und ich zu Mittag eine kräftige Suppe und frischen Fisch erwarte.«

»Sehr wohl, Herr.«

Meister Zacharias seufzte. Hätte ihn nicht der Rat nach Regensburg berufen, er säße gemütlich im Garten des Anwesen seines Sohnes, das, sonnenverwöhnt, sich auf den Anhöhen des Lichtenwaldes befand. Oder er spazierte durch die Wälder. Die Holzapfelbäume und Haselnusssträucher blühten bereits, auch der Waldmeister und der Schuppenwurz. Dazu die geckernden Flugrufe der Bluthänflinge, das lachende Klüklüklü der Grünspechte und das Summen der ersten Bienen. Und über alle dem lag ein Sonnenstrahl wie Goldgeglimmer. Wahrlich, das war angenehmer, als Stund um Stund in einer Kutsche durchgerüttelt zu werden, nur um sich dann mit den Ratsherren herumzuschlagen. Der Himmel wusste, was sie von ihm wollten!

Am dritten Tor, dem eigentlichen Stadttor, wurden sie noch einmal angehalten. Der Hauptmann der Wache war der Vater eines ehemaligen Lehrlings von Meister Zacharias. Er begrüßte den alten Maler und winkte, nachdem das Torgeld entrichtet war, die Kutsche durch.

In der Stadt lichtete sich der Nebel etwas. Vor ihnen tauchte das Goliathhaus auf, eine mächtige Stadtburg, ehedem Herberge für fahrende Theologiestudenten. Doch seit gut zwanzig Jahren war sie in Martin Tuchers Besitz – ein reicher Patrizier aus Nürnberg.

Damals, als Tucher das Goliathhaus erworben hatte, war die Sprache davon gewesen, von ihm, Meister Zacharias, ein Fresko auf die Schaufront malen zu lassen. Der Riese Goliath schwebte ihm vor, und er hatte auch bereits Skizzen angefertigt. Doch nachdem Tucher kurz darauf seine geliebte Frau gestorben war, hatte er das Interesse verloren, und mittlerweile war Meister Zacharias zu alt, ein Vorhaben dieser Art auszuführen. Seine Knochen schmerzten und erlaubten ihm nicht mehr, auf Gerüsten herumzuklettern. Seine Finger waren gekrümmt von der Gicht, auch standen keine Schüler und Gehilfen mehr in seinen Diensten. Seine Werkstatt war geschlossen, sein Blick zurückgerichtet, denn würde er nach vorne schauen, er sähe nichts als das klapprige Skelett des Schnitters, der schon auf ihn wartete.

Der Gestank in der Stadt erschien Conrad Zacharias unerträglich. Im Hause seines Sohnes, oben auf den Anhöhen des Lichtenwaldes, roch es nach Äpfeln, Tannennadeln und geschrubbten Böden. Es roch nach frischem Wind und klarem Wasser, nach Speisen und Backwerk, nach Kindern und den Milchbrüsten seiner Schwiegertochter.

Wie schnell hatte er dort droben die dunklen Gassen und schreienden Marktweiber, die Bettler und Diebe vergessen, die in Regensburgs Gassen herumstreunten. Nie wieder wollte er herkommen. So schön Regensburg auch sein mochte, wenn man jung und voller Tatendrang war – er, bereits im siebenundsiebzigsten Jahr, hatte nichts mehr im Sinn, als den Vögeln zu lauschen, den jungen Hunden beim Spielen zuzusehen, den Wind zu spüren und, wenn es denn so weit war, das Haupt auf sein Kissen zu legen, um für immer die Augen zu schließen.

Doch sie hatten ihn zurückgeholt. Gottes Wege waren unergründlich.

Vor dem Rathaus zügelte Heinrich die Pferde. Er sprang vom Kutschbock und half Meister Zacharias beim Aussteigen. Unwirsch entzog der alte Mann ihm die Hand, stützte sie in den Rücken, legte den Kopf in den Nacken und betrachtete den Erker am Ratssaal, so als würde er ihn heute zum ersten Mal sehen.

Heinrich hingegen betrachtete den Alten in eben derselben Weise. Er war streng und dunkel gekleidet. Über dem schwarzen Schoßrock mit weiten bauschigen Ärmeln trug er eine kurze schwarze, pelzverbrämte Schaube, darunter spitzten oben eine weiche Halskrause, unten kurze Pluderhosen hervor. Auf dem dichten schneeweißen Haar saß eine schwarze Haarkappe, die dünnen Beine steckten in dunkelgrünen Seidenstrümpfen, die Füße in breiten Flachschuhen nach allerneuester Mode.

Vor fünfzehn Jahren, als Heinrich bei Reinbert Zacharias, Conrad Zacharias' Sohn, als Hausdiener und Kutscher in Dienst trat, war er dem Meister zum ersten Mal begegnet. Schon damals war der Maler ein alter Mann gewesen, aber erst seit zwei oder drei Jahren sah man ihm sein Alter auch an. Das faltige blasse Gesicht hatte eingefallene Wangen, fünf Zähne hatte er im letzten Jahr verloren, die blauen Augen waren plötzlich dumpf geworden, kein bisschen Lebensfreude mehr in ihnen.

Früher war Conrad Zacharias ein gutaussehender stattlicher Mann gewesen. Sein Blick immer leicht spöttisch, ein Glanz in seinen Augen, ein Blitzen und Lachen, dass die Frauen atemlos wurden. Dazu gesunde Zähne und volles lockiges Haar, eine Brust wie ein Bär, doch Hände so zart und schlank, dass man staunen mochte. Wenn sie den Weibsbildern über die Wangen strichen, dann war es, als hätten sie eine Harfe gezupft; ein Lachen perlte aus ihren Kehlen, als würden Glöckchen aus feinstem venezianischen Glas erklingen.

Um einen aufrechten Gang bemüht, ging Meister Zacharias auf das Portal des Rathauses zu, erklomm die acht Stufen zum Tor, blieb noch einmal stehen und sah sich nach Heinrich um. Er stieg gerade auf den Kutschbock, nahm die Peitsche, ließ sie knallen und fuhr unter dem Schwippbogen zur Neue-Waag-Gasse hin Richtung Haidplatz davon.

Die Ratsherren Johannes Waller, Richard Veithberg und der Stadtkämmerer Wolfgang Winkler hielten sich mit dem Ratsschreiber Bartel Geyer im Fürstenzimmer auf. Die Herren standen vor einer Reihe Gobelins, die rechts an der langen Wand des Saales angebracht waren, und berieten, ob man die verblassten und schadhaften Teppiche – sie zeigten Szenen aus der Sage des Aenas und der Dido – durch neue ersetzen oder ob man die fensterlose lange

Wand stattdessen durch ein Wandgemälde schmücken sollte.

Der Ratsschreiber notierte auf einem kleinen Schreibpult, das an Riemen um seine Schultern hing, was besprochen wurde.

Wolfgang Winkler, um die fünfzig Jahre alt, schlank, dunkelblond, ein stets freundlicher und äußerst gewissenhafter Mann, war Oberhaupt einer der angesehensten Familien Regensburgs. Er plädierte für neue Wandbehänge, verwies dabei auf die beiden kalten Außenwände und die Tür, die vom Saal aus direkt ins Freie führte, wodurch er nur schwer zu beheizen war.

»Gobelins dämmen zusätzlich gegen Kälte ab«, gab er zu bedenken und strich sich den graumelierten Bart.

Diese Ansicht vertrat auch Richard Veithberg.

»Wandgemälde hingegen könnten dem Raum ein ganz neues Gesicht und eine ungeahnte Tiefe verleihen«, hielt Johannes Waller dagegen und schlug einen Bogen zu seinem Lieblingsthema, einer Reise nach Italien, die ihn beeindruckt zu haben schien. »Ich war zu Gast in der Villa Barbaro, unweit Venedigs, und ...«

In diesem Augenblick betrat Meister Zacharias den Saal, die Herren sahen sich nach ihm um.

»Ah, Meister Zacharias, da seid Ihr ja! Bitte nehmt Platz und habt noch einen Moment Geduld.«

Als Meister Zacharias sich auf der langen Bank vor der linken Wand niedergelassen hatte, wollte Johannes Waller auf seinen Reisebericht zurückkommen. Doch Wolfgang Winkler fiel ihm ins Wort: »Wir wissen um die Pracht dieser italienischen Wandgemälde, Ihr habt uns oft genug davon erzählt. Doch hier müssen wir auch praktische Gesichtspunkte walten lassen.«

Wolfgang Winkler deutete auf eine quadratische Öffnung im Fußboden, etwa in der Mitte des Raumes, die von einer steinernen Umrandung umgeben und mit einer durchlöcherten, siebartigen Kupferplatte abgedeckt war. Es handelte sich um einen Schacht, der den Saal mit der Heizkammer im Untergeschoss verband, durch ihn wurde die warme Luft nach oben geleitet. »Wie Ihr selbst im vergangenen Winter bemerkt habt, Herr Waller, konnte die Heizungsanlage trotz des Ofens, den wir hier aufstellen und zusätzlich befeuern ließen, nur mit Müh und Not eine gewisse Behaglichkeit schaffen. Und nun stellt Euch vor, es fehlen auch noch die Gobelins!«

Johannes Waller seufzte. »Ja, ja ...« Mit einer wegwerfenden Handbewegung gab er sich geschlagen.

Die Feder des Ratsschreibers kratzte übers Papier. »Es werden also neue Gobelins bestellt?«, versicherte er sich, bevor er notierte.

Wolfgang Winkler nickte. »Verfassen Sie ein Schreiben an die Manufaktur Cornelis Mattens in Brüssel, man möge uns jemanden schicken, der uns berät.« Der Stadtkämmerer drehte sich um und ging mit ausgestreckten Armen auf Meister Zacharias zu. »Und nun zu Euch, mein Freund!«

Meister Zacharias wollte aufstehen, doch Herr Winkler drückte ihn auf die Bank zurück und setzte sich zu ihm. »Wie war die Reise?«

»Anstrengend. Das Alter setzt mir zu, doch im Übrigen geht es mir gut.«

»Das freut mich zu hören, denn wir haben einen Auftrag für Euch.«

Meister Zacharias seufzte. »Wisst Ihr denn nicht, dass ich meine Werkstatt geschlossen habe? Da seht her!« Er hielt dem Stadtkämmerer seine Hände hin. »Meine Finger sind krumm, meine Augen so schlecht, dass ich in der Nähe ohne Augengläser nicht ausreichend sehe. Und auf ein Gerüst kann ich ohnehin nicht mehr klettern. Warum nehmt ihr nicht einen jungen Maler? Er wird es euch danken!«

»Es geht nicht um ein Fresko. Wir wünschen ein Gemälde in Öl. Es soll ein Geschenk für den Kaiser sein, zur Eröffnung des Reichstages. Es bleiben Euch also nur etwa zehn Wochen für die Ausführung ...«

Meister Zacharias rang in einer großen, unwirschen Geste die Hände. »Ha!« Er lachte auf. »Zehn Wochen! Und womöglich soll es auch noch eine ganze Wand bekleiden können!«

»Nein, nein.« Herr Winkler legte beschwichtigend eine Hand auf die Schulter des Alten. »Nur ein kleines Gemälde, gut eine Elle breit und ein bis eineinhalb Ellen lang. Wir stellen uns ein zartes junges Mädchen vor, von reiner, unschuldiger, erfrischender Art. Etwa mit einem Früchtekorb im Arm, vor einer schönen Landschaft. Aber wie genau Ihr das Motiv gestalten wollt, soll ganz Euch selbst überlassen bleiben.«

Auch Johannes Waller und Richard Veithberg traten nun hinzu. »Ihr wisst ja, wie unser Kaiser ist«, sagte Veithberg. »Streng und oft ein wenig schwermütig, zudem vom Rheuma geplagt. Nur selten sieht man ihn lachen. Manchmal hat man das Gefühl, er sei des Lebens überdrüssig. Das Gemälde soll nicht nur sein Auge, sondern auch sein Herz erfreuen. Wenn er es anblickt, soll etwas in ihm lächeln, lebendig werden, soll Zufriedenheit sich bei ihm einstellen.«

»Allein Ihr seid so einer Aufgabe gewachsen, Meister Zacharias!«, fügte Johannes Waller an. »Kein anderer Maler unserer Stadt vermag einem Antlitz so viel Lebendigkeit, so viel Tiefe und Wärme zu verleihen wie Ihr.«

»Da hört Ihr es!« Wolfgang Winkler drückte dem Alten freundschaftlich die Hand. »Herr Waller ist, wie Ihr ja wisst, in Kunstdingen sehr bewandert und kann sich ein Urteil erlauben.«

Waller nickte. »Das will ich meinen. Auf meiner Italienreise habe ich Gemälde von Tizian, da Vinci und Giorgione gesehen. Einzigartig! Diese Tiefe der Farben! Diese Lebendigkeit ...«

»Und Ihr steht diesen Künstlern in nichts nach«, unterbrach Wolfgang Winkler die Schwärmereien Wallers, bevor sie ausufern konnten. Er lächelte Meister Zacharias aufmunternd zu. »Nun schlagt schon ein. Ein letztes Werk! Es ist für den Kaiser, es wird Euch zur Ehre gereichen.«

Meister Zacharias ließ seinen Blick zu den Fenstern schweifen, die zur Neue-Waag-Gasse hin lagen. Lange sah er hinaus, als könnte er auf der Fassade des gegenüberliegenden Hauses das Für und Wider ablesen. Schließlich seufzte er und nickte. »Nun gut. Ich übernehme den Auftrag.«

»Das freut mich zu hören.« Der Stadtkämmerer fasste Meister Zacharias bei den Schultern. »Nennt mir Euren Preis, Ihr werdet bekommen, was Euch zusteht.«

»Und das Mädchen, das mir Modell sitzen soll? Habt Ihr ein bestimmtes im Sinn?«

»Es liegt bei Euch. Nehmt eine Bürgertochter. Eine Jungfer von gutem Ruf, die sich ihres Namens nicht zu schämen braucht. Immerhin, des Kaisers Augen werden auf ihr ruhen!«

2. Kapitel

4. April 1546 – am Morgen

Sarina ließ beide Wassereimer fallen und stürzte auf ihre Kusine zu. Magdalena lag am Fuße der Treppe, die zum Hausturm führte, ihre Arme und Beine zuckten heftig, aus ihrem Mund rann ein Gemisch von Speichel und Blut.

»Zu Hilfe! Herbei …! So helft mir doch!«

Endlich erschien Wiltrud Winkler, die Magdalenas Mutter und Sarinas Muhme war. »Ist es wieder so weit?« Mit vor Ekel verzerrtem Gesicht beugte sie sich über ihre Tochter und rief die heilige Jungfrau an. »Maria, Mutter Gottes, wende deine barmherzigen Augen uns zu, und nach diesem Elend zeige uns Jesus, die gebenedeite Frucht deines Leibes!« In solchen Momenten vergaß sie, dass sie auf Geheiß ihres Mannes zusammen mit der ganzen Familie zum protestantischen Glauben übergetreten war.

Plötzlich packte sie Magdalenas Hände, drehte sie zur Seite, kniete sich auf den zuckenden Körper und presste ihr das Holzkreuz, das an ihrem Gürtel hing, auf die Stirn. »Weiche, Fürst der Finsternis, im Namen Jesu Christi, weiche aus diesem Leib!«

»Um Himmels willen, Frau Wiltrud, Ihr bringt sie ja um! Wie wollt Ihr das dem Oheim erklären.«

»Nicht ich, der Satan bringt sie um!«

Sarina fasste die Muhme an den Schultern und zog sie zurück. Nur widerwillig ließ sie von ihrer Tochter ab, sank auf die Treppe und fing wieder an zu beten. Erst als das grauenhafte Zucken nachließ und Magdalena erschöpft in sich zusammensank, verstummte sie.

Voller Abscheu starrte sie ihre Tochter an, die ohnmächtig, blass und ausgezehrt dalag. Das lange blonde Haar klebte ihr auf der verschwitzten Stirn, das schmale Gesicht war eingefallen. Früher einmal ein hübsches, fröhliches Mädchen, wirkte sie durch ihre Krankheit ausgemergelt wie eine räudige Katze.

»Gedankt sei dir, Jesu Christi, für deine Gnade – Amen.« Frau Wiltrud bekreuzigte sich.

Sarina hockte sich zu Magdalena auf den Boden, zog sie an sich und drückte das blasse Gesicht an ihre Schulter. »Kurt, wir brauchen Kurt! Er muss Magdalena in die Kammer tragen.«

Die Muhme rührte sich nicht.

»Kurt!«, schrie Sarina. »Wo bleibst du denn!«

Im nächsten Moment flog die Tür auf. Gefolgt von zwei Mägden stürzte der Hausknecht herein.

»Endlich!« Erleichtert atmete Sarina auf. »Magdalena hatte wieder einen Anfall, du musst sie in die Kammer tragen.«

Kurt nahm seine junge Herrin auf die Arme. Als er mit der Kranken an den Mägden vorbeiging, pressten sie sich an die Wand und bekreuzigten sich. Wie Frau Wiltrud glaubten sie, dass Magdalena vom Teufel besessen sei.

Sarina eilte voraus. Sie stieß die Tür zur großen Schlafkammer auf, dann die zur kleineren, die dahinter lag, trat ans Bett, schlug die Decke zurück und sah zu, wie Kurt Magdalena in die Kissen legte.

Als er gegangen war, zog sie ihr die Schuhe und Kleider aus und deckte sie zu.

Frau Wiltrud betrat den Raum. Sie stellte eine Schüssel mit Wasser auf einen Schemel, legte einige Tücher daneben, setzte sich auf die Bank am Fußende des Bettes und rang die Hände. »Vater im Himmel, wofür nur hast du uns so gestraft!«

Sarina senkte den Kopf. Wie konnte die Muhme nur so

verbohrt und herzlos sein? Hatte sie denn gar kein Mitleid mit ihrer Tochter?

Sarina wischte sich das dunkle Haar aus der Stirn, tauchte eines der Tücher in das Wasser und fing an, Magdalena zu waschen. Sie liebte ihre Kusine wie eine Schwester. Auch Wolfgang Winkler, ihren Oheim, mochte sie von Herzen gern. Doch meist war er außer Hauses, und dann bekam sie es mit der Muhme zu tun. Frau Wiltrud, eine schlanke, elegant anmutende Frau mit einem schmalen, ebenmäßigen Gesicht und vollem, aschblondem Haar, war launisch und herrschsüchtig, und in allen Ecken des Anwesens vermutete sie den Teufel. Befehlen konnte sie wie ein General, doch andererseits war sie schwach und oft ratlos, dann musste Sarina für sie die Kohlen aus dem Feuer holen.

Trotzdem war Sarina dankbar, dass sie hier leben durfte, denn ihre Mutter war längst tot, und ihr Vater reiste im Dienste Wolfgang Winklers, seines älteren Bruders, durch die halbe Welt.

Früher einmal waren sie eine glückliche Familie gewesen, doch das Schicksal hatte es nicht gut mit ihnen gemeint. Ihre beiden Brüder hatten nicht einmal das fünfte Lebensjahr erreicht, bei einer weiteren Geburt war ihre Mutter gestorben, und kaum ein Jahr später hatte ihr Vater bei einem undurchsichtigen Geschäft sein ganzes Hab und Gut verloren. Man hatte ihn in Nowgorod ins Schuldnergefängnis gesteckt.

Zum Glück hatte der Oheim sie bei sich aufgenommen. Er verkaufte Sarinas Elternhaus und reiste nach Russland, um mit dem Geld, das er dafür bekommen hatte, die Schulden seines Bruders zu begleichen und ihn auszulösen. Fast ein Jahr war vergangen, ehe Sarina ihren Vater, abgezehrt und verwahrlost, wieder in die Arme schließen konnte.

Gegen den Willen Frau Wiltruds nahm Wolfgang Winkler auch seinen Bruder bei sich auf. Er ließ ihn für sich arbeiten, schickte ihn nach Venedig oder Brüssel, vertraute ihm den Handel mit Seide, Gewürzen und Wein an und machte aus ihm wieder einen ehrbaren Mann.

So konnten Sarina und Magdalena weiterhin wie Schwestern aufwachsen. Zusammen mit Barbara Blomberg, der Schöngürtlerstocher, die in ihrem Alter war und nicht weit von ihnen wohnte, spielten sie Blinde Kuh oder Verstecken oder liefen mit ihren Windrädchen durch die Gassen. Oder sie stiegen heimlich auf den Turm, der zu Wolfgang Winklers Anwesen gehörte. Es war der höchste von Regensburg, und man konnte von oben weit übers Land sehen. Manchmal ließen sie auch bunte Tüchlein von den Zinnen nach unten schweben und wünschten sich etwas dabei. Sie waren überzeugt, es würde in Erfüllung gehen, so das Tüchlein nicht irgendwo hängen blieb, sondern unten in der Gasse landete. Erwischen durfte man sie allerdings nicht, sonst hätte es eine Tracht Prügel gesetzt.

Magdalenas Krankheit war vor drei Jahren ausgebrochen. Seitdem ging es bergab mit ihr. Immer öfter hatte sie diese Anfälle. Dann lag sie blass und abgemagert in den Kissen, und wenn sie die Augen nach einer Weile wieder öffnete, hatte sie diesen schrecklichen irren Blick.

Die Ärzte sprachen von Fallsucht und ließen sie zur Ader.

Die Pfaffen sprachen vom Teufel und versuchten, ihn ihr auszutreiben.

Frau Wiltrud glaubte den Pfaffen. Wenn ihr Mann geschäftlich unterwegs war, ließ sie nachts heimlich den Exorzisten kommen. Sie betete um Hilfe zur heiligen Maria und ging doch tagsüber wieder in die Neue Pfarre, die protestantische Kirche, um sich über das Unglück zu beschweren, das ihre Tochter über sie brachte.

»Man redet schon darüber! Man wird uns noch meiden wie die Pest!«

Mit einem Tuch wischte Sarina der Kranken über die Stirn, öffnete ihr den Mund, betrachtete die geschwollene Zunge und tupfte das Blut ab.

»Sie hat sich gebissen.«

»Der Teufel hat sie gebissen!«

»Das ist doch Aberglaube, Muhme.«

»Es ist so wahr, wie es wahr ist, dass tausend Sterne am Himmel stehen!« Frau Wiltrud kam näher und blickte Sarina über die Schultern.

Ein Seufzen drang aus Magdalenas Mund, ihre Lider zuckten.

»Seht nur, Muhme, Magdalena öffnet die Augen!«

»Hm«, machte Frau Wiltrud. Es schien sie nicht sonderlich zu interessieren. »Gestern wurde doch diese Kindsmörderin hingerichtet«, sagte sie plötzlich. »Zusehen konnte ich nicht, es gab anderes zu tun, aber die Nachbarin hat mir davon erzählt.«

Sarina sah sie erstaunt an. »Ja, ja, die Margarete Reitmeier. Der Henker hat ihr auf der Köpfstatt den Kopf abgeschlagen. Aber wie kommt Ihr jetzt darauf?«

»Du gehst hin.«

Sarina wurde schreckensbleich. »Zur Köpfstatt?«

»Zum Henker. Er soll dir etwas von ihrem Blut verkaufen. Es heißt, das Blut eines Gehenkten hilft gegen Fallsucht – falls es doch die Fallsucht sein sollte, was ich im Grunde nicht glaube.«

Entsetzt sprang Sarina auf. »Niemals! Ich kann doch nicht ... Der Henker ist unrein und ehrlos! Wer mit ihm verkehrt, wird selbst ehrlos und hat keine Rechte mehr! Ihr schickt mich ja ins Verderben!«

»Das sagst du *mir*?« Frau Wiltruds Augen wurden schmal. »Wir haben dich und deinen Vater bei uns aufgenommen. Ohne uns säßet ihr längst in der Gosse.«

Sarina öffnete den Mund und schloss ihn wieder. Fassungslos starrte sie Frau Wiltrud an. »Aber wenn mich jemand sieht!«

»Du musst eben dafür sorgen, dass dies nicht passiert. Du nimmst die kleine Deckelpfanne, mit der wir früher das Weihwasser aus der Kirche geholt haben. Um den Stiel wickelst du einen Lappen. Der Henker wird wissen, dass er ihn entfernen muss, bevor du den Stiel anfasst. Du bist nicht die Erste, die solchen Handel mit ihm treibt.« Frau Wiltrud ging zur Tür. Dort drehte sie sich nach Sarina um. »Und kein Wort zu meinem Gatten. Du und dein Vater, ihr seid mir etwas schuldig, das weißt du genau!«

Das Kinn fiel Sarina auf die Brust. »Ja, Muhme«, sagte sie artig.

3. Kapitel

4. April 1546 – am Nachmittag

Barbara beugte sich über das Schälchen mit Silberblättchen, die sie tags zuvor zusammen mit ihrer Mutter ausgetrieben und verziert hatte. Auf das erste Drittel der Blättchen hatten sie je eine Blüte ziseliert, auf das zweite Drittel je ein rechts geneigtes und auf das dritte Drittel je ein links geneigtes Blatt. Ihr Vater würde diese Beschläge in den nächsten Tagen zusammen mit Jacob, dem Lehrling, und Oswald, ihrem Bruder, auf den rindsledernen Gürtel aufbringen, den Frau Wiltrud bestellt hatte. Eine Blüte zwischen zwei Blättern, eine Silberniete, wieder eine Blüte zwischen zwei Blättern und so fort. Am Gürtel würde außerdem eine Silberkette befestigt werden, damit Frau Wiltrud all die Dinge anhängen konnte, die sie brauchte. Einen Beutel für Münzen, ein Fläschchen mit Duftöl, ihren Schlüsselbund, einen Behälter für Nadeln, einen größeren für ihr Besteck und was man eben so benötigte, wenn man ausging. Sie wollte ihn auf der Verlobung ihres Sohnes tragen, die in zwei Wochen gefeiert werden würde, entsprechend wertvoll musste er sein. Immerhin war sie die Gattin eines Ratsherrn!

Barbara nahm eines der Blättchen, polierte es mit einem Tuch und legte es in ein anderes Schälchen.

Als sie von ihrer Arbeit aufsah, begegnete sie dem Blick Friedrichs.

Friedrich Hoppe war Geselle bei ihrem Vater und würde bald die Meisterprüfung ablegen. Er machte ihr schöne Augen. Ihr Vater tat, als würde er es nicht bemerken – doch dann müsste er blind sein! Barbara ahnte, dass er es übersah, weil er einer Verbindung zwischen ihr und seinem Gesellen nicht abgeneigt wäre. Immerhin stammte auch Friedrich aus einer Gürtlerei. Meister Hoppe führte in Nürnberg eine florierende Werkstatt. Heutzutage, wo es mit der Wirtschaft in Regensburg stetig bergab ging und selbst die reichsten Patrizier verarmten, konnten verwandtschaftliche Verhältnisse nach Nürnberg doch nur von Nutzen sein. Überdies dachte der Vater darüber nach, ihren Bruder Oswald nach Beendigung seiner Gürtlerlehre zu einem Goldschmied zu schicken, damit er auch noch das Goldschmiedehandwerk erlernte – und ein Bruder Meister Hoppes *war* Goldschmied und wollte ihn ausbilden.

Oswald hatte keine Lust nach Nürnberg zu gehen, aber wenn der Vater es beschloss, hatte er nichts zu melden. »In Zeiten wie diesen, wo es in Regensburg mit dem Wohlstand mehr und mehr bergab geht«, hatte er zu seinem Sohn gesagt, »kann es nichts schaden, gut ausgebildet zu sein.«

Friedrich nahm einen Lederriemen und zog ihn durch eine Spange. Dabei ließ er Barbara nicht aus den Augen.

Sie hatte sich wieder ihrer Arbeit zugewendet. Friedrichs Blicke waren ihr unangenehm. Sie mochte ihn nicht! Er war jetzt schon, mit 22 Jahren, dick und unförmig wie ein alter Mann und hatte keinen Anstand. Er fraß wie ein Schwein und wusch sich nicht. Seine aschblonden Haare hingen ihm in Strähnen in die Stirn. Die Vorstellung, ihr Vater könnte sie mit Friedrich verheiraten, verschaffte ihr Übelkeit!

Sie nahm ein weiteres Silberblättchen aus der Schale und dachte dabei an das Tischgespräch von gestern, das ihr Vater mit ihr geführt hatte.

»Wir sollten dir endlich einen Mann suchen, Tochter. Mit achtzehn Jahren ist es Zeit, dass du unter die Haube kommst.«

»Aber die Mutter braucht mich doch! Ich muss mich um die Geschwister kümmern, und wenn …«

Der Vater fiel ihr ins Wort. »Oswald wird nach Nürnberg gehen, Rebeka ist dreizehn Jahre alt, und Georg kann im Sommer als Lehrling bei mir anfangen.«

»Aber …«

»Aber heißt nein, und ich dulde keinen Widerspruch!«

Friedrich hatte sich grinsend ein ganzes Hühnerbein in den Mund gestopft, hatte den blanken Knochen wieder herausgezogen, ihn dann in eine Schüssel geworfen und sich schmatzend das fettige Kinn mit dem Ärmel abgewischt.

Barbara schob die Erinnerung beiseite, nahm das letzte Silberblättchen zur Hand und rieb es mit dem Tuch blank. Sie liebte Regensburg und würde viel lieber hier bleiben. Doch wenn schon fort, dann weit weg, in die Welt hinaus. Nach Spanien, wo der Kaiser Hof hielt und die Orangen blühten! Wo es ein Meer gab, das so viel Wasser fasste, dass man gar kein Ende sehen konnte! Christoph Kolumbus war von dort aufgebrochen, um nach Indien zu reisen, und hatte auf seinem Weg eine ganz neue Welt entdeckt! Ja, das wäre ein Abenteuer nach ihrem Geschmack! Aber sie war eine Frau, und für Frauen hatte Gott keine Abenteuer vorgesehen. Nur Ehemänner wie Friedrich oder den alten Sonnthofer, ein reicher Kaufmann mit sechs Kindern, der um ihre Hand angehalten hatte. Ein Tattergreis von achtundfünfzig Jahren! Zugegeben, mit viel Geld, aber was hätte sie sich davon schon kaufen können? Nach seinem Tod einen anderen Ehemann, der nicht viel besser wäre.

Doch das mit dem alten Sonnthofer hatte ihre Mutter gerade noch verhindern können. »Ich brauche doch die Barbara«, hatte sie zu ihrem Mann gesagt, »damit sie mir im Haushalt und mit den Kindern hilft.« Damals war sie mit Wolfgang hochschwanger gewesen, der im Januar vor einem Jahr geboren wurde und schon an Weihnachten darauf verstarb.

Barbaras Zopf, den sie wie einen Kranz um ihren Kopf gewunden hatte, löste sich und fiel ihr auf die Schultern. Sie nahm ihn schnell und steckte ihn wieder auf. Friedrich lachte. Er zwinkerte ihr zu, als wäre sie irgendeine Straßendirne.

Auch ihr Vater sah auf, sein Blick ruhte streng auf ihr. »Bist du mit deiner Arbeit fertig?«

»Ja, Vater.«

Sie nahm das Schälchen mit den polierten Silberbeschlägen und brachte es ihm.

Er stempelte gerade Ornamente auf einen Riemen. Mit kurzen, festen Schlägen trieb er die Punze in das Leder. Kleine halbmondförmige Kreise entstanden, die wie Kettenglieder ineinander griffen.

Er sah die Beschläge flüchtig an. »Dann kehrst du noch die Werkstatt aus.«

»Ja, Vater.« Barbara holte den Besen und machte sich an die Arbeit.

Sarina blieb an der Tür stehen und atmete tief ein. Sie liebte diesen Geruch nach Leder und einem Gemisch von Bienenwachs und verschiedenen Ölen und Essenzen, die Meister Blomberg aus dem Süden von Frankreich kommen ließ ... Damit rieb er die Gürtel und Taschen ein, die er hergestellt hatte, damit das Leder nicht brach und schön fein duftete.

Die edelsten Damen ließen bei ihm fertigen. Nicht nur die Frauen der Ratsherren, auch die Gattinnen der Gesandten und Damen der Fürsten und Kurfürsten zählten zu seinen Kundinnen, wenn sie sich an der Seite ihres Gemahls in Regensburg aufhielten, weil der Kaiser wieder einmal zu einem Reichstag einberufen hatte.

Doch jetzt, um die Mittagszeit, war keine Kundschaft im Laden.

Frau Sibilla stand hinter der Theke und fädelte Perlen auf eine der Schnüre, die wie Fransen am unteren Saum einer Gürteltasche angebracht waren. Jede Perle wurde fein säuberlich verknotet, damit sie nicht verlorenging, falls die Schnur einmal reißen sollte.

»Einen wunderschönen guten Tag«, begrüßte Sarina die Schöngürtlerin.

Als sie den Kopf hob und Sarina erkannte, lächelte sie. »Ah, Jungfer Sarina! Barbara wird sich freuen, Euch zu sehen. Falls Ihr jedoch kommt, den Gürtel für Frau Wiltrud zu holen, der ist noch nicht fertig.«

»Nein, nein, das hat ja Zeit. Die Verlobung ist erst in zwei Wochen. Doch es gibt viel zu besorgen, und dabei könnte ich Barbaras Hilfe brauchen. Ich wollte bitten, dass sie mir für zwei oder drei Stunden zur Hand gehen darf.«

»Sie ist gerade in der Werkstatt, ich werde sehen, ob mein Mann sie entbehren kann.« Frau Sibilla schob die Tasche, an der sie arbeitete, unter die Theke und ging in den angrenzenden Raum.

Es dauerte nicht lange, bis sie mit Barbara zurückkehrte. Die beiden Mädchen fielen sich um den Hals und küssten sich auf die Wangen.

»Warum bist du gestern nicht wie verabredet zum Musizieren gekommen? Oswald, Rebeka und ich haben lange auf dich gewartet.« Barbara sah ihre Freundin vorwurfsvoll an, doch dann lachte sie gleich wieder. Es war ein helles melodiöses Lachen, das jeder an ihr liebte, denn es klang, als würde sie singen. Eine kurze Tonfolge aus der Kehle eines Engels, Klänge, wie aufgereihte Perlen an Frau Sibillas Lederschnüren. Dazu das Leuchten ihrer blauen Augen, die Grübchen in ihren Wangen, und hin und wieder ein etwas kecker Blick, der ihrer Mutter ein Seufzen entlockte und die Lippen ihres Vaters ganz schmal werden ließ.

Sarina beneidete ihre Freundin um ihr silberblondes, seidiges Haar, konnte sie doch ihre eigenen dunkelbraunen Locken kaum bändigen. Sie hätte auch gerne Barbaras strahlendblaue Augen gehabt, aber Gott hatte ihr große dunkle Augen gegeben, die ein wenig schräg standen, und dazu volle Lippen, für die sie sich schämte, weil sie die Männer glauben ließen, dass sie sinnlich und leicht zu haben sei. Wie oft hatte die Muhme zu ihr gesagt: »Es wäre besser für dich, du würdest einen Schleier vor dem Gesicht tragen, so wie die Türkenfrauen, denn es ist eine Schande, so auszusehen wie du.«

»Ich konnte nicht kommen«, antwortete Sarina auf Barbaras Frage, »weil es zu Hause zu viel Arbeit gab. Die Verlobung, du weißt ja. Und jetzt brauche ich deine Hilfe.«

»Ja, die Mutter sagte es schon. Der Vater lässt mich gehen. Ich hole nur noch einen Umhang, denn es ist kalt.«

Frau Sibilla nahm ihre Arbeit wieder zur Hand und fädelte Perlen auf Schnüre. »Und wie geht es dem jungen Herrn Richard?«, fragte sie dabei.

»Er ist ein stolzer Bräutigam. Er hat die Jungfer Amman schon zweimal getroffen, als sie mit ihren Eltern nach der Kirche in unserem Hause zu Gast war.«

Sibilla nickte. »Es ist, als wäre es erst gestern gewesen, dass ihr noch Kinder ward und hier auf der Gasse spieltet.« Frau Sibilla vergaß das steife Ihr und ging zum Du über. »Weißt du noch, wie Richard immer sagte, dass er einmal Ritter werden und dann unsere Barbara zur Gemahlin nehmen würde?«

»Ja, ja, ich weiß noch.«

»Und wenn wir ihm dann entgegneten, dass er später ganz bestimmt eine schönere und reichere Frau als unsere

Barbara heiraten würde, wurde er wütend und behauptete, dass es keine schönere und reichere gäbe!« Frau Sibilla lachte aufgekratzt.

»Er war erst neun Jahre alt.«

»Und jetzt ist er Kaufmann und bald mit der Tochter des Ratsherrn Ammann verlobt.«

»Gott möge die beiden schützen.«

»Amen. – Und Jungfer Magdalena? Man hört, sie sei krank?« Frau Sibilla sah Sarina mit besorgter Miene an.

»Manchmal ist ihr unwohl, und sie hat keinen Appetit«, antwortete das Mädchen ausweichend.

Barbara stand plötzlich wieder in der Tür. Sie trug die pelzgefütterte Schaube ihres Bruders. »So, dann können wir gehen!« Sie gab ihrer Mutter einen Kuss und folgte Sarina nach draußen.

»Und schöne Grüße an Frau Wiltrud!«, rief Frau Sibilla den beiden noch nach.

Auf der Kramgasse herrschte reges Treiben. Ein Junge mit einem Handkarren, der mit gebrauchten Kleidern beladen war, bog zum zweiten Kramwinkel hin ab und konnte kaum an einem alten Mann vorbei, der eine Stange quer über die Schultern trug, an der Pfannen, Kannen und Tiegel hingen. Frauen, in dicke bunte Wolltücher gehüllt und mit schweren Körben beladen, kamen vom Krauteermarkt herauf, andere vom Markt herüber, und alle liefen durcheinander, lachten und redeten, stritten und feilschten, kauften bei den Händlern in der Gasse oder boten ihre Waren an.

Die beiden Mädchen hatten die Walenstraße noch nicht erreicht, als ihnen Kutja, Barbaras Hund, nachgelaufen kam. Er war nicht viel größer als ein ausgewachsener Kater und hatte ein zottiges rotbraunes Fell. Einst gehörte er einem ungarischen Musikanten, der für ein paar Pfennige bei Hochzeiten und anderen Festen aufspielte. Als der

Mann auf dem nahen Domplatz sturzbetrunken unter ein Fuhrwerk geriet und noch an Ort und Stelle sein Leben ließ, nahm Barbara den Hund mit nach Hause. Sie nannte ihn Kutja, weil der Mann ihn so genannt hatte, ohne zu wissen, was es bedeutete. Erst später sagte ihr einer, der ein wenig Ungarisch verstand, dass es das Wort für Hund war.

»Geh heim!«, befahl Barbara. Sie klatschte in die Hände. »Na los, verschwinde. Frau Wiltrud mag keine Hunde, das weißt du doch!«

»Lass ihn nur. Die Muhme wird sich nicht an ihm stören, denn sie bekommt uns gar nicht zu Gesicht …«

Barbara sah Sarina erstaunt an. »Nein? Ich sollte euch doch zur Hand gehen – ist sie denn nicht zu Haus?«

»Doch, aber …« Sarina brach ab.

Barbara seufzte. »Himmel, nun lass dir doch nicht jedes Wort aus der Nase ziehen!«

»Wir gehen zum Henkergässel.«

Barbara blieb stehen und machte große Augen. »Jesus, was tun wir denn dort?«

»Wenn du nein sagtest, würde ich es verstehen. Aber alleine … ich kann das nicht alleine!«

»*Was* kannst du nicht alleine?«

Sarina nahm Barbaras Hand und zog sie weiter. »Das kann ich dir hier auf der Straße nicht sagen. Zuerst nach Hause, in der Waschküche erkläre ich dir alles! Am besten wir gehen hinten herum über die Bachgasse, damit uns die Muhme nicht sieht, falls sie aus dem Fenster schaut.«

Als sie nach rechts zum Markt hin abbogen, kam ihnen ein Fuhrwerk entgegen. Es war mit zwei riesigen Bierfässern beladen und hielt direkt neben ihnen an. Der Bierkutscher, ein kleiner gedrungener Mann mit einem so großen Bauch, dass er ihn selbst nicht mehr umspannen konnte, schlug den Schwengel an seiner Glocke und brüllte los.

»Der Bierkutscher ist da, kommt her Leute und kauft Bier! – Der Bierkutscher ist da!«

Die Mädchen hasteten an ihm vorbei, bogen vom Markt in die Bachgasse ein. Hier waren weniger Menschen unterwegs. Zwei Frauen wuschen im eiskalten Wasser des Vitusbaches ein Krautfass aus, schwätzten und lachten dabei, ein paar Kinder ließen ein selbstgebasteltes Schiff schwimmen, und weiter droben, zur Gesandtenstraße hin, tränkte ein Fuhrmann seinen Gaul.

Die Toreinfahrt zum Anwesen Wolfgang Winklers war geschlossen, nur die Tür, die ins Tor eingelassen war, stand offen. Sarina gab Barbara ein Zeichen, dass sie hinter ihr bleiben und still sein sollte. Sie sah in den Hof, entdeckte Kurt bei den Latrinen und zog hastig den Kopf zurück.

Kurt pfiff ein Lied, hantierte dabei mit Eimern. Etwas krachte, als wäre ein Zuber umgefallen, Kurt fluchte, dann hörte sie Schritte auf der Treppe, und plötzlich war es still.

Sarina schaute noch einmal in den Hof. Niemand mehr da. Sie legte einen Finger auf den Mund und winkte Barbara, damit sie ihr folgte.

Die Mädchen überquerten den Hof so schnell, dass ihre Röcke flogen. Vor einer Tür, die in den Waschkeller führte, blieben sie stehen. Während Sarina einen Schlüssel aus einer versteckten Nische zog, hob Barbara den Kopf und sah an der Fassade des Turmes hoch, der sich an das Haus anschloss. Mächtig ragte er in den Himmel, seine Zinnen schienen an die Wolken zu stoßen. Von der Walenstraße her wirkte er majestätisch und erhaben, doch hier im dunklen Geviert war er nichts als ein grauer und düsterer Klotz.

Plötzlich sprang die Tür auf. Sarina zog ihre Freundin in das Innere der Waschküche, Kutja wischte mit ihnen hinein.

Durch eine schmale Luke fiel etwas Licht. Der Raum

maß etwa fünf Schritte in jede Richtung. In der Mitte stand ein Holzzuber, so groß, dass zwei oder gar drei Personen in ihm sitzen konnten, daneben ein kleinerer, in dem sich mehrere Holzeimer stapelten. An einem Wandhaken hingen zwei Ledereimer, in der Ecke stand ein großes Waschbrett.

»Was tun wir denn hier?«, fragte Barbara.

»Hier kann uns niemand hören, außerdem habe ich im Zuber die Sachen versteckt, die wir brauchen.«

»Welche Sachen! Und was, um Himmels willen, willst du im Henkergässel?«

»Psst, nicht so laut!« Sarina sah die Freundin mit beschwörendem Blick an. Sie nahm Barbara an der Hand und zog sie vom Fenster weg, in die gegenüberliegende Ecke, dort erzählte sie ihr von Magdalenas letztem Anfall und dass die Muhme sie um das Blut der Kindsmörderin zum Henker geschickt hatte.

»Aber sie kann dich doch nicht allen Ernstes ...!« Die Sache war so ungeheuerlich, dass Barbara es nicht einmal aussprechen wollte.

»Doch, sie kann. Du weißt, wie sie ist. Wenn ich nicht tu, was sie sagt, wird sie schreien und uns alle schikanieren. Sie wird die Mägde schlagen und sich krank ins Bett legen und behaupten, ich sei daran schuld.«

»Dann erzählst du es deinem Oheim! Nie und nimmer wird er erlauben, dass du zum Henker gehst!«

»Aber er ist ja gar nicht da. Er reist mit einer Abordnung von Ratsherren dem Kaiser entgegen. Außerdem hätte ich nichts mehr zu lachen, wenn ich Frau Wiltrud verriete. Sie würde alles daransetzen, dass mein Vater und ich ihr Haus verlassen müssen. Und der Oheim würde schließlich nachgeben. Früher oder später hat sie bei ihm noch immer erreicht, was sie wollte.«

Barbara seufzte. Sie wusste, dass Sarina recht hatte. Frau

Wiltrud war nicht mehr ganz jung, siebenunddreißig Jahre, aber noch immer war sie eine schöne und stolze Frau und wusste ihren Mann um den Finger zu wickeln.

Sarina zog zwei schlichte Umhänge aus dem Zuber, dann zwei weiße Hauben, wie sie die verheirateten Frauen trugen. »Damit wird man uns nicht erkennen. Und du musst mich auch gar nicht bis vors Haus des Henkers begleiten. Wenn du nur bis an die Ecke mitkommst, damit ich mich nicht so alleine fühle! – Bitte!« Sarina sah Barbara flehentlich an.

Mit einem langen, tiefen Seufzen schloss Barbara die Augen. »Gut, aber ich werde den Henker nicht ansehen, und ich werde auch kein Wort mit ihm reden!«

»Nein, natürlich nicht.«

»Und *du* solltest es im Übrigen auch nicht tun.«

Sarina lachte bitter. »Aber wie könnte das gehen!«

Barbara betrachtete die kleine Deckelpfanne, die Sarina inzwischen aus dem Zuber geholt hatte. Sie maß etwa eine Handspanne im Durchmesser. Als ihre Familie noch katholisch war, hatten sie auch so eine Pfanne zu Hause gehabt. Damit war die Mutter an Ostern zum Dom gegangen und hatte Weihwasser geholt. »Was willst du damit?«

»Die Muhme gab mir die Pfanne als Gefäß … Sie sagte, ich solle einen Lappen um den Stiel wickeln und sie dann vor dem Henker auf das Fenstersims stellen. Wenn er sie später mit dem Blut zurückbringt, wird er den Lappen wegziehen, damit ich nicht berühren muss, was er berührt hat.«

Barbara nickte. »Frau Wiltrud ist klug.« Eine Weile starrte sie auf das Gefäß, dann lachte sie plötzlich. »Aber wir sind auch nicht dumm!« Sie deutete auf ihren Hund. »Wie gut, dass wir Kutja haben. Jetzt weiß ich, wie es geht, damit du nicht mit dem Henker reden musst.«

Am Fuße des Turmes, der zum Anwesen des Händlers und Stadtkämmerers Wolfgang Winkler gehörte, wurde die Tür zur Waschküche geöffnet. Ein Falke, der hoch droben auf den Zinnen saß, flog auf und in Richtung Dom davon. Einen Moment war es mucksmäuschenstill, dann huschten zwei Frauen, mit langen Umhängen und weißen Hauben bekleidet, über den Hof und bogen nach links in die Bachgasse ein.

Niemand beachtete sie. Es war nichts Auffälliges an ihnen, außer vielleicht, dass sie nicht miteinander redeten und fortwährend auf den Boden starrten.

Ein Hündchen folgte ihnen, in der Ferne klingelte und schrie ein Bierkutscher: »Der Bierkutscher ist da, kommt her Leute und kauft Bier! – Der Bierkutscher ist da!«

Am Eckhaus zur Gesandtenstraße, dem Lerchenfelder Hof, blieben sie kurz stehen und sahen sich an, so als überlegten sie, ob sie ihren Weg fortsetzen oder doch lieber umkehren sollten. Aber was einmal angefangen ist, muss auch zu Ende geführt werden! Also gingen sie weiter. Am Judensteg vorbei, geradeaus in die obere Bachgasse, von da in die Obermünster Gasse, ins Simader Gässchen, bis sie sich schließlich an der Ecke zum Henkergässel in eine Toreinfahrt drängten.

Den Umweg hatten sie genommen, um möglichst wenig Leuten zu begegnen. Trotzdem war ihnen gerade ein paar Schritte vor dem Henkergässel Matthias Vogel über den Weg gelaufen. Er arbeitete als Knecht beim Blaufärber Schöneder, der mit einer Base der Frau Wiltrud verheiratet war.

Sarina griff sich ans Herz. Es hämmerte gegen ihre Brust, als wollte es zerspringen. »Was meinst du – hat Matthias mich erkannt?«

Barbara schüttelte den Kopf. »Bestimmt nicht. Er hat doch nicht einmal aufgesehen. – Und jetzt?«

Sarina schloss die Augen. »Bist du sicher, dass du mitkommen willst?«, antwortete sie mit einer Gegenfrage.

»Ja, sicher. Wir tun alles ganz genau so wie besprochen.«

»Dann los!«

Entschlossen zog Sarina den Schleier der Haube um ihr Kinn und trat auf die Gasse. Links von ihnen lag der Latron, dort hatte einst der Pfalzgraf von Bayern zu Gericht gesessen, rechts drängten sich schmutzige kleine Wohnhäuser aneinander, in denen sich nichts Gutes tummelte. Der Hundsschinder, der Henker und Wasenmeister wohnten hier; Diebe, Geächtete und sonstiges Gesocks trieben sich herum.

An einem Brunnen schöpfte ein altes Weib Wasser, eine tote Katze lag neben ihr im Dreck, eine Krähe machte sich über den Kadaver her.

Nicht weit vom Brunnen würfelten drei Männer auf einem Brett. Einer von ihnen trug eine Pilgermuschel, die an einem Lederriemen um seinen Hals hing. Als sie die beiden fremden Frauen wahrnahmen, schickten sie ihnen geile Blicke nach, lachten und machten zweideutige Bemerkungen.

Von der Latrongasse, die geradewegs in die Stadt zurückführte, bog ein Mann ins Henkergässl ein. An einem Riemen, den er sich um den Brustkorb gelegt hatte, zog er einen Handkarren hinter sich her. Er war von einem eklig süßlichen Gestank umgeben, der einem schier den Atem raubte. Aus den Augenwinkeln sah Sarina, dass ein paar tote, von Gasen aufgedunsene Hunde auf der Karre lagen.

»Es ist der Hundsschinder!« Sie sagte es, und im selben Moment sah er auf und blickte sie an.

Schnell wandten die Mädchen ihm den Rücken zu. Dem Hundsschinder in die Augen zu sehen war das allergrößte Unglück von allen, die es gab! Ein böses Omen, schlimmer noch als das, dem Henker zu begegnen.

Erst als das Rattern der Wagenräder kaum noch zu hören war, wagten sie es weiterzugehen.

Irgendwo schlug eine Tür zu, ein Kind kreischte, eine Frau schrie. Dann sahen sie es plötzlich – vor einem kleinen schmutziggelben Haus mit windschiefen Fensterläden stand ein Hackstock, dahinein ein Beil geschlagen war. Es galt als Zeichen, dass hier der Henker wohnte.

Die beiden Mädchen tauschten Blicke.

»Willst du es wirklich tun?«

»Ja. Jetzt sind wir schon hier!« Sarina zog die Weihwasserpfanne unter dem Umhang hervor, wickelte den Lappen um den Stiel und stellte das Pfännchen auf einen Hocker neben der Tür des Henkerhäusels. Ihr Herz pochte dabei heftig, ihre Hände zitterten.

Barbara wandte sich ab. Sie starrte auf den Dreck vor ihren Füßen und murmelte ein Gebet.

Inzwischen war man im Hause des Henkers auf die jungen Frauen aufmerksam geworden, Sarina konnte das Flüstern hinter den Fensterluken hören. Ein Hund fing an zu bellen, und plötzlich wurde die Haustür aufgeschoben, und ein Mann trat auf die Straße.

»Wen sucht Ihr, und was treibt Euch her, gute Frau!« Seine Stimme donnerte über sie hinweg wie das herannahende Grollen eines Gewitters.

Bei einer Hinrichtung hatte Sarina den Henker schon einmal gesehen, deshalb wusste sie, dass er ungewöhnlich groß und muskulös war und dass ihm ein Finger an der linken Hand fehlte. Doch jetzt und hier wagte sie nicht aufzublicken, und so sah sie nicht mehr von ihm als seine großen Füße, die in zerschlissenen Schnabelschuhen steckten.

Statt zu antworten, rief sie Kutja zu sich. Der Hund setzte sich vor ihr hin und sah sie erwartungsvoll an. »Ach, ich wünschte, der Henker würde für dich die Pfanne dort mit etwas Blut von der Kindsmörderin füllen«, sagte sie zu ihm.

Der Henker lachte. Er wandte sich ebenfalls an Kutja. »Und was gibst du mir dafür, Köter, wenn ich dir bringe, was du verlangst?«

Sarina strich Kutja übers Fell. »Würde der Henker in der Pfanne nachsehen, er wüsste schon, was er dafür bekommt. Er sollte das Pfännchen jedoch keinesfalls mit der bloßen Hand berühren.«

Aus den Augenwinkeln sah sie, wie der Henker zum Hocker ging, mit einem Zipfel des Lappens den Deckel anhob und in die Pfanne starrte. Dann lachte er wieder. »Ich schlage ein. Der Handel ist perfekt. Dem Teufel wird's egal sein, wohin das Blut kommt, Hauptsache, die Seel' bleibt für ihn!« Damit verschwand er im Haus.

Es schien eine Ewigkeit zu dauern, bevor er zurückkam. Ein Kind trat mit ihm auf die Gasse, ein Junge, noch keine drei Jahre alt. Er war ganz verheult, der Rotz tropfte ihm aus der Nase. So als müsste er sich vor den Frauen fürchten, klammerte er sich an das Bein des Henkers, wischte sich mit dem Ärmel über das tränenverschmierte Gesicht und starrte die Fremden neugierig an.

Während der Henker die Pfanne auf den Hocker stellte, das Tuch vom Stiel zog und noch einmal über das Zinn polierte, fragte der Junge: »Sind die Frauen ehrlich, Vater? Sind sie rein und unbescholten?«

»So Gott und der Teufel es wollen, sind sie ehrbar und bleiben es auch.«

Obwohl Sarina sein Gesicht nicht sah, wusste sie, dass er grinste, sie hörte es an seiner Stimme.

Der Henker stopfte das Tuch in seinen Gürtel, lehnte sich mit dem Rücken gegen die Haustür und verschränkte die Arme. Sarina wünschte, er würde verschwinden, doch er machte keine Anstalten. Nachdem sie eine Weile gewartete hatte, ging sie zögerlich zum Hocker. Es kostete sie große Überwindung, nach der Pfanne zu greifen. Nicht einmal eine Ellenlänge trennte ihre Hand nun mehr vom Bein des Henkers. Vor Angst und Ekel hätte sie beinahe noch die Pfanne umgestoßen, und alles wäre umsonst gewesen!

Das Gefäß weit von sich abgestreckt, so als läge eine giftige Schlange darin, machte Sarina auf dem Absatz kehrt, griff mit der linken Hand in ihre Röcke und rannte davon. Barbara und Kutja folgten ihr.

Das Lachen des Henkers hallte noch lange in den Ohren der Mädchen. Alles war so unwirklich, so absurd, so furchtbar und angsterregend, als befänden sie sich in einem bösen Traum. Immer länger wurden ihre Schritte, immer heftiger keuchten sie und rangen nach Atem.

Barbara konnte Sarina kaum folgen. »Warte! Halt an!« Endlich gelang es ihr, sie an der Schulter zu fassen. »So bleib doch endlich stehen!«

Sarina taumelte gegen eine Hauswand und griff sich an die Brust, die sich vom Atemholen heftig hob und senkte. Wie irre blickte sie um sich hin.

»Wenn du rennst, als wäre der Teufel hinter dir her, schauen sie doch alle nach uns. Du musst langsam gehen. Gleich sind wir zu Hause, gleich haben wir es geschafft.«

Erst jetzt erkannte Sarina vor sich die Neue Pfarre, rechts davon die aufgehäuften Steine der abgerissenen Judenstadt, links, nur ein paar hundert Schritt entfernt, die Augustinerkirche. Sie nickte. »Ja, ja, langsam gehen«, ließ den Kopf auf die Brust sinken, streckte das Pfännchen wieder von sich und folgte ihrer Freundin.

Als sie nicht lange danach am Judensteg in die Bachgasse einbogen, sahen sie in der Ferne den Pfarrer laufen. Sein schwarzer Talar blähte sich im Wind auf, dass es aussah, als flöge ein Totenvogel umher. Ein schlechtes Omen, wahrlich! Und tatsächlich verschwand er in der Toreinfahrt zum Anwesen der Familie Winkler.

»Jesus!« Sarina hielt sich die Hand vor den Mund. »Es wird doch nicht die Magdalena ...« Die Worte blieben ihr im Halse stecken.

Selbst an der Einfahrt angekommen, rissen sie sich die Hauben vom Kopf, ließen sie unter den Umhängen verschwinden und betraten bangen Herzens das Haus.

Barbe kam ihnen mit einer Schüssel voll Blut entgegen. »Da seid Ihr ja, Jungfer Sarina, Frau Wiltrud hat schon mehrmals nach Euch gerufen.«

»Aber sie hat mich doch mit einem Auftrag fortgeschickt.«

Barbe zuckte die Schultern. »Die Jungfer Magdalena liegt im Sterben. Der Arzt hat sie nochmals zur Ader gelassen, aber es nützte nichts. Nun haben wir den Pfarrer geholt.«

Sarina riss sich den Umhang von den Schultern, ließ ihn auf den Boden gleiten, lief mit der Pfanne in der Hand die Treppe hinauf.

Barbara folgte ihr. Einer Sterbenden erwies man die Ehre.

Um das Bett standen der Pfarrer, Frau Wiltrud und ihr Sohn Richard, die Knechte, Mägde und zwei Nachbarinnen. Als die beiden Mädchen das Zimmer betraten, hatte Magdalena gerade ihren letzten Atemzug getan. Der Pfarrer schloss ihr die Augen und sprach dazu ein Gebet, danach stimmten die Nachbarinnen und die Mägde Klagerufe an. Nicht zu laut, denn das erlaubte der protestantische Pfarrer nicht.

Als Frau Wiltrud sich umdrehte und Sarina mit der Weihwasserpfanne in der Hand sah, packte sie die junge Frau am Ärmel und zerrte sie aus dem Raum. »Was fällt dir ein, damit ins Sterbezimmer zu kommen!«

»Aber Ihr habt mich doch danach geschickt!«

Frau Wiltrud hielt ihr den Mund zu. »Sei still! Was du in dieser Pfanne hast, will ich gar nicht wissen. Wirf sie fort! In die Latrine oder noch besser draußen in den Bach! Und kein Wort zu irgendeinem Menschen! Sie würden ohnehin alle wissen, dass du lügst. Niemand glaubt dir mehr als mir!«

»Ja, Muhme.«

»Und was tut Barbara hier? Weiß sie etwa, wo du warst?«

»Nein, Muhme, ich traf sie auf der Gasse. Wir haben gesehen, wie der Pfarrer das Haus betrat. Da wollte sie mitkommen.«

»Gut. Dann schaff mir das da aus den Augen und komm sofort zurück!« Frau Wiltrud ging wieder ins Sterbezimmer.

Sarina rannte zur Treppe. Ihre Augen füllten sich mit Tränen, sie schluchzte laut auf. Magdalena war tot! Ihre Freundin, ihre Kusine, die einzige Vertraute, die sie in diesem Haus hatte!

Sie polterte die Treppe hinunter, stürzte auf den Hof, über die Gasse zum Bach. Warf die Pfanne hinein und sank auf die Knie. Langsam färbte sich das Wasser rot, das Blut floss in Schwaden Richtung Donau davon.

Paul Sachsberger drückte sich in den Hauseingang des Gasthofs *Zum Goldenen Brunnen* und besah sich von dort aus das Anwesen, in dem die beiden jungen Frauen verschwunden waren. Der Turm, der auf der Ostseite des Gevierts in den Himmel ragte, war höher als alle Türme, die es in Regensburg gab – höher als der Baumburger Turm, höher als der Turm vom *Goldenen Kreuz*, höher als der Rathausturm. Wer hier wohnte oder auch nur ein- und ausging, der hatte in dieser Stadt ein Wort mitzureden.

Als er die feinen Damen beim Henker gesehen hatte, hatte er sich gedacht: Sachsberger, denen gehst du nach, vielleicht sind die Mäuschen ja zu melken! Und jetzt ... Himmel, jetzt hatte ihm der Zufall mit ein wenig Glück gar *zwei* fette Milchkühe beschert!

Ein Kaufmann trat hinter ihm aus der Gaststube. Als der Mann pfiff, führte ihm ein Bursche einen aufgezäumten Gaul zu, half ihm, sein Gepäck am Sattel festzuschnallen, und hielt ihm dann den Steigbügel. Der Kaufmann saß auf, gab seinem Gaul die Schenkel, ritt an Sachsberger vorbei auf die Gasse hinaus und trabte in Richtung Marktplatz davon.

Der Bursche hing die Daumen in den Gürtel und starrte Sachsberger an. »Was lungerst du hier herum?«

»Was geht's dich an?«

Der Bursche kam näher. »Genug, um dir zu sagen, dass du verschwinden sollst!«

Sachsberger fackelte nicht lange. Er packte den Burschen mit beiden Händen am Kittel und hob ihn hoch, so dass seine Füße ein gutes Stück über dem Boden baumelten – denn er war ein Hüne, und so ein Fliegengewicht wie diesen Stallknecht schleuderte er gut und gern von hier bis zum Bach. »Pass auf, dass ich dir dein bisschen Hirn nicht aus dem Schädel puste! Ich warte auf meinen Herren, verstanden, und der wird dem Wirt gerne verpfeifen, was du für ein erbärmlicher Sack bist!« Er stieß den Knecht grob von sich und lachte laut, als der, eine Entschuldigung stammelnd, rückwärts davontaumelte.

Als Sachsberger sich wieder der Gasse zuwandte, sah er eines der beiden Mädchen, denen er zuvor gefolgt war, aus dem Haus stürzen. Inzwischen hatte sie keine Haube und keinen Umhang mehr an, aber das Pfännchen trug sie immer noch vor sich her, als hätte sie Angst, es könne beißen. Am Bachufer sank sie auf die Knie, warf das Pfännchen mit einem leisen Aufschrei ins Wasser und fing an zu flennen.

Sachsberger pfiff leise durch die Zähne. Er mochte zum Abschaum der Menschheit zählen, aber blöd war er nicht! Ihren Kleidern nach zu urteilen, war das Mädchen keine Magd, also gehörte es zur Familie. Und so eine wagte sich zum Henker? Wenn jemand das erfuhr, dann war sie geliefert! Aus und vorbei mit dem schönen Leben! Und dass sie das Pfännchen so plötzlich loswerden musste und dabei heulte, als hätte sie dem Leibhaftigen ihre Seele verschrieben, machte das Ganze nur noch verdächtiger!

Nun kam eine Magd aus dem Haus. Sie fasste das Mädchen am Arm, zog es hoch und redete auf es ein.

»Jungfer Sarina, was habt ihr denn?«

»Ach nichts. Es ist nur wegen Magdalena.«

»Aber wenn Euch Frau Wiltrud so sieht ... so verheult und vollkommen aufgelöst!« Die Magd blickte über die Schulter zurück. »Kommt mit hinein und beruhigt euch um Himmels willen!«

Die beiden gingen, und Sachsberger trat an den Bach. Als er sah, dass sich das Wasser blutrot färbte, grinste er zufrieden. Hier war etwas zu holen, er musste nur das Unterste zu oberst kehren und den rechten Zeitpunkt abwarten. »Geduld ist über Gold und kann selbst Gott bezwingen!« Er küsste die Pilgermuschel, die um seinen Hals hing, lachte, griff in seinen Hosensack und zog einen Gulden heraus. Es war sein letzter, und den würde er jetzt versaufen! Auf leeren Magen war ein Rausch billig zu bekommen!

4. Kapitel

4. April 1546 – am späten Abend

Barbe und Sarina hatten die Tote gewaschen. Sie hatten ihr ihr bestes Kleid angezogen, die Haare gekämmt, ihre Hände gefaltet und schließlich nach Kurt gerufen, damit er ihnen half, den Leichnam in das rote Leichentuch zu legen, das Frau Wiltrud gebracht hatte.

Jetzt war Sarina mit Magdalena alleine. Sie würde sie in das Leichentuch einnähen, so wie es Brauch war.

Sie beugte sich über sie, stricht ihr über die kalte blasse Stirn und murmelte dabei ein Gebet. »Herr, Du hast uns erschaffen, und unruhig ist unser Herz, bis es Ruhe findet bei Dir. Die Seelen der Gerechten sind in Deiner Hand, und keine Qual kann sie berühren. Herr erbarme Dich ihrer, reinige sie von ihrer Schuld, gib ihr die ewige Freude. Amen.«

Mit einem Aufseufzen setzte sie sich auf die Seitbank neben dem Bett und legte ihren Kopf auf die Brust der Toten. Bilder aus ihrer Kindheit drängten sich in ihre Erinnerung. Wie sie am Schnarrenring an der Tür zum Turm drehten, nur um das seltsame Geräusch zu hören. Sie glaubten, ein kleines Tier säße in einem Kästchen dahinter, stellten es sich als einen Vogel mit vier Beinen und einem spitzen Horn auf der Stirn vor. Wenn sie an dem Ring drehten, so glaubten sie, würde ein kleiner Hammer an das Horn schlagen, das Tier würde sich ärgern und anfangen zu schnarren und Krach zu machen, damit einer käme, um sie zu verjagen. Sie dachten, Geister wohnten im Turm, das hatte ihnen der Vater erzählt, darum liefen sie immer schnell weg, nachdem sie an dem Ring gedreht hatten.

Einmal war Magdalena dabei von der Treppe gestürzt und hatte sich sehr wehgetan, brüllte wie am Spieß! Die Muhme kam und gab Sarina eine Ohrfeige. Sagte, sie sei schuld, denn in ihr stecke der Teufel, das sehe man schon an ihren dunklen Augen!

Eines Tages fand Richard hinter einem losen Stein unter der Treppe den Schlüssel zum Turm. Er brüstete sich damit, dass er nachts aufsperren und hinaufsteigen werde, aber die Mädchen glaubten es ihm nicht. Deshalb klemmten sie heimlich einen roten Wollfaden unter den Stein, um zu sehen, ob er morgens noch da wäre. Richard erzählte dann große Geschichten von einem wolfsähnlichen Gespenst, das die Tür bewachte. Und dass der Schnarrenvogel in Wahrheit zwei Hörner und sechs Beine habe und dass eine Geisterfamilie dort wohne und er mit den Kindern um sein Holzschwert gekämpft habe, als sie es ihm entreißen wollten.

Aber die Mädchen gingen zum Stein, hinter dem der Schlüssel verborgen war, fanden den roten Wollfaden und wussten, dass Richard ihnen das Blaue vom Himmel heruntergelogen hatte.

Sarina legte ihre Hand auf die gefalteten Hände Magdalenas. Wie kalt sie waren! Und wie blass die Lippen – und ihr eigenes Herz war so schwer.

Als sie da so saß und die Tote ansah, fiel ihr ein, wie sie später selbst einmal in den Turm gegangen waren. Nur sie beide. Nachts. Sie hatten solche Angst, aber sie taten es trotzdem. Und was hatten sie gefunden? Nichts als Staub und eine Menge Kisten mit Talgkerzen und Gerätschaften, die der Oheim dort lagerte, weil im Keller nicht genug Platz war! Und ein Lichthäusel, das in der Wand eingelassen war, so wie das am Domkirchhof. Und eine Schnarre hinter dem Schloss. Kein seltsames Vogeltier, ein einfacher Mechanismus, der dort angebracht war, damit man den

Wächter an die Tür rufen konnte, der einst im Turm gewohnt haben mochte.

Ein anderes Bild tauchte aus dem Meer ihrer Erinnerungen auf. Da waren sie bereits fünfzehn Jahre alt, und Richard ging schon in die Lateinschule. Dort hatte einer der Lehrer von einem Astronom namens Nikolaus Kopernikus berichtet, der behauptete, dass sich die Erde zusammen mit den Planeten um die Sonne drehte. Ihr Vater war zornig gewesen ob solch eines Unsinns! Nun gut, hatte er gesagt, mag die Erde eine Kugel sein, aber dass sie sich nun auch noch um die Sonne drehen soll! Das ist doch Gotteslästerung! Und um zu beweisen, dass dieser Kopernikus nicht recht haben konnte, stieg er mit ihnen auf den Turm.

Auch Barbara kam mit. Von droben starrten sie in den Himmel. Aber nichts drehte sich! Weder die Sonne noch die Erde! Doch als die Mädchen sich über die Zinnen beugten, um nach unten zu sehen, erfasste sie ein Schwindel, und es wurde ihnen ganz seltsam zumute. Sarina war das Tuch aus der Hand gefallen, das sie sich gegen den Mund pressen wollte, und es schwebte nach unten, wie ein Schmetterling. Tanzte mal hin und mal her, kam dem Turm so nahe, dass sie glaubten, es würde hängen bleiben, flatterte wieder fort und erreichte schließlich die Straße, wo es auf einem Trittstein liegen blieb.

Magdalena sagte: Das bringt Glück!

Barbara sagte: Dann dürfen wir uns etwas wünschen!

Kopernikus war vergessen. Zu dritt fassten sie sich an den Händen und wünschten sich eine Liebe, wie die Dichter sie besangen.

Sarina seufzte und erhob sich. »Und was ist geworden? Jetzt bist du tot, und ich bin alleine hier in diesem Haus. Und von einer Liebe, wie die Dichter sie besingen, träume ich schon lange nicht mehr.« Sie küsste Magdalena auf das blonde Haar. »Möge dich ein Engel unter seine Schwingen nehmen und dich beschützen. Einmal folge ich dir dorthin, wo du jetzt bist, dann werden wir wieder zusammen sein.«

Sie schlug das Tuch über der Toten zusammen, so wie es sich gehörte, nahm die Nadel mit dem Faden und fing an, ihre Freundin einzunähen. Tränen rannen ihr dabei über die Wangen, tropften von ihrem Kinn auf das kostbare rote Tuch.

Plötzlich wurde die Tür aufgestoßen. Frau Wiltrud trat ein. »Was heulst du denn!«

»Entschuldigung, Frau Muhme.«

»Der Herr gibt, und der Herr nimmt!«

Sarina wischte sich eilig die Tränen ab.

»Wenn Gott in seiner Gnade einen von uns zu sich holt, haben wir es mit Demut hinzunehmen. Es ist unchristlich, so hemmungslos um einen Verstorbenen zu weinen!«

»Ja, Muhme.«

Mit einem ärgerlichen Blick starrte Frau Wiltrud auf das rote Bündel. »Ihretwegen müssen wir jetzt die Verlobung verschieben!« Sie ging zur Tür, blieb dort stehen und sah Sarina an. »Wenn du hier fertig bist, sag Bescheid. Richard und Kurt übernehmen die erste Totenwache. Beerdigen können wir sie erst morgen. Ich habe einen Boten nach ihrem Vater geschickt, aber ich glaube kaum, dass er rechtzeitig hier sein wird.« Sie zog die Tür zu, öffnete sie aber wieder. »Und vergiss nicht, der letzte Stich geht durch die Nase! Wir müssen sicher sein, dass sie nicht doch noch lebt.«

Sarina zuckte zusammen. »Ja, Muhme.«

Als die Tür hinter Frau Wiltrud zufiel, rann eine neue Sturzflut von Tränen aus Sarinas Augen. Es brauchte lange, bis sie den Mut fand, den letzten Stich auszuführen.

5. Kapitel

6. April 1546

Einen Eichensarg konnten sich nicht viele leisten. In manchen Familien reichte das Geld nicht einmal für ein gewachstes Leichentuch, sie mussten es sich von der Kirche leihen und nach der Bestattung zurückgeben. Aber Magdalena hatte man nicht nur in ein Leichentuch eingenäht, sondern auch in einen Eichensarg gelegt. Später würde man sie damit im Familiengrab auf dem neu angelegten protestantischen Petersfriedhof bestatten.

Als die sechs Männer, die sich als Sargträger eingefunden hatten, mit dem Sarg aus dem Haus traten, breitete Richard ein goldbesticktes Tuch mit dem Wappen der Familie darüber aus. Verwandte und Nachbarn, Knechte und Mägde, Freunde und Honoratioren der Stadt hatten sich versammelt, um der Toten in einer Prozession zur Kirche zu folgen. Auch Barbara, Frau Sibilla, die Jungfer Amman und ihre Eltern waren gekommen. Sie trugen Trauerkleidung – lange schwarze Mäntel, die Frauen dazu einen weißen Überwurf, der bis zur Hüfte reichte. In den Händen hielten sie Kerzen und Fackeln, und aus ihren Mündern war christliches Gemurmel zu hören.

Wir gedenken der Verstorbenen, die unter uns gelebt und die Gott zu sich gerufen hat. Der Herr hat sie uns gegeben, der Herr hat sie uns genommen, der Name des Herrn sei gepriesen.

Hüben und drüben der Straße standen Menschen und gafften ihnen nach.

»Im Sarg liegt die Jungfer Magdalena. Gestern am Nachmittag ist sie gestorben.«

»Woran denn?«

»Man munkelt, sie sei besessen gewesen.«

»Gott behüte uns vor so einem Schicksal! Amen.«

»Und die dort?«, fragte ein Mann, um dessen Hals an einem Lederriemen eine Pilgermuschel hing.

»Das ist die Jungfer Sarina, die Kusine der Toten und Nichte unseres Stadtkämmerers.«

»Ach?« Der Mann verkniff sich ein Grinsen und nickte bedeutungsvoll. »Da sieht man mal wieder, auch wer Geld hat, kann sich das ewige Leben nicht kaufen!«

An der Augustinerkirche bog der Leichenzug zur Neuen Pfarre hin ab. Frau Wiltrud seufzte. Keine Klageweiber folgten dem Sarg, keine Nonnen und Mönche, die für die Tote um Gottes Gnade flehten! Lutherische Einfachheit, selbst noch im Tode. Und bekreuzigen durfte sie sich auch nicht! Was war das nur für eine armselige Beerdigung.

Heimlich verbarg sie den Rosenkranz zwischen den gefalteten Händen und murmelte leise: »Gegrüßet seist du Maria, voll der Gnade, der Herr ist mit dir. Du bist gebenedeit unter den Weibern, und gebenedeit ist die Frucht deines Leibes. Heilige Maria, Mutter Gottes, bitte für uns Sünder, jetzt und in der Stunde unseres Todes, Amen.«

Trotz der Trippen*, die Frau Wiltrud trug, wischten ihr gutes Kleid aus Samt und der Mantel über die aufgeweichte Erde, über Schmutz und Schlamm, Hundekot und Erbrochenes. In der Nacht hatte es geregnet, die Gassen waren von Pfützen übersät.

»Leben wir, so leben wir dem Herrn, sterben wir, so sterben wir dem Herrn. Ob wir leben oder sterben, wir gehören dem Herrn«, beteten jene, die dem Trauerzug folgten.

* dicke hölzerne Untersohlen, manchmal bis zu 30 cm hoch, die zum Schutz vor Schlamm und Schmutz unter die eigentlichen Schuhe geschnallt wurden.

Immer mehr Menschen hatten sich unterwegs angeschlossen, andere – unter ihnen auch Meister Zacharias – warteten vor der Kirche. Ein wenig abseits stand er da und forschte mit wachen Blicken in den Gesichtern der Mädchen, die dem Sarg folgten. Seit ihm der Rat den Auftrag für das Gemälde erteilt hatte, suchte er nach einer Jungfer, deren Antlitz eines Kaisers würdig war. Stunden, ja ganze Tage war er durch die Stadt gelaufen, hatte in Gesichter geschaut, hatte Mädchen beim Schwatzen beobachtet oder sich von ihnen Stoffe, Schnallen, Tiegel und Körbe vorlegen lassen, damit er mit ihnen reden und ihnen in die Augen sehen konnte. Keine hatte seinen Ansprüchen genügt. Die einen gefielen ihm nicht, die anderen waren zwar hübsch anzusehen, aber dumm, oder sie stanken wie die Pest.

Das Mädchen, das er suchte, musste etwas Besonderes sein! Blickte der Betrachter – blickte der Kaiser sie an, musste er ihr gleichsam ins Herz schauen und dort sich verlieren können! Seine Liebe, seinen Hass, seine Freude, seine Trauer musste er in ihren Augen wiederfinden. War es nur ein schönes Bild von irgendeinem schönen Mädchen, würde es ihn bald langweilen und in irgendeiner dunklen Ecke seines Palastes in Vergessenheit geraten.

Doch hier, in diesem Trauerzug erblickte er sie endlich, die Jungfer, nach der er so lange gesucht hatte! Ihr Gesicht war von Trauer gezeichnet, und doch sah man darin das blühende Leben, verbarg sich ein kostbares Lächeln auf den von Tränen benetzten Lippen, erkannte man in ihren Augen den Glauben an das Glück und die Sehnsucht nach dem Geheimnis der Liebe. Ein Antlitz wie geschaffen für den Kaiser, der so oft in Melancholie verfiel, der über die Pflicht seines Amtes und die Trauer um seine verstorbene Gattin auch das Leben vergessen hatte. In Betrachtung dieses Mädchens würde er sich wieder an das

Glück erinnern, würde er lebendig werden, die Kraft des Lebens spüren und vielleicht eines Tages sein Leid vergessen.

Die Trauernden betraten die Kirche. Der Sarg wurde im Chor abgesetzt, vier brennende Kerzen wurden neben ihn gestellt. Meister Zacharias fand einen Platz, von dem aus er das Mädchen beobachten konnte.

Die junge Frau setzte sich und senkte den Kopf. Tränen perlten aus ihren Augen, liefen über ihre Wangen, tropften von ihrem Kinn auf ihr Dekolleté, zersprangen dort, ließen ihre Haut silbrig glänzen. Hin und wieder hob sie die rechte Hand, in der sie ein weißes, spitzengesäumtes Tuch hielt, strich sich damit über die Augen, sah mit einem prüfenden Blick zur Seite, ob man sie auch nicht beobachtete. Vielleicht spürte sie seinen Blick, vielleicht schämte sie sich aber auch nur ihrer Trauer, die ein schickliches Maß überstieg.

Das *Dies irae* wurde gesprochen. Die Lippen des Mädchens bewegten sich im Rhythmus des Versmaßes. Wie Hammerschläge hallten die Worte der Versammelten von den Wänden der Kirche wider, beschrieben der Welten Ende und das Jüngste Gericht, ließen Posaunen ertönen und zeichneten Visionen vom Schrecken des Todes.

Das Mädchen drehte den Kopf zur Seite. Der Blick einer Älteren traf sie, es musste Frau Winkler sein. Meister Zacharias hatte sie nur ein- oder zweimal gesehen, und das war lange her. Er erinnerte sich daran, dass sie ihm schön, aber kalt erschien. Ein ebenmäßiges Gesicht, jedoch ein spitzes Kinn und ein verkniffener Mund.

Der Blick, mit dem sie das Mädchen bedachte, hatte etwas Zurechtweisendes. Schuldbewusst senkte es daraufhin den Kopf, presste die Lippen auf die gefalteten Hände und lauschte den Worten des Pastors, der nach dem *Dies irae* für alle Verstorbenen um Gnade bat.

Requiem aeternam dona eis, Domine; et lux perpetua luceat eis -

Das Mädchen trug einen geflochtenen Gürtel, an dessen langem Ende ein silbernes Kreuz hing. Sie hatte ihn um ihre gefalteten Hände geschlungen, als ob sie sich daran festhalten wollte. Das Kreuz berührte beinahe ihre Lippen, und es schien, als würde sie dem Gottessohn etwas ins Ohr flüstern.

Agnus Dei, qui tollis peccata mundi: dona eis requiem -

Wie verzaubert betrachtete Meister Zacharias dieses Bild, sog es auf wie den Duft einer Rose, die gerade erblüht war, und vergaß dabei beinahe zu atmen.

Dona eis requiem aeternam. Amen.

»Amen«, sagte auch Meister Zacharias – er hatte sein Modell gefunden.

Mit einer unwirschen Bewegung schob Wolfgang Winkler das schmutzige Geschirr zur Seite und setzte sich. Seine Frau hatte die Trauergäste fürstlich bewirtet. Abgekiefte Knochen, Brotkrümel und Kuchenreste lagen herum, Schüsseln und Teller, Becher und Weinkrüge standen noch auf den Tischen.

»Warum habt Ihr mit der Bestattung nicht auf mich gewartet?«

»Wir haben Euch einen Boten geschickt, aber keine Nachricht erhalten. Ihr wisst, dass es unschicklich ist, einen Leichnam länger als einen Tag im Hause zu lassen.«

»Magdalena liegt in einem Sarg. Man hätte ihn in der Kirche aufbahren können. Ein paar Stunden, ein halber Tag hätte genügt.«

»Was wussten wir denn, wann Ihr kommen würdet.«

»Ja, ja ...« Wolfgang Winkler machte eine wegwerfende Handbewegung und sah seine Frau verbittert an. »Wenn ich nicht wüsste, wie's werden müsste! – Um eine Ausrede wart Ihr noch nie verlegen!«

Sie warf den Kopf in den Nacken. »Wenn Ihr mich jetzt bitte entschuldigen wollt?« Sie deutete auf den Tisch. »Ihr seht ja, ich habe zu tun.«

»Ja, geht nur.« Wolfgang Winkler seufzte. Er stützte die Ellenbogen auf, verbarg das Gesicht in den Händen und murmelte etwas, das seine Frau nicht verstand.

Als Sarina einige Zeit später hereinkam, saß er noch immer so da. Sie blieb an der Tür stehen und knickste. »Darf ich den Tisch abräumen, Oheim?«

Er wandte sich nach ihr um und sah sie an, als hätte er vergessen, dass es sie gab. Doch dann erhellten sich seine Gesichtszüge. »Ja, ja, mein Kind, tu deine Arbeit! Wie schön, dich zu sehen.«

Sie zog eine der Schüsseln heran und fing an, Essensreste hineinzusammeln. Wolfgang Winkler blickte auf ihre Hände. Sie waren vom kalten Wasser gerötet und von der Arbeit rau. Plötzlich griff er nach ihrem Arm und hielt sie fest. »Was war – was ist passiert?«

Sarina wich seinem Blick aus. »Das wisst Ihr doch, die Muhme hat es Euch erzählt.«

»Ich weiß, was sie erzählt hat, aber nicht, was passiert ist!«

»Magdalena hatte wieder einen Anfall. Ich fand sie an der Treppe zum Turm.«

»Und dann?«

»Kurt legte sie ins Bett, ich zog sie aus, wusch sie und deckte sie zu. Danach musste ich Besorgungen erledigen. Als ich wiederkam, war sie tot.«

»Und der Arzt?«

»Er ließ sie zur Ader, Barbe kam mir mit einer Schüssel Blut entgegen. Mehr weiß ich nicht.«

»Kein Exorzist?«

Sie schüttelte den Kopf.

Wolfgang Winkler ließ Sarinas Arm los, sie fuhr mit ihrer Arbeit fort.

»Du hast Magdalena geliebt wie eine Schwester, nicht wahr?«

Sarina nickte heftig. »Ja, ich habe sie geliebt. Ich hätte alles getan, damit sie am Leben bleibt.« Mit klopfendem Herzen dachte sie an ihren Gang zum Henker.

Der Oheim strich ihr tröstend über die Wange. »Ich weiß, mein Kind.«

Die Tür flog so plötzlich und heftig auf, dass sie zusammenzuckten. Frau Wiltrud trat ein. Sie sah von Sarina zu ihrem Gatten, als hätten sie etwas Verbotenes getan.

»Meister Zacharias wünscht Euch zu sprechen.«

»Meister Zacharias? Kann er nicht bis morgen warten?«

»Er sagt, es sei dringend. Es gehe um ein Gemälde, das Ihr in Auftrag gegeben habt.«

Wolfgang Winkler seufzte. »Dann führt ihn in mein Zimmer.« Er sah Sarina an. »Und du bringst uns einen Krug Wein.«

Müde vom langen Ritt und der Aufregung des Tages stieg er die Treppe zu seinen Arbeitsräumen hinauf. Die dickglasigen bleigefassten Fenster ließen so wenig Licht durch, dass eine der Mägde bereits die Kerzen am Messingleuchter angezündet hatte, überdies brannte ein Feuer im Kamin. Als er die Tür hinter sich schloss, huschte eine Maus durchs Zimmer und verschwand hinter einer Truhe, auf der Papierrollen und Bücher lagen. »Man muss die Katzen heraufIassen«, murmelte er, zog sich das federgeschmückte Barett vom Kopf und hängte es an einen Haken.

Als es kurz darauf klopfte, sagte er: »Herein!«

Meister Zacharias verneigte sich. »Es tut mir leid, Euch in Eurer Trauer stören zu müssen, gerne hätte ich Rücksicht genommen. Doch es geht um das Gemälde, und Ihr wisst, es eilt.«

Herr Winkler stellte einen Faltstuhl ans Feuer und bat Meister Zacharias, sich zu setzen. »Habt Ihr ein Mädchen gefunden, das Euch Modell stehen kann?«

»Vier Tage lief ich durch die Stadt, forschte in allen Gesichtern – vergeblich! Ich hatte schon aufgegeben, da sah ich sie heute Morgen beim Trauergottesdienst für Eure Tochter. Es ist eine Jungfer aus Eurem Hause, Eure Nichte, wie man mir sagte.«

»Ihr meint Sarina?«

Meister Zacharias nickte. »So heißt sie wohl.«

Wolfgang Winkler strich sich nachdenklich den Bart, dann nickte er. »Fürwahr, sie ist ein besonderes Mädchen. Hübsch und klug, und sie hat ein gutes Herz.«

»Dann seid Ihr also einverstanden, dass ich sie male?«

»Mir soll es recht sein.«

Wie gerufen trat Sarina ein. Sie knickste und wünschte Meister Zacharias einen guten Abend, stellte einen Krug Wein und zwei Becher auf den Tisch und wollte wieder gehen.

»Bleib, Sarina!« Wolfgang Winkler winkte sie zu sich. »Meister Zacharias ist deinetwegen hier.«

Erschrocken sah sie ihn an. Vielleicht hatte er sie gesehen, als sie zum Henker ging.

Der Alte lächelte. »Weshalb habt Ihr Angst vor mir? Ich will Euch nichts Böses.«

»Malen möchte er dich!«

»Mich?«

»Es soll ein Gemälde für den Kaiser werden, ein Geschenk der Stadt.«

Sarinas Augen wurden noch größer. »Für den Kaiser! Aber ... das geht doch nicht!«

»Weshalb nicht?«

Sie senkte den Blick. »Ich bin nicht schön genug und bin es nicht wert, dass die Augen unseres hochehrwürdigen Kaisers auf mir ruhen.«

Meister Zacharias lächelte milde. »Nun, Eure Bescheidenheit ehrt Euch, Jungfer Sarina, jedoch könnt Ihr meinem Urteil getrost vertrauen. Schönheit liegt immer im Auge des Betrachters, und Ihr seid in dieser Sache vielleicht nicht ganz unbefangen. Überdies geht es hier nicht um Schönheit, sondern um ...«, er suchte nach Worten, »um Tiefe.«

»Um Tiefe?« Ratlos zog sie die Stirn in Falten. Sie wusste nicht, was er mit Tiefe meinte, auch nicht, wieso er glaubte, dass dem Kaiser ihr Bildnis gefallen könnte. Und gefallen sollte es ihm doch wohl, denn Geschenke machte man, um das Herz des Beschenkten zu erfreuen. Sie versuchte noch einmal, die beiden Herren von ihrem Vorhaben abzubringen. »Frau Wiltrud wird es gewiss nicht erlauben!«

Wolfgang Winkler winkte ab. »Das lass nur meine Sorge sein. Und nun geh und schick mir deine Muhme herein.«

Sarina knickste und zog die Tür hinter sich zu.

Frau Wiltrud ließ lange auf sich warten. Noch immer schien sie über die Rüge verärgert, die ihr Gatte ihr erteilt hatte. Mit starrer Miene setzte sie sich auf den Stuhl, den er ihr ans Feuer schob.

»Meister Zacharias hat den Auftrag, das Bildnis eines Mädchens zu malen«, kam er gleich zur Sache. »Der Rat wird es zur Eröffnung des Reichstages dem Kaiser schenken. Seine Wahl fiel auf Sarina.«

»Sarina?« Frau Wiltruds Augen wurden eng. »Ausgeschlossen!«

»Was habt Ihr dagegen?« Meister Zacharias war erstaunt über ihre brüske Ablehnung.

Sie sah ihren Gatten an. »Sitzungen für ein Gemälde sind

eine langwierige Sache, wie ich aus eigener Erfahrung weiß. Jetzt, wo Magdalena nicht mehr unter uns ist, brauche ich Sarina hier mehr denn je! Wer sollte sonst die Mägde beaufsichtigen, wenn ich nicht im Hause bin?«

»Die Mägde kommen auch einmal ohne Aufsicht zurecht.«

Frau Wiltrud wandte sich wieder an Meister Zacharias. »Warum nehmt Ihr nicht Barbara Blomberg, die Schöngürtlerstochter? Mit ihrem dichten blonden Haar und den blauen Augen gleicht sie einem Engel.«

»Mit Verlaub«, Meister Zacharias verbeugte sich vor Frau Wiltrud und schenkte ihr ein verbindliches Lächeln, »aber die Wahl meines Modells müsst Ihr schon mir überlassen. Jungfer Sarina ist die Richtige, da bin ich sicher. Freilich, wenn es kein Mädchen, sondern eine Frau sein müsste, die in voller Blüte steht, ich würde Euch vorziehen. Doch so … ich bitte Euch herzlich um Euer Einverständnis.«

Wie immer, wenn sie ratlos war und über eine Sache nachdachte, griff Frau Wiltrud nach dem langen Ende ihres Gürtels und ließ ihn durch ihre Finger gleiten. Leise klirrten die Schlüssel, die daran hingen. »Nun gut. Meinetwegen.« Sie seufzte. »Aber sie kann nur nachmittags fort.«

»Nachmittags wird genügen.« Meister Zacharias stand auf und verneigte sich vor Frau Wiltrud. »Ich danke Euch.«

»Dankt vor allem meinem Gatten, denn ich hätte es an seiner Stelle nicht erlaubt. Und nun entschuldigt mich bitte, ich habe zu tun.«

6. Kapitel

7. April 1546 – früh am Morgen

Olrig hob den Kopf und lauschte. Es klingelte im oberen Stockwerk; das war Meister Zacharias, er wollte angekleidet werden.

Der Hausknecht nahm einen Holzspan, hielt ihn ins Feuer, bis er brannte, und entzündete damit die Öllampe. Sein dunkelblondes Haar, das er sich immer zu Ostern auf Kinnlänge zurückstutzen ließ, fiel dabei nach vorne und verdeckte seine blauen Augen, die eng zusammenstanden. Olrig war neunundzwanzig Jahre alt und diente seit seinem vierzehnten Lebensjahr im Haus von Meister Zacharias.

Es klingelte ein zweites Mal, diesmal ungeduldiger.

Olrig seufzte. Mit der Lampe in der rechten und einem Krug Wasser in der linken Hand stieg er die Treppe hinauf.

Früher hatte ihm diese Stunde zwischen Nacht und Tag, in der alle noch schliefen, alleine gehört, und er hatte dabei ein seltsames Glück empfunden. Wenn im Osten ein erster silbriger Lichtstreifen zu sehen war, die Hühner im Hof ganz leise zu gackern anfingen, der Hund sich gähnend reckte, war eine Freundlichkeit auf der Welt wie sonst zu keiner Tageszeit. Manchmal war er sogar zur Donau gegangen, hatte einfach nur da gestanden und aufs Wasser oder zur Steinernen Brücke hinübergeschaut. Eine Freude war das! Ein Leuchten und Glitzern lagen auf dem Fluss, wenn das Morgenrot sich spiegelte, das erste Tageslicht über das Wellengekräusel leckte!

In solchen Momenten wäre er gerne Meister Zacharias gewesen, um alles auf einem Gemälde festzuhalten. Gott zu Ehren, und weil sein Herz, von so viel Schönheit berührt, schier überzufließen drohte. Doch wer war er schon – nicht mehr als ein einfacher Hausknecht. Er musste froh sein, dass man ihn hier aufgenommen hatte und er sein Leben nicht bettelnd auf der Straße fristen musste. An Malen war da nicht zu denken, wenngleich er dem Meister auch beim Farbenmischen helfen durfte und vielleicht nicht ganz unbegabt war.

Einmal, als der Meister nicht zugegen war, hatte er heimlich ein paar Farbtupfer und Striche auf ein Stück Holz gesetzt. Das Herz hatte ihm dabei bis in die Schläfen gepocht, Tränen waren ihm in die Augen gestiegen. Doch dann hatte er das Scheit eilig in den Ofen geschoben und nie wieder einen der Pinsel angerührt. Es war Frevel, und Gott würde ihn am Jüngsten Tag dafür strafen.

»Ja, ja«, murrte Olrig, als es ein drittes Mal klingelte.

Das Alter hatte aus Meister Zacharias einen launischen, unzufriedenen Mann werden lassen. Nichts konnte man ihm mehr recht machen, kein freundliches Wort kam mehr über seine Lippen. Mochte es an seinen gekrümmten Fingern liegen, mit denen er den Pinsel nicht mehr richtig halten konnte, an seinen schlechten Augen oder daran, dass er kaum noch Schlaf fand – Olrig wusste es nicht.

»Da bist du ja endlich!«, fuhr Meister Zacharias ihn an, als er die Kammertür aufdrückte.

»Guten Morgen«, antwortete Olrig. Er stellte die Lampe auf die Truhenbank, schlug die Decke zurück und half Meister Zacharias aus dem Bett. Nackt stand er vor ihm, rang nach Atem, hustete einige Male, streckte sich und deutete auf das Waschkabinett, das in der Wand hinter der Tür eingelassen war. Eine Schüssel stand in der Nische, eine Art Teekessel hing an einer Kette darüber.

Olrig nahm den Kessel vom Haken, füllte Wasser aus

der mitgebrachten Kanne hinein und hängte ihn wieder auf.

»Gießen!«, befahl Meister Zacharias.

Olrig kippte den Kessel nach vorne, Wasser rann aus der Tülle in die hohlen Hände des alten Mannes. Er benetzte damit sein Gesicht, wusch notdürftig Arme und Oberkörper, spülte sich den Mund aus und hustete wieder.

»Handtuch!«

Olrig nahm es von der Halterung und reichte es ihm.

Als er sich abgerieben hatte, gab er es Olrig zurück. »Ich werde malen. Wir müssen Farben mischen. Du gehst in die Apotheke und kaufst, was ich brauche. Ich werde dir eine Liste mitgeben. Und hol Eier aus dem Hühnerstall, bevor sie in der Küche landen.«

»Ja, Meister.«

Olrig stülpte ihm das Hemd mit dem angekrausten Kragen über den Kopf, half ihm in die Pluderhosen, zog ihm die Strümpfe an – eine Tortur, die sie beide hassten! Dann legte er ihm die Schamkapsel an und hielt ihm das Wams zum Hineinschlüpfen hin.

Das Zuknöpfen des Wamses ging Meister Zacharias nicht schnell genug, er schalt Olrig einen ungeschickten Tölpel und stieß ihn von sich. »Und jetzt meine Morgensuppe!«

»Ich weiß nicht, ob die Frauen schon wach sind.«

»Dann weckst du sie eben!«

Olrig goss noch einmal Wasser in die Kanne der Waschvorrichtung, nahm den leeren Krug mit und ging.

Als er in die Küche kam, saß Ansgar am Feuer. Er war Frau Gudruns Sohn und Meister Zacharias' Enkel. Wie sein Großvater in jungen Jahren war auch er ein stattlicher, muskulöser Mann. Sein braunes, schulterlanges Haar war lockig, das Blau seiner Augen von einer ungewöhnlichen Intensität. Die Frauen sahen ihm heimlich nach, aber er schien sich nicht viel aus ihnen zu machen. Wichtiger war ihm seine Kunst. Bei seinem Großvater hatte er das Malen und Zeichnen gelernt, doch dann war er seinem Vater nachgefolgt und Steinmetz geworden. Seit er von der Wanderschaft zurück war, arbeitete er bei Meister Jacobus an der Brunnleiten an seinem Meisterstück.

Frau Gudrun war nicht glücklich darüber, dass Ansgar seinem Vater nachstrebte. Man hatte ja gesehen, wohin das führen konnte, wenn einer auf Gotteshäusern herumkletterte. Vor den Augen seines Sohnes war er abgestürzt, als er an der Ostfassade des Domes eine Krabbe aufsetzen wollte. Man hatte den Schwerverletzten zu den Frommen Frauen ins Niedermünster getragen, damit sie seine Wunden versorgten, doch er war gestorben, noch ehe eine Stunde vergangen war.

Frau Gudrun war daraufhin mit ihrem Sohn ins Haus ihres Vaters zurückgekehrt, wo auch ihre verwitwete Schwester Reingard mit ihren beiden kränklichen, immer zu blassen und zu dünnen Kindern Anna und Friedhelm gelebt hatte. Doch auch Reingard und der kleine Friedhelm waren kurz nacheinander gestorben, und so blieb ihr die Nichte als Pflegekind.

Olrig stellte den Wasserkrug auf den Tisch. »Sind die Frauen schon wach?«

»Meine Mutter ist bei den Hühnern im Stall, Anna öffnet die Fensterläden.«

»Der Meister möchte die Morgensuppe.«

Ansgar deutete auf den Kessel, der über dem Feuer hing. »Sie ist noch nicht heiß. Was steht der Großvater denn schon so früh auf?«

»Seit ein paar Tagen treibt ihn etwas um. Die halbe Nacht höre ich ihn durchs Haus wandern. Er wird noch die Treppe hinunterstürzen.« Olrig warf ein Holzscheit aufs Feuer. »Er will wieder malen!«

Erstaunt sah Ansgar den Hausknecht an. »Malen? Mit seinen steifen Fingern? Mit seinen schlechten Augen? Hat er nicht im letzten Herbst geschworen, nie wieder einen Pinsel anzurühren?«

Olrig zuckte die Schultern. »Ihr kennt ihn ja. Nicht einmal seine Schwüre sind ihm heilig, wenn er sich etwas in den Kopf gesetzt hat.«

Frau Gudrun betrat die Küche. Im Arm hielt sie einen Korb mit Eiern. Olrig griff danach. »Ich brauche fünf für den Meister.«

Frau Gudrun seufzte. »Wozu? Will er sie ausbrüten?«

»Malen will er wieder«, gab Ansgar an Olrigs Stelle Auskunft. »Er braucht die Eier zum Anrühren der Farben.«

»Malen?« Frau Gudrun schüttelte den Kopf. »Aber das kann er doch nicht mehr!«

Anna trat ein. Sie füllte Wasser aus einem Eimer in einen der Kessel und hängte ihn an die Kette über dem Feuer.

»Der Meister wünscht die Morgensuppe«, wiederholte Olrig.

Frau Gudrun griff nach einer Schöpfkelle, nahm eine Holzschale vom Bord, füllte etwas von der Suppe hinein und schickte Anna damit zu ihrem Großvater.

»Warum muss ich gehen?«, murrte sie. Sie hatte Angst vor seinen Launen.

Ansgar stand auf. »Lass nur.« Er nahm seiner Kusine die Schale aus der Hand. »Ich bringe ihm seine Suppe. Ich muss mit ihm reden, das ist eine gute Gelegenheit.«

Ansgar fand Meister Zacharias in der Malstube. Sein Großvater hatte das Haus in der Weitoldstraße vor acht Jahren gekauft und nach seinen Bedürfnissen umgebaut. Die Kammern, die im oberen Stock gen Süden hin lagen, hatte er zu einem einzigen großen Raum zusammenfügen lassen, wozu zwei Wände herausgerissen werden mussten. Die Fenster waren allesamt bleiverglast und konnten nach oben hin aufgeklappt werden, so fiel im Sommer noch mehr Licht ein.

Wenn man von hier hinaussah, lag der Garten, der bis zum Nonnenplatz hin reichte, vor einem, und jenseits des Platzes sah man auf die Nordfront des Dominikanerinnenklosters Heilig Kreuz. Bei geöffneten Fenstern hörte man die Nonnen singen oder die Glockenschläge der Klosterkirche und der St.-Leonhards-Kirche, die auf der anderen Seite der Weitoldstraße lag.

Doch um die Fenster zu öffnen, war es jetzt noch zu kalt. Im Gegenteil, es hingen dicke Vorhänge vor den Scheiben, und es musste geheizt werden. Über einen Schacht wurde warme Luft aus der Küche nach oben geleitet. Ein Eisenzylinder, den Olrig stündlich mit glühender Holzkohle auffüllte, gab zusätzlich ein wenig Wärme ab.

Als Ansgar eintrat, stand Meister Zacharias an seinem Arbeitstisch und strich mit der Hand über eine Leinwand, die er aufzuspannen gedachte. Er hob den Kopf und sah seinen Enkel missmutig an. »Was schickt Olrig dich, statt selbst zu kommen?«

»Er hat zu tun. Außerdem wollte ich mit Euch reden, Großvater.« Ansgar stellte die Schale mit der Morgensuppe auf den Tisch.

»Doch nicht hier hin! Du verdirbst mir die Leinwand!«

Ansgar nahm die Schale wieder weg und stellte sie auf einen Schemel.

»Was willst du?«

»Ich möchte hier im Garten an meinem Meisterstück weiterarbeiten. Erlaubt Ihr es mir, Großvater?«

»Warum bleibst du nicht in der Steinmetzhütte an der Brunnleiten?« Meister Zacharias nahm die Schale, setzte sich und löffelte seine Suppe.

»Meister Jacobus hat einen Auftrag, an dem er mit zwei Lehrlingen und einem Gesellen arbeitet. Es ist ein großflächiges Relief. Wir treten uns gegenseitig auf die Füße. Mein Block ist inzwischen grob behauen, nun geht es an die Feinarbeit. Ich könnte die Skulptur hier in aller Ruhe fertigstellen, niemand würde mich stören. Meister Jacobus würde jeden Tag einmal vorbeischauen, um mir mit Rat und Tat zur Seite zu stehen. So wäre es das Beste für uns alle.«

»Für euch vielleicht, aber nicht für mich. Ich mag es nicht, wenn sich Fremde in meinem Garten tummeln.«

»Ich bin nicht fremd, und Meister Jacobus kennt Ihr seit drei Jahrzehnten. Ich könnte Euch eine Miete bezahlen.«

»Damit deine Mutter mich einen alten Geizhals schimpft?«

Ansgar konnte sich ein Schmunzeln nicht verkneifen.

»Nun gut«, brummte Meister Zacharias, »sei's drum. Aber du nimmst den Platz vor der Waschküche, damit du mir möglichst weit aus den Augen bist.«

Ansgar verbeugte sich. »Ich danke Euch, Großvater!«

»Du kannst dich bedanken, indem du mir hin und wieder zur Hand gehst. Die Leinwand aufspannen, damit könntest du schon einmal anfangen.«

»Ihr wollt wieder malen?«

»Ein Auftrag vom Rat. Ich habe mich nicht darum gerissen, aber nun ist es beschlossen. Das Bildnis eines Mädchens, ein Geschenk für den Kaiser zur Eröffnung des Reichstages.«

»Aber das ist ja schon in zehn Wochen!«

»Und darum eilt es. Die Nichte unseres Stadtkämmerers wird mir Modell stehen. Bereits heute Nachmittag kommt sie, das kannst du deiner Mutter gleich ausrichten. Und hier!« Der Alte nahm einen Zettel vom Tisch. »Die Liste gibst du Olrig, das soll er mir aus der Apotheke besorgen.«

»Ja, Großvater.« Ansgar nahm den Zettel und schloss die Tür hinter sich.

7. Kapitel

7. April 1546 – am Nachmittag

Frau Wiltrud war nicht bereit gewesen, Sarina eine der Mägde oder Kurt mit auf den Weg zu geben. »Nur fürs erste Mal«, hatte das Mädchen gebeten und zur Antwort bekommen, dass man Wichtigeres zu tun habe, als sie zu diesen Sitzungen zu begleiten. Doch zum Glück war Frau Sibilla großzügiger und ließ Barbara mit ihr gehen. Nun liefen die beiden nebeneinander her, und Kutja folgte ihnen, so wie vor ein paar Tagen, als sie zum Henker unterwegs gewesen waren.

Die Freundinnen überquerten den Haidplatz. Rechts stand das Gasthaus *Zum Goldenen Kreuz*, das auch Kaiserherberge genannt wurde, weil Fürsten, Könige und der Kaiser dort abstiegen, wenn sie sich in Regensburg aufhielten. Es gehörte der Familie Thuner, mit der Barbara verwandt war. Dahinter lag das Haus, in dem Barbaras Großmutter wohnte. Es stieß ans *Goldene Kreuz*, und wenn der Kaiser mit seinem Gefolge, die hohen geistlichen Herren, die Fürsten und Gesandten alle auf einmal Unterkunft brauchten und darum im Gasthaus die Zimmer knapp wurden, vermietete man die Räume der Großmutter mit.

Zum letzten Mal war der Kaiser vor fünf Jahren in Regensburg gewesen. Barbara hatte man zum Helfen ins *Goldene Kreuz* geschickt. Einmal musste sie Wasser ins Schlafgemach des Kaisers tragen. Er war alleine, saß am Fenster und blickte hinaus. Als sie eintrat, winkte er sie zu sich heran, strich ihr über den Kopf und lächelte. »Dein Haar glänzt ja wie Gold, Kind, und deine Augen sind blau wie das Meer! Wie alt bist du denn?«

»Dreizehn Jahre, kaiserliche Hoheit.« Mit gesenktem Blick knickste sie vor ihm, und er steckte ihr einen Wiener Pfennig zu.

Aus Angst, man würde sie nicht mehr zu ihm lassen, hatte sie niemandem davon erzählt, aber sein Blick, sein Lächeln hatten sich für immer in ihre Erinnerung eingebrannt, und den Wiener Pfennig besaß sie noch immer.

Barbara blieb plötzlich stehen. Sie schirmte mit der Hand die Augen ab und sah an der Fassade des Gasthauses hoch. Schon hatte man zu Ehren des Kaisers auf dem Turm die Fahne gehisst. In zwei Tagen wurde er erwartet, und er würde bis zum Sommer bleiben.

Sie drehte sich wieder zu Sarina um. »Bist du denn nicht stolz, dass Meister Zacharias dich für dieses Gemälde ausgewählt hat?«

Sarina schüttelte den Kopf und zog sie weiter.

»Ich an deiner Stelle wäre stolz! Unser Kaiser ist der mächtigste Mann der Welt, und sein Blick wird auf deinem Bildnis ruhen! Eine größere Ehre gibt es doch nicht!«

»Frau Wiltrud hasst mich schon jetzt dafür.«

»Ach, Frau Wiltrud! Du kuschst zu viel vor ihr! Du musst es einmal deinem Oheim sagen, wie sie dich behandelt. Und dass sie dich zum Henker geschickt hat.«

»Bist du verrückt! Niemand darf je davon erfahren! Sie würde mich aus dem Hause werfen!«

»Aber schuld ist doch sie, sie hat dich geschickt!«

»Das wird sie niemals zugeben. Sie wird sagen, ich lüge, und am Ende wird man ihr glauben.«

»Und wenn schon, du hast den Henker nicht berührt!«

»Aber ich war ihm so nahe, dass ich seinen Atem riechen konnte! Und dem Hundsschinder habe ich in die Augen gesehen, das ist noch das schlechteste aller Omen!«

Am Jakobsplatz mussten sie nach rechts ins Böhmische Eck, dann nach links in die Wollwirker Gasse, so hatte

Wolfgang Winkler seiner Nichte den Weg erklärt. Von da immer nur geradeaus, an einem freien Platz vorbei, und dann gleich das erste Haus links, das mit den geschweiften, getreppten Giebeln.

»So weit war ich noch nie!«, sagte Barbara.

»Ich auch nicht.«

»Das ist Abenteuer!«

Sarina lachte. »Du immer mit deinem Abenteuer! Du hättest ein Mann werden müssen.«

Barbara seufzte. »Das wäre mir auch lieber gewesen. Oswald soll in Nürnberg zu einem Goldschmied in die Lehre. Aber er stellt sich an, will nicht weg. Mich will der Vater auch nach Nürnberg schicken, jedoch um Friedrich zu heiraten. Gott, wie ekelt es mich vor ihm!« Barbara schüttelte sich. »Wie gerne würde ich mit meinem Bruder tauschen! Eine Goldschmiedelehre, und dann in die Welt ziehen. Vielleicht fände ich Anstellung bei einem Hofjuwelier. Oder gar am Kaiserhof!« Sie bekam glänzende Augen bei dieser Vorstellung.

»Was du nur immer mit dem Kaiser hast!« Sarina deutete auf ein hellgrün getünchtes Haus, das mit Efeu bewachsen war und eine Vielzahl bleiverglaster Fenster hatte. »Schau, wir sind da, das muss das Haus von Meister Zacharias sein.«

Sie wollte schon an der Tür pochen, als plötzlich geöffnet wurde. Eine kleine stämmige Frau mit einem mächtigen Busen trat vor sie hin. Ein freundliches Lächeln auf dem runden Gesicht, stützte sie ihre Hände in die Hüften und sah von einer zur anderen. »Wer von euch beiden ist nun die Jungfer Winkler?«

Sarina knickste. »Ich mit Verlaub. Und das ist meine Freundin Barbara Blomberg. Sie hat mich begleitet, damit ich den Weg auch wirklich finde.«

»Ist schon recht. Sie kann bei mir in der Küche auf Euch

warten, aber der Hund muss draußen bleiben!« Die Frau öffnete die Tür, ein breiter Flur wurde sichtbar. »Meister Zacharias ist mein Vater«, sagte sie, »ich führe ihm das Haus. Ihr könnt mich Frau Gudrun nennen.«

Die Mädchen folgten ihr in die Küche. Dort saß ein Mann auf einem Schemel, hatte einen Mörser zwischen die Knie geklemmt und stampfte mit einem Stößel darin herum.

»Das ist Olrig, unser Knecht, er wird Euch zu Meister Zacharias bringen.«

Olrig stand auf, stellte den Mörser auf den Tisch und bedeutete Sarina, ihm zu folgen.

Im Hinausgehen warf sie einen Blick aus dem Fenster. Ein junger Mann war gerade dabei, im Hof einen hüfthohen Holzblock aufzurichten. Das braune Haar klebte ihm auf der schweißnassen Stirn, seine Wangen waren von der schweren Arbeit gerötet. Als der Holzblock endlich an der richtigen Stelle stand, hielt er einen Moment inne, wischte sich mit dem Ärmel übers Gesicht und sah gen Himmel, als würde er dort einen Vogel fliegen sehen.

Meister Zacharias nahm die Leinwand zur Hand, hielt sie schräg ins Licht und prüfte ihren Glanz. Er nickte zufrieden. Ansgar hatte sie am Morgen auf einen Keilrahmen gespannt und mit Leim bestrichen. Sobald sie ganz getrocknet war, konnte er sie mit einer Kreidegrundierung behandeln.

Auf der Treppe waren plötzlich Schritte zu hören, kurz darauf wurde die Tür geöffnet, Olrig trat ein. »Hier ist die Jungfer Winkler für Euch.« Hinter dem Knecht erschien Sarina und knickste artig.

Meister Zacharias legte die Leinwand auf den Tisch und streifte sich die Augengläser von der Nase. Sie hingen nun an einer Kordel vor seiner Brust. Stumm betrachtete er Sarina. So angesehen zu werden war ihr unangenehm, sie senkte den Kopf.

»Braucht Ihr mich noch?«, fragte Olrig.

»Du kannst gehen. Und stört mich nicht!«

Als Olrig die Tür geschlossen hatte, wandte sich Meister Zacharias an das Mädchen. »Wie bist du hergekommen?«

»Zu Fuß. Eine Freundin hat mich begleitet. Sie wartet bei Frau Gudrun in der Küche.

»Und wie geht es deinem Oheim?«

»Er lässt Euch schön grüßen.«

Meister Zacharias seufzte. »Was starrst du denn fortwährend auf den Boden. Sieh mich an!«

Sarina hob den Kopf.

»Komm hier her!« Er winkte sie zu sich.

Als sie vor ihm stand, fasste er sie an den Schultern und drehte ihr Gesicht zum Licht. »Den Kopf noch mehr nach rechts! – Nein, nicht so viel. Nur ein klein wenig! – Ja, so bleib.«

Meister Zacharias ging rückwärts bis zur Wand. Dort lehnte ein Klappstuhl. Er stellte ihn auf und setzte sich. Ohne noch etwas zu sagen, ruhte sein Blick auf dem Mädchen. Er rührte sich nicht, er atmete kaum, sah sie einfach nur an.

Es verging wohl eine halbe Stunde, ehe er das Wort wieder an sie richtete. »Was denkst du gerade?«

Sarina wurde rot und schlug die Augen nieder.

»Nun, sag es mir.«

»Dass ich nicht länger so dastehen kann. Der Nacken wird mir steif, die Füße sind kalt. Und dass ich nach Hause möchte.«

Meister Zacharias stand auf und ging zur Tür. »Olrig!«

Es dauerte eine Weile, bis Frau Gudrun heraufrief: »Olrig ist fortgegangen, wir haben ihn zum Markt geschickt.«

»Dann soll Ansgar heraufkommen und Glut für den

Ofen mitbringen.« Meister Zacharias wandte sich wieder an Sarina. »Wenn du an etwas Schönes denkst, woran denkst du dann?«

Erschrocken über eine solch vertrauliche Frage fing Sarina an zu stottern. »Ich ... ich weiß nicht ... »

»Du weißt nicht!« Die Stimme des Meisters klang ärgerlich. »Es muss doch etwas Schönes für dich geben, etwas, woran du gerne denkst!«

Die Tür wurde geöffnet, und Ansgar trat ein. In einer Hand hielt er einen Kübel, in der anderen eine Schaufel. Er ging zum Ofen, einem geschlossenen Eisenbehälter, der auf drei Füßen stand, klappte den Deckel auf, schaufelte die Glut aus dem Eimer hinein und schloss den Deckel wieder.

»Näher ans Fenster damit!«, befahl Meister Zacharias.

Ansgar prüfte, wie heiß der Ofen war, bevor er ihn anfasste und zum Fenster hinrückte.

Der Alte winkte ungeduldig. »Noch ein Stück in diese Richtung – ja, gut so. Und jetzt geh wieder!«

An der Tür drehte sich Ansgar nach Sarina um. Als sich ihre Blicke trafen, sah sie schnell zu Boden.

»Etwas Schönes«, wiederholte Meister Zacharias.

»Unsere Katze, wenn sie Junge hat. Sie schnurrt zufrieden, und die Kleinen ...«

»Ja, ja! Dann denk an deine Katze.«

Sarina seufzte leise und schloss die Augen. Nach einer Weile veränderte sich ihr Gesichtsausdruck. Die steile Falte auf ihrer Stirn glättete sich, der Hauch eines Lächelns lag auf ihren Lippen.

Meister Zacharias zog einen kleinen Tisch heran, auf dem er ein Fässchen mit brauner Tinte, Papier und eine frisch zugespitzte Kielfeder bereitgelegt hatte, setzte die Brille wieder auf, schlang den Zwirn um seine Ohren und fing an zu zeichnen.

Es waren nur ein paar hingeworfene Striche, ein erstes Herantasten an ein Bild, das es bislang nur in seiner Vorstellung gab. Ein Bogen, ein paar Wellenlinien, darüber eine Schraffur gesetzt. Er arbeitete still, nur die Feder kratzte auf dem Papier. Einer seiner Lehrlinge hatte es geschöpft, als Meister Zacharias noch eine Werkstatt unterhielt. An die zwanzig Bogen lagen in der Kommode, die unter dem Fenster stand, daneben Kohle, ein Gefäß mit Rußtinte und ein Gefäß mit Bister, wie man die braune Tinte nannte, die er am liebsten verwendete.

Ein Mädchen ohne Gesicht entstand. Nur die Schulterlinie war herausgearbeitet. Dann die Linien der Wangenknochen, die Nase, die Lippen.

Meister Zacharias wendete das Blatt und skizzierte auf der Rückseite Sarinas linkes Ohr.

Das Mädchen streckte sich und seufzte leise, der alte Mann sah auf. »Möchtest du ein wenig umhergehen?«

Erleichtert nickte sie. »Mein Rücken schmerzt.«

Er legte Feder und Papier zur Seite und knetete seine Finger. Das Rheuma setzte ihm zu. Schließlich stand er auf und verließ das Zimmer.

Sarina reckte die Arme, ließ den Rumpf kreisen. Wie lange hatte sie hier gestanden, ohne sich zu regen? Eine Stunde oder mehr?

Ein Hämmern erweckte ihre Neugierde. Es hörte sich an, als ob Eisen auf Eisen schlug. Sie trat ans Fenster, sah hinaus.

Vor ihr lag ein wunderschöner Garten. Obstbäume, ein Brunnen, Sträucher, die Knospen angesetzt hatten und bald erblühen würden. Weiter hinten ein langgezogenes Gebäude mit einer Kirche – es musste das Kloster der Dominikanerinnen sein.

Aber wer da hämmerte, konnte sie nicht sehen. Erst als sie aus dem Fenster an der schmalen Seite des Zimmers blickte, entdeckte sie den Mann, der im Hof einen Holzblock aufgestellt und später die glühenden Kohlen heraufgebracht hatte.

Auf dem Holzblock stand inzwischen ein Stück grob bearbeiteter Marmor. Der Mann trieb mit einem Fäustel ein Schlageisen in den Stein. Es war ein rhythmisches Hämmern. Eins, zwei, drei, vier – Stille. Eine Melodie, die zwischen der Mauer zur Straße und den Wänden des Hauses hin und her hallte.

Sarina betrachtete ihn neugierig. Er war nur ein paar Jahre älter als sie, groß und muskulös. Sein Gesicht war weiß vom Marmorstaub, sein braunes, schulterlanges Haar hatte er inzwischen unter einer Kappe versteckt. Auf einem Tisch neben ihm lagen Zeichnungen. Damit der Wind sie nicht fortwehen konnten, waren sie mit einem Hammer beschwert. Ein Modell aus Wachs stand daneben, einige Werkzeuge lagen auf dem Boden.

Er arbeitete konzentriert, doch plötzlich hielt er inne, legte Fäustel und Schlageisen auf den Holzblock und fuhr mit den Fingerspitzen über den Stein. Es kam Sarina vor wie eine Liebkosung, als könne er etwas in dem Stein spüren, das für bloße Augen nicht zu sehen war. Hier und da verharrte seine Hand, strich dann weiter, um an anderer Stelle wieder liegen zu bleiben.

Plötzlich drehte der Mann sich um und sah zu dem Fenster hinauf, an dem Sarina stand und ihn beobachtete. Sie erschrak, fühlte sich ertappt. Schnell trat sie zurück und spürte, wie ihre Wangen erröteten.

Das Hämmern setzte wieder ein. Im selben Moment wurde die Tür geöffnet, und Meister Zacharias betrat den Raum.

Er hatte einen Krug in einer, einen Becher in der anderen Hand. »Trink ein wenig!« Er goss ein. »Es ist Most. Meine Tochter presst ihn aus den Früchten unseres Gartens.«

Der Saft schmeckte sauer und leicht angegoren, aber Sarina mochte das.

Als sie den Becher geleert hatte, gab sie ihn Meister Zacharias zurück. Er stellte ihn auf die Kommode und führte sie wieder zum Fenster. »Und jetzt hab noch ein wenig Geduld mit mir.« Er nahm ihren Kopf zwischen beide Hände, um ihn zum Licht hin zu drehen. »So bleib stehen! Ein paar Skizzen noch, dann bist du für heute entlassen.«

Winselnd sprang Kutja auf die Mädchen zu, zwei Stunden hatte der Hund auf sie gewartet.

»Kommt gut nach Hause!« Frau Gudrun, die aus dem Fenster sah, winkte ihnen nach.

Als sie an der Mauer vorbeigingen, die das Anwesen von der Gasse trennte, hörte Sarina wieder das rhythmische Hämmern.

»Das ist Ansgar«, sagte Barbara, »Frau Gudruns Sohn.«

»Ansgar? So heißt er?«

»So hat sie ihn genannt. Und der Knecht heißt Olrig, aber das weißt du ja schon. Sie sind alle nett und freundlich. Nur Meister Zacharias scheint mir ein wenig griesgrämig. Als er in die Küche kam, um Most zu holen, war's mit der guten Laune gleich vorbei. Frau Gudrun zog ein Gesicht, und Olrig sprang auf wie von der Hornisse gestochen. Aber jetzt erzähl mal, wie war's bei dir?«

»Furchtbar! Ich musste da stehen wie ein Denkmal, und er hat mich fortwährend angestarrt. Eine halbe Stunde vielleicht, immer nur angestarrt! Und dann fing er plötzlich an zu zeichnen und sprach dabei kein Wort. Es war langweilig und schrecklich peinlich!«

»Durftest du dir ansehen, was er gezeichnet hat?«

»Nein, Gott bewahre, das will ich gar nicht! Bestimmt bin ich hässlich.«

Barbara schlug Blicke gen Himmel. »Wenn du hässlich wärest, dann würde er dich doch nicht malen wollen.«

Am Haidplatz blieben die Mädchen noch einmal stehen und sahen zur Kaiserherberge hinüber. Inzwischen hingen Schabracken aus den Fenstern. Auch Gaukler waren schon eingetroffen, übten ihre akrobatischen Kunststücke, spieen Feuer oder jonglierten. Eine Bäuerin verkaufte weiße Tauben, eine andere Singvögel. Händler aus nah und fern errichteten ihre Stände.

Die Stadt bereitete sich auf die Ankunft des Kaisers vor, schon morgen oder übermorgen würde er eintreffen.

8. Kapitel

8. April 1546

Frau Gudrun begrüßte Sarina wie eine alte Freundin. »Wo habt Ihr denn heute die Jungfer Barbara gelassen?«

»Ihr Vater braucht sie in der Werkstatt, und ab morgen muss sie im *Goldenen Kreuz* helfen. Das tut sie aber gerne, denn sie hofft, den Kaiser zu Gesicht zu bekommen.«

»Ja, ja, der Kaiser, alle Welt schlägt seinetwegen Purzelbäume.« Frau Gudrun seufzte. Dann schob sie dem Mädchen einen Hefekringel zu. »Da, Kind, iss! Diese Sitzungen sind anstrengend, wer weiß, wann du wieder etwas zwischen die Zähne bekommst. Also los, nach oben mit dir, er wartet schon.«

Sarina bedankte sich, schob den Hefekringel in den Mund und ging zur Tür. Doch bevor sie noch die Hand auf die Klinke legen konnte, wurde sie von der anderen Seite geöffnet.

Es war Ansgar. Er lachte sie an. »Ah, die Jungfer Sarina! Ich hoffe, es geht Euch gut, und mein Großvater quält Euch nicht zu sehr.«

Sie schluckte schnell hinunter. »Nein, nein, es ist schon recht.«

»Jetzt lügt Ihr aber. Er lässt Euch stehen. Zwei Stunden, das ist zu viel.«

»Das Stehen kenne ich aus der Kirche, dort dauert es oft vier Stunden.«

Ansgar lachte. »Da ist sie also auch noch so gottesfürchtig wie schön!«

Sarina wurde rot. »Ich muss jetzt gehen.« Sie griff in ihren Rock und stieg die Treppe hinauf.

Meister Zacharias hatte die Zeichnungen vor sich ausgebreitet, die er gestern angefertigt hatte. Als das Mädchen eintrat, sah er sie missmutig an. »Es ist nichts, wie ich es haben will!«

Sie knickste. »Es liegt sicher an mir. Ich wusste es gleich, ich bin nicht die Richtige für so etwas.«

»Unsinn!« Er hielt ihr die Hände hin. »Daran liegt es! Und an meinen Augen!« Er fasste sie grob an den Schultern und drehte sie zum Licht. »Und an diesem Kleid, das du trägst!«

Sarina sah an sich hinunter. Es war ihr bestes, abgesehen von dem, das sie an Festtagen anzog, aber damit konnte sie doch nicht einfach so über die Straße laufen.

Meister Zacharias ahnte, was sie dachte. Er schüttelte den Kopf. »Nein, um Gottes willen, keines der Kleider, die du besitzt, würde mir besser gefallen. Diese Stoffe sind zu starr. Sie leben nicht. Die Falten sehen aus, als hätte sie mein Enkel aus Stein geschlagen! Ich werde mir etwas einfallen lassen müssen.«

Meister Zacharias setzte seine Brille auf und betrachtete Sarinas Gesicht aus der Nähe. Mit den Fingerspitzen strich er über ihre Stirn, so wie Ansgar gestern über den Stein gestrichen hatte. Und als spürte er etwas, das man nicht sehen, nur fühlen konnte, verharrten sie einen Moment auf ihren Augenbrauen, strichen dann über ihre Wangenknochen, den Nasenrücken und blieben schließlich auf ihren Lippen liegen.

Sarina trat einen Schritt zurück und sah Meister Zacharias erschrocken an. So hatte sie noch niemand berührt, und es schien ihr äußerst unschicklich.

»Nun denn ...« Auch er trat einen Schritt zurück. »Stell dich ans Fenster!« Er nahm ihren Kopf, drehte ihn ein wenig nach rechts, setzte sich und fing an zu zeichnen.

Die Feder kratzte übers Papier. Hin und wieder murrte

der alte Mann, rückte an seiner Brille, zerrte an seinen Fingern.

Sarina hingegen lauschte auf die Melodie, die aus dem Garten an ihr Ohr drang. Eins, zwei, drei, vier, dann Stille. Und wieder eins, zwei, drei, vier.

Paul Sachsberger saß auf einem Stein am Bachufer und ließ sich die Sonne ins Gesicht scheinen. Er war's zufrieden. Am frühen Morgen hatte er vor dem Dom einen Reisenden um seinen Geldbeutel erleichtert und war nun ein reicher Mann. Zumindest für einige Tage oder Wochen, bis er das Geld verspielt und versoffen hatte. Von der Hand in den Mund, nur munter zu und das Leben genießen!

Er legte den Kopf in den Nacken und starrte in den Himmel, beobachtete eine Weile zwei Turmfalken, die über ihm ihre Kreise zogen, sah dann wieder auf das Tor zum Winklerschen Anwesen. Worauf er wartete, wusste er nicht, war auch nicht wichtig. Ob er hier oder dort seine Zeit vergeudete – wen interessierte das schon.

Seit fast einer Woche beobachtete er nun das Mädchen und ihre Freundin, die Schöngürtlerstochter. Vor allem die Nichte des Stadtkämmerers schien ihm ein gefundenes Fressen zu sein. Wenn es ihm gelingen würde, das Pfännchen aus dem Bach zu holen und es ihr zur rechten Zeit vorzuhalten, dann würde das Vögelchen schon bald nach seiner Pfeife tanzen! Er könnte es singen und springen lassen, und die Münzen würden in seinem Säckel klingen! Hol mir dies, bring mir das, und wenn nicht, dann werde ich den Leuten eben sagen, dass du beim Henker warst!

Er lachte bei dem Gedanken. *Ihm* konnte keiner mehr Angst machen, aber eine wie die hatte eine Menge zu verlieren! Und hatte er das Mäuschen ausgemolken, dann blieb ihm noch immer die Schöngürtlerstochter! War schließlich auch kein armer Leute Mägdelein!

Sachsberger klopfte auf die verborgene Tasche in seinem Kittel, dass die Münzen klirrten, und lachte wieder! Für die nächste Zeit war also vorgesorgt, und weil das Leben so schön war, würde er sich gleich mal einen Krug Wein genehmigen – vielleicht auch zwei oder drei! So ein Tag war lang, und auf einer Wirtshausbank war es allemal gemütlicher, als in irgendeiner Toreinfahrt oder gar auf dem Friedhof herumzulungern.

Er stand auf, streckte sich, gähnte ausgiebig und ging zum *Goldenen Brunnen* hinüber.

9. Kapitel

10. April 1546

»Zum Glück scheint die Sonne!« Berta, Köchin im *Goldenen Kreuz*, wuchtete einen ganzen Schinken auf den Tisch, griff sich ein Messer und begann, dünne Scheiben aus dem Fleisch zu schneiden. Bei jedem Hin und Her des Messers wogte ihr mächtiger Busen, und ihre Stimme dröhnte, als müsste sie von hier bis zum Domplatz schreien. »Was wäre das für ein Empfang für den Kaiser, wenn es regnete und stürmte, so wie noch vor drei Tagen! Ein Aprilwetter war das! Gefroren habe ich, dass mir die Zähne klapperten – na, wo bleibt sie denn, die Barbara!«

»Ich komme ja schon!« Das Mädchen stellte eine Schüssel mit Wurstteig auf den Tisch, den Berta bereits am Morgen aus Feldhühnern, Kalbsleber und Kräutern zubereitet hatte.

»Dann holst du mir noch drei gekochte Eier und die Pastetenform«, gab die Köchin Anweisung. »Sie steht auf dem Regal in der Kammer – und beeile dich gefälligst!«

Barbara ging in die angrenzende Vorratskammer. Sie lauschte nach draußen. Vor dem Fenster wieherte ein Pferd, und vom Rathausplatz her hörte man das Trommeln und Pfeifen der Musikanten. Ach, wenn sie doch nur rausgehen dürfte! Nichts wünschte sie sich so sehr, wie die Ankunft des Kaisers mitzuerleben!

Sie stopfte sich drei gekochte Eier in die Schürzentasche, zog die Form vom Regal, trug sie in die Küche und stellte sie neben der Schüssel mit dem Wurstteig ab.

»Die Eier legst du da hin. Dann schälst du mir einen

Apfel, stichst das Gehäuse aus und schneidest ihn in sechs Scheiben!«

Seufzend tat Barbara, was Berta ihr aufgetragen hatte. Die Köchin drückte indes mit dem Daumen den Teig in den Ecken der Form fest und kleidete die Pastete anschließend mit Schinkenscheiben aus. Dann füllte sie ein Drittel der Farce hinein, nahm drei Apfelscheiben, steckte sie aufrecht so in die Farce, dass sie zwei Finger breit überstanden, und legte Schinkenscheiben darüber. »Und?« Sie stützte die Hände in die Hüften und sah Barbara aus dünnen Augenschlitzen an. »Weißt du, warum ich die Äpfel so in den Teig stecke, dass sie überstehen?«

»Damit inwendig ein Hohlraum bleibt, weil die Pastete, wenn sie keine Luft hat, leicht platzt.«

»Kluges Kind!« Berta füllte das zweite Drittel der Wurstmasse über den Schinken, steckte die restlichen Apfelscheiben hinein, legte Schinkenscheiben darauf und schloss mit der Füllung ab. »So«, sagte sie dann, »fertig! Du kannst die Pastete in den Ofen schieben. Der Kaiser bekommt sie morgen zum Frühstück.«

Berta war stolz, dass sie es trotz der Zustände, die in Regensburg herrschten, geschafft hatte, für den Empfang des Kaisers ein so fürstliches Mahl zusammenzustellen. Seit vier Jahren mussten sie sich nun schon von Schmalhans' Küchenkost ernähren, weil sie aus dem Umland keine Lebensmittel mehr beziehen konnten. Sie waren auf das angewiesen, was die Stadtbauern erwirtschafteten und abgeben konnten und was der Fernhandel beibrachte. Blockade nannten die einen das, sie selbst nannte es mit Verlaub eine Schweinerei! Sie war ja auch nicht einverstanden gewesen, dass gleich die ganze Stadt mit dem Rat zum protestantischen Glauben übertreten musste, und wenn es keiner hören konnte, betete sie weiter zur Mutter Gottes, so wie früher. Doch war es für gute Christen nicht eine Sünde, den

Menschen vorzuenthalten, was sie zum Leben brauchten? Eine ganze Stadt auszuhungern, als wären sie Türken, Barbaren oder Schmarotzer! Dabei war man doch verwandt miteinander! Ihre Muhme wohnte in Kelheim, ein Oheim in Abbach, und ihre Tochter hatte nach Abensberg geheiratet. Nun ja, zum Glück! So konnte sie ihre Beziehungen spielen und so manchen Schinken heimlich nach Regensburg schaffen lassen.

»Darf ich jetzt gehen?«, fragte Barbara hoffnungsvoll.

»Wo denkst du hin!« Berta rief eine der Küchenmägde und trug ihr auf, den Kalbskopf, die Haselmäuse und Wachteln aus der Vorratskammer zu holen, danach wandte sie sich wieder an Barbara. »Es gibt wahrlich noch genug Arbeit! Du pellst die Eier und zerstößt Pinienkerne. Aber zuerst bringst du mir den eingekochten Most herüber.« Mit einer Kopfbewegung deutete sie auf die Feuerstelle, über der mehrere Kessel hingen. »Es ist der kleine Topf ganz links.«

Um sich die Hände nicht zu verbrennen, nahm Barbara einen Lappen. Gerade wollte sie ihn um den Topf schlagen, als die Tür aufgestoßen wurde und Frau Thuner, die Wirtin, in die Küche stürzte. »Antonia ist von der Leiter gefallen! Sie liegt draußen und brüllt wie am Spieß. Sie hat sich wohl das Bein gebrochen! Jemand muss den Chirurgen holen!«

Für gewöhnlich riss sich niemand darum, ins Badhaus zu gehen, doch heute schrien gleich drei der Mägde *hier*. Schnell stellte Barbara den Topf auf den Tisch und knickste vor Frau Ursula. »Ich kenne den Weg.«

»Gut, dann lauf! Aber beeile dich! Der Kaiser ist bereits im Rathaus und wird bald hier sein. Es gibt noch so viel zu tun!«

»Ja, Muhme!« Wieder knickste Barbara.

Sie riss sich die Schürze ab und lief los – direkt zum Rathaus.

Dort war kein Durchkommen mehr. Die Menschen drängten sich so dicht aneinander, dass man Angst haben musste, erdrückt zu werden. Nur weil Barbara fortwährend rief: »Lasst mich vorbei, ich muss den Knochenbader holen!«, rückte man ein wenig zur Seite, um ihr einen Weg zu bahnen.

Sie wäre besser über die Baumhackergasse gegangen, von da hinunter zum Fleischhausplatz und weiter zur Steinernen Brücke, aber sie wollte ja den Kaiser sehen!

»Lasst mich durch, ich muss den Bader holen!«

Die Kinder hielten Blumen in den Händen, die Erwachsenen schwenkten Fahnen oder umklammerten Käfige, in denen weiße Tauben gurrten. Wenn der Kaiser sich am Fenster des Erkers zeigte, würden sie die Vögel zu seinen Ehren fliegen lassen.

»So lasst mich doch durch, ich muss den Chirurgen holen!«

Barbara hatte es bis auf die Höhe des Rathausturmes geschafft. Von hier hatte sie einen guten Blick auf den Erker vorm Reichssaal. Doch der Kaiser zeigte sich nicht.

»Gott schütze den Kaiser!«, riefen die Leute. Trommelwirbel und Fanfarenklänge waren zu hören. »Es lebe der Kaiser!«

Barbara faltete die Hände und schickte ein Stoßgebet gen Himmel. »Lieber Herr Jesu, bitte mach, dass ich ihn sehen kann! Aber schnell muss es sein, ich muss doch gleich weiter!« Doch alles Flehen half nichts, die Fenster des Erkers blieben geschlossen.

Im Geiste hörte sie die Magd vor Schmerzen schreien und die Muhme schimpfen, weil der Chirurg nicht beikam. Sie konnte nicht länger warten.

Mit einem Seufzen wandte sie sich ab. »Lasst mich durch, ich muss den Bader holen!«

Ein Mann trat zur Seite, doch ein anderer stellte sich ihr

in den Weg. Als sie aufsah, erkannte sie Olrig. »Zum Chirurgen müsst Ihr, Jungfer Barbara? Hat sich denn jemand verletzt? Gar die Jungfer Sarina?«

»Nein, nein, die nicht! Es ist eine Magd vom *Goldenen Kreuz*, sie hat sich wohl ein Bein gebrochen.«

»Und wo wollt Ihr jetzt hin?«

»Zum Bad an der Bruck. Dort haben sie den besten Chirurgen.«

»Ich kann ihn für Euch holen.«

»Das würdest du für mich tun?«

»Ja, freilich. Ihr könnt getrost hier warten oder zurückgehen. Ich werde ihn ins *Goldene Kreuz* schicken.«

Barbara sah Olrig dankbar an. »Ich vergesse es dir nicht!«

»Schon recht.« Er verschwand in der Menge.

Als sie sich wieder dem Rathaus zuwandte, wurden droben am Erker die Fenster geöffnet. Als Erstes erschienen die Ratsherren Ammann, Waller und Veithberg, dann der Kaiser und hinter ihm Wolfgang Winkler.

Die Leute auf dem Rathausplatz winkten und jubelten.

»Hoch lebe der Kaiser! Lang bleibe er uns erhalten!«

Tauben flatterten aus den Käfigen, Blumen und Hüte flogen in die Luft.

»Gott mit unserem Kaiser!«

»Gott beschütze ihn!«

Kaiser Karl hob die rechte Hand und winkte zurück. Das Volk grölte, noch mehr Tauben flogen auf.

Barbara presste die Faust auf ihr Herz. Ja, so hatte sie ihn in Erinnerung gehabt. Die spitze Nase, das spitze Kinn von dunklem Barthaar umgeben, ein silbriger Streifen in der Mitte. Schön war er nicht, aber er verbreitete Würde und Erhabenheit. Er war halt ein Kaiser, der mächtigste Mann der Welt!

Wolfgang Winkler hatte den Knechten und Mägden je fünf Taler geschenkt und ihnen gesagt, sie sollten sich einen schönen Tag machen und dem Kaiser kräftig zujubeln, damit ihm die Ehre zukam, die ihm gebührte.

Als sie gegangen waren, hatte er Sarina zu sich gerufen und ihr mit einem Zwinkern das Doppelte zugesteckt. »Und wie geht es dir bei Meister Zacharias?«

»Er hat unzählige Skizzen gemacht. Einmal nur mein Kinn, das andere Mal den Mund, die Schulter oder den Faltenwurf meines Kleides. Doch es scheint, als wäre er noch immer nicht zufrieden. Seine Hände können die Feder nicht mehr allzu lange halten, immer wieder und immer öfter muss er eine Pause einlegen. Das macht ihn wütend und mürrisch. Zudem sagt er, ein jedes Bild habe eine Seele, aber er könne sie bei diesem Bild noch nicht spüren. Ich sollte einen Früchtekorb halten, weil der Rat es so sehen will, doch als ich es dann tat, wurde er schon wieder wütend. Er warf den Korb aus dem Fenster und legte meine rechte Hand auf die linke Brust. Dort, schrie er mich an, dort irgendwo liege vielleicht die Seele seines Bildes.«

Der Oheim nickte. »Meister Zacharias ist ein großer Künstler. Er verlangt von sich selbst mehr als wir alle zusammen. Noch vor fünfzehn Jahren – damals bereits ein alter Mann – reiste er für einige Monate nach Venedig, um die neue Technik der Ölmalerei zu studieren. Dort lernte er einen berühmten Maler namens Tizian kennen, der bald darauf Hofmaler des Kaisers wurde, und schuf selbst einige Werke, die großen Ruhm erlangten. Drei oder vier seiner Gemälde hängen im Dogenpalast, zwei am niederländischen Hof. Er kannte Albrecht Altdorfer und Hans Holbein den Jüngeren, und er traf Michelangelo in Florenz. Erst vor zwei Jahren gab er seine Werkstatt auf, um zu seinem Sohn zu ziehen, der auf den Anhöhen des Lichtenwaldes eine Hinterglasmalerei betreibt und Kirchenfenster herstellt.«

Wolfgang Winkler schob das Säckel mit den Münzen in die Falte seines Ärmels, erhob sich und setzte sein Barett auf. »Weil er nun mal der Beste ist«, fuhr er fort, »befanden wir ihn und kein anderen als würdig, ein Bild für den Kaiser zu malen. Hätten wir jedoch geahnt, wie schlecht es ihm geht ...« Er seufzte. »Nun, die Dinge nehmen ihren Lauf, wir werden sehen.«

Nach diesem Gespräch machte er sich mit Frau Wiltrud zum Rathaus auf, wo man im Fürstenzimmer einen Empfang für den Kaiser vorbereitete, und Sarina lief in die Kramgasse zu Meister Blombergs Gürtlerwerkstatt. Doch Barbara war längst im *Goldenen Kreuz*, wo sie in der Küche helfen musste. Das hätte sie sich zwar denken können, trotzdem war Sarina enttäuscht. Nun musste sie die Stunden bis zur Sitzung bei Meister Zacharias alleine verbringen.

Zuerst versuchte sie den Kaiser zu sehen, aber vor dem Rathaus war ein so fürchterliches Gedränge, dass sie umkehrte und am Bach entlang über die Rote-Hahnen-Gasse zum Haidplatz spazierte.

Dort war es ohnehin viel lustiger. Händler boten ihre Waren feil. Die einen hatten Marktstände errichtet, andere ihr Angebot in Körben oder auf Tüchern am Boden ausgebreitet. Gaukler zeigten Kunststücke, Musikanten spielten auf, und überall wurden Bier und Wein, Eintöpfe, Wurst und Fleisch oder süße Leckereien verkauft.

Sarina gönnte sich einen Kuchen ganz besonderer Art. Aus hellem Teig gebacken, war er mit einer Masse aus gemahlenen Nüssen, Honig, Datteln und kandierten Pfefferschoten gefüllt. Damit stellte sie sich in einen Hauseingang, aß genüsslich und ließ sich von der Sonne bescheinen.

Einmal kam ein Mann vorbei, der sie ganz seltsam anstarrte, gerade so als kenne er sie. Auch ihr kam er bekannt vor, doch es fiel ihr kein Name zu seinem Gesicht ein. Er mochte dreißig Jahre zählen, sein Kinn war geschoren, aber seine Kleidung wirkte schmuddelig und ungepflegt. Um seinen Hals trug er an einem Lederband eine kleine Pilgermuschel und ein Zeichen aus Silber, das einer Rune ähnelte.

Der Mann ging ihr lange nicht aus dem Kopf, doch als sie den Kuchen aufgegessen hatte und an den Ständen vorbei Richtung *Goldenes Kreuz* spazierte, vergaß sie ihn wieder. Zu viel gab es zu bestaunen! Schmuck und Stoffe, Kästchen aus Ebenholz mit Intarsien eingelegt, Glasmurmeln und Windräder und sogar ein lebendiges Tier, das sie zum Lachen brachte.

Ein Mohr führte es vor. Er selbst trug ein Gewand, das in den schillerndsten Farben bedruckt war, auf dem Kopf hatte er einen Turban aus rotem Stoff, in der Hand hielt er ein Hanfseil, und an dem Hanfseil war eben jenes Tier angebunden, das auf Stelzenbeinen stand und einen Hals hatte, der so lang war, dass es den Leuten im ersten Stock in die Stuben sehen konnte. Der Mohr nannte es Giraffe, und wenn man das Tier anfassen wollte, musste man einen Pfennig bezahlen.

Auf das Anfassen verzichtete Sarina, der Pfennig war ihr zu schade dafür.

Sie ging weiter zum Brunnen. Dort hatte sich ein Barbier niedergelassen, der Zähne zog und Wundermittel gegen allerlei Qualen anbot. Der Stuhl, auf dem er seine Patienten behandelte, war aus schweren Holzbalken gezimmert, ein richtiges Ungetüm. An den Armlehnen und am Trittbrett für die Füße waren zum Festschnallen Lederriemen angebracht. Ein paar Leute standen herum, wohl in Erwartung eines Schauspiels, das sich vielleicht ergeben würde, wenn einen die Zahnschmerzen so quälten, dass er sich lieber der

Zange des Zahnchirurgen auslieferte, als die Schmerzen weiter zu ertragen.

Der Bader war ein großer, kräftiger Mann mit rotem Haar und einem ansehnlichen Bauch. Er hatte ein freundliches Lachen, das nicht zu seiner groben, ein wenig furchteinflößenden Statur passte, und sprach einen seltsamen Dialekt, den Sarina nicht einordnen konnte.

»Noja, was ist?« Er klatschte in die Hände. »Ich zieg euch die Zähn', so schnell, dass ihr es nit einmal merkt! – Mutige voran, der Erste bekommt's zum halben Preis! Und wenn ihr euch gar ein'n gesunden Zahn ziehen lässt, dann kostet's gleich gar nits!«

Die Umstehenden lachten. Er wirbelte herum, griff nach einem Jungen und hob ihn auf seine Arme. Der Kleine fing an zu brüllen, als ob man ihn auf einen Spieß gesteckt hätte.

»No, no«, sagte der Bader, setzte den Jungen wieder ab und fuhr ihm durchs strubbelige Haar. »Der schreit ja schon, ohne dass ich überhaupt was tan han!«

»Also, wenn nit Zahnziehn, dann darfs vielleicht eine Salben sein gegen Rheuma und Gicht? Dös ist das Beste, was zu krign is! Da ist Loröl und Althea drin und noch was Geheimes, dös verrat i nit. Dreimal auf'n Tag einreiben und schön kräftig massieren! An paar Tagen, dann fängts schon an zu wirkn! An paar Wochen, und es ist fast so wie frucher! Kost' auch nur drei Taler, das is nit viel für en Befreiung von so'n Qual!«

Sarina wurde hellhörig. Eine Salbe gegen Rheuma und Gicht? Das wäre doch etwas für Meister Zacharias. Und drei Taler hatte sie!

»Du kannst uns ja viel erzählen!«, rief einer der Umstehenden, und ein anderer: »Am Ende bist du nicht nur ein Zahnchirurg, sondern auch noch ein Halsabschneider!«

Ein Lachen ging durch die Menge.

»No was, du glaubst mir nit?« Der Bader zog eine alte Gevatterin zu sich heran, die gleich vorne stand und ganz gekrümmte Finger hatte, verteilte etwas von der Salbe auf ihrer Hand und verrieb sie mit Andacht vom Handrücken zu den Fingerspitzen hin. »Das machst man mit jedem Finger einzeln und lang genug, und am End ziecht man noch dran.« Als er mit seiner Behandlung fertig war, sah er die Gevatterin an. »No, und?«

Sie spreizte und knickte die Finger mehrmals, dann nickte sie. »Besser ist's schon!«

»No also!«

Mutig trat Sarina hervor. »Ich nehme die Salbe, aber ich bezahle nur zwei Taler dafür.«

Der Zahnchirurg lachte. »No, dös ist mir eine, die schöne Jungfer! Handelt wier a alter Jud'! Aber weil sie die erste ist, will ich mal nit so sein – zwei und 'n halber Taler, und die Salb' gehört ihr!« Er griff hinter sich, nahm einen der Tiegel und drückte ihn Sarina in die Hand.

Sarina schlug ein. Sie holte das Geld aus der Falte ihres Rockes, bezahlte und machte sich davon.

Dass ihr der Mann mit der Pilgermuschel folgte, bemerkte sie nicht.

Sarina schloss die Tür des Malzimmers hinter sich und knickste vor Meister Zacharias. »Schönen guten Tag, ich bin heute ein wenig früher gekommen.«

Der Alte sah sie über den Rand seiner Brille hinweg neugierig an. »Und weshalb, Jungfer Sarina?«

Sie stellte den Tiegel mit der Salbe vor ihm auf den Tisch. »Für Euch.«

»Was ist das? Etwa ein Topf Mus?«

»Nein, Salbe gegen das Rheuma. Sie ist aus Loröl und Althea, und ein Geheimnis ist darin, das er nicht verraten wollte.«

»Wer?«

»Der Bader, der mir die Salbe verkauft hat. Dreimal täglich sollt ihr Eure Hände damit einreiben.«

»Hm.« Meister Zacharias spitzte den Mund. Ein Lächeln verkniff er sich, obwohl es ihm gefiel, dass sie sich so um ihn sorgte. »Stell es dort auf die Kommode, ich werde es ausprobieren.« Es klang ein wenig ruppig, wie er das sagte.

Sarina knickste wieder. »Wenn Ihr es mir erlaubt, werde ich Euch die Hände einreiben, so wie der Bader es mir gezeigt hat.«

Der Blick des Meisters ruhte lange auf dem Mädchen. Schließlich setzte er sich und streckte ihr beide Hände entgegen.

»Zuerst die eine, dann die andere.«

Er legte die Linke in den Schoß und sah zu, wie Sarina Salbe auf der Haut verteilte, dann jedes einzelne Fingerglied massierte und zum Schluss noch an jedem Finger zog, als wollte sie ihn länger machen.

»Woher kannst du das?«, fragte der Maler erstaunt.

»Er hat es mir gezeigt. Und ich habe …« Sie stockte.

»Nun?«

»Meine Kusine Magdalena ist gestorben. Ihr ward ja auf ihrer Beerdigung. Sie hatte Anfälle. Danach war sie immer ganz verkrampft. Ich habe ihre Hände und ihre Füße und den Hals massiert. Meist ging es ihr danach besser. Frau Wiltrud sagte, das sei Unsinn, aber ich habe es doch gespürt, und Magdalena hat es auch immer gesagt.«

»Nun, Magdalena hat nicht gelogen.« Meister Zacharias lächelte. »Ich fühle es auch, es geht mir schon viel besser.«

Als Sarina auch mit der linken Hand fertig war, legte er sie kurz an ihre Wange. Sein Blick war ganz weich. Dann stand er plötzlich auf. »Nun, lass uns anfangen.« Er stellte sich vor die Leinwand, die er auf der Staffelei eingespannt hatte, und starrte sie an wie einen Feind.

Sarina machte große Augen. »Beginnen wir heute etwa mit dem richtigen Bild?«

Er seufzte und schüttelte den Kopf. »Morgen oder übermorgen.«

»Aber Ihr habt doch schon so viele Skizzen gemacht!« Kaum hatte Sarina das gesagt, tat es ihr auch schon leid. Es musste ja vermessen klingen, als ob sie es wagte, seine Arbeitsweise zu beanstanden. Doch so war es nicht gemeint! Ganz im Gegenteil. Manchmal, wenn er für kurze Zeit die Malstube verließ, warf sie heimlich einen Blick auf seine Arbeit. Dabei erschien ihr jede einzelne seiner Zeichnungen lebendiger als alles, was sie bisher auf Gemälden gesehen hatte. Unter dem Faltenwurf ihres Kleides glaubte sie, die Bewegung ihres Körpers wahrzunehmen. Ein geneigtes Knie, eine Drehung in den Hüften, nichts wirkte starr, man hatte den Eindruck, als würde sie nur für einen einzigen Atemzug stillhalten, um sogleich weiterzugehen, sich zu recken oder die Hände nach dem Betrachter auszustrecken.

Die Augen des Meisters wurden schmal. Doch als sie demütig den Kopf senkte und leise sagte: »Es muss an mir liegen, dass Ihr unzufrieden seid. Einen anderen Grund kann ich mir nicht denken«, entfuhr ihm ein leises Seufzen.

Er winkte sie zu sich, griff nach Papier und Feder und fing an, etwas zu zeichnen. »Da schau her, so einfach geht es! Ein Kreis für die Augen, ein spitzer Winkel für die Nase! Ein wenig schraffiert, und schon erkennt man die Wölbung der Lippen!«

Er hielt sich nicht länger bei dem Gesicht auf. Mit blitzschnellen Strichen deutete er einen weiblichen Körper an, kleidete ihn ein, ließ die Dame graziös ihre Schleppe halten. Obwohl das Kleid bis auf den Boden fiel, sah man darunter förmlich, dass sie auf dem linken Bein stand und das rechte angezogen hielt, erahnte ihr Knie und die Neigung ihres Fußes.

Fasziniert beobachtete Sarina, wie unter seiner Hand mit wenigen, scheinbar hingeworfenen Strichen eine Zeichnung entstand. »Es kommt mir vor wie ein Wunder«, flüsterte sie. »Aus dem Nichts erwächst ein Bildnis so täuschend echt!«

»Und doch ist es keine Kunst. Es ist Handwerk. Ein jeder kann es erlernen, wenn er nur ein klein wenig Begabung zum Zeichnen mitbringt und fleißig übt. Was dem Bild fehlt, ist die Seele.«

»Aber ein Bild ist doch nicht lebendig, wie kann es da eine Seele haben?«

Meister Zacharias nickte. »Du hast recht. Es ist nicht das Bild selbst, das die Seele hat. Es ist vielmehr der Betrachter, der sie erspürt, so der Künstler es vermag, ihn tief genug blicken zu lassen.«

Er nahm eine Skizze aus der Kommode, die unter dem Fenster stand, und legte sie auf den Tisch. »Nun, was siehst du hier?«

»Es ist ein Junge, vielleicht fünf Jahre alt. Er weint. Er scheint mir sehr einsam zu sein.«

»Ach – er weint? Woran willst du das erkennen? Siehst du etwa Tränen in seinem Gesicht?«

Sarina schüttelte den Kopf. »Ich fühle es mehr, als dass ich es sehen könnte. Und auch seine Einsamkeit ... es ist, als könnte ich in sein Innerstes blicken.«

»Du *blickst* in sein Innerstes«, sagte Meister Zacharias, »denn ich habe in sein Innerstes gesehen, als ich ihn zeichnete. Manchmal trifft es mich wie eine Erleuchtung. Dann fließt, was ich erkenne, gleichsam durch meine Finger aufs Papier. Manchmal passiert es schnell, manchmal auch nie.

Manchmal ist es ein quälend langer Weg …«, er schloss die Augen, seine Stimme war so leise, dass sie kaum noch zu hören war, »und manchmal zehrt mich dieses Suchen so auf, dass ich jede Kraft verliere und lieber sterben möchte …«

Sarina griff nach der Hand des alten Mannes und drückte sie. Das schien ihn von dort zurückzuholen, wohin ihn seine Gedanken getragen hatten.

Er sah sie an, als wüsste er nicht, wer sie ist. Doch dann streckte er sich plötzlich und lächelte. »Du bist ein gutes Kind!«

»Und wer ist der Junge?«

»Mein Enkel.« Meister Zacharias nahm die Zeichnung, legte sie in die Schublade zurück und schob sie zu.

»Ansgar?«

»Nein, Friedhelm.«

»Lebt er auch hier im Haus?«

»Er ist gestorben.«

Meister Zacharias stellte Sarina ans Fenster und rückte sie so zurecht, wie er sie haben wollte, dann setzte er sich und fing an zu zeichnen.

Frau Ursula Thuner, die Wirtin vom *Goldenen Kreuz*, rief die Mägde zu sich. Weil Barbara keine Magd war, sondern eine Nichte zweiten Grades, fühlte sie sich nicht aufgefordert. Als sie jedoch hörte, worum es ging, reihte sie sich schnell unter die Mägde ein.

»So fern es mir möglich ist, werde ich den Kaiser selbst bedienen. Eine von euch muss mir dabei jedoch zur Hand gehen.« Während sie das sagte, schritt Frau Ursula die Reihe der Mädchen ab. »Zeigt mir eure Finger!«

Schnell wurden Hände an Schürzen abgefegt und nach vorne gestreckt. Frau Ursula begutachtete die Kleider, die Gesichter, die Fingernägel, forschte auch in den Augen der Mädchen. Die eine erschien ihr zu ungepflegt, die andere zu hässlich, zu dumm oder zu keck.

Vor Katharina jedoch blieb sie lange stehen. Barbara beobachtete es mit pochendem Herzen. Der Gedanke, dass Katharina die Aufgabe zugeteilt bekommen könnte, trieb ihr Tränen in die Augen.

Als Frau Ursula vor Barbara hintrat, knickste das Mädchen und blickte bescheiden zu Boden. Frau Ursula legte einen Finger unter Barbaras Kinn und hob ihren Kopf an, um ihr in die Augen sehen zu können. Es war ein unendlich langer Blick, so lang, dass es schmerzte. Trotzdem hielt Barbara stand.

»Gut«, sagte Frau Ursula, »du sollst es sein.«

Barbara hätte am liebsten gejubelt, aber sie beherrschte sich. »Danke, Frau Muhme, ich werde Euch ganz gewiss nicht enttäuschen!«

»Nun, man wird sehen«, murmelte Ursula Thuner. »Komm mit, du musst den Wachen und Obersten vorgestellt werden. Sie wollen dich auf Herz und Nieren prüfen, erst dann darfst du deine Arbeit verrichten.«

Barbaras Eltern waren keineswegs erfreut. Immerhin würde der Kaiser an die drei Monate bleiben, und wenn schon bald auch die Gesandten in die Stadt kämen, gäbe es eine Menge Arbeit in der Gürtlerwerkstatt. Doch es war natürlich eine Ehre, das sah selbst Meister Blomberg ein, darum ließ er seine Tochter gehen.

Als sie an Friedrich, dem Gesellen, vorbeikam, warf er ihr einen ärgerlichen Blick zu. »Du immer mit deinem Kaiser!«

»Der hat wenigstens Manieren«, gab sie ihm giftig zurück.

10. Kapitel

12. April 1546

Dreimal war Barbara bereits im Zimmer des Kaisers gewesen. Zweimal mit Frau Ursula, um die Kissen aufzuschütteln und den Tisch zu decken, einmal alleine, um abzuräumen. Aber den Kaiser hatte sie nicht zu Gesicht bekommen, immer war er mit seinen Ministern im angrenzenden Raum.

Einmal brachte sie frisches Wasser, um die Kanne im Waschkabinett aufzufüllen, da standen die Ratsherren Veithberg und Ammann auf dem Flur.

»Du kannst jetzt nicht rein, er hat zu tun«, sagte Veithberg zu ihr, dann zu Ammann: »Den ganzen Tag betet er, schreibt Briefe oder führt vertrauliche Gespräche mit seinen Obersten. Es ist nicht gut für seine Gemütsverfassung, sich immer nur mit Gott, Kriegsgerüchten und Säbelgerassel abzugeben. Wir sollten ihn zur Jagd nach Straubing bitten.«

Barbara ging und kam später zurück, doch da hatte er sich bereits mit den Ratsherren zu wichtigen Gesprächen in die Neue Waag begeben.

Wenn sie des Nachts wach lag und ihren Jungmädchenträumen nachhing, hatte sie sich ihre Begegnung mit dem Kaiser als etwas Glanzvolles, Schicksalhaftes ausgemalt. Sie sah ihn als Himmelsgefüge an, in dem ein neuer Stern aufging – der Stern war sie! Sie wollte ihm ihr strahlendstes Lächeln schenken und dankbar sein, wenn sie dafür nur eine Geste der Anerkennung zurückerhielt, und sei es nicht mehr als der Hauch eines Lächelns. Sie wollte ihm mit ihrem Gesang seine Schwermut vertreiben und ihre

Hand auf seine schmerzenden Glieder legen, um ihn kraft ihrer unschuldigen Liebe für immer von seinen Qualen zu heilen. Wenn er, von Durst gequält, am Glockengurt ziehen würde, wollte sie herbeistürzen, um die kaiserlichen Lippen mit einem Becher Wein zu benetzen und seinen Dank für die Errettung mit niedergeschlagenen Augen entgegennehmen. Ja, auf Händen wollte sie ihn tragen, so er sie nur ließe!

Doch dann kam alles ganz anders.

Frau Ursula trug Barbara auf, die Bottiche aus dem Hof zu holen, die eine Magd dort gebürstet und dann zum Trocknen aufgestellt hatte. Der Weg durch die Gaststube wäre kürzer gewesen, aber das erlaubte Frau Ursula nicht. »Die Gaststube ist kein Durchgangslager«, pflegte sie zu sagen, »nehmt den Weg außen herum.« Also lief Barbara den Flur entlang, an der Küche und der Hauskapelle vorbei, hinaus ins Höflein, lud sich am Brunnen die Zuber auf die Arme und ging zurück. Und just in dem Moment, als sie wieder an der Hauskapelle vorbeikam, wurde die Tür geöffnet, und der Kaiser trat heraus.

Woran es gelegen hatte, konnte Barbara nicht sagen. Vielleicht, weil sie keine Hand frei gehabt hatte, um ihren Rock zu raffen, vielleicht, weil sie so unverhofft dem Mann begegnet war, an den sie fortwährend dachte – jedenfalls trat sie auf ihren Saum, stürzte mit einem Aufschrei zu Boden und lag bäuchlings vor ihm.

Der Kaiser hatte gelacht. »Nun, was fällt mir denn da vom Himmel! Gerade eben erst hatte ich den Allmächtigen um Gnade und Erleuchtung gebeten und dass er mir einen Engel mit einer Botschaft schicken möge – und siehe, schon hat er mein Gebet erhört! Es ist mir nur noch nicht ganz klar, was zwei leere Bottiche mir zu sagen haben.«

Barbara rappelte sich auf. Dass der Kaiser ihr die Hand

hinhielt, um ihr behilflich zu sein, tröstete sie wenig. Sie wollte doch seine Retterin sein, und nun diese Schmach! Sie strich sich den Rock glatt und knickste. »Verzeihung, hochehrwürdiger Herr Kaiser, dass ich Euch Ungemach bereitete.« Sie hatte Tränen in den Augen. »Und dass ich den Boden vor Euren Füßen beschmutze.«

»Na, na …« Der Kaiser schmunzelte. »Das mit der Ungemach hält sich durchaus in Grenzen.« Er betrachtete sie eingehend. »Kann es sein, dass wir uns schon einmal begegnet sind?«

In Barbaras Gesicht ging die Sonne auf. »Ja, es war vor fünf Jahren. Ihr sagtet …« Sie stockte und sah zu Boden. Ihre Wangen röteten sich.

»Nun, was sagte ich?«

Barbara knickste. »Ich brachte Wasser in Euer Schlafgemach. Als ich eintrat, habt Ihr mich zu Euch herangewinkt. Ihr habt mir eine Hand auf den Kopf gelegt und gesagt: ›Dein Haar glänzt ja wie Gold, Kind, und deine Augen sind blau wie das Meer!‹ Und Ihr habt mir einen Wiener Pfennig geschenkt.« Barbara griff in die Falte ihres Rockes und zog ihn heraus. »Seht, ich habe ihn immer noch! Ich trage ihn bei mir, damit er mir Glück bringt!«

»So, so.« Der Kaiser lächelte. »Und wie alt warst du damals?«

Wieder blickte Barbara zu Boden. »Dreizehn Jahre, ehrwürdiger Herr Kaiser.«

Frau Ursula erschien auf dem Flur, sie wollte sehen, wo Barbara so lange blieb. Als sie das Mädchen mit dem Kaiser sah, funkelte der Zorn in ihren Augen.

Der Kaiser nickte Frau Ursula zu. »Ich habe das Mädchen aufgehalten. Es schien mir, als hätte ich sie früher schon einmal gesehen. Und tatsächlich, sie bestätigte es mir gerade.«

Frau Ursula verneigte sich. »Es ist Barbara, die Tochter

von Gürtlermeister Blomberg. Sie ist eine Nichte und hilft, wenn es viel zu tun gibt, hier aus. Ich hoffe, sie hat sich nichts zuschulden kommen lassen.«

»Ganz und gar nicht.« Kaiser Karl wandte sich wieder an Barbara. »Nun, du kannst gehen.«

Barbara knickste, hob die Bottiche auf und lief an Frau Ursula vorbei in die Küche.

»Und da war wirklich nichts, was du mir zu gestehen hättest?«, fragte die Muhme später.

Barbara zuckte die Schultern. »Der hochehrwürdige Herr Kaiser hat es doch gesagt. Er trat aus der Kapelle, gerade als ich mit den Bottichen vorbeiwollte. Er fragte mich, wo er mich schon einmal gesehen habe.«

»Hm«, machte Frau Ursula.

11. Kapitel

14. April 1546

Fritz Ruening sprang vom Pferd, übergab es einem Burschen und sah sich um. Er befand sich in der Toreinfahrt des Gasthauses *Zum Goldenen Brunnen*. Links führte eine Tür in die Gaststube, gegenüber eine breite Treppe in die oberen Stockwerke. Hinter der Halle lag ein kleiner, halb überdachter Hof, in dem die Pferde der Gäste untergebracht wurden.

Ruening, ein Mann um die vierzig, von drahtiger Statur, das Kinn glatt geschoren, die Haare unter dem Barett sorgsam zurückgekämmt, ging in die Gaststube. Vor drei Tagen hatte er Nachricht von Liedebuhr erhalten, dass sie nun nicht mehr länger zögern und »die Sache« endlich in Angriff nehmen sollten. Der Bote teilte ihm mit, man würde ihn in Regensburg im Gasthaus *Zum Goldenen Brunnen* erwarten, dort solle er nach Heinrich Reitz fragen. Ruening war sofort losgeritten – drei Tage im Sattel, kaum gerastet, wenig geschlafen.

In der Gaststube war die Hölle los. Alle Plätze waren besetzt, zudem stank es gotterbärmlich nach Kohl, saurem Bier und dem Gefurze der angetrunkenen Gäste. Sie grölten, sangen und protzten damit, bei seiner Ankunft den Kaiser gesehen zu haben.

»Er war nur ein paar Schritte von mir entfernt! Ich hätte jedes einzelne seiner Barthaare zählen können!«

»Da müsste der Kaiser aber einen spärlichen Bart haben, denn weiter als bis zehn kommst du doch nicht!«

»Na und, dann fang ich halt immer wieder von vorne an!«

Sie brüllten vor Lachen, und Ruening dachte sich das Seine. Er jedenfalls würde gerne darauf verzichten, dem Kaiser zu begegnen, und wenn, dann sollte er lieber tot als lebendig sein.

Eine Magd sprach ihn an. Sie war dick für zwei und trug acht Krüge Bier auf einmal. »Seid Ihr der Herr, den ein Herr Reitz erwartet?« Sie stellte die Krüge auf einem der Tische ab und wandte sich ihm wieder zu.

»Ja«, sagte er.

»Dann geht hinauf in den zweiten Stock. Gleich rechts, die zweite Tür ist es. Er hatte Glück, es war die letzte freie Kammer, und auf dem Schlafboden haben wir auch keinen Platz mehr.«

Ruening drehte sich um, wollte die Gaststube verlassen, da fiel sein Blick auf einen Mann, der ganz hinten in der Ecke saß und ihn anstarrte. Es war ihm, als würde er ihn kennen.

Der Mann nickte. Ruening nickte zurück, zog die Tür auf und war draußen.

Und dann erinnerte er sich auf einmal. Paul Sachsberger hieß der Mann! Er war ihm als Söldner untergeben, als er, selbst noch ein junger Spund, im Mai 1525 als Feldwebel unter Philipp von Hessen bei Frankenhausen in Thüringen die aufständischen Bauern geschlagen hatte. Wahrscheinlich wäre der Mann ihm damals unter all den Soldaten nicht aufgefallen, hätte er ihm nicht durch einen geistesgegenwärtigen Schlag mit dem Bidenhänder* das Leben gerettet. Ein junger Kerl war mit einer Mistgabel von hinten auf ihn losgegangen, Sachsberger hatte ihn mit einem Hieb geköpft.

Ruening ging hinauf in den ersten Stock. Der Flur war

* Ein Bidenhänder wurde von so genannten Doppelsöldnern getragen und war von der Größe etwa doppelt so lang wie ein normales Schwert.

dunkel. Rechts stand ein Kasten, links ein Klappstuhl, an der Wand darüber hing eine Laterne, die jedoch nicht angezündet war.

Die zweite Tür rechts hatte die Magd gesagt. Er klopfte einmal, dann zweimal kurz und noch einmal. Sofort wurde geöffnet.

Als Liedebuhr ihn erkannte, zog er ihn schnell ins Zimmer und schloss die Tür hinter ihm.

»Da seid Ihr ja endlich!«

»Schneller ging es nicht.« Ruening sah sich um. Auf einem Stuhl in der Ecke saß Hanns von Dreieichen, neben ihm stand Roderich von Greifenau.

Einen Heinrich Reitz gab es nicht, es war nur ein Deckname.

Die Männer nickten ihm zu. Sie waren alle etwa in seinem Alter. Dreieichen trug einen stattlichen Bart, dafür war sein Kopf so kahl, als hätte man ihn geschoren. Die beiden anderen waren so unscheinbar gekleidet und hatten ein solches Allerweltsgesicht, dass man sich, kaum waren sie einem aus dem Blick, schon nicht mehr an sie erinnerte.

»Was eilt denn so sehr?«, fragte Ruening.

»Ich muss in zwei Tagen abreisen«, antwortete von Greifenau, »und kann frühestens in zwei Monaten zurück sein. Doch so lange dürfen wir nicht mehr warten, die Sache sollte möglichst schnell in Angriff genommen werden.«

Er nickte. Von Greifenau war ein enger Vertrauter Landgraf Philipps von Hessen. Ruening hatte ihn nur zweimal gesehen – das eine Mal auf einer Audienz beim Kaiser, das andere Mal in Schmalkalden, als sie mit Philipp von Hessen und Kurfürst Johann Friedrich von Sachsen zusammentrafen, um sich gegen den Kaiser und die Katholiken zu verbünden.

Liedebuhr bot ihm einen Platz auf der Bank an, die vor dem Bett stand. Er goss etwas Wein aus einer Kanne in einen Becher und reichte ihn an Ruening weiter. Der trank, stellte den Becher neben sich und streckte die Füße aus.

»Auch wenn Ihr nach dem langen Ritt erschöpft seid, lasst uns reden!« Liedebuhr zog sich einen Stuhl heran und setzte sich ebenfalls. »Vielleicht hat man es Euch bereits berichtet: Als der Kaiser hier ankam, war von den geistlichen Herren keiner mehr da, und auch die Fürsten und Gesandten hatten sich rar gemacht. Das letzte bisschen Hoffnung, doch noch eine Einigung zwischen den Katholiken und den Anhängern der Reformation zustande zu bringen, war damit zunichtegemacht.«

»Der Kaiser zögerte nicht lange«, fuhr von Dreieichen fort. »Er schickte seine Unterhändler in geheimer Mission los, um den Bayern und den Wettiner Sachsen mit der pfälzischen und sächsischen Kurwürde zu ködern.«

»Und auch den Papst hat er schon so gut wie auf seiner Seite, Geld und Soldaten sind praktisch zugesagt!«

Ruening nickte. »Er bereitet also Krieg gegen uns, Protestanten, vor …«

»Krieg wird es geben«, fiel ihm von Greifenau ins Wort, »das ist so sicher wie das Amen in der Kirche! Es sei denn, wir wissen es auf unsere Art zu verhindern.«

»Wenn wir also handeln wollen, dann müssen wir *jetzt* handeln!«

Ruening ließ sich noch etwas von dem Wein eingießen. »Aber wie wollt Ihr es ausführen?«

Von Dreieichen warf die Hände in die Luft. »Seit zwei Tagen reden wir über nichts anderes. Tausend Pläne haben wir geschmiedet und wieder verworfen. Wir kommen zu keinem vernünftigen Ergebnis.«

»Nie ist er alleine und unbewacht. Geht er in die Neue Waag, folgen ihm zehne mindestens. Ist er im Rathaus, sind die Räte und fünf oder sechs Gardisten bei ihm. Auch in die Kaiserherberge kommt keiner ungesehen hinein. Zwei Wachhabende an jeder Tür, droben vor seiner Kammer noch einmal zwei.«

»Es müsste ihn schon einer vom Dach eines Hauses mit einer Muskete oder einer dieser neumodischen Pistolen erschießen, aber wie sollte er nach der Tat fliehen?«

»Und erwischten sie ihn, sie würden ihn peinlich befragen, er würde uns verraten, und unser Ende wäre besiegelt.«

»Nein.« Auch Ruening schüttelte den Kopf. »Wir brauchen einen Plan, der sicher durchzuführen ist, oder wir lassen es bleiben.«

Von Dreieichen seufzte. »Aber lassen wir es und gewinnt er den Krieg, wovon auszugehen ist, sind wir für alle Zeiten ruiniert!«

»Er wird uns mit Reichsacht und empfindlichen Strafen belegen, und seine Soldaten werden uns alles niederbrennen und plündern!«

»Es gäbe da allerdings eine Möglichkeit ...« Von Greifenau stockte.

»Und? Die wäre?« Fritz Ruening sah ihn neugierig an.

»Einer von uns tut es und nimmt sich anschließend das Leben.«

Ruening brach in Gelächter aus. »Und wer von uns ist so großmütig, sein Leben für die anderen hinzugeben?«

»Wir könnten die Würfel bestimmen lassen.«

»Immerhin, wir sind zu viert. Drei zu eins gegen den sicheren Verlust aller Güter und der Ehre.«

»Nein!« Ruening stand auf. »Bevor ich mit dem Teufel um meine Seele würfle, möchte ich herausfinden, ob es nicht doch eine bessere Möglichkeit gibt!« Er ging zur Tür.

»In zwei Tagen bin ich nicht mehr da«, erinnerte von Greifenau.

»Dann müsst Ihr eben einen bestimmen, der für Euch würfelt und im Falle des Falles auch in den Tod geht. Oder Ihr bleibt. Ich lasse mich jedenfalls nicht zu einem solchen Schritt drängen.« Ruening verbeugte sich. »Einen schönen Tag noch, meine Herren!«

Liedebuhr war mit einem Satz bei ihm. »Und wo finden wir Euch?«

»Nun, ich werde mir ein Quartier suchen und Euch dann Bescheid geben.«

»Ich selbst wohne im Gasthaus *Zum Blauen Krebs*. Ich würde mein Zimmer mit Euch teilen.«

Ruening sah ihn lange an. Schließlich war er einverstanden.

Liedebuhr verabschiedete sich mit einem kurzen Nicken von den Herren, verließ an Ruenings Seite das Zimmer und zog die Tür hinter sich zu. Ein Huschen auf dem dunklen Flur nahm er nur am Rande wahr.

Drunten wollte Ruening sein Pferd holen, aber Liedebuhr zog ihn weiter. »Lasst es in Ruhe hier fressen, wir schicken später einen Burschen.«

Sie gingen am Rathaus vorbei und überquerten den Haidplatz. Ohne hinzusehen, sagte Liedebuhr: »Rechts, das Anwesen mit dem hohen Turm, das ist die Kaiserherberge.«

»Hm«, machte Ruening. Er riskierte einen Blick. Tatsächlich wurden alle Türen und Tore bewacht. Es hätte ihn auch gewundert, wenn es nicht so gewesen wäre.

Sie bogen nach links in die Krebsgasse ein. Nur noch ein paar Schritte, und sie waren da. Durch ein großes Tor betraten sie die Eingangshalle des Gasthauses *Zum Blauen Krebs*. Links befand sich die Schenke, rechts führte eine Treppe nach oben, hinten lag ein kleiner Hof, in dem sich

Fässer türmten und Hühner gackerten. Eine Magd trat mit einem Korb aus der Gaststube, beachtete die beiden Männer aber nicht weiter.

Droben angekommen, schloss Liedebuhr die Tür und ging zum Fenster. »Hattet Ihr auch das Gefühl, dass jemand uns gefolgt ist?«

»Wäre mir nicht aufgefallen.«

Liedebuhr drehte sich zu Ruening um. »Habt Ihr Papiere, die Ihr vorzeigen könnt, ohne dass gleich ein jeder weiß, wer Ihr wirklich seid?«

Ruening nickte. »Sie lauten auf Maximilian Reinisch.«

»Gut. Dann lasst uns jetzt etwas essen gehen.«

12. Kapitel

16. April 1546

Sarina fand die Tür verschlossen. Leise klopfte sie. »Meister Zacharias? Wollt Ihr mich heute denn nicht malen?«

»Verschwinde! Verschwinde, komm morgen wieder!« Sie hörte ein Poltern, als wäre etwas umgefallen.

Sie knickste, obwohl er es nicht sehen konnte. »Ja. Bis morgen dann …«

Als sie sich umwandte, stand Ansgar hinter ihr. »Manchmal ist mein Großvater so«, sagte er. »Dann schließt er sich ein. Er tritt nach den Möbeln, er schlägt um sich. Es kommt wie aus heiterem Himmel.«

»Bestimmt ist er nicht zufrieden mit mir.«

»Er ist nicht zufrieden mit sich selbst. Er blickt nach innen und sieht ein Bild, das er nicht malen kann. Darüber verzweifelt er.«

»Aber warum kann er es denn nicht? Ich selbst habe gesehen, wie wunderbar er zeichnet! Unter seinen Händen wird das Papier lebendig!«

Ansgar seufzte. »Es gibt Dinge, die sind zu groß für unser Herz und unseren Verstand, erst recht für Papier oder eine Leinwand. Doch das will er nicht einsehen. Es wäre besser für ihn, er trüge diese Bilder gar nicht erst in sich.«

»Aber …« Sarina stockte und blickte zu Boden.

»Aber was?«

»Wenn diese Bilder wirklich so groß sind, so wunderschön, sind sie dann nicht auch ein Reichtum?«

Ansgar dachte lange nach, bevor er antwortete. »Nicht immer macht Reichtum glücklich.«

Sarina nickte. Sie senkte den Blick. »Und Ihr?«, fragte sie schüchtern. »Was arbeitet Ihr dort drunten im Garten? Wenn Euer Großvater mich malt, dann höre ich Euch klopfen und hämmern.«

Ansgar lachte. »Warum kommt Ihr nicht einfach mit, Jungfer Sarina, und seht es Euch an?«

Sie folgte ihm nach unten. Über eine Tür, die in den Garten führte, verließen sie das Haus.

Gestern noch war ein kalter, verregneter Tag gewesen, heute schien die Sonne. Am Haus entlang wuchsen Sträucher, sie hatten dunkelrosa Knospen. Sarina bestaunte sie. Es schienen Blumen zu sein! Wer hatte schon Blumen in seinem Garten? Kräuter, Beeren und Gemüse, ja, aber doch keine Blumen!

Ansgars Arbeitsplatz lag vor der Waschküche. Inzwischen hatte er ein Zelt errichtet. Er konnte die Plane zurückschlagen, um unter freiem Himmel zu arbeiten, oder sie nach vorne und über das Gestänge an den Seiten ziehen, um sich und sein Werk vor Wind und Regen zu schützen.

Auf einem Holzblock stand ein weißer Stein. Nicht allzu groß. Drei Handspannen hoch, drei tief, viereinhalb breit. Er war nur grob bearbeitet, doch wenn man genau hinsah, konnte man bereits die Umrisse einer Figur erkennen.

»Nun, was meint Ihr wird das?«

»Ein Engel«, sagte Sarina.

Ansgar lächelte. »Meine Mutter hat es nicht erkannt.«

»Aber man sieht doch schon die Flügel. Er liegt und schaut gen Himmel.« Sie streckte die Hand danach aus, zog sie jedoch wieder zurück.

»Warum berührt Ihr ihn nicht?«

»Ihr wollt es vielleicht nicht.«

»Aber wer über den Stein etwas erfahren will, muss ihn berühren!«

Sarina ließ ihre Fingerspitzen über den Stein gleiten, so wie sie es einige Tage zuvor bei Ansgar gesehen hatte. Nach einer Weile schloss sie die Augen.

»Nun, was spürt Ihr?«

»Er ist kalt und doch auch wieder nicht. Er ist hart und doch auch weich. Es kommt ganz auf mich selbst an. Je fester ich drücke, desto stärker ist sein Widerstand.«

Als sie die Augen öffnete, sah sie Ansgar lächeln.

»Bestimmt habe ich etwas Dummes gesagt!«

»Aber nein, im Gegenteil! Euer Herz weiß mehr über den Stein, als so mancher Steinmetzgeselle mit seinem Verstand je begreifen wird – es ist Marmor, er kommt aus den Steinbrüchen bei Eichstätt.«

»Frau Gudrun sagte, Ihr hättet bei Meister Zacharias das Malen und Zeichnen gelernt. Aber dann seid Ihr doch Steinmetz geworden?«

»Das Malen und Zeichnen habe ich gelernt, weil man es können muss, wenn man Steinbildhauer werden will. Und ein bisschen auch, weil meine Mutter es wünschte. Sie hoffte, ich würde damit zufrieden sein und eines Tages die Werkstatt meines Großvaters übernehmen. Doch ich wollte immer meinem Vater nachfolgen. Er war Steinmetz und arbeitete in der Dombauhütte, und als die geschlossen wurde, fand er Anstellung bei Meister Jacobus ... Nun ja, bis er abstürzte und dabei zu Tode kam. Aber auch sein Tod konnte mich nicht davon abhalten, Steinbildhauer zu werden. Das Malen fließt aus den Händen, doch der Marmor braucht den ganzen Körper. Er bringt einen zum Schwitzen, und hat man seines Tages Arbeit getan, ist man müde bis in die Knochen. Man sieht aus, als wäre man in ein Fass Mehl gefallen, hat die Nasenlöcher verklebt, Haare, Gesicht und Beine sind mit Steinsplitt bedeckt – doch man ist glücklich und spürt noch das Vibrieren der Schläge und das Zittern des Eisens, das man Stund um Stund in den Stein getrieben hat.«

Ansgar zog sich die Kappe vom Kopf, schwenkte sie, dass es staubte, und lachte. »Als ich sechs war, gab mir mein Vater zum ersten Mal Schlegel und Eisen in die Hände und zeigte mir, wie ich beides führen muss. Und als ich sieben war, nahm er mich mit zur Brunnleiten, wo die Schiffe aus Eichstätt und Abbach anlegen und der Marmor abgeladen wird. Von da an war ich nicht mehr zu halten. Wurden die Schiffsglocken angeschlagen, lief ich hinunter zur Donau, um dabei zu sein, wenn die Steinmetze und Laubacher ihre Blöcke auf Karren hievten, um sie in ihre Hütten zu schaffen. Ich hörte den Stein singen, ich konnte riechen, ob er gut war oder schlecht, und ich wusste, wo man das Eisen ansetzen musste, damit er sich teilen ließ wie Butterkuchen. Schon als ich geboren wurde, trug ich die Liebe zum Stein im Herzen, niemals wollte ich etwas anderes werden als Steinbildhauer.« Ansgar sah Sarina an, seine Augen hatten ein Feuer wie andere, wenn sie von der Liebe sprachen.

Sie nickte, und noch einmal streckte sie ihre Hand nach dem Marmorblock aus.

»Auf einem Friedhof sah ich einmal einen Engel aus Marmor, der weinte. Obwohl es nicht regnete, liefen kleine Rinnsale über seine Wangen und tropften von seinem Kinn. Und darunter, im Faltenwurf seines Kleides, wuchsen grüne Algen. Ich fühlte, dass dieser Engel eine Seele hatte, obwohl er doch nur aus Stein war. Als ich wieder einmal auf diesen Friedhof ging, suchte ich nach dem Engel, doch er war verschwunden. Das Herz war mir schwer – aber vielleicht habe ich das alles ja auch nur geträumt!«

Sarina fühlte plötzlich Ansgars Hand neben ihrer, sein Finger berührte ganz leicht ihre Haut. Es brannte wie

Feuer. Erschrocken wich sie zurück. »Dann gehe ich jetzt wohl besser!«

Ansgar sah ihr nach. Sein Herz pochte, wie es sonst nur pochte, wenn er mit dem Eisen zu tief in den Stein geraten war.

13. Kapitel

19. April 1546

Sachsberger war unterwegs zur Donau, um dort einem der Fischer einen Handkescher zu stehlen, mit dem er das Pfännchen aus dem Vitusbach angeln wollte. Besäße er das Pfännchen und könnte es den Mädchen vorhalten, hätte er leichtes Spiel mit ihnen.

Bei einem Bäcker kaufte er einen Wecken Brot, aß ihn im Gehen und ließ dabei keinen aus den Augen, der vor ihm herlief oder ihm entgegenkam. Sein Säckel war schon wieder leer, und falls es sich ergab, dass er einen um sein Geld erleichtern konnte, würde er nicht zögern, es zu tun.

Unten an der Donau lehnte er sich gegen die Stadtmauer und sah hinüber zur Steinernen Brücke. Sie hatte drei Brückentürme. Einen an jedem Brückenkopf und einen zwischen dem vierten und dem fünften Brückenbogen, wenn man von Stadtamhof aus zählte. Den Brückenturm in Stadtamhof hieß man Heinrichsturm. Er war von einer wehrhaften Anlage umgeben, die aus einer Mauer mit Schießscharten und zwei klobigen Rundtürmen bestand. Kurz nach dem Mittelturm führte ein befahrbarer Damm zum Oberen Wöhrd hinunter, eine der Donauinseln, auf denen sich vor allem Fischer und Müller angesiedelt hatten und manchmal auch große Manöver stattfanden. Blickte Sachsberger unter der Brücke durch zur anderen Seite hin, sah er den Unteren Wöhrd und das viel kleinere Wöhrdl, auf dem Vieh weidete.

Er schob sich den letzten Bissen Brot in den Mund und sah wieder aufs Wasser. Ein Floß und zwei Lastkähne fuhren stromabwärts, zwei wurden stromaufwärts von Treidelpferden gezogen, und nicht weit von ihm entfernt, auf der hiesigen Donauseite, legte gerade ein Fischer an.

Das erweckte sein Interesse, und er reckte den Kopf. Eine Horde Kinder und einige Frauen drängten sich um den Fischer, um seinen Fang zu begutachten, ein Mann fuhr mit einer Karre zu ihm hin. Auf der Karre lagen leere Holzkisten und ein Handkescher.

Der Fischer und der mit der Karre kamen ins Gespräch. Sie redeten und deuteten auf den Fang. Deuteten hierhin und dahin. Schlugen die Handflächen aneinander, mal rechts vor links, mal links vor rechts, mal von oben, mal von unten – ein kompliziertes Ritual zwischen Händlern, dessen Bedeutung Sachsberger nicht kannte. Egal. Hauptsache, die beiden waren beschäftigt.

Er schlenderte an ihnen vorbei, griff flugs nach dem Kescher, schob ihn sich unter den Kittel und war auch schon weiter. Als der Händler sich umdrehte und mit dem Kescher den Fang aus dem Boot in die Kisten auf seiner Karre umladen wollte, ihn aber nirgends finden konnte, hatte er nicht einmal wahrgenommen, dass einer an ihnen vorbeigelaufen war. Der Kescher, so glaubte er, war ihm wohl irgendwo heruntergefallen oder einer von den Rotzlöffeln, die sich am Fischmarkt herumtrieben, hatte ihn mitgehen lassen. Der Händler fluchte, und das nicht zu knapp! Einen ganzen Tag würde er brauchen, um einen neuen Kescher herzustellen.

Während der Mann noch mit seinem Schicksal haderte, war Sachsberger schon in Richtung der Brücke ein ganzes Stück am Uferstreifen entlanggelaufen. Nun betrat er die Stadt durchs »Wampentürl«, wie die Regensburger den Stadtmauerdurchbruch nannten, der ihnen in der Nähe des Fleischhauses den Zugang zur Donau ermöglichte. Er lief am Fleischhaus vorbei zum Markt hinauf, überquerte ihn und erreichte die Bachgasse.

Dort war zum Glück nicht viel los. Hier einer, der seinen Gaul tränkte, dort ein paar Weiber, die herumstanden und sich den neuesten Schwatz erzählten, und weiter oben saß ein Junge am Ufer und bürstete Kisten ab.

Sachsberger hatte sich die Stelle genau gemerkt, an der er nach dem Pfännchen suchen musste. Er trat an den Bach und hielt Ausschau nach einem moosbewachsenen Stein mit drei kantigen Scharten. Als er ihn gefunden hatte, hockte er sich daneben und stocherte mit dem Kescher im Wasser herum. Immer wieder blieb er hängen, zweimal zog er einen Stein heraus, einmal einen aufgequollenen Schafskopf, ein andermal eine verbeulte Blechkanne.

Er warf alles in den Bach zurück und tauchte den Kescher ein weiters Mal ins Wasser.

Das Gespräch ging ihm dabei durch den Kopf, das er vor zwei Tagen im *Goldenen Brunnen* belauscht hatte. Natürlich war er Ruening nachgegangen. Er hatte ja gehört, was die Magd zu ihm gesagt hatte. Zweite Kammer rechts im zweiten Stock. Dort hatte er sein Ohr an die Tür gelegt und schnell begriffen, worüber die drinnen sprachen. Den Kaiser wollten sie töten und wussten nicht, wie sie es anstellen sollten.

Himmel, das war eine Sache! Ein Attentat auf den Kaiser! Nicht gerade ein Kinderspiel. Wenn man dabei erwischt wurde, konnte man sicher sein, dass sie einen zuerst auf die Streckbank legten, dann ausdärmten, räderten, vierteilten und am Schluss noch den Kopf auf einem Pfahl am Rathausplatz ausstellten.

Die Sache war so heiß, dass man besser die Finger davon ließ – und doch, seit Sachsberger davon wusste, hatte er keinen ruhigen Moment mehr. Es musste doch zu machen sein! Und er könnte sich dabei eine goldene Nase verdienen!

Barbara ging meist über den Rathausplatz nach Hause. Doch heute schlug sie den Weg Richtung Rote-Hahnen-Gasse ein, ging hinter der Grieb vorbei und von dort über den Steg auf die andere Seite der Bachgasse. Sie hatte Sarina mehr als eine Woche nicht mehr sehen können und hatte doch so viel zu erzählen! Vielleicht war Sarina ja zu Hause, und Frau Wiltrud ließ sie ein wenig mit ihr plaudern.

Am Bach waren viele Leute unterwegs. Eine Weißnäherin hängte ihre Laken zum Trocknen über ein Stangengerüst, das sie in ihrem Garten aufgestellt hatte. Kinder spielten mit kleinen Holzschiffen, Frauen schrubbten und spülten Fässer, und weiter drunten, zur Donau hin, wurde ein Pferd im Bach gewaschen.

Als sich Barbara dem Anwesen Wolfgang Winklers näherte, erkannte sie eine der Winklerschen Mägde. Sie trat gerade mit einem Zuber an den Bach und spülte ihn aus.

Barbara lief zu ihr hin. »Schönen guten Morgen, Barbe, ist Sarina zu Hause?«

Die Magd schüttelte den Kopf. »Frau Wiltrud hat sie mit einem Ballen Stoff zum Mäntler geschickt und ihr aufgetragen, recht schnell wieder zurückzukommen, denn sie muss mir beim Rupfen der Gänse helfen, die Kurt und ich gerade schlachten.«

»Zum Mäntler?«

»Ja, zu Meister Niedermayr.«

Barbara bedankte sich und ging weiter. Meister Niedermayr kannte sie. Seine Werkstatt war nicht weit vom Hause ihres Vaters entfernt. Also lief sie los, vielleicht würde sie Sarina treffen und konnte ihr ein Schwätzchen abringen.

Am Watmarkt war ein Lumpenhändler mit seinem Handkarren unterwegs. »Luuum-pen!«, schrie er. »Kaufe Luuum-pen! Wer hat etwas für mich!«

Barbara ging an ihm vorbei und wollte gerade auf den Krauterer Markt einbiegen, als ihr Sarina entgegenkam.

»Da bist du ja! Ich habe dich gesucht. Von Barbe weiß ich, dass du zum Mäntler geschickt wurdest.«

»Frau Wiltrud lässt sich eine neue Heuke nähen.«

Barbara hängte sich bei Sarina ein. Zu zweit hüpften sie von Trittstein zu Trittstein. Als Sarina einmal daneben geriet und es aus einer Pfütze spritzte, lachten sie wie Kinder.

»Aber die kalte Jahreszeit ist doch fast vorbei!«

»Heute kam eine Lieferung Tuch aus Strassburg. Es war ein Ballen dabei, der ihr so gut gefiel, dass sie ihn gleich für sich behielt. Sie sagt ja immer: Was man hat, das hat man!«

»Sie ist eine alte Ruach!«, sprach Barbara aus, was Sarina und so manch anderer im Stillen dachte.

»Und was läufst du um diese Zeit in der Stadt herum? Musst du denn heute nicht im *Goldenen Kreuz* helfen?«

»Ich komme gerade von dort. Frau Ursula hat mich nach Hause geschickt, nachdem unser Kaiser und einige der hohen Herren gleich nach dem Morgenmahl nach Straubing abgereist sind, wo sie auf die Jagd gehen werden.« Barbara seufzte. »Mir wäre es lieber, er wäre hier geblieben!«

»Wer?«

»Na, unser hochehrwürdiger Herr Kaiser!« Barbara blieb stehen, neigte sich der Freundin zu und flüsterte ihr ins Ohr: »Stell dir nur vor, Frau Ursula hat mich eingeteilt, ihn zu bedienen!«

Sarina machte große Augen. »Wirklich? Dann hast du ihn ja gar schon einmal aus der Nähe gesehen?«

»Und wie! Ganz nah! Und sogar schon dreimal! Das erste Mal war allerdings nicht gerade rühmlich für mich, und du darfst es auch niemandem weitererzählen. Wenn

Frau Ursula es erfährt, bekomme ich Schelte und darf den Kaiser vielleicht nicht mehr bedienen.«

Als Barbara berichtete, wie sie den Kaiser vor die Füße gefallen war, lachte Sarina. »Und dann hat er dich ›mein Engel‹ genannt?«

Barbara nickte. »Das war am Tag darauf, als ich die Kissen aufschüttelte: *Da ist ja mein Engel mit dem Goldhaar!* Und er hat mich angelacht!« Sie hatte es geflüstert, damit es auch niemand hören konnte.

Inzwischen hatten sie den Lumpenhändler eingeholt. »Luuum-pen!«, schrie er. »Kaufe Lumpen! Wer hat etwas für mich!«

Am Bärbingerhaus ging oben ein Fensterladen auf. »Ich!«, schrie die Bärbingerin hinunter. »Warte! Ich habe ein Paar Hosen und Strümpfe, die man noch flicken kann!«

Die beiden Mädchen blieben stehen, um hinaufzusehen. Das Haus war mit wunderbaren Fresken geschmückt, Meister Zacharias hatte sie in jungen Jahren mit seinen Gehilfen gemalt.

Die Bärbingerin winkte ihnen zu, »Gott zum Gruße, schöne Mägdlein!« Sie lachte und schloss die Läden wieder.

Der Lumpenhändler schob auf seiner Karre ein paar Stoffflicken zur Seite und brachte eine Flasche zum Vorschein. Sie war aus gebranntem Ton und mit einem Wachspfropfen verschlossen. Er löste ihn, setzte die Flasche an seine Lippen und trank.

Als die Bärbingerin auf die Straße trat, wischte er sich mit dem Ärmel über den Mund und räumte die Flasche schnell weg.

Die Bärbingerin war hager, hatte einen Buckel, eine lange knochige Nase und ganz eingefallenen Wangen. Schön konnte man sie nicht gerade nennen, doch sie war eine freundliche, liebenswürdige Frau, die mit jedem gerne sprach. Sie gab dem Lumpenhändler, was sie für ihn hatte, und wandte sich den Mädchen zu. »Na, wo habt Ihr denn heute den Richard gelassen? Als ihr noch Kinder wart, hat man euch immer nur mit ihm zusammen gesehen!«

»Kinder – das ist lange her.«

»Na, na, so lange auch wieder nicht.« Sie schob das Geld ein, das ihr der Lumpenhändler gab, und ging zum Haus zurück. »Und grüßt mir Frau Wiltrud und Frau Sibilla«, sagte sie noch, bevor sie die Tür hinter sich schloss.

Sarina sah Barbara an. »Ich muss mich beeilen, ich sollte längst zu Hause sein. Muss Barbe helfen, die Gänse zu rupfen. Morgen kommt Frau Wiltruds Patin mit ihren Töchtern zu Besuch, da soll es ein Festessen geben. Weiß der Himmel, wo die Muhme die Gänse aufgetrieben hat.«

»Ich begleite dich noch. Wenn ich zu Hause bin, muss ich bloß in der Werkstatt helfen.«

»Aber das tust du doch gerne?«

»Früher schon. Jetzt nicht mehr. Es ekelt mich vor Friedrich. Der sieht mich immer so an, du weißt schon wie! Und er frisst wie ein Schwein! Und die Nase wischt er sich am Ärmel ab! Erst gestern hat mein Vater wieder gesagt, es werde Zeit, dass man mich verheiratet, und er hat dabei bedeutungsvoll auf den Friedrich geblickt. Wenn die Mutter nicht wäre und sich nicht vor mich stellen würde …« Barbara brach ab und seufzte. »Da hast du ein Glück, dass dein Vater schon seit fast einem Jahr nicht mehr zu Hause war und dass er dir keinen Brautschatz und keine Mitgift geben kann. So wirst du wenigstens nicht gegen deinen Willen verheiratet.«

»Immer nach der Pfeife der Muhme tanzen ist auch keine Freude«, entgegnete Sarina. Sie überlegte, ob sie Barbara von Ansgar erzählen sollte. Davon, dass sie mit ihm gesprochen und wie er sie angesehen hatte. Aber dann ließ sie es doch lieber bleiben. Was gab es da schon groß zu berichten? Außerdem musste sie sich jetzt wirklich sputen! »Komm, lass uns weitergehen!«

Sachsberger fühlte plötzlich Widerstand im Kescher. Er zog ihn aus dem Wasser, sah in das Netz und lachte vergnügt. Da war es ja, das Pfännchen – handtellergroß, aus Zinn gefertigt, ein Stiel, ein Deckel, der mit einem Scharnier am Korpus befestigt war, und auf dem Deckel ein erhabenes Kreuz. Ein schönes Stück, das hatten sich die Winklers etwas kosten lassen! Und ganz sicher war es viel zu schade, um es einfach so in den Bach zu werfen!

Er holte es aus dem Netz, wollte es gerade in dem Leinenbeutel verschwinden lassen, den er um die Schulter trug, als plötzlich ein Weibsbild neben ihm stand!

»Was machst du denn da? Das Pfännchen gehört uns! Gib es her!«

Es war die Magd, diese Barbe. Sie trug einen Korb auf dem Kopf, den stellte sie neben sich auf den Boden. Drei frisch geschlachtete Gänse lagen darin, die wollte sie wohl am Bach ausnehmen.

»Ich habe es aus dem Wasser gefischt, also gehört es mir.« Sachsberger sprang auf, stellte sich drohend vor sie hin. Bei seiner Größe reichte das meist schon, um die Leute einzuschüchtern, aber das dumme Aas fing doch tatsächlich zu schreien an!

Sachsberger versetzte ihr einen Schlag ins Gesicht, und das Schreien blieb ihr im Halse stecken. Die Magd riss noch die Augen auf, sah ihn schreckensbleich an, stürzte dann und fiel der Länge nach hin.

Sachsberger blickte nach vorne zum Markt, dann über die Schulter zurück. Niemand schien etwas bemerkt zu haben. Mit einem Satz war er in der Toreinfahrt zum *Goldenen Brunnen* verschwunden.

Gerade noch rechtzeitig, denn im selben Moment bogen die beiden Mädchen ums Eck.

Ein Fuhrwerk, hoch aufgeladen mit Heu, stand am Bach. Damit wurden die Gäule der Markthändler versorgt. Sarina und Barbara drängten sich daran vorbei. Den großen schwarzen Hund, der hinter dem Heuwagen angebunden lag, sahen sie nicht. Als sie ihm zu nahe kamen, sprang er auf, fletschte die Zähne und knurrte sie an.

Barbara erschrak so sehr, dass sie rückwärts von ihm weg zum Bachufer hin sprang. Dabei rutschte sie im Schlamm aus und wäre gestürzt, hätte Sarina sie nicht am Arm gefasst und festgehalten.

»He!«, rief Barbara und lachte. »Jetzt wäre ich fast noch im Dreck gelandet!« Sie drehte sich um, und da sah sie plötzlich einen Steinwurf entfernt eine Frau am Ufer liegen. Ihr Oberkörper und der Kopf hingen ins Wasser, das blaukarierte Tuch, das sie um die Schultern trug, tanzte bei jedem Wellenschlag in der Strömung auf und ab.

Barbara stieß einen Schrei aus. »Jesus!« Sie schlug die Hände vors Gesicht. »Das ist doch ...« Die Worte versagten ihr.

Sarina folgte ihrem Blick. Auch sie starrte die Frau an. Da erkannte sie die Magd. »Um Himmels willen, Barbe! Das ist unsere Barbe!«

Inzwischen waren auch andere auf die reglose Gestalt aufmerksam geworden. Von allen Seiten kamen sie angerannt. Ein Korbhändler packte die Magd an den Füßen, zog sie aus dem Wasser und drehte sie auf den Rücken. Er drückte mehrmals heftig auf ihren Brustkorb und schlug ihr ins Gesicht, doch sie rührte sich nicht.

In kurzer Zeit waren sie von einer Anzahl Neugieriger umringt. Die einen hatten Ratschläge, die anderen beteten oder starrten einfach nur den leblosen Körper an.

»Erst sechzehn Jahre war sie«, sagte eine Nachbarin, »ein hübsches, freundliches Ding, Gott hab sie selig.«

Auf einmal drängte sich Kurt in den Kreis. Er ging neben Barbe in die Knie, umfasste ihr Kinn und schüttelte daran, als könne er sie so ins Leben zurückholen.

Als er aufblickte, sah Sarina, dass er Tränen in den Augen hatte. »Was ist denn geschehen?«, fragte er sie.

Sie zuckte die Schultern. »Ich weiß es nicht. Sie lag hier im Wasser, als ich mit Barbara vom Mäntler zurückkam.«

Kurt nahm die Tote auf seine Arme. Die Umstehenden traten zurück. Eine der Frauen bekreuzigte sich, eine andere legte die Gänse in den Korb, der umgefallen war, und reichte ihn an Sarina weiter.

Als Sarina den Korb auf ihren Kopf hob, fiel ihr Blick auf Sachsberger, der in der Toreinfahrt zum *Goldenen Brunnen* stand und sie finster anstarrte. Schnell griff sie nach Barbaras Hand und zog daran. »Schau, der Mann dort mit der Pilgermuschel – kennst du den?«

Barbara drehte sich um und blickte zum *Goldenen Brunnen* hinüber, doch da war Sachsberger schon verschwunden.

14. Kapitel

23. April 1546

An diesem Tag ging Sarina nicht zu Meister Zacharias, und auch am nächsten und übernächsten ließ Frau Wiltrud sie nicht fort. »Jetzt, wo uns auch noch die Barbe fehlt! Du hilfst in der Küche und später im Magazin!«

Erst als am vierten Tag Olrig mit einem Brief erschien, in dem Meister Zacharias beklagte, dass die Zeit nutzlos verstrich und das Gemälde für den Kaiser auf diese Weise niemals fertig werden würde, sorgte Wolfgang Winkler dafür, dass seine Frau das Mädchen fortließ.

Olrig hatte vor dem Haus auf Sarina gewartet. Als sie auf die Straße trat, sprach er sie an. »Meister Zacharias sagte, ich soll Euch begleiten und auf Euch achtgeben.«

Sie war blass und hatte verweinte Augen, und als sie sich ein Wolltuch um die Schultern schlug, sah Olrig, dass ihre Hände zitterten. Er ging hinter ihr her, starrte sie an. Heute trug sie das Haar aufgesteckt. Dunkle Löckchen kräuselten sich in ihrem Nacken, und ihr Rock wippte bei jedem Schritt. Wie schön sie war! Olrig seufzte leise.

Des Nachts schlich er manchmal in Meister Zacharias' Werkstatt. Dort zündete er eine Kerze an, nahm die Skizzen aus der Lade und breitete sie vor sich aus. Er fuhr mit dem Finger über Sarinas Lippen und Augen, zeichnete ihre Nase nach, ihr Kinn, ihre Brüste. Doch nie berührte er dabei das Papier, eine Scheu hielt ihn zurück, ihr zu nahe zu kommen.

Plötzlich drehte sie sich nach ihm um. »Was gehst du denn hinter mir, da kann man ja gar nicht reden!«

»Es gehört sich nicht, dass ich neben Euch gehe.«

»Du könntest mir von Friedhelm erzählen.«

»Von Friedhelm?«

»Ist er nicht Meister Zacharias' Enkel?«

»Er lebt nicht mehr.«

»Aber was ist mit ihm geschehen?«

Olrig schwieg lange, bevor er antwortete: »Er wurde erschlagen. Von einem Marmorblock.«

Sarina blieb stehen. »Jesus!« Sie hielt sich eine Hand vor den Mund. »Wie konnte das geschehen?«

»Obwohl Meister Zacharias es verboten hatte, nahm Ansgar ihn mit zur Brunnleiten, wo die Schiffe mit den Marmorblöcken anlegen. Ansgar war neun, Friedhelm fünf Jahre alt. Ansgar passte nicht auf. Er war so sehr mit den Steinen beschäftigt, dass er nicht sah, wie Friedhelm einem Hund nachlief. Eines der Pferde scheute, es stieg im Geschirr, der Wagen, der bereits mit einem Block beladen war, kippte, und der Block fiel auf ihn. Zuerst lebte der Junge noch, seine Beine waren zermalmt. Doch bis sie ihn nach Hause geschafft hatten, war er bereits tot.«

Sarina schüttelte heftig den Kopf. »Das ist ja entsetzlich!«

Olrig sah sie besorgt an. Nun war sie noch blasser als schon zuvor. »Ich hätte Euch nicht davon erzählen dürfen.«

»Aber ich hatte dich doch gefragt.«

»Trotzdem. Niemand von uns spricht darüber! Meister Zacharias hat es verboten. Friedhelm war sein Ein und Alles, nie hat er einen Menschen so geliebt wie dieses Kind.«

Sarina dachte an die Skizzen, die sie von Friedhelm gesehen hatte. Sie erzählte Olrig davon.

»Meister Zacharias hat sie Euch gezeigt?« Überrascht blieb er stehen. Schließlich sagte er: »Es war nur wenige Tage vor dem Unglück, als er sie zeichnete. Einmal hörte ich, wie er sagte, da hätte er den Tod schon in den Augen des Kindes gesehen.«

Sarina zog das Tuch enger um ihre Schultern. Plötzlich war ihr kalt. Es kam von innen.

Meister Zacharias stand oben an der Treppe. Meist trug er auch im Haus eine Haube mit Ohrenklappen, doch nun hing ihm das weiße Haar wirr in die Stirn. »Was ist!« Ungeduldig winkte er Sarina zu sich. »Wo bleibst du denn!«

Sie hob ihren Rock an und stieg zu ihm hinauf. Er fasste sie am Ellenbogen, um sie grob in die Malstube zu schieben. »Drei Tage habe ich auf dich gewartet!«

»Es tut mir leid.« Sie knickste. »Die Muhme ließ mich nicht gehen.«

»Was heißt, sie ließ dich nicht gehen! Herr Winkler hat es doch erlaubt!«

Sarinas Kopf sank auf ihre Brust. Dass er sie so anschrie, so grob mit ihr umging, machte ihr Angst und verletzte sie. Musste sie in letzter Zeit nicht schon genug ertragen? War sie der Sündenbock für alle und alles?

»Barbe … unsere Magd ist im Bach ertrunken. Niemand weiß, wie das geschehen konnte. Sie lag kopfüber im Wasser, als hätte jemand sie hineingedrückt und festgehalten.«

»Hm«, machte Meister Zacharias. »Ein Mord?«

»Wir wissen es nicht. Vielleicht auch nur ein Unglück. Doch sicher ist … …« Sarina brach ab. Tränen rannen über ihre Wangen, tropften auf das Tuch, das sie noch um die Schultern trug.

»*Was* ist sicher?« Seine Stimme klang nun etwas freundlicher.

»Ich hätte es verhindern können, wäre ich nur rechtzeitig nach Hause gegangen. Aber ich habe getrödelt!«

Meister Zacharias legte einen Finger unter ihr Kinn, hob es an und sah in ihre Augen. Es war ein langer forschender

Blick, der sie verlegen machte. »Aber sie war doch nur eine Magd«, sagte der Maler schließlich.

»Sie war acht Jahre alt, als sie zu uns kam, und hat uns eben so lang treu gedient. Und nun hat man sie wie eine tote Katze verscharrt, weil man nicht wusste, ob es vielleicht doch Mord oder gar Selbstmord war.«

Eine neue Sturzflut von Tränen lief über ihre Wangen. Meister Zacharias zog Sarina das Tuch von den Schultern und hängte es über eine Lehne. »Nun, du musst wieder zur Ruhe kommen. Dinge geschehen, ob wir es wollen oder nicht.« Sein Blick war plötzlich ganz weich. Er zögerte, doch dann nahm er sie in die Arme. »Ruhig«, sagte er, »nur ruhig, Kind.«

So hielt er sie eine Weile fest. Als ihre Tränen versiegten, schob er sie von sich, setzte sie auf einen Stuhl, drehte ihr Gesicht zum Licht und begann zu zeichnen.

Die Feder schrappte so schnell über das Papier wie nie zuvor.

15. Kapitel

29. April 1546

Sein Bett hatte Olrig in einer Nische unter der Treppe zum Speicher aufgeschlagen. Nebenan lag die Schlafkammer seines Herren, gegenüber die Malstube. Es war ihm recht so, er schlief lieber hier oben auf dem Flur als in der Kammer hinter der Küche, die er sich früher mit zwei Lehrlingen teilen musste. Jetzt hatte Anna dort ihr Lager und musste nicht länger das Schnarchen ihrer Tante ertragen.

Olrig hatte nicht bemerkt, dass Meister Zacharias an ihm vorbeigeschlichen war. Erst als ein lauter Knall die Stille zerriss, fuhr er hoch und lauschte in die Nacht. Da wieder! Es kam aus der Malstube.

Olrig schlug die Decke zurück, griff nach seinem Hemd, zog es über und tastete sich im Dunkeln zur Tür. Sie war verriegelt. »Meister Zacharias!« Er rüttelte daran. »So öffnet doch, Meister Zacharias!«

Es kam keine Antwort.

Olrig legte sein Ohr an die Tür, um zu lauschen. »Verschwindet, geht alle weg!«, schrie drinnen der Alte.

Olrig wusste, dass nicht er gemeint war. Sein Herr sprach mit den Toten. Mit Friedhelm, mit seiner Gattin, Frau Ida, mit Frau Reingard, seiner jüngsten Tochter, die Annas und Friedhelms Mutter gewesen war.

»Nicht einmal nachts lasst ihr mir meine Ruhe! Habe ich denn nicht genug für euch getan?« Etwas knallte gegen die Tür, Olrig zuckte zurück.

Einen Moment war es still, dann hörte er den Meister rezitieren:

»Alles macht die Sonne mild,
Sie, die Reine, Zarte,
Neues schließt der Welt nun auf,
das Antlitz des Aprils!
Wiederum zu Amor hin
drängt die Brust des Mannes ...«

Meister Zacharias lachte, aber es war kein fröhliches Lachen. Schubladen wurden geöffnet und wieder zugeschlagen.

»... sieh, der holde und ersehnte
Frühling bringt zurück die Freuden ...«

Etwas ging zu Bruch.

»... purpurrot, so blüht die Wiese,
alles macht die Sonne heiter.
Weiche nun die Traurigkeit ...«*

»Meister Zacharias!« Olrig pochte gegen die Tür. »Meister Zacharias, so öffnet doch!«

»Nimmermehr! Fort und weg mit euch!«

Olrig setzte sich auf den Boden, lehnte sich mit dem Rücken an die Tür, seufzte und schloss die Augen.

Sie hätten den alten Mann nicht zurückholen dürfen! Bei seinem Sohn auf den Lichtenwalder Anhöhen hatte er endlich Ruhe gefunden. Die Nase voller guter Düfte. Tannennadeln und Rosenblätter. Tau auf frischgemähten Wiesen. Die Augen in die Ferne gerichtet. Eine lichtblaue Unendlichkeit der Himmel, ein Meer von Grün- und Ockertönen die Täler. Und die Geister, die ihm so zusetzen, waren hier in Regensburg geblieben.

* Text aus Carmina burana

»Ah!«, rief Meister Zacharias drinnen.

»Ah, es prangen und schwelgen in Honigsüße,
die's wagen und greifen nach Cupidos Lohn.
Auf Cypris Geheiß wollen prangend und
schwelgend …«

Er lachte wieder. »Ah! Wie schön sie ist, meine kleine Göttin! Einen Früchtekorb soll sie halten? Diese Banausen! Ich werde ihr ein Füllhorn geben – zur Tyche werde ich sie erheben!«

Es krachte, als würde Holz zersplittern. Olrig hielt sich die Ohren zu.

Plötzlich stand Ansgar mit einer Kerze vor ihm. »Wie lange geht das schon?«

»Einige Zeit, Herr. Er hat den Riegel vorgeschoben, ich kann nicht hinein.«

Ansgar klopfte. »Großvater!«

Drinnen war es auf einmal still.

»Großvater, bitte lass mich zu dir!«

Lange geschah nichts, doch dann war plötzlich ein Schnappgeräusch zu hören, und die Tür sprang auf.

Das Gesicht des Alten erschien in dem Spalt zwischen Tür und Angel. Durch den Schein der Kerze, die Ansgar ihm entgegenhielt, sah es gespenstisch aus.

Meister Zacharias Augen weiteten sich. »Friedhelm, mein Junge! Da bist du ja endlich!«

Ansgar drückte sich an seinem Großvater vorbei und stellte die Kerze auf den Tisch. »Großvater, warum trinkt Ihr nicht einen Becher heißes Bier mit mir?«

»Heißes Bier? Hast du denn heißes Bier?«

»Es brennt noch Feuer im Herd, Olrig kann uns einen Krug heraufbringen.« Ansgar sah Olrig an.

Der Knecht ging, das Knarzen unter seinen Tritten war auf der Treppe zu hören.

Ansgar fasste Meister Zacharias unter. »Kommt, Großvater, wir setzen uns in Eurer Kammer aufs Bett und reden ein wenig.«

Der Alte folgte seinem Enkel ohne Widerspruch. Ansgar bettete ihn in die Kissen, setzte sich neben ihn und hielt seine Hand.

»Warum bist du nur weggelaufen, Friedhelm?« Meister Zacharias' Stimme zitterte. »Hatte ich dir nicht verboten, mit Ansgar fortzugehen?«

»Es war so schönes Wetter, Großvater. Wir hatten Spaß. Ich konnte doch nicht immer nur im Bett bleiben.«

»Du warst krank.«

»Weil Ihr mich krank gemacht habt. Nie durfte ich laufen und springen. Was sollte das für ein Leben sein? Ich bat Ansgar, mich mitzunehmen. Ich wollte die Schiffe sehen und das Wasser riechen. Ich wollte das Lachen der Männer hören, wenn sie sich Witze zuriefen. Ich wollte ihr Glück spüren, wenn sie ihre Arbeit getan und ihren Lohn erhalten hatten. Draußen war das Leben, aber ich musste immerzu hier drinnen sein.«

»Ich habe dich doch geliebt.«

»Ich weiß, Großvater. Ich liebe dich auch.« Lächelnd strich Ansgar dem Alten über die schweißnasse Stirn.

Als Olrig mit dem heißen Bier erschien, schlief Meister Zacharias bereits. Ansgar lud den Knecht ein, mit ihm zu trinken.

»Morgen wird er nichts mehr davon wissen«, sagte Olrig nach einer Weile.

»Es ist besser so für ihn.«

»Ich muss noch aufräumen, sonst wird er es merken.« Olrig trank aus und stand auf.

»Ich helfe dir«, sagte Ansgar. Er folgte ihm.

Als die beiden Männer in die Malstube kamen, seufzten sie. Es sah aus wie auf einem Schlachtfeld!

Ansgar bückte sich nach einigen Skizzen, die auf dem Boden lagen, und hielt sie in den Schein der Kerze. Sarinas Gesicht war abgebildet. Mit ernstem Blick sah sie ihn an.

Am nächsten Morgen fühlte sich Meister Zacharias von einer quälenden Unruhe geplagt. Er konnte nicht still sitzen, ging in der Malstube auf und ab und rezitierte Gedichte. Dabei knetete er seine Finger, zog und zerrte an ihnen und fluchte, dass ein ordentlicher Mensch und Christ sich schämen musste.

Unten warf man sich besorgte Blicke zu und schwieg. Es würde vorbeigehen. Immer war es vorbeigegangen.

Olrig trug auf einer Schippe glühende Kohlen hinauf.

»Hier ist alles in Unordnung«, schrie Meister Zacharias ihn an. »Was habt ihr mit meinen Sachen gemacht?«

»Erinnert Ihr euch denn nicht, Herr? Wir haben gestern ein wenig aufgeräumt. Ihr selbst habt es in Auftrag gegeben.«

Meister Zacharias runzelte die Stirn und dachte nach. Dann seufzte er und murrte: »Aufgeräumt nennt ihr das? Mein Stuhl ist verschwunden! Keine Zeichenkohle mehr da! Alle Skizzen durcheinander!«

»Tut mir leid. Der Stuhl ist zerbrochen, ich richte ihn heute noch. Und neue Zeichenkohle werde ich auch herstellen.«

Mit beiden Händen griff Meister Zacharias sich an den Kopf, massierte seine Schläfen. »Ich habe schlecht geträumt. Von Dämonen und von Friedhelm.«

»Ja, Herr«, erwiderte Olrig.

»Und ich habe Kopfschmerzen.«

»Ich werde Anissamen in die Glut streuen, und wenn Ihr wollt, lege ich Euch einen Weißkrautwickel auf die Stirn.«

Wut flammte in Meister Zacharias Augen auf. »Meinetwegen hol den Anissamen, aber deinen Weißkrautwickel kannst du dir sonst wohin stecken!«

Olrig zog den Kopf ein. »Ja, Herr.«

Am frühen Nachmittag verließ Meister Zacharias das Haus. Frau Gudrun schickte ihm Olrig nach. »Lass ihn nicht aus den Augen, aber achte darauf, dass er dich nicht sieht.«

»Ja, Frau.«

Sarina erschien, nicht lange nachdem Meister Zacharias gegangen war. Frau Gudrun bot ihr einen Platz am Küchenfeuer an. »Tut mir leid, aber heute wird es kein Malen geben.«

»Ist Meister Zacharias etwa krank?«

»Er musste dringend fort. Ich weiß auch nicht, was morgen sein wird. Es ist wohl besser, Ihr kommt erst übermorgen wieder. Aber bevor Ihr nach Hause geht, nehmt eins von meinen Hasenöhrlein. Ich habe sie gerade erst ausgebacken.« Frau Gudrun hielt ihr eine Schüssel von dem Schmalzgebäck hin.

Als Ansgar unvermutet hereinkam und sie mit einem langen Blick ansah, wurde Sarina rot. Frau Gudrun, die gerade frischen Teig ins heiße Schmalz gab, bemerkte es. Mitten in der Bewegung hielt sie inne, öffnete den Mund, schloss ihn jedoch wieder, ohne etwas gesagt zu haben.

Ansgar holte sich einen Hocker, setzte sich zu Sarina ans Feuer und nahm sich ebenfalls ein Hasenöhrlein aus der Schüssel.

Frau Gudrun sah von ihm zu Sarina und dann wieder ihren Sohn an.

»Das schmeckt fein!«, rief er aufgedreht fröhlich. »Und schon bald gibt es auch wieder Holunderküchlein – mögt Ihr die, Jungfer Sarina?«

Sie nickte. »Am liebsten mit ein wenig Zimt.«

»So mag ich sie auch am liebsten. Meine Mutter macht den Teig mit Bier.«

»Wir auch«, sagte Sarina.

Anna kam herein. »Ich brauche jemanden, der mit mir die Wäsche zieht.« Ihr Blick fiel auf die Schüssel mit dem Gebäck. »Bekomme ich auch etwas davon?«

»Aber ja.« Frau Gudrun nahm das Kinn des Mädchens zwischen Daumen und Zeigefinger und rüttelte lächelnd daran.

»Wenn du gegessen hast, helfe ich dir gerne mit der Wäsche«, bot Sarina an.

Als sich die beiden Mädchen wenig später anschickten, die Küche zu verlassen, warf Frau Gudrun ihrer Nichte einen vielsagenden Blick zu. Anna wusste, was sie meinte. Es passierten Dinge in diesem Haus, über die sprach man mit fremden Leuten nicht.

Zu ihrem Sohn, der sich ein viertes Hasenöhrlein aus der Schüssel nahm, sagte Frau Gudrun nichts, obwohl ihr einiges im Kopfe herumging. Eine Nichte des Stadtkämmerers war nicht für einen kleinen Handwerkersohn geboren, auch nicht, wenn sein Großvater ein bekannter Künstler war. So ein Mädchen würde man mit einem reichen Kaufmann verheiraten.

Als Meister Zacharias aus der Stadt zurückkehrte, war Sarina längst gegangen. Olrig traf kurz nach ihm ein und berichtete, was er gesehen hatte.

»Der Herr war zuerst bei einem Stoffhändler, dann bei einem Schneider. Doch was er bei dem einen und bei dem anderen in Auftrag gegeben hat …«, der Knecht zuckte die Schultern, »ich weiß es nicht.«

16. Kapitel

2. Mai 1546

Zwei Tage später schickte Meister Zacharias Olrig zum Schneider, das Bestellte abzuholen. Als er nach Hause kam, hatte er ein Paket unter dem Arm, das fein säuberlich verschnürt war. Er legte es seinem Herrn auf den Zeichentisch und wagte einen Blick auf Sarina. Sie saß auf dem Podest, das er zusammen mit Ansgar Tags zuvor aus Brettern zusammengezimmert und an der schmalen fensterlosen Seite des Raumes aufgestellt hatte. Das Haar trug sie geöffnet und mit einer Perlenschnur verziert. Als sie ihn ansah, lächelte sie.

»Du kannst gehen«, sagte Meister Zacharias, schloss die Tür hinter Olrig, riss sie jedoch gleich wieder auf und rief ihm nach: »Schick mir die Anna herauf!«

Anna erschien. Mit versteinertem Gesicht und hochgezogenen Schultern knickste sie vor ihrem Großvater. »Ihr habt nach mir gerufen?«

»Ich will, dass du Jungfer Sarina hilfst, das Kleid dort anzuziehen.« Er deutete auf das Paket. »Wenn ihr fertig seid, dann ruft nach mir.«

Damit verließ er den Raum

Die beiden Mädchen sahen sich an. Beim Zusammenlegen der Wäsche vor zwei Tagen hatten sie gelacht und gescherzt und sich geduzt. Jetzt war Anna wieder so schüchtern und verängstigt wie zuvor.

»Warum öffnest du das Paket nicht?«, fragte Sarina.

»Öffnet Ihr es, es ist doch Euer Kleid.«

Sarina trat an den Tisch. Sie knotete die Schnur auf. »Was bist du denn so verängstigt, Anna?«, fragte sie dabei.

»Bin ich doch gar nicht.«

Sarina zog die Schnur ab. »Hast du etwa Angst vor deinem Großvater?«

Anna schüttelte den Kopf, doch dann gab sie zu: »Manchmal schon. Er kann plötzlich so wütend werden. Es kommt wie aus heiterem Himmel, und ich weiß dann nie, was ich falsch gemacht habe. Wüsste ich es, könnte ich es besser machen, aber so …« Sie zuckte die Schultern.

Sarina schlug das Tuch zurück und hielt mitten in der Bewegung inne. Ein Kleid aus leuchtend blauem Stoff lag vor ihr, das Gewebe zart und fließend. Als sie die Hand darauf legte und den Stoff durch ihre Finger gleiten ließ, spürte sie, wie er schmeichelnd ihre Hand umgab und jeder ihrer Bewegungen folgte.

Annas Mund stand offen wie der eines Fisches, der an Land gespült worden war. »Ein Hauch würde genügen, und das ganze Kleid würde fortfliegen, als wäre es ein Blatt im Wind«, sagte sie leise.

Sarina nahm es und hielt es sich vor. Die Schleppe war lang, sehr viel länger als bei anderen Kleidern, die Ärmel geschlitzt, die Schlitze mit weißem Gaffa unterlegt, die Stulpen geschlossen, und der Ausschnitt ließ vorne nur das Schlüsselbein sehen. Am Rücken war er jedoch etwas tiefer als üblich. Das Kleid war durchaus züchtig, und doch …

»Das könnt Ihr nicht anziehen!«, flüsterte Anna.

Sarina sah sie an und seufzte. »Und was wird sein, wenn ich es nicht tue?«

Anna wurde blass. »Er wird sehr zornig werden.«

Sarina legte das Kleid auf den Tisch und dachte lange nach. »Ich ziehe es an«, sagte sie schließlich und begann, die Verschnürung ihres Mieders zu lösen. »Ich weiß, warum er es möchte. Es geht nicht um mich, sondern um die Falten. Sie sind ihm zu schwer bei den Stoffen meiner

Kleider. Er sieht meine Bewegungen nicht. Aber gerade das will er doch – er will einen flüchtigen Moment, will die Bewegung festhalten!« Es war, als würde sie sich Mut zusprechen.

Anna nahm ihr das Mieder ab und half ihr aus dem Rock. Der Blick, mit dem sie Sarina dabei bedachte, schwankte zwischen Anerkennung und Unverständnis. »Man wird Euch in diesem Kleid betrachten – der Kaiser und alle anderen, die das Bild ansehen!«

»Ich vertraue Meister Zacharias. Er würde nichts tun, was mir schadet.«

Als Sarina das blaue Kleid angezogen hatte, stellte sie sich auf das Podest. Die Schleppe war so lang, dass sie weit in den Raum reichte.

Anna betrachtete sie mit einem Seufzen. »Wie schön du bist! Und das Kleid … es ist wie aus einem Traum. Soll ich ihn jetzt rufen?«

Sarina nickte.

Als Anna die Tür hinter sich zugezogen hatte, schloss Sarina die Augen. Aus dem Hof hörte sie das vertraute Hämmern und Schlagen. Eins, zwei, drei, vier – eins, zwei, drei, vier. Leise zählte sie mit. Sie gab sich so sehr diesem Rhythmus hin, dass sie nicht bemerkte, wie die Tür geöffnet wurde. Erst als sie ein leises Rascheln vernahm und die Augen wieder öffnete, sah sie Meister Zacharias. Er stand neben dem Zeichentisch und blickte sie an. Tränen liefen über seine Wangen. Die eine Hand lag auf seinem Herzen, mit der anderen stützte er sich ab, als ob ihm schwindelig sei.

Als sie ihn so aufgelöst sah, erschrak Sarina. Sie wollte zu ihm hineilen, doch er hob mit einem Aufschrei die Hand. »Nicht! Um Gottes willen, bleib stehen! Genau so! Ja – rühr dich nicht! Und woran immer du gedacht haben magst, als ich hereinkam, denke wieder daran!«

Der Maler bückte sich nach der Schleppe, raffte sie, drapierte sie, zupfte hier und dort, seufzte und flüsterte Worte, die Sarina nicht verstand. Dann ging er zurück zur Tür und blickte sie wieder an. »Und nun den Kopf noch ein wenig in den Nacken und das linke Bein etwas nach vorne, so als wolltest du tanzen!«

Zögerlich tat Sarina, was er verlangte. Sie hob das Bein und spürte den feinen Stoff auf ihrer Haut. Es war wie eine zärtliche Berührung, nur ein Hauch. Ein seltsames Gefühl durchflutete sie. Ein Gefühl zwischen Scham und Aufregung, Hingabe und der Angst, etwas zu tun, das nicht richtig war.

»Und nun öffne die Lippen ein wenig!« Wie aus weiter Ferne drang die Stimme des Meisters zu ihr. Viel näher war ihr das Schlagen von Eisens auf Stein, das aus dem Hof an ihr Ohr drang. Eins, zwei, drei, vier ... ihr Herz pochte im selben Rhythmus.

Meister Zacharias griff nach Papier, tauchte die Feder in Bister und fing an zu zeichnen. Schweigend, von einer Kraft durchflutet, die seine alten Hände wieder jung sein ließen.

Flüsternd und mit gesenktem Blick hatte Anna ihrer Tante und Ansgar von dem blauen Kleid erzählt. Die beiden sahen sich mit besorgten Blicken an. Frau Gudrun fürchtete um den guten Ruf des Mädchens, Ansgar nicht minder.

»Und Sarina – was hat sie gesagt?«

»Sie sagte, es ginge nicht um sie, sondern alleine um die Bewegung und um die Falten des Kleides. Sie sagte außerdem, sie vertraue Großvater, er werde nichts von ihr erwarten, was ihr zum Schaden gereiche.«

Frau Gudrun seufzte. Sie warf Holz ins Feuer und fing an, das Mahl für den Abend zuzubereiten. Anna schickte sie in den Stall, die Ziege melken und die Hühner füttern und Wasser aus dem Brunnen schöpfen.

Ansgar war in Gedanken zu sehr mit Sarina beschäftigt, als dass er weiter arbeiten konnte. Er blieb bei seiner Mutter in der Küche sitzen, starrte in die Flammen und schwieg.

Frau Gudrun löste Fleisch von Knochen und schnitt runzelige Möhren in Scheiben. Sie verknetete Mehl mit Wasser und Ei und zerhackte Kräuter, und das alles mit einer Wucht, als ob sie Holz hacken müsste.

»Du solltest dein Herz nicht an sie hängen«, sagte sie plötzlich und hob einen Kessel auf den Tisch, dass es krachte. »Sie ist nichts für einen wie dich.«

Ansgar sah sie an. Er schwieg lange, bevor er antwortete: »Lieben darf ich sie, das kann mir keiner verbieten. Und wenn ich erst Meister bin, werde ich eine eigene Werkstatt eröffnen und mir einen Namen machen. Dass ich Talent habe, wurde mir von vielen Seiten bestätigt.«

»Auch dann nicht! Vergiss sie!«

»Nein, Mutter, ich kann sie nicht vergessen. Und überhaupt, was ratet Ihr mir da! Ihr selbst habt doch Vater aus Liebe geheiratet, obwohl Eure Eltern es nicht wollten!«

»Es war ein kurzes Glück und ein langer schwerer Weg.« Sie nahm den Korb, der neben dem Feuer stand, und verließ die Küche.

Als Sarina die Treppe herunterkam, trat Ansgar auf den Flur. »Gott zum Gruße, Jungfer Sarina!«

»Gott zum Gruße, Herr Ansgar.«

»Habt Ihr ein wenig Zeit? Ich möchte Euch etwas zeigen.«

Sie blickte zu Boden. »Ich bin schon so spät dran. Ich kann mich nicht länger aufhalten.«

»Dann erlaubt mir, Euch ein Stück zu begleiten. Ich muss ohnehin zum Apotheker.«

Als sie auf die Straße traten, schnallte Sarina ihre Trippen an. Der viele Regen der letzten Tage hatte die Wege aufgeweicht, und hier am Stadtrand gab es keine Trittsteine.

Ansgar sah ihr dabei zu. Als sie sich aufrichtete und bemerkte, dass ein Lächeln auf seinen Lippen lag, wurde sie rot.

»Ist jemand krank, dass Ihr zum Apotheker müsst?«, fragte sie schnell.

»Nein, Großvater braucht nur einiges zum Anreiben der Farben.«

»Und was wolltet Ihr mir zeigen?«

»Ich dachte, Ihr kommt einmal mit zur Brunnleiten. Heute wurden vier Blöcke angeliefert. Ein besonders schöner ist darunter. Er gehört Meister Jacobus, es soll der Erzengel Michael daraus werden, eine Auftragsarbeit für ein Kloster.«

»Das kann ich nicht. Heute nicht und auch sonst nicht. Man würde uns sehen, und bald wüsste es auch die Muhme.« Sie senkte den Kopf. Als sie wieder aufsah, trafen sich ihre Blicke.

Am Haidplatz blieb Sarina stehen. »Nun müsst Ihr mich alleine lassen.«

»Geht Ihr einmal mit mir zum Dom?«, fragte er. »Dann kann ich Euch zeigen, woran mein Vater mitgearbeitet hat.«

»Das würde ich gerne, aber ich bin doch zum lutherischen Glauben übergetreten!«

»Ich auch – was macht es schon?«

»Aber die Muhme …«

»Kommt in der Mittagsstunde«, fiel Ansgar ihr ins Wort, »um diese Zeit ist kaum jemand dort. Und falls doch – es ist kalt, man wird sich nicht wundern, eine Frau zu sehen, die sich in ein Tuch gehüllt hat.« Er griff in die

Tasche, die er am Gürtel trug, und zog einen Stein heraus, der die Form einer Walnuss hatte. »Für Euch!«

»Was ist das?«

»Ein Stück Marmor von dem Block, an dem ich gerade arbeite. Ich habe ihn geglättet und poliert. Er soll euch Glück bringen.«

Sarina presste die Lippen zusammen. »Das kann ich doch nicht annehmen.«

»Es muss ja niemand wissen. Bitte ...«

Sie sah sich um. Einige Frauen standen bei der Neuen Waag, ein Mann, der aus der Krebsgasse kam, trieb ein Schwein vor sich her, ein Junge zog eine Mistkarre, einige Reiter und ein Fuhrwerk überquerten den Platz – aber niemand schien auf sie zu achten. Schnell griff sie nach dem Stein und umschloss ihn mit den Fingern, er fühlte sich warm an von Ansgars Hand.

»Ich werde jeden Mittag im Dom auf Euch warten, so lange, bis Ihr gekommen seid«, sagte Ansgar eindringlich.

»Ich kann nichts versprechen.« Ohne Gruß ging sie davon.

Als sie hinter der Grieb war und er sie nicht mehr sehen konnte, blieb sie stehen und lehnte sich gegen eine Hauswand. Sie schloss die Augen und lauschte auf das Klopfen ihres Herzens. Im Gedanken sah sie Ansgars Gesicht vor sich. Er lächelte sie an. Das braune Haar hing ihm lockig bis auf die Schultern, die blauen Augen strahlten wie die eines Kindes, wenn es Süßigkeiten bekam. Sie stellte sich vor, wie er sich zu ihr neigte und einen Kuss auf ihre Stirn drückte, und erschrak plötzlich vor ihren eigenen Gedanken. Was hatte sie sich nur dabei gedacht, ein Geschenk anzunehmen! Das kam doch einem Verlöbnis gleich!

Auf einmal brannte der Stein wie Feuer in ihrer Hand. Sie schob ihn schnell in die Falte ihres Rockes und ging weiter.

Am Haus der Familie Amman rutschte sie im Schlamm aus. Sie fing sich an einem Mauervorsprung ab, dabei verletzte sie sich am Daumen. Sie starrte auf das Blut, das aus der Wunde tropfte.

Als sie den Kopf hob, sah sie den Mann mit der Pilgermuschel.

17. Kapitel

5. Mai 1546

Barbara weinte. »Ach, wenn er doch nur zurückkäme, unser ehrwürdiger Herr Kaiser! Ich könnte wieder im *Goldenen Kreuz* helfen und müsste Friedrich nicht ertragen. Gestern blieb ich alleine mit ihm in der Werkstatt. Der Vater war mit Oswald und dem Lehrling zum Riemenschneider gegangen, die Mutter musste hinauf in die Küche, denn die Magd hatte sich die Hand verbrüht. Das hat er ausgenützt, hat einen Kuss von mir eingefordert! Als ob ich eine Dirne wäre! Und als ich ihm sagte, dass ich es meinem Vater erzählen werde, lachte er nur. Es sei ihm recht, dann werde es mit der Verlobung wenigstens voran gehen.« Barbara lachte bitter. »Verlobung, pah! Nie und nimmer werde ich diesen Kerl heiraten!«

Tröstend legte Sarina ihre Hand auf Barbaras Haar und seufzte. Sie wusste, wie auch Barbara wusste, dass es kein Wenn und Aber gab. Was der Vater bestimmte, musste die Tochter auf sich nehmen.

Barbara wischte sich mit dem Handrücken die Tränen aus dem Gesicht und sah ihre Freundin an. »Aber jetzt erzähl … warum wolltest du mich so dringend sprechen?«

Sarina hielt ihr den Stein hin, den sie von Ansgar bekommen hatte.

»Was ist das?«, fragte Barbara.

»Ein Stück Marmor aus dem Block, an dem Ansgar gerade arbeitet. Er hat ihn geglättet und poliert und ihn mir dann geschenkt.«

Barbara machte große Augen. »Aber wenn du ein Geschenk von ihm angenommen hast ...« Sie brach ab. »Will er dich etwa heiraten?«

Sarina seufzte. »Das hat er nicht gesagt, aber ... Ach, ich weiß ja auch nicht! Und wenn er es auch wollte, ich bekäme keine Mitgift, und die Muhme würde mich nicht gehen lassen!«

»Liebst du ihn denn?«, fragte Barbara.

»Weiß nicht.« Sarina lächelte plötzlich. »Ist es Liebe, wenn sich dein Körper ganz und gar wunderlich anfühlt, nur weil ein Mann dich beim Namen nennt? Er sagt ›Jungfer Sarina‹, und es kommt mir vor, als wäre ich ein Schmetterling, der über einer Blumenwiese flattert.«

Barbara biss sich auf die Lippen. Dann lachte auch sie. »Das ist es, was ich fühle, wenn der Kaiser mich ansieht! Als würde Gold im Sonnenlicht funkeln! Es *muss* Liebe sein!«

»Es ist so ein seltsames Gefühl überall. Die Wangen glühen, das Herz schlägt so heftig, dass es fast schmerzt! Und dabei habe ich ihn doch nur ein paar Mal gesehen! Wie kann das sein?«

»Solche Gefühle kann ein Mensch mit dem Verstand nicht begreifen.« Barbara presste beide Hände gegen die Brust. »Das haben wir uns doch gewünscht, damals auf dem Turm, als wir das Tüchlein segeln ließen, die Liebe, wie die Dichter sie besingen. Und es ist unten angekommen. Und Gott hat unseren Wunsch erfüllt.«

Sarina holte Barbara jäh auf den Boden der Tatsachen zurück. »Für mich gibt es keine Liebe, zumindest keine Erfüllung, ich werde mein Leben lang die Dienstmagd der Muhme sein. Und du ... Mit Verlaub, aber der Kaiser ist doch etwas zu hoch gegriffen für eine Bürgerstochter.«

Barbara zuckte die Schultern. »Heiraten wird er mich freilich nicht. Aber mein Herz kann ich ihm schenken – Friedrich jedenfalls bekommt es nicht!« Sie gab Sarina den

Stein zurück. »Weshalb also wolltest du mich so dringend sprechen?«

»Jetzt sei doch nicht beleidigt.«

»Bin ich ja gar nicht! Also?«

»Du musst mir helfen.«

»Schon wieder zum Henker?«

»Ach nein.« Sarina lachte. »Im Gegenteil. Diesmal geht's zu Gott in den Dom. Aber eine Sünde ist es trotzdem!«

18. Kapitel

6. Mai 1546

Meister Zacharias war ausgegangen. Gleich nach der Morgensuppe hatte er sich ankleiden lassen und einen Wagen bestellt. Wohin er zu fahren gedachte, teilte er niemandem mit.

Kaum war er fort, schickte Frau Gudrun Anna hinauf, um in der Malstube Ordnung zu schaffen. Sie putzte die Fenster, wischte den Staub von den Möbeln, schrubbte den Boden. Ein Schmutz war das in allen Ecken und Ritzen! Stunden brauchte das Mädchen für diese Arbeit! Jede Skizze, die auf dem großen Tisch lag, an dem früher die Lehrlinge gearbeitet hatten, hob sie vorsichtig und mit spitzen Fingern an, wischte darunter hervor, achtete peinlichst darauf, nichts zu verändern, denn geriet etwas durcheinander, würde sie es mit dem Zorn ihres Großvaters zu tun bekommen. Aber ach, das bliebe ihnen ja ohnehin nicht erspart!

Wenn er erst nach Hause kam und sah, dass man in seinem Zimmer aufgeräumt hatte, würde er schimpfen und schreien, und die Hand würde ihm locker sitzen, das kannte sie schon.

Als sie endlich fertig war, ging Olrig hinauf, öffnete alle Fenster, um Sonne und Wärme in die Malstube zu lassen, räumte den Ofen aus, säuberte ihn und kontrollierte die Gefäße, in denen der Meister verschiedene Öle und Harze, Firnisse, Essig, Leime und Tuschen aufbewahrte. Viele der Behältnisse waren leer, eingetrocknet, verklebt. Olrig schaffte sie fort, später würde er sie reinigen. Auch in der Spanschachtel, in der Meister Zacharias die Zeichenkohle aufbewahrte, fand er nur noch abgebrochene Reststücke, da war es höchste Zeit, neue herzustellen!

Vielleicht ein Dutzend Mal war er an den Skizzen vorbeigegangen, die auf dem Tisch lagen. Er hatte es vermieden hinzusehen, wusste er doch, ein Blick würde genügen, und er wäre in ihren Bann gezogen und müsste verharren und würde am Ende noch tun, was nicht sein durfte.

Ein Dutzend Mal ... und dann blieb er doch stehen, sah hin und war auch schon gefangen. Mit zitternden Händen nahm er die Skizzen auf. Eine nach der anderen. Blickte in Sarinas Augen, blickte auf ihre Lippen, verfing sich mit Blicken in ihrem Haar. Glaubte sie zu riechen, ihre Nähe zu spüren.

Als stünde sie wahrhaft vor ihm!

Er schämte sich, diese Skizzen so begehrlich und unverblümt anzustarren und konnte es doch nicht lassen. Er war verzaubert, war nicht mehr Olrig, hatte sich und alle Regeln des Anstandes vergessen. So sehr hatte er sich vergessen, dass er am Ende sogar das Tuch anhob, das über der Leinwand hing, die Meister Zacharias gestern auf der Staffelei eingespannt hatte. Ganz langsam lüftete er das Geheimnis darunter.

Sarina war halb von hinten, halb von der Seite zu sehen. Das linke Bein hatte sie leicht nach vorne geschoben, so als würde sie gerade einen Schritt gehen, den Kopf über die linke Schulter zurückgelegt. Die linke Hand ruhte auf ihrem Herzen, die rechte hielt die Schleppe ein wenig hoch, die in losen Falten gleichsam aus dem Bild quoll. Es war nur eine Unterzeichnung, mit Kohle auf die Leinwand aufgetragen. Und doch war schon so viel Lebendigkeit in dem Bild, dass man ahnen konnte, was einmal daraus werden würde.

Ein Seufzen drang aus Olrigs Brust. Keinen Moment länger konnte er diesen wunderschönen Anblick ertragen.

Schnell ließ er das Tuch wieder fallen, trat an den Tisch, starrte auf die Skizzen, griff plötzlich zu, zog wahllos eine aus dem Durcheinander, faltete sie hastig und verbarg sie unter seinem Hemd.

Ein Geräusch an der Tür ließ ihn zusammenzucken, er fuhr herum. Schreckensbleich starrte er Meister Zacharias an.

»Habe ich es mir doch gedacht!« Der Alte hatte steile Zornesfalten auf der Stirn. »Was treibst du hier! Kaum ist man ein paar Stunden aus dem Haus, wird das Oberste zuunterst gekehrt!«

Olrig war unfähig zu sprechen. Meister Zacharias würde ihn totschlagen, falls er bemerkte, dass er eine der Skizzen an sich genommen hatte.

Schon fuhr der Stock seines Herrn auf ihn nieder. »Wie kommst du dazu, Hand an meine Skizzen zu legen!«

»Ich wollte … wollte sie doch nur ordnen, Herr.«

»*Ich* habe ihn geschickt.« Die beiden Männer sahen zur Tür. Es war Frau Gudrun, die dort stand. Die Hände hatte sie in die Hüften gestützt, das Kinn selbstbewusst vorgeschoben. »Wenn Ihr schon jemanden verprügeln müsst, Vater, dann mich.«

Meister Zacharias ließ die Hand mit dem Stock sinken, hielt dem Blick seiner Tochter jedoch stand. »Hatte ich nicht verboten …«, begann er, aber Frau Gudrun fiel ihm ins Wort: »Einmal muss hier sauber gemacht werden. Es ist Jungfer Sarina nicht zuzumuten, Stunden, ja halbe Tage in so einem Gestank, in so einem Durcheinander zu verbringen.« Sie sah Olrig an. »Geh in den Hof, schaff mir Holz in die Küche.«

»Ja, Frau.« Mit dankbarem Blick drückte er sich an ihr vorbei und polterte die Treppe hinunter.

Und zu ihrem Vater sagte sie: »Wenn Ihr Hunger habt, Anna kann Euch das Mittagsmahl heraufbringen.«

Meister Zacharias winkte ab. »Ich brauche nichts! Lasst mich alleine!«

»Wie Ihr wünscht, Vater.« Frau Gudrun zog die Tür hinter sich zu.

19. Kapitel

7. Mai 1546

Olrig hatte noch in der Dunkelheit das Haus verlassen, um zur Stadtmauer an der Donau hinunterzulaufen. Das Licht seiner Laterne schwankte bei jedem Schritt und tanzte an den Mauern der Häuser auf und ab.

Am Wehrgang pfiff er dreimal. Als sich der Wächter über die Balustrade beugte, winkte Olrig hinauf. Der Mann hieß Karl Eberl, sie waren als Nachbarskinder zusammen aufgewachsen.

»Was ist?«

»Lass mich in den Turm!«, bat Olrig.

Karl tauschte Blicke mit dem zweiten Wächter. »Was gibst du uns dafür?«

»Wirst schon sehen.«

Olrig stieg die Treppe hinauf, steckte Karl und dem anderen, der Hans hieß, ein kleines Stück Speck zu. »Mehr habe ich nicht.«

Karl schob den Speck in seinen Ranzen und deutete mit einer Kopfbewegung auf den Turm, der sich viereckig und klobig über dem Ledererertor von der Stadtmauer erhob. »Was tust du nur immer da drin?«

»Nichts«, antwortete Olrig barsch.

»Für nichts ist ein Stück Speck gut bezahlt.« Hans lachte und öffnete mit flinkem Griff die Verriegelung.

Olrig schlüpfte hinein. Drinnen war es kalt. Es roch modrig. Eine Ratte huschte davon, und droben krächzte ein aufgeschreckter Vogel, bevor er den Turm durch eine Schießscharte verließ.

Olrig hielt die Laterne hoch, das Licht brachte die

feuchten Wände zum Glänzen. Früher waren hier Leitern, Seile und Wassereimer aufbewahrt worden, aber seit der Rat beschlossen hatte, das Tor unter dem Turm zuzumauern, hatte man alles weggeschafft und kümmerte sich auch um den Turm nicht mehr.

Umso besser für Olrig, so konnte er hier mit *ihr* alleine sein.

Rechts führte eine steile Holztreppe drei Stockwerke nach oben. Olrig stieg hinauf und spähte durch die Schießscharte zur Donau hinüber. Am oberen Wöhrd brannten einige Lichter, sonst war nichts zu erkennen. Er wandte sich um und sah durch die Fensterluke zur Stadtseite hinaus. Eine schmale Gasse, genannt das Elendergässchen, führte vom Turm weg stadteinwärts zur Lederergasse hinauf und weiter zur Wollwirkergasse, und war man dort angekommen und bog nach rechts ab, hatte man nur noch ein paar Schritte bis zu Meister Zacharias' Haus.

Olrigs Blick wanderte wieder zurück. Das Eckhaus links vor dem Turm war ein Gasthaus, das auch eine Brauerei führte, das Eckhaus rechts eine Lagerhalle. Fuhrwerke und Fässer, Kisten und anderes Zeug wurden darin aufbewahrt. Eine Luke, die mit einer Klapptür verschlossen war, führte von der Gasse direkt in den Keller unter der Lagerhalle, der kühl und dunkel, einsam und still dalag.

Damals, als sie noch Kinder waren, hatte sich Olrig mit seinen Freunden oft dort unten herumgetrieben. Über einen verborgenen Schacht waren sie eingedrungen, hatten sich die Taschen mit Nüssen oder Äpfeln gefüllt oder ihren ersten Schluck Wein getrunken. Ganz benommen waren sie dann wieder ans Licht getorkelt. Ein Spaß war das gewesen – bis man sie erwischt hatte und sie zur Strafe eine saftige Tracht Prügel über sich hatten ergehen lassen müssen.

Noch höher stieg Olrig im Turm hinauf. Dann stand er im letzten Stock vor einem kleinen Fenster, das nach Osten hin ausgerichtet war und den Blick weit über die Stadt und den Fluss freigab. Die Morgendämmerung legte einen schmalen Streifen Licht auf die Hügelkette am Horizont und schminkte in der Ferne den Himmel rot. Ein Lächeln lag auf Olrigs Gesicht. »Ah, was für eine Aussicht, was für eine Ruhe!« Hier war er frei, hier konnte er sein, wer er wollte.

So hockte er vor dem Fenster, beobachtete, wie langsam das Licht der Sterne verblasste und der hereinbrechende Tag die Stadt aus der Dunkelheit der Nacht schälte. Er hörte den Vögeln bei ihrem Morgengesang zu und schickte seine Gedanken mit dem Fluss auf Reisen, nicht wissend, wohin er sie trug. Durch ferne Länder, so hieß es, würde er fließen, bis hin zu einem Meer, das angeblich nur aus Wasser bestand. Wasser, so weit das Auge reichte und noch viel weiter!

»Endlos, endlos ...«, murmelte Olrig und hatte plötzlich Tränen in den Augen.

Er wischte sie mit dem Ärmel ab, blickte hinüber zur Silhouette des Domes und noch ein Stück weiter nach rechts, wo ein Turm sich hoch in den Himmel erhob – der höchste Turm von Regensburg, der Turm, der zum Anwesen des Ratsherrn und Stadtkämmerer Winkler gehörte. Dort schlief sie – Sarina, die ihm noch wertvoller war als der Fluss, die Sterne und die Stille.

Er griff nach dem Beutel, der, unter seinem Hemd verborgen, auf seiner Brust hing, öffnete ihn und zog ein zusammengefaltetes Papier heraus. Legte es auf das Fenstersims, strich zärtlich mit der Hand darüber. Verharrte in der Bewegung, schloss die Augen. Faltete das Papier endlich auf – einmal, zweimal, ein drittes Mal. Öffnete die Augen wieder und blickte es an. So saß er da, bewegungslos, gab sich diesem Lächeln hin, tauchte ein in diese Augen, bis ein scharfer Pfiff ihn brüsk aus seinen Gedanken riss. Es war Karl. Gleich würde er abgelöst, bis dahin musste Olrig verschwunden sein.

Eilig faltete er die Zeichnung zusammen und schob sie zurück in den Beutel. Dann stand er auf und ging zur Treppe. Ein letzter Blick aus dem Fenster – schon waren das Läuten der Morgenglocken, das Bellen von Hunden und Rattern der ersten Fuhrwerke zu hören, die zum Prebrunntor hin unterwegs waren, um die Stadt Richtung Nürnberg zu verlassen.

Zusammen mit Richard und ihrem Gatten war die Muhme nach der Kirche bei den Ammans eingeladen. Die Verlobung war aufgeschoben, aber nicht aufgehoben. Man musste Kontakt pflegen, zumal man auch beruflich miteinander verkehrte.

Sarina hatte für diese Gelegenheit Frau Wiltruds blaues Samtkleid ausgebürstet und auf ihr Bett gelegt. Dazu die Strümpfe, denn es war noch kalt, die neue Heuke, die sie gestern erst vom Mänteler geholt hatte, und den kleinen spanischen Hut, den Frau Wiltrud auf ihr Haarnetz setzen würde. Nun brachte sie noch den neuen Ledergürtel, die Schnabelschuhe und die Trippen, die zu diesen Schuhen gehörten. Sie stellte sie vor dem Bett auf den Boden, überprüfte alles ein letztes Mal und wollte gehen.

Da stand plötzlich die Muhme in der Tür.

Sarina trat einen Schritt zurück. »Alles liegt bereit«, sagte sie.

Frau Wiltrud warf einen prüfenden Blick aufs Bett, sah dann wieder ihre Nichte an. »Barbara ist hier. Ob du ihr nach der Kirche helfen könntest, lässt sie fragen.«

»Helfen?« Sarina tat überrascht. »Wobei?«

»Ihre Großmutter, Frau Lohmeier, möchte ausgehen und braucht Begleitung. Doch alleine, sagt Barbara, schaffe sie das nicht.«

»Ausgehen?«

»Auf den Domkirchhof. Heute Mittag.«

»Aber sie ist doch krank und schlecht auf den Beinen.«

»Darum braucht sie ja Hilfe.«

»Ja, wenn Ihr es erlaubt, Muhme, dann helfe ich gerne.«

»Hm«, machte Frau Wiltrud. »Eigentlich wollte ich, dass du zusammen mit der neuen Magd die Kessel putzt. Und später gehst du ja auch wieder zu Meister Zacharias.«

»Ich könnte der Magd zeigen, wie Ihr es haben möchtet. Bis Mittag ist noch genug Zeit.«

»Meinetwegen«, sagte Frau Wiltrud, drehte sich um und ging.

Sarina lief hinunter. Barbara saß in der Küche am Feuer, aß eine Topfennudel und redete mit Gertrude, der Köchin. »Hab schon gehört, ich soll dir helfen«, begrüßte sie ihre Freundin.

»Jetzt noch nicht, erst zur Mittagszeit.« Die beiden Mädchen sahen sich bedeutungsvoll an.

»Die Muhme hat es erlaubt. Holst du mich später ab?«

»Nein, nein ...« Barbara schob sich den Rest der Topfennudel in den Mund und leckte sich die Finger ab. »Am besten kommst du direkt zur Großmutter.«

»Ist deine Großmutter nicht die, der das Haus hinter dem *Goldenen Kreuz* gehört?«, fragte Gertrude.

Barbara nickte.

»Dann heißt sie Anna Lohmeier und muss schon sehr alt sein.« Die Köchin hielt Sarina die Schüssel hin und forderte sie auf, sich auch eine Topfennudel zu nehmen.

Bevor Sarina sich bediente, sah sie über die Schulter zurück, ob Frau Wiltrud nicht vielleicht in der Tür stand. Die Muhme mochte es nicht, wenn sie herumsaß und sich von der Köchin mit Leckereien versorgen ließ.

»Ja«, bestätigte Barbara, »alt und dazu starrsinnig für

zwei. Setzt sich auf einmal in den Kopf, das Grab des Großvaters zu besuchen, obwohl sie doch kaum laufen kann. Meiner Mutter darf ich es gar nicht sagen, die würde es verbieten, doch dann würde die Großmutter Zeter und Mordio schreien, weil ich sie verraten habe. Sie ist ohnehin schon gereizt wie ein Tanzbär, weil sie Frau Ursula ihr Haus zur Verfügung stellen muss. Die Zimmer sollen vermietet werden, sobald der Reichstag beginnt.«

»Aber wer kann sie dazu zwingen?«

Barbara nahm sich noch eine Topfennudel und biss genüsslich ab. »Das hat ihr Sohn Ulrich so bestimmt, bevor er im letzten Sommer die Stadt verließ, um in der Ferne sein Glück zu versuchen. Seit Großvater vor drei Jahren starb, gehört das Haus ihm. Die Großmutter hat nur noch Wohnrecht darin.«

»Es ist nämlich so, dass eine Tür von dem Haus direkt in den Hof der Kaiserherberge führt«, erklärte Sarina der Köchin. »Das ist praktisch für Frau Ursula, so kann sie immer auch eine große Gesellschaft unterbringen.«

»Dafür kümmerte sie sich um das Anwesen der Großmutter und versorgt sie mit Speisen und Trank«, fügte Barbara an.

Gertrude nickte. Ursula Thuner war eine geschäftstüchtige Frau. Auch nach dem Tod ihres Gatten führte sie das große Gasthaus, das gleichzeitig Kaiserherberge war, bestens weiter.

Barbara klopfte sich auf den Bauch. »Es hat mir sehr gut geschmeckt. Aber jetzt muss ich gehen.« Sie stand auf und sah Sarina an. »Du kommst dann also?«

Sarina nickte. »Auf die Mittagsstunde bin ich da.«

Ansgar schlenderte zum Dom. Auch gestern und vorgestern war er hier gewesen, um auf Sarina zu warten. Lange hatte er auf den kühlen Stufen neben dem Portal gesessen und den flanierenden Leuten zugesehen, aber Sarina war nicht gekommen.

Heute kaufte er in einem der Kramläden an der Johanniskirche einen Honigkuchen, stellte sich damit in eine Toreinfahrt und beobachtete das Treiben vor dem Dom.

Männer und Frauen zogen vorüber, blieben hin und wieder stehen. Hoben die Köpfe, schirmten die Augen mit den Händen gegen das Licht ab. Deuteten auf Spitzbögen und Säulen, Wimperge, Wappenblumen und Krabben. Auf Blüten und Blattwerk, das, aus dem Stein geschlagen, sich in Girlanden um Säulen wand. Da waren Löwen als Konsolentiere, die zum Sprung ansetzten, Wasserspeier, die von den Pfeilern herabzustürzen schienen, menschliche Gestalten in geduckter Haltung, demütig und ängstlich zu Gott aufblickend – ein Kunstwerk neben dem anderen, der Dom war gespickt damit! Vieles konnte der Betrachter von unten noch nicht einmal erkennen, er hätte sich schon auf die Galerie hinaufwagen müssen, um im Gewirr des großen Ganzen danach zu suchen.

Wie immer, wenn Ansgar vor dem Dom stand, erschauderte er vor Ehrfurcht. Tausende von Händen hatten Schlegel und Eisen geführt, bis der Stein sich ihnen ergab! Sie hatten mit dem Scharriereisen Säulen gerundet und mit Flusssand und unendlicher Geduld Flächen geglättet, und so mancher Steinmetz und Bildhauer hatte sich an diesem Bauwerk erschöpft oder gar sein Leben für es gelassen – so wie sein Vater.

Zwei Männer in einer seltsamen ausländischen Tracht blieben stehen, blickten zu den halbhohen Türmen hinauf, die nicht fertig geworden waren und vielleicht auch nie fertig werden würden, denn die Lutherischen bauten ihre eigenen Kirchen, und eine Handvoll Katholiken konnten ein so mächtiges Bauwerk nicht beenden und auch nicht erhalten. Es war ein Trauerspiel, wie Ansgar fand. Ein Bauwerk wie dieses, so kunstvoll, so atemberaubend und überwältigend, durfte nicht unvollendet bleiben!

Er schob sich das letzte Stück Honigkuchen in den Mund und betrachtete eine feine Dame, die am Arm ihres Gemahls über den Platz spazierte. An dem Gewand, das sie trug, erkannte er in ihr eine Florentinerin. Ihr Rock war gefältelt, vorne hing, einer Schürze gleich, ein langer mit Goldfäden bestickter Schal bis auf den Saum hinab. Über ihrer rechten Schulter lag das gegerbte Fell eines Hermelins – Kopf und Pfoten hatte man dem Tier gelassen –, und ihre Ohren und ihren Scheitel zierten je eine große Perle in Tropfenform.

Die Florentinerin hob die Hand, deutete auf die Kreuzigungsgruppe vor dem zentralen Rundfenster, dann auf die Triangel-Vorhalle über dem Eingang. Dort zeichnete sie mit Gesten das filigrane Gitterwerk nach und erläuterte ihrem Begleiter ihre Gedanken. Was sie sagte, konnte Ansgar nicht hören und hätte es auch gar nicht verstanden, aber an ihren leuchtenden Augen und ihren Gebärden konnte er ihre Begeisterung ablesen.

Das Paar betrat den Dom, und Ansgars Blick ging nach links. Er hoffte, Sarina käme aus der Kramgasse, doch außer einigen Krautbauern, die am Krauterermarkt den Unrat wegkehrten, und ein paar Kindern, die sich aus den Abfällen bedienten, war nichts zu sehen.

Schon wollte er aufgeben, nach Hause gehen, als Sarina plötzlich hinter einem Fuhrwerk auftauchte, das vom Wattmarkt herauf kam. Sie war in ein wollenes Tuch gehüllt, und hätte er sie nicht erwartet und in den Gesichtern der Frauen nach ihren Zügen geforscht, hätte er sie nicht erkannt.

Am liebsten wäre er zu ihr hingelaufen, doch er musste sich beherrschen. Er trat aus der dunklen Toreinfahrt, ging ohne Hast auf das Domportal zu, stieg die Stufen hinauf, drehte sich droben nach ihr um. Als er sah, dass sie nun ihrerseits den Petersplatz überquerte, öffnete er die schwere Tür und trat ein.

Drinnen blieb er stehen, blickte sich um. Es war kalt, kaum ein Mensch war da. Das Paar aus Florenz stand in der Nähe der Kanzel und blickte nach oben in das Kreuzgewölbe. Zwei alte Frauen knieten vor den Altarstufen, eine junge weinte und flehte an einem der Seitenaltäre zur heiligen Margareta.

Ansgar erinnerte sich an frühere Zeiten, als der Dom noch das Herz von Regensburg gewesen war und man sich unter dem Dach des Gotteshauses getroffen hatte, um Geschäfte abzuwickeln und den neuesten Klatsch auszutauschen. Kinder liefen um die Säulen, lachten und neckten sich, Schreiber saßen an Tischen und boten ihre Dienste an. Es wurde gehandelt, gefeilscht und gezankt. Die Kleider, mit denen Freund und Feind angetan waren, schienen den Leuten wichtiger als das Wort Gottes, das von der Kanzel gepredigt wurde, und andächtige Ruhe gab es auch während der Predigten nicht. Heute hingegen war es so still hier, dass jeder hören konnte, wenn eine Münze in den Klingelkasten fiel, was selten genug vorkam.

Die alten Frauen, die vor den Altarstufen knieten, standen auf, bekreuzigten sich und verließen den Dom. Statt ihrer trat das Paar aus Florenz in das Geviert. Langsam drehte sich die Dame um. Sie entdeckte die beiden Skulpturen, die in Stein geschlagen an zwei Säulen auf einem Sockel standen. Die Augen der Frau wurden groß und glänzten vor Entzücken. Sie deutete auf Maria mit dem Buch, die gleichsam zu ihr herunterwinkte. Ihr Gatte folgte ihrem Fingerzeig, nickte, zeigte dann auf den Engel Gabriel. Sie schienen bezaubert. Die Anmut Marias, ihre Schönheit, die Zuversicht, die in ihrem Lächeln lag – und erst der Engel Gabriel, der das Jesuskind auf dem einen

Arm trug und in der anderen Hand ein Spruchband hielt, auf dem die Verkündigung zu lesen war! So fröhlich lachte er, so überwältigt schien er selbst von der Botschaft, die er überbringen durfte, dass ein Betrachter gerührt und ergeben sich verneigen musste vor Gott und dem Meister, der dieses Bildnis geschaffen hatte.

Ansgar war sechs Jahre alt gewesen, als er mit seinem Vater zum ersten Mal hier hergekommen war. Wie die beiden Florentiner hatten sie den Kopf in den Nacken gelegt, um Maria und Gabriel zu betrachten, und lange geschwiegen.

»Und?«, hatte sein Vater gefragt. »Was hältst du davon?«

»Sie sind ja lebendig!«, hatte Ansgar mit ernster Miene geantwortet.

Da hatte sein Vater gelacht. »Glaubtest du etwa, Stein sei ein totes Material? Das hat dir sicher dein Großvater erzählt! Jetzt siehst du, dass es nicht stimmt! Morgen werden Schiffe an der Brunnleiten anlegen, um neue Marmorblöcke zu liefern. Wir gehen hin, und ich werde dir zeigen, dass ein Stein Adern hat, dass eine Seele in ihm steckt.« Dann hatte er auf die Mutter Gottes gedeutet. »Das Bildnis, das du dort siehst, war in dem Stein bereits vorhanden, als der Meister ihn erwarb. Seine Kunst war es, dies zu sehen, zu spüren und den Anweisungen des Steines zu folgen. Keine Gewalt. Keine Kraft. Das Herz muss die Hand leiten, die das Eisen führt, nicht der Verstand. Deine Seele muss sich mit dem Stein verbinden.« Er hatte ihm die Hand auf die Schulter gelegt und dabei Tränen in den Augen gehabt. »Wenn es dir gelingt, dem Stein so viel Lebendigkeit abzugewinnen, dann hat dich Gott zu seinem Gesellen ernannt und du bist wahrhaft ein Künstler.«

»Gott?«, hatte Ansgar gefragt. »Ist er denn auch Bildhauer?«

Sein Vater hatte ihn groß angesehen und geantwortet: »Was, das wusstest du nicht? Hat Gott nicht den ersten Menschen aus Lehm erschaffen?«

»Ja, Vater.«

»Und hat er Moses nicht seine Gesetze in Stein schlagen lassen?«

»Doch, das hat er, Vater.«

»Und wer glaubst du, hat Moses dabei die Hand geführt?«

»Gott, Vater!«

»Da siehst du es, Gott ist unser Meister, und wir sind seine Lehrlinge. Und manchmal gelingt es einem von uns, Gottes Geselle zu werden.«

»Bist du denn Gottes Geselle?«

Heftig hatte sein Vater den Kopf geschüttelt. »Gott gab mir das Herz eines Steinbildhauers, aber meine Hand führt er nicht ... Vielleicht liebt er mich nicht genug. Vielleicht hat er aber auch dich im Auge, und meine Aufgabe war es nur, dich zu zeugen und dir beizubringen, was du wissen musst.«

»Das verstehe ich nicht, Vater.«

»Eines Tages wirst du es verstehen.«

Die Florentiner setzten sich auf eine der Bänke und versanken in Betrachtung der Kirchenfenster. Ansgar drehte sich um und blickte auf die beiden geduckten tierartigen Gestalten mit menschlichen Köpfen, die rechts und links des Eingangs in einer Nische kauerten.

»Sie stellen Dämonen dar, die böse Geister daran hindern sollen, die Kirche zu betreten«, hatte ihm der Vater damals erklärt. »Die Leute nennen sie darum auch *der Teufel und seine Großmutter.*« Und Ansgar hatte ihm entgegengehalten: »Aber dann sind die Leute doch dumm, denn gerade der Teufel hat ja das größte Interesse daran, dass so viele böse Geister wie möglich das Haus Gottes besetzen!«

Sein Vater hatte gelächelt. »Du bist ein kluger Junge. Aber noch klüger wirst du sein, wenn du einmal begreifst, dass es besser ist, solche Gedanken für sich zu behalten.«

Als Ansgar das Klicken der großen schmiedeeisernen Türklinke hörte, riss er sich von seinen Erinnerungen los und verbarg sich hinter dem Pfeiler, der dem Eingang am nächsten war. Kaum ein paar Atemzüge später trat Sarina ein. Sie bekreuzigte sich, knickste vor Gott und sah sich nach Ansgar um.

»Hier!«, flüsterte er. »Hier bin ich!« Er streckte die Hand nach ihr aus und zog sie hinter die Säule. »Wie schön, dass Ihr gekommen seid.«

»Es war nicht leicht, und wenn die Muhme es erfährt …« Sarina ließ offen, was dann sein würde.

»Umso größer ist meine Freude, denn wenn Ihr es trotzdem wagtet, dann habt Ihr mich doch ein wenig gern.«

Sarina schlug die Augen nieder. »Ja«, flüsterte sie, »das habe ich, aber …«

Schnell legte Ansgar eine Hand auf ihren Mund. »Ein liebendes Herz kennt kein Aber!« Sie sahen sich in die Augen, ein Blick wie ein Kuss – wie tausend Küsse!

»… aber«, beharrte Sarina, als er seine Hand ganz langsam von ihren Lippen nahm, »niemals wird die Muhme mich gehen lassen, und eine Mitgift bekomme ich auch nicht, also wird es keine Zukunft für uns geben. Es ist besser, wir vergessen einander wieder.«

Sein Gesicht kam ihrem so nahe, dass sie seinen Atem spüren konnte. »Vergessen?« Er schüttelte den Kopf. »Wie könnte ich dich je vergessen!«

Ein Aufschrei war zu hören, dann lautes Schluchzen. Sarina zuckte zusammen. Es war die Frau, die zur heiligen Margareta betete.

Ansgar presste Sarinas Hand an seine Lippen. »Wir brauchen keine Mitgift, um glücklich zu sein. Sobald ich Meister bin, werden wir heiraten.«

Sarina hatte Tränen in den Augen. Gerne wollte sie daran glauben, aber ihr Verstand sagte ihr etwas anderes. Sie kannte Frau Wiltrud! Schon aus Eifersucht auf ihr Liebesglück würde sie einer Eheschließung nicht zustimmen. Und Gründe, die dagegen sprachen, gab es Tausende oder ließen sich erfinden.

Ansgar nahm Sarinas Gesicht in seine Hände, sah ihr dabei fest in die Augen. »Nicht weinen, mein Liebes!« Er küsste ihr die Tränen von den Wangen.

»Du bist min, ich bin din:
des solt du gewis sin.
du bist beslozzen
in minem herzen,
verlorn ist daz sluzzelin –
du muost ouch immer dar inne sin.«

»Das ist schön!« Sarina versuchte sich an einem Lächeln. »Hast du es selbst gedichtet?«

»Nein, leider nicht. Dichten kann ich nicht. Aber trotzdem sind es Worte, die direkt aus meinem Herzen kommen.«

Sarina dachte daran, wie sie mit Barbara und Magdalena auf den Turm gestiegen war, das Tüchlein schweben ließ und sich eine Liebe wünschte, wie sie die Dichter besangen. Nun war ihr Wunsch in Erfüllung gegangen, aber glücklich war sie trotzdem nicht. Fast wäre doch das tägliche Einerlei besser zu ertragen als das ewige Brennen der Sehnsucht und die Gewissheit, dass es keine Erfüllung geben konnte.

Schritte waren zu hören. Ansgar sah hinter der Säule hervor. Die Frau, die zur heiligen Margareta gebetet hatte, ging dem Ausgang entgegen. Als sie die schwere Tür aufgestemmt hatte, wandte sie sich auf einmal um und entdeckte Sarina. Die Blicke der Frauen verfingen sich für einen Atemzug, dann zog Sarina sich hinter die Säule zurück, und die Andere wischte hinaus.

Sarina war blass geworden.

»Kennst du sie?«, fragte Ansgar.

»Sie ist die Kusine der Verlobten meines Vetters Richard. Sie wird mich an die Muhme verraten, und die wird mich schlagen und demütigen und mir verbieten, weiterhin zu Meister Zacharias zu gehen.«

»Aber wenn sie die Kusine der Verlobten deines Vetters ist, ist sie doch mit dem Ratsherrn Ammann verwandt und demnach zum protestantischen Glauben übergetreten. Würde sie dich verraten, müsste sie eingestehen, dass sie im Dom gebetet hat! Also mach dir keine Sorgen.«

Nun waren sie mit dem Paar aus Florenz alleine und brauchten sich nicht mehr zu verstecken. Ansgar nahm Sarina an der Hand, zog sie weiter nach vorne. Vor dem Brunnen am südlichen Seiteneingang blieb er stehen. »Das wollte ich dir zeigen!«

»Den Brunnen?«

»Den Baldachin darüber. Mein Vater hat daran mitgearbeitet, damals war er noch sehr jung gewesen.« Zärtlich strich Ansgar über die Pfeiler, die den Baldachin trugen, dann über die kleinen Figuren, die Christus und die Samariterin vorstellten.«

»Du hast ihn wohl sehr geliebt, deinen Vater?«

Ansgar nickte. »Er war groß und stark – ein schöner Mann. Er war klug und hatte das Herz eines Löwen. Streng war er, aber immer gerecht, und wenn du ihn etwas fragtest, dann wusste er stets eine Antwort. Wir haben ihn viel zu früh verloren, ich war erst elf Jahre alt, noch ein rechtes Kind.«

»Wie denn? Wie ist er gestorben?«

»Es war nur ein paar Schritte von hier, als er an der Ostfassade des Doms eine Krabbe aufsetzen wollte. Dabei ist er abgestürzt. Ich musste es mit eigenen Augen ansehen. Sie brachten ihn zu den Frommen Frauen ins Niedermünster, dort starb er, noch ehe eine Stunde vergangen war.«

Sarina legte ihre Hand an Ansgars Wange. »Es muss schrecklich für dich gewesen sein.«

»Es war, als hätte man mir das Herz entzweit. Von ihm wollte ich alles lernen, wollte sein wie er. Ich selbst war der Stein, und er sollte mich formen. Meine Mutter habe ich geliebt und liebe sie immer noch, aber *er* war mehr noch als sie, war alles für mich! Und dann lag er plötzlich vor mir, zerschlagen wie ein Kürbis, den man fallen ließ. Sein Kopf voller Blut, die Gliedmaßen verrenkt wie bei einem Hund, der unter die Räder geraten war, und aus seinem Mund drang ein Stöhnen, als hätte sich der Wind in einem Krug verfangen.«

Das Florentiner Paar stand inzwischen vor dem Michaelsaltar und betrachtete die Holzfigur, die den Heiligen darstellte.

Ein Mesner betrat den Altarraum, steckte Kerzen auf einen Leuchter. So leise, wie er gekommen war, verschwand er wieder, und auch die Florentiner verließen den Dom. Das Geräusch der zuklappenden Tür hallte von den Wänden, dann war es still.

Nun waren Ansgar und Sarina alleine.

Sie legten ihre Hände ineinander und sahen sich an. »Du bist min, ich bin din, des solt du gewis sin«, wiederholte Ansgar.

»Du bist beslozzen in minem herzen, verlorn ist daz sluzzelin, du muost ouch immer dar inne sin«, fuhr Sarina fort und fügte leise an: »Ich muss jetzt gehen. Längst sollte ich zu Hause sein.«

»Wann sehen wir uns wieder?«

Sarina lachte. »Aber ich habe doch schon heute Nachmittag eine Sitzung bei deinem Großvater!«

»Nein, ich meine richtig, so wie jetzt.«

»Ich weiß es nicht, ich kann dir nichts versprechen.« Sarina entzog ihm ihre Hand. Ein letzter Blick, dann verließ sie den Dom durch die Tür am Brunnen.

Draußen zog sie ihr Tuch über den Kopf und blickte sich um. Auf der Domstraße trabten einige Reiter stadteinwärts, ein mit Heu beladenes Fuhrwerk kam ihnen vom Heuport entgegen. Kinder hüpften lachend und schreiend an Sarina vorüber, neckten und hänselten sich.

»Hans, Hans, Hans, pack die Kuh beim Schwanz! Zieh sie nicht zu kurz, sonst lässt sie einen Furz!«

»Zieh sie nicht zu lang, sonst gibt's Gestank!«

Sie lachten und klatschten in die Hände.

»Du abgeschlagene Bauernsau, dir hau ich gleich die Fresse blau!«

»Du abgeschlagenes Misthofschwein, dir schlag ich gleich die Fresse ein!«

Am Himmel droben klang es freundlicher. Zwei Turmfalken, die über dem Dom kreisten, stießen hohe spitze Schreie aus, so als würden sie sich über den schönen Tag und ihre Flugkünste freuen, und die Spatzen, die sich an der Domfassade von Wimperg zu Wimperg schwangen, tschilpten ihr fröhliches Lied.

Sarina wandte sich nach rechts und ging eiligen Schrittes Richtung Petersplatz davon. Als sie ihn überquerte und in die Kramgasse einbog, sah sie das Paar aus Florenz wieder – nur den Mann mit der Pilgermuschel, der ihr wie ein Schatten folgte, sah sie nicht.

Eine Viertelstunde später pochte sie an die Tür von Barbaras Großmutter. Es dauerte nicht lange, bis geöffnet wurde. Barbara flog ihr lachend um den Hals. »Da bist du ja endlich! Stell dir nur vor, er kehrt zurück! Heute noch!«

»Wer?«

»Na, der Kaiser! Komm herein«, Barbara zog Sarina in den Flur, die Tür fiel hinter ihr zu. »Du kannst mir helfen. Ich habe saubergemacht, jetzt muss ich oben in den Zimmern noch die Betten richten. Wenn der Kaiser im Haus ist, möchte die Muhme hier für den Notfall alles ordentlich wissen.«

Barbaras Großmutter saß in der Küche am Feuer.

»Gott zum Gruße.« Sarina knickste vor ihr.

»Hä?«

Barbara lachte. »Du musst es ihr schon ins Ohr schreien, sonst versteht sie dich nicht.«

»Gott zum Gruße!«, wiederholte Sarina.

Die Alte hob ihren Stock, als wollte sie Sarina schlagen. »Bist du nicht gestern erst hier gewesen und hast mir meine Suppe weggegessen?«

Sarina schüttelte den Kopf. »Nein, das war ich gewiss nicht.«

»Hä?«

Barbara schob Sarina in den angrenzenden Raum. »Es ist vergebliche Mühe, sie versteht dich ja doch nicht. Also erzähle, wie war es mit Ansgar?«

»Es war …«, Sarina schloss die Augen und suchte nach Worten, »es war ganz wunderlich. Mein Herz fühlte sich an, als wäre es plötzlich doppelt so groß und hätte keinen Platz mehr in meiner Brust, und als er mich berührte, brannten seine Hände wie Feuer auf meiner Haut. Es ist ein so unbeschreibliches Gefühl! Wie kann es nur sein, dass dir alles schmerzt und du dich trotzdem so unsagbar glücklich fühlst?«

»Jetzt siehst du es endlich, wie schön es ist zu lieben!«

»Ach, ich weiß nicht …« Sarinas Kopf sank auf ihre Brust. »Wenn es doch gar keine Hoffnung gibt!«

»Und habt ihr euch geküsst?«

»Wo denkst du hin, wir waren doch im Dom!«

Barbara lachte. »Da wäret ihr nicht die Ersten gewesen, die sich heimlich im Dom geküsst hätten.«

Plötzlich wurde gegen die Tür gepocht, die vom Haus der Großmutter auf den Hof zum *Goldenen Kreuz* führte.

»Das wird Frau Ursula sein.« Barbara öffnete.

Ursula Thuner und Kathi, eine der Mägde, traten ein. »Wie weit bist du?«, fragte Frau Ursula.

»Ausgekehrt habe ich und die Kissen aufgeschüttelt, Sarina hat mir dabei geholfen.«

»Mehr nicht?«

»Die Großmutter war ein wenig schwierig. Sie wollte unbedingt auf den Friedhof gehen. Wir mussten sie beruhigen. Jetzt sitzt sie am Feuer in der Küche und ist zufrieden.«

Frau Ursula warf einen Blick in die Küche. Als die Großmutter sie sah, rief sie: »Wer hat meine Suppe gegessen? Du warst es, du hast meine Suppe gegessen!«

»Wir bringen dir gleich deine Suppe«, versuchte Frau Ursula die Alte zu beruhigen. Sie seufzte. Es wurde immer schlimmer mit ihr. Dass sie halb taub war, daran hatte man sich ja gewöhnt, aber in letzter Zeit setzte mehr und mehr auch ihr Verstand aus.

Sie wandte sich wieder an Barbara. »Ich werde mit Kathi die Kissen beziehen, du trägst mit Sarina die kleine Truhe aus dem Flur hinüber, sie kommt ins Kaiserzimmer. Stellt sie einstweilen vor der Küche ab, und dann bringst du mir fünf Decken, aus der Wäschekammer.«

»Ja, Muhme.«

Sarina fasste mit an. Zu zweit trugen sie die Truhe über den Hof. Eine der Mägde füllte gerade am Brunnen Krüge mit Wasser, eine andere putzte einen Kupferkessel und sang dabei ein Lied.

»Da schrubb ich hin, da schrubb ich her,
doch geht der Dreck nicht weg,
stattdessen wird es immer mehr,
noch größer wird der Fleck!«

Barbara kannte das Lied und sang die zweite Strophe mit:

»Ich tunk die Bürst' in Lauge ein,
sie stinkt nach ranz'gem Fett,
da schrubb ich hin, da schrubb ich her
und wünscht, ich läg' mit Hans im Bett ...«

Lachend winkten die Mädchen der Magd zu. Sie hieß Grete, stammte aus einem Dorf in der Nähe von Abensberg. Fleißig war sie, das schätzte Frau Ursula an ihr. Doch durch ihre wortkarge, verbitterte Art und das Misstrauen, mit dem sie jedem begegnete, machte sie sich bei den anderen Mädchen oft unbeliebt und hatte es darum nicht leicht. In der Mägdekammer hatte sie ihre paar Habseligkeiten unter einer losen Diele versteckt und darauf ihren Strohsack gelegt, nur so glaubte sie, sicher sein zu können, dass ihr niemand etwas stahl.

Barbara und Sarina stellten, wie von Frau Ursula befohlen, die Truhe vor der Küche ab.

»Dann gehe ich jetzt«, sagte Sarina. »Zu Hause wartet noch so viel Arbeit auf mich.«

»Wenn mich die Mutter fortlässt, komme ich morgen zu dir.«

»Ja, bis morgen.« Sarina trat wieder auf den Hof und verließ das *Goldene Kreuz* durch das große Tor, das auf den Haidplatz führte.

Paul Sachsberger hatte sich auf dem Haidplatz hinter ein Fuhrwerk gehockt und behielt die Weingasse im Auge. Er war der Nichte des Ratsherrn Winkler vom Dom bis hierher gefolgt und hatte gesehen, dass sie das Haus hinter der Kaiserherberge betrat. Wenn sie dort hineingegangen war, musste sie dort auch wieder herauskommen, sagte ihm sein gesunder Menschenverstand. Umso erstaunter war er, als sie plötzlich von links an ihm vorbeiging und Richtung Rathaus verschwand.

Potzblitz! Er hatte die Haustür in der Weingasse doch nicht einen Moment aus den Augen gelassen!

Zuerst wollte er ihr nachgehen, doch dann dachte er, dass es doch viel interessanter wäre zu ergründen, wie sie das Kunststückchen zustande gebracht hatte, auf der einen Seite hineinzugehen und auf der anderen wieder herauszukommen.

Er trat vor das Haus hinter der Kaiserherberge und besah es sich mit Argusaugen. Es war um ein Stockwerk niedriger als das *Goldene Kreuz*, an das es anschloss. Neben der Tür führte ein Tor hinein, darüber ragte ein kleiner Erker auf die Gasse. Es schien, als sei das Haus einmal eine Weinhandlung oder ein Gasthaus gewesen.

Aber zum Donnerwetter, wo konnte das Mädchen herausgekommen sein, wenn nicht hierher?

Er ging wieder auf den Haidplatz zurück und am *Goldenen Kreuz* entlang. Ganz vorne das Weinlager, darüber die Gastzimmer. Es folgten der Turm, dann die Gaststube, ein Erker, ein Tor, das auf den Innenhof führte. Betreten konnte er den Hof nicht, weil Wachen davor postiert waren. Der Kaiser sollte heute noch aus Straubing zurückkehren, die Spatzen pfiffen es bereits von den Dächern. Doch ein rascher Blick über die Köpfe der Wachen hinweg zeigte ihm, dass Rösser im Hof angebunden waren und eine Magd am Brunnen saß, einen Kessel schrubbte und ein Lied dazu sang. Sie trug ein grünes Kleid, hatte den Überrock aufgebunden, unter ihrer weißen Haube spitzten ein paar blonde Locken hervor.

Um nicht aufzufallen, überquerte Sachsberger den Platz, bog in die Glockengasse und von dort in die Krebsgasse ein.

Vor dem Gasthaus *Zum Blauen Krebs* blieb er stehen, sah an der Fassade hoch. Dort droben hinter dem Erkerfenster saßen jetzt vielleicht Liedebuhr und Ruening und berieten, wie sie den Kaiser töten konnten. Wenn er nur wüsste wie – er würde ihnen die Arbeit gerne abnehmen. Für gutes Geld versteht sich, schließlich war er kein heiliger Samariter.

Er ging wieder zum Haidplatz vor. Dort hockte er sich auf einen Radstein* und starrte die Toreinfahrt zum Hof des *Goldenen Kreuzes* an. Das Mädchen konnte nur dort herausgekommen sein, und wenn nicht dort, dann aus der Schankstube. Gehüpft wie gesprungen! Ging sie in das eine Haus hinein und kam aus dem anderen wieder heraus, dann musste es eine Verbindung zwischen den Häusern geben – und er wäre nicht Paul Sachsberger, wenn er das nicht herausfinden würde.

* An Einfahrten in enge Gassen brachte man abgerundete Steine an den Ecken der Häuser an, um sie gegen das fortwährende Anrammen von Kutschen- und Karrenrädern zu schützen. Diese Steine nannte man Radsteine.

20. Kapitel

8. Mai 1546

Diesmal ging es wirklich zum Domkirchhof. Aber es war nicht Sarina, die mit weit ausholenden Schritten durch die Gassen eilte und von dem Mann mit der Pilgermuschel verfolgt wurde, sondern Grete, die Magd aus dem *Goldenen Kreuz*.

Vor Meister Blombergs Haus hielt sie ein, warf einen Blick in den Laden. Hinter der Verkaufstheke stand die Schöngürtlerin und legte einem vornehm gekleideten Herrn mehrere Gürtel vor. Sie waren aufwendig gearbeitet, reich verziert und hatten große, wertvolle Silberschnallen.

Als Frau Sibilla Grete in der Tür stehen sah, lächelte sie. »Kann ich helfen?«

Die Magd schüttelte den Kopf. Bei Gott, nein! Solche Gürtel konnte sie sich gewiss nicht leisten! Und außerdem: Wenn sie auch noch so viel Geld zusammen hätte, niemals würde sie es der Schöngürtlerin in den Rachen werfen!

Sie hastete weiter, grummelte währenddessen in sich hinein: Die und ihre Tochter – was bilden die sich überhaupt ein! Glauben wohl, etwas Besseres zu sein! Dabei ist die Barbara doch nur ein dummes Ding, das sich immerzu vordrängt. Darf den Kaiser bedienen und schiebt am Ende noch einen guten Batzen Sackgeldes ein, den er ihr zustecken wird. Dabei haben die zu Hause doch selbst genug!

Grete überquerte den Petersplatz und lief an den Verkaufsbuden entlang, die an der Südfront von St. Johann standen. Die fünfte war es – dort wurde die teure Seife aus Frankreich verkauft. Frau Ursula hatte sie geschickt, ein Stück davon für den Kaiser zu holen. Er war gewöhnt, sich mit Seife zu waschen, weiß der Himmel wozu, aber er war eben der Kaiser, also bekam er, was sein Herz begehrte.

Zum Glück standen keine Kunden an, und so konnte der Handel schnell abgeschlossen werden. Die Seife verschwand in dem Leinenbeutel, den Grete um die Schulter trug, und schon hastete sie weiter.

Sie hatte es eilig!

Sie sollte die Seife kaufen und gleich wieder zurückkommen. Eine Sklavin war man als Magd! Arbeiten sechzehn Stunden am Tag, schuften, bis einem die Finger abfielen! Ja, davon hatte die Blombergerin keine Ahnung! Verzogenes Gör! Und wenn man dann mal etwas für sich tun wollte, musste man sich die Zeit stehlen wie eine Diebin. Lügen musste man, für jeden freien Atemzug: *Tut mir leid, Frau Ursula, dass es so lange gedauert hat. Waren zwei vornehme Damen vor mir, kauften dies und das und ließen sich beraten für vier! Und als ich sagte, ich hätte es eilig, ich müsse für den Kaiser eine Seife holen, lachten sie mich aus. An den Lügenpranger würden sie mich stellen lassen, drohten sie und keiften mich an, dass ich warten sollte.*

Gelogen würde es sein und doch auch nicht! So ging man um mit einer wie ihr. Immer drauf. Geschlagen, getreten. Man war ja bloß eine Magd!

Grete griff sich an die Brust, fühlte, ob der Beutel noch da war, den sie unter der Bluse versteckt hatte. Zwei Florin und vier Schillinge befanden sich darin. Es war ein Teil ihres Lohns, und acht Schillinge hatte sie hier und da für Handlangungen bekommen. Einmal zwei Schillinge von einem Gast, dem sie die Kleider gesäubert hatte, einmal einen Schilling dafür, dass sie bis ans andere Ende der Stadt gelaufen war, um einen Brief zu bestellen.

Aber nicht alle waren so großzügig. Manche ließen sich bedienen von hinten und von vorne und gaben gar nichts dafür. In der Hölle sollten sie schmoren für ihren Geiz! Sie jammerten, dass die Zeiten schlecht seien und es wieder einmal Krieg geben werde, und dann trugen sie ihr Geld zum Schneider oder zur Schöngürtlerin.

Pah, genug ist nie genug! Grete spuckte aus.

Eine Bettlerin, die auf den Stufen saß, die sich über die gesamte Südflanke des Domes erstreckten, hielt ihr die geöffnete Hand hin. »Gibst mir was? Hab nichts zu essen!«

»Hab auch nichts!«, entgegnete Grete barsch. Dann blieb sie aber doch stehen, griff in ihren Beutel, holte einen Haller Pfennig heraus und gab ihn der Alten.

»Gott vergelt's dir!«

Sie war am Eingang zum Domkirchhof angelangt. Blieb kurz stehen und blickte über die Schulter zurück. Ein Mann, der einen Sack auf dem Rücken schleppte, überquerte die Straße. Zwei Fuhrwerke und einige Reiter waren zu sehen und am Dompfarrhof ein Junge, der seinen Karren mit Asche belud, die er von der Pfarrersköchin bekam.

Keiner von ihnen schien Notiz von Grete zu nehmen.

Sie drehte sich wieder um und betrat den Kirchhof. Viel war hier nicht mehr los, seit die Regensburger Protestanten geworden waren. Wer jetzt starb, wurde auf den neuen Friedhöfen begraben, die zumeist vor der Stadt lagen, und die alten Leutchen, die hier ihre Toten von früher beklagten, kamen zumeist am frühen Morgen oder gleich nach der Mittagsruhe her.

Einige Katzen streunten herum, auf der steinernen Totenleuchte saß eine Krähe, krächzte und plusterte sich auf, flog schließlich Richtung Donau davon.

Grete ging zwischen den Gräbern hindurch, sah nach rechts und nach links. Verfallene Kreuze, Gedenkplatten, Putten und wucherndes Unkraut. Viel Zeit lag zwischen den Tränen von einst und Gretes Angst um ihr bisschen Geld, die sie an diesem Spätnachmittag auf den Kirchhof trieb.

Von der Domstraße schallte ein Postsignal herüber, Hufgetrappel war zu hören. Schreiende Kinder, das Knallen einer Peitsche.

Grete bog nach links ab. Ihr Blick streifte eine Sandsteinplatte mit dem Wappen derer von Löbel. Verwittert war sie und zerschlagen. Eine Spinne verschwand eilig in einer der Ritzen. Ein paar Schritte weiter ein steinerner Krug, auf dem eine Putte saß und vertrauensvoll gen Himmel blickte.

Noch ein paar Schritte, und endlich rechts das Grab, nach dem Grete suchte.

Dass auf dem Grabmal stand: *Bin freygebig gegen die Armen, und Gott wird freygebig seyn gegen dich*, konnte sie nicht lesen, denn lesen hatte sie nie gelernt. Hätte sie es jedoch gekonnt, sie hätte gewiss bitter aufgelacht und ihr Geld an einem anderen Ort versteckt. Aber so beugte sie sich nach einem prüfenden Blick über die Schulter hinunter, zog mit großer Mühe den Abbruch der Steinplatte zur Seite, grub die Erde darunter auf, bis eine verrostete Kassette zum Vorschein kam, und hob den Deckel an.

Es blitzte und blinkte darin. Nur kleine Münzen, davon aber ein ganzer Haufen. 59 Florin und acht Schillinge mussten es sein, und jetzt kamen noch zwei Florin und vier Schillinge dazu. Für Grete war es ein wahrer Schatz! Sie zählte nach, und es stimmte, kein Schilling fehlte.

Sie lachte.

Rechnen konnte sie nicht, aber zählen schon. Zehn und zehn und zehn und zehn, bis es hundert ergab. Und wenn sie hundert hätte, dann würde sie Maria, ihrer Tochter, eine Aussteuer kaufen und ihr ein Brautgeld geben, damit sie heiraten konnte. Den Sohn vom Jakob vielleicht. Der war zwar schüchtern, aber er hatte zwei Felder und drei Kühe. Und mit dem Geld, das nach der Aussteuer noch blieb, konnte er vielleicht noch zwei Ferkel und ein Kalb dazukaufen. Und mit Fleiß und Gottes Segen würden er und Maria ein gutes Leben führen.

Nicht länger mehr Magd sein, wenigstens die Tochter nicht!

Der Bauern hatte ihr das Kind angehängt, bei dem sie gedient hatte, seit sie acht Jahre alt gewesen war. Mit vierzehn hatte er sie geschwängert und dann vom Hof gejagt! Dreck, nichts als Dreck war man als Magd.

Grete legte die Münzen aus ihrem Beutel zu den anderen Münzen in der Kassette, bekreuzigte sich und schloss den Deckel wieder. Da wurde sie plötzlich am Leiberl gepackt, hochgerissen und so hart gegen einen Grabstein geschleudert, dass ihr der Atem stockte.

Mit aufgerissenen Augen starrte sie den Mann an, der sein dreckiges Lachen über ihr ausgoss: »Na, was haben wir denn da? Gehört es dir, das Geld, oder hast du es gestohlen?«

So groß war er, dass einem schon vom Hinsehen angst und bange werden konnte. Fäuste hatte er wie Kanonenkugeln, blondes Haar und blaue Augen, einen Mund voller fauler Zähne und ein Gesicht wie ein Pfannkuchen. Nichts Freundliches an ihm, nichts, das ihr Hoffnung machte, sie könnte lebend wieder von hier fortkommen.

Er schüttelte sie, ihr Kopf stieß dabei gegen den Stein. Dann lachte er. »Ist mir andererseits auch egal. Gestohlen oder nicht – jetzt gehört es jedenfalls mir!«

Nun blitzte doch ein Funken Hoffnung in Grete auf. Er wollte das Geld. Er würde es nehmen und verschwinden, so plötzlich, wie er gekommen war. Was scherte eine wie sie ihn schon; ob sie lebte oder starb, war doch gleichgültig.

»Du kannst es dir nehmen«, presste sie hervor, »ich habe es ehrlich mit meiner Hände Arbeit verdient.«

Sachsberger lachte wieder. »Ich kann es mir nehmen! Sie erlaubt es mir sogar! Ha, ha – ob du es erlaubst oder nicht, geht mir doch am Arsch vorbei!«

Er schleuderte sie herum, warf sie auf den Boden und kniete sich über sie. »Wegen Geld bin ich dir allerdings nicht gefolgt, umso besser, dass du es hast! Ich will etwas wissen von dir.«

»Was könnte ich dir schon sagen ... ich bin doch bloß eine Magd!«

»Ein dummes Luder, jawohl, aber am richtigen Platz.«

Er hob ihren Kopf und ließ ihn auf den Boden knallen. Der Schlag schmerzte so sehr, dass es Grete schwarz vor Augen wurde.

Wie aus weiter Ferne hörte sie ihn fragen: »Wie kann es sein, dass einer in das Haus hinter der Kaiserherberge hineingeht und vorne durchs Tor vom *Goldenen Kreuz* wieder herauskommt?«

Grete verstand die Frage nicht gleich. Zu groß waren der Schmerz und die Angst, zu sehr war sie abgelenkt von der warmen klebrigen Flüssigkeit, die aus ihrem Schädel floss und in den Nacken hinunterlief.

»Red schon, los, du blöde Kuh!«

»Hinten hinein ... das andere Haus ...« Grete nahm sich zusammen, dachte nach. »Das andere Haus hat eine Tür, die führt auf den Hof vom *Goldenen Kreuz*. Von dort kann man durchs Tor auf den Haidplatz gelangen.«

Sachsbergers Griff lockerte sich. Ein breites Grinsen lag auf seinem Gesicht. Dann packte er plötzlich wieder zu.

Grete schrie auf. »Nicht ... bitte nicht zuschlagen«, wimmerte sie.

»Dann sag mir, wem das Haus hinter der Kaiserherberge gehört und was es damit auf sich hat!«

»Es gehört der Großtante von Frau Thuner. Sie hat das Recht, dort Leute einzuquartieren, wenn im *Goldenen Kreuz* alle Betten belegt sind.«

»Und wird die Tür zum Hof bewacht? Red schon!« Sachsberger schüttelte sie wieder.

Ein Jammerlaut kam über Gretes Lippen. Sie konzentrierte sich und antwortete: »Sie ist verschlossen.«

»Und wer hat den Schlüssel?«

»Frau Thuner … sie trägt ihn an einer Kette an ihrem Gürtel.«

»Und wer hat noch einen?«

»Nur sie. Sie allein hat Zutritt zu dem Haus. Wenn eine der Mägde hinübermuss, dann schließt sie auf und wartet.«

»Du lügst!« Sachsberger gab der Magd eine Ohrfeige, dass sie aufstöhnte.

»Es ist die Wahrheit.«

»Wie kommt es dann, dass ich die Schöngürtlerstochter und ihre Freundin von der Weingasse das Haus betreten sah? Hä! Und über den Hof kam die andere wieder heraus!«

Tränen rannen über Gretes Gesicht. Hatte sie eben noch gehofft, er ließe sie am Leben, so wünschte sie nun, sie möge endlich sterben. Die Schmerzen in ihrem Kopf waren der Vorgeschmack auf die Hölle.

»Red schon!«

»Die Barbara ist doch auch verwandt. Die Frau Thuner ist ihre Tante, und die Alte, die in dem Haus hinter dem *Goldenen Kreuz* wohnt, ist ihre Großmutter. Die Barbara kann auch so hinein und hinaus, wie sie will, dann gibt ihr die Frau Thuner den Schlüssel.«

Sachsberger zog Grete an den Schultern hoch, bis sie saß. Er starrte ihr in die Augen, er schien nachzudenken. »Und wenn der Kaiser im *Goldenen Kreuz* logiert? Wird dann die Tür zum Hof bewacht?«

»Was quälst du mich denn so lange! Gib mir doch endlich den Todesstoß …« Es war nur noch ein Flüstern, das über Gretes Lippen kam.

»Was Qual bedeutet, wirst du erst erfahren, wenn du mir nicht antwortest!« Sachsberger zog ein Messer aus seinem Gürtel. »Schau's dir an! Jeden Finger einzeln werde ich dir abschneiden und dir dann die Augen ausbohren! Es wird mir ein Vergnügen sein! Oder du antwortest, dann gibt's nur einen sauberen Stich ins Herz, und du darfst deinem Schöpfer mit allem gegenübertreten, was zu dir gehört.«

Grete riss sich zusammen. »Wenn der Kaiser im *Goldenen Kreuz* logiert, dann bleibt die Tür verschlossen«, hauchte sie. »Muss eine Magd hinüber, sperrt Frau Thuner auf. Die Gäste nehmen ihre Morgensuppe in der Gaststube im *Goldenen Kreuz* ein. Sie gehen über die Straße, um hinzugelangen. Über den Hof darf dann niemand ins Haus. Niemand … immer verschlossen …«

»Und die Reitpferde? Ich habe doch Pferde im Hof gesehen!«

»Die Reitpferde der Herren übernimmt ein Bursche und bringt sie zum Schmied, dort werden sie untergestellt. Oder wenn's nur für ein paar Stunden ist, dann führt der Bursche sie in den Hof und holt sie auch wieder. Aber Gäste betreten den Hof nie, wenn der Kaiser da ist. Dafür sorgen die Wachen, die vor dem Hoftor stehen.«

Grete war am Ende ihrer Kraft. Sie schloss die Augen, um zu sterben, aber Sachsberger schlug ihr ins Gesicht, bis sie wieder zu Bewusstsein kam.

»Wo hält sich der Kaiser im Haus auf?«

»In seinen Räumen.«

»Das kann ich mir denken, dumme Kuh! – Wo sind diese Räume? Und wo geht er sonst noch hin? In die Kapelle vielleicht?«

»Die Räume sind im linken Gebäude im ersten Stock.

Dort hält nur er sich auf und seine Leute … Wachleute, Bedienstete … seine Vertrauten …« Grete war kaum noch zu verstehen. »… und ja, morgens geht er in die Hauskapelle zum Beten. Da geht er alleine hin … darf keiner ihn begleiten …«

»Wo liegt die Hauskapelle?«

»Unten … wie alle Hauskapellen.«

»Und die Tür, die in die Kapelle führt?«

»Eine vom Haus, eine vom Hof. Er benutzt die vom Hof. Frau Thuner sperrt sie auf, einige Zeit, bevor er kommt, und verscheucht alle Leute, die sich im Hof aufhalten, damit er … damit er seine Ruhe hat. Gott vergib mir«, hauchte Grete und schloss die Augen für immer.

Sachsberger prügelte nochmals auf sie ein. »Ich bin noch nicht fertig mit dir, blödes Stück!« Doch was brachte es schon, eine Tote zu verprügeln. Sie spürte nichts mehr. Die letzte Antwort blieb sie ihm schuldig.

Er ließ Gretes Schultern los. Sie sank zurück, lag in der Lache ihres Blutes. Das Gesicht weiß wie ein frisch gekalkter Stall, der Kopf zertrümmert, die schmutzigen Hände vor Schmerz in den Boden gekrallt.

Sie war kaum tot, und schon saßen die ersten Fliegen auf ihr. Eine Magd, der letzte Dreck. Dabei sollte es doch wenigstens das Kind einmal besser haben.

Sachsberger stand auf, spuckte aus, riss die Kassette aus dem Grab und wollte gehen. Aber plötzlich hielt er inne. Er sah von Grete auf die Kassette, dann über die Schulter zurück. Nur ein paar Katzen lagen faul herum, und eine Krähe saß auf dem Lichthäusel.

Ein hastiger Griff, und ein Teil der Münzen verschwand in Sachsbergers Hosensack. Den Rest beließ er in der Kassette, stellte sie wieder ins Grab und schob die Platte an Ort und Stelle zurück. Dann packte er Grete an den Armen und zog sie von dort weg.

Hinter einem Grab an der Ostmauer legte er sie ab, ging zum Brunnen, schöpfte Wasser und goss es über dem Blut aus. Drei, vier Eimer, dann waren die Spuren verwischt.

Als er den Friedhof verließ, war es fast dunkel. Jetzt musste er sich sputen. Wenn man ihn bei Dunkelheit ohne Laterne erwischte, bekäme er Prügelstrafe, und man würde ihn an den Pranger stellen. Und solches Aufsehen konnte er jetzt nicht gebrauchen.

Barbara war damit beschäftigt, ein Wams des Kaisers auszubürsten. Er hatte es gestern bei der Ratsversammlung getragen. Sie schob ihre linke Hand in den Ärmel, strich mit der rechten über den Stoff, als ob es der Kaiser selbst wäre, schloss dabei die Augen und atmete tief ein – der Geruch beflügelte ihre Phantasie!

Parfüm und Seife aus Frankreich am Morgen. Zum Mittagessen eine Pastete, Fleisch vom Wildschwein, ein wenig Apfelmus mit Zimt. Eine Tasse Minztee am Nachmittag. Und am Abend? »Ein Tänzchen mit mir!« Barbara lachte und schlüpfte in das Wams, drehte und verbeugte sich, deutete ein paar Schritte an und klatschte in die Hände.

Da hörte sie von unten plötzlich die wutentbrannte Stimme der Muhme. »Wo ist sie? Wo bleibt Grete denn nur? Am Nachmittag habe ich sie weggeschickt, jetzt ist es bereits dunkel! So lange kann sie doch nicht brauchen, nur um ein Stück Seife zu besorgen!«

Barbara hängte das Wams eilig an einen Haken, lief auf den Flur und über die Hintertreppe nach unten.

Frau Ursula stand in der Tür zum Wirtschaftsraum. Zwei der Mägde kamen wie Barbara von irgendwoher angerannt.

Sie zuckten ratlos die Schultern.

»Kann mir auch nicht denken, wo sie so lange bleibt!«

»Sie hat zudem keine Laterne dabei.«

»Hab gesehen, wie sie wegging, nur mit dem Leinenbeutel um die Schulter.«

»Und zuvor war sie noch in der Mägdekammer.«

»Seltsam ist das schon!«

Frau Ursula hatte sich alles angehört. Jetzt sah sie Barbara an. »Du holst Lutz, er soll sofort kommen.«

Barbara lief los. Sie fand den Knecht im Weinlager, wo er Krüge abfüllte. »Die Frau Thuner braucht dich!«

»Was will sie denn, ich habe zu tun.« Mürrisch schob der Knecht Barbara zur Seite und griff nach einem leeren Krug.

»Die Grete ist verschwunden. Ich denke mal, du sollst sie suchen.«

»Die Grete?« Lutz fuhr sich mit dem Ärmel über die Nase. »Das ist allerdings merkwürdig. Man kann über sie denken, wie man will, aber unzuverlässig war sie nie!«

Als Barbara mit dem Burschen zurückkam, saß Frau Thuner über ihren Büchern. Sie blickte auf und sah von Lutz zu ihrer Nichte. »Du weißt, wo man die gute Seife aus Olivenöl kaufen kann?«

Barbara nickte. »In einer der Verkaufsbuden vor dem Dom. Aber die haben doch schon geschlossen!«

»Die Bude gehört Meister Fabius. Er wohnt auf dem Graben am Jakobshof. Es ist gleich zu Beginn das hellrote Haus. Ihr erkennt es schon, ein Nasenschild hängt vor der Tür. Fragt ihn, ob die Grete bei ihm war und ob er gesehen hat, wo sie hingegangen ist. Wenn ihr etwas erfahren konntet, dann sucht nach ihr.«

»Ja, Muhme.« Barbara und Lutz tauschten Blicke.

»Und Barbara!«

»Ja?«

»Frag Meister Fabius, ob er ein Stück der guten Olivenseife zu Hause hat. Wenn, dann bringst du sie mit. Bezahlen kannst du sie morgen.«

Die beiden holten eine Lampe aus der Gerätekammer und verließen die Kaiserherberge durch die Schenke. Am Haidplatz wandten sie sich nach rechts, gingen auf der Auerstraße stadtauswärts.

Es war eine dunkle Nacht. Kein Mond stand am Himmel, keine Sterne waren zu sehen. Nur das diffuse Licht der Laterne tanzte an den Wänden der Häuser auf und ab.

Drei Männer kamen ihnen entgegen, sie schoben eine Karre vor sich her, die mit einer Kleidertruhe beladen war.

»Obacht!«, schrie einer, als eine Postkutsche das Tor am Ende der Straße passierte, das man »Die Neue Uhr« nannte. Er schob die Karre zur Seite und stellte sich dahinter.

Als die Kutsche durchs Tor war, gab der Postillion den Rössern die Peitsche und schnalzte mit der Zunge. Sie trabten los, so heftig durch eine Pfütze, dass es nach allen Seiten hin spritzte.

»Pass doch auf!« Barbara schimpfte dem Postillion nach. »Zum Teufel, jetzt bin ich schmutzig von oben bis unten!«

Als sie am Tor angekommen waren, legte Lutz den Kopf in den Nacken, versuchte die Uhr am Turm zu erkennen, die man vor einem halben Jahr dort angebracht hatte. »Schade«, sagte er, denn es war zu dunkel. Er hatte gelernt, sie zu lesen, und war stolz, dass er es konnte. Zu gerne hätte er vor Barbara damit geprotzt.

Das Haus des Herrn Fabius fanden sie mühelos. Ein Nasenschild über der Tür wies ihn als Parfümier und Seifensieder aus. Lutz betätigte den Klopfer, zweimal, dreimal, bis endlich ein Fenster geöffnet wurde.

»Was ist, wer seid ihr?«

»Frau Thuner vom *Goldenen Kreuz* schickt uns, Meister Fabius wollen wir sprechen.«

Der Mann kam ans Fenster.

»Hat unsere Magd heute bei Euch eine Olivenseife gekauft?«, fragte Barbara.

»Ja, ein Stück habe ich an eine Dirn verkauft. Ob das eure Magd war, kann ich nicht sagen.«

»Sie ist fünfunddreißig und hinkt ein wenig.«

»Dann war sie's wohl.«

»Sie ist nicht zurückgekommen, jetzt suchen wir sie. Habt Ihr gesehen, wohin sie ging?«

Meister Fabius strich sich den Bart, während er überlegte. »Ja, ich erinnere mich. Sie überquerte den Platz und bog dann zum Dompfarrhof hin ab.« Er nickte, um seine Worte zu bekräftigen. »Ja, ich bin sicher! Und es folgte ihr einer, der sah aus wie ein Hüne. Gut einen Kopf größer als andere Männer und Schultern wie ein Kasten! Das fiel mir auf, darum erinnere ich mich.«

»Und kam sie wieder zurück?«

»Nicht, dass ich wüsste. Aber ich habe natürlich auch Besseres zu tun, als darauf zu achten, wer sich auf dem Petersplatz tummelt.«

Der Mann wollte das Fenster schließen, doch Barbara sprach ihn noch einmal an. »Die Frau Thuner lässt fragen, ob Ihr ein Stück der Olivenseife im Haus habt, das würde ich gerne mitnehmen. Wir brauchen es für den Kaiser.«

Er nickte, verschwand, kam zurück und reichte ihr ein kleines Päckchen aus dem Fenster. Die Seife war in einen Lappen eingewickelt und mit einem Band verschnürt.

Barbara bedankte sich. »Wir bringen Euch morgen das Geld vorbei.«

»Ist schon recht, und einen Gruß an Frau Thuner.«

Als Barbara und Lutz wieder ins Gasthaus kamen, saß die Muhme noch immer über den Büchern. Barbara legte ihr die Seife auf den Tisch.

»Und?«

»Er konnte sich an Grete erinnern. Er sagt, sie hat die Seife gekauft, ging dann Richtung Dompfarrhof davon, und ein Mann folgte ihr. Der fiel ihm auf, weil er so groß war.«

»Richtung Dompfarrhof?« Die Muhme runzelte die Stirn.

»Das hat er gesagt.«

»Hm. Das ist seltsam – was hat sie denn dort verloren?«

»Sollen wir noch nach ihr suchen?«, fragte Lutz.

Frau Thuner überlegte. »Nein.« Sie schüttelte den Kopf. »Es ist dunkel und niemand mehr unterwegs, den ihr fragen könntet. Geht morgen gleich in der Frühe.« Sie schob Barbara die Seife über den Tisch. »Die bringst du dem Kaiser hinauf. Er hat schon danach fragen lassen. Und nimm frisches Wasser mit.«

Eigentlich wollte Barbara ja nach Hause gehen, aber wenn sie zum Kaiser durfte, war ihr das noch lieber. Sie bemühte sich, nicht allzu sehr zu strahlen, knickste und verließ hinter Lutz das Zimmer.

Barbara ging in die Küche. Sie richtete ihr Haar, steckte das Netz auf dem Hinterkopf fest, strich sich durch die Locken, die ihr weit über die Taille hingen. Anschließend nahm sie eine Kanne vom Wandbrett und füllte sie im Wassertrog.

Als sie vor die kaiserlichen Gemächer trat, sahen die Wachen sie forschend an. »So spät noch – was willst du?«

»Ich bringe die Seife, nach der seine Majestät fragen ließ.«

»Gib sie mir.« Der Wachmann wollte danach greifen, aber Barbara trat zurück.

»Ich bringe sie ihm selbst. Ich will auch gleich sehen, ob alles in Ordnung ist und ob ich vielleicht noch die Kissen aufschütteln muss.«

Die Männer nickten sich zu, einer öffnete die Tür und schloss sie hinter Barbara wieder.

Der Kaiser saß am Fenster. Er hielt ein Buch auf dem Schoß, in dem er las. Als Barbara eintrat, blickte er auf.

»Schönen guten Abend, kaiserliche Hoheit!«

Karl lächelte. »Ach, du bist es!«

»Ihr habt nach der Seife fragen lassen. Hier ist sie. Und frisches Wasser habe ich auch mitgebracht. Darf ich es in den Kessel gießen?«

»Ja, ja. Und dann kannst du mir gleich beim Waschen helfen.«

Barbara nahm die Kanne vom Haken – sie hing an einer Kette über dem Waschkabinett, das in die Wandvertäfelung eingelassen war –, füllte sie und hängte sie an ihren Platz zurück.

Der Kaiser erhob sich und trat neben sie. Sein Blick ruhte auf ihrem Haar. »Es ist wie Gold«, sagte er leise, griff in die Locken und ließ sie wie prüfend durch seine Finger gleiten.

Barbara wickelte die Seife aus und hielt sie dem Kaiser hin. Dazu knickste sie.

Er nahm sie, roch daran. »Mhm«, machte er. »Sie riecht nach Spanien!« Er hielt seine Hände mit der Seife unter die Kanne, und Barbara kippte, bis das Wasser floss.

»Bestimmt ist Spanien ein wunderschönes Land.« Kaum hatte sie es gesagt, biss sie sich auf die Lippen. Was fiel ihr ein! Es war ganz und gar ungehörig, das Wort ungefragt an den Kaiser zu richten!

Doch es schien ihn nicht zu stören. Im Gegenteil, Karl lachte, nickte und sagte: »Im Sommer ist es sehr trocken in Spanien, und die Sonne brennt dir auf den Nacken. Wenn du in den Bergen bist, dann ist die Hitze manchmal unerträglich, aber am Meer weht ein frischer Wind, und es riecht nach Salz und Fisch, nach Oleander, Orangen und

Oliven. Hier bei euch ist es auch schön, aber dort bin ich lieber. Leider ist es mir viel zu selten vergönnt, in Spanien zu sein.«

Der Kaiser war fertig mit dem Waschen und roch an seinen Händen. Wasser tropfte von seinen Fingern, und er lächelte.

Barbara streckte ihm das Tuch zum Abtrocknen hin. Er legte seine Hände hinein und sah sie erwartungsvoll an. »Tu du es für mich!«

Mit gesenktem Blick fing sie an, die kaiserlichen Hände trocken zu tupfen. Vorsichtig, als hätte sie ein Vögelchen vor sich, strich sie über Finger, Handballen und Handgelenk.

»Du machst das sehr gut.«

Sie errötete. »Sehr freundlich, hochehrwürdiger Herr Kaiser.«

»Wenn du möchtest, erzähle ich dir mehr über Spanien.«

»Aber ja, sehr gerne.«

»Dann setz dich zu mir.«

Barbara riss die Augen auf. »Aber das geht doch nicht!«

Mit gespielt strenger Miene sah Karl sie an. »Willst du etwa deinem Kaiser widersprechen?«

»Nein, natürlich nicht!« Barbara blickte über die Schulter zurück, so als wollte sie prüfen, ob Frau Ursula in der Tür stand. Erst dann nahm sie auf dem Stuhl am Fenster Platz, auf dem sonst des Kaisers Minister saßen, faltete die Hände im Schoß und senkte artig den Blick.

Karl setzte sich gegenüber. Er betrachtete sie, wie man ein Bild betrachtet. Nach einer Weile lachte er. »Na, nun sieh mich schon an! Wenn zwei Menschen sich leiden können, sollten sie sich auch geradewegs in die Augen blicken.«

Sie hob den Kopf und lächelte. *Wenn zwei Menschen*

sich leiden können! Das hieße ja, er mochte sie auch! Ihr Herz raste wie ein wildgewordenes Pferd bei diesem Gedanken.

»Was willst du denn zuerst wissen über Spanien?«

Barbara kaute auf den Lippen. »Zuerst vielleicht, ob Ihr dort aufgewachsen seid?«

Der Kaiser winkte ab. »Nein, aufgewachsen bin ich in Holland.«

»Und ist es in Holland auch so heiß wie in Spanien?«

»Gott bewahre. Es ist kalt, und es weht der Wind von allen Kanten. Holland ist ein flaches Land, man kann sehen, so weit das Auge reicht! Und die Frauen sind blond wie du und die Männer gute Seeleute. Überhaupt können sie mit Wasser umgehen wie die Spanier mit den Stieren. Sie bezwingen es, egal, von welcher Seite es kommt. Von oben, von unten, von vorne oder hinten. Wasser haben sie so viel wie die Wüste Sand hat, es quillt ihnen von überall entgegen.« Er lachte und rieb sich vergnügt den Bart. »Aber ich wollte dir ja eigentlich von Spanien erzählen. Wie gesagt, im Sommer ist es heiß und trocken dort. Es wachsen Mimosen in den Gärten, Lavendel und Agaven, es gibt Erdbeerbäume und Olivenhaine, und man kann die Orangen von den Bäumen pflücken wie hier bei euch die Äpfel. Hast du denn je eine Orange gegessen?«

Barbara schüttelte den Kopf. »Wir sind froh, wenn wir überhaupt etwas zum Essen haben, seit die Bayern …« Sie brach unvermittelt ab. Sie saß ja dem Kaiser gegenüber, und mit ihm über Politik zu reden war nicht ihre Sache.

Karl seufzte. »Ja, ja, ich weiß – ihr in Regensburg habt ein schweres Päckchen zu tragen. Man hätte dem Luther nicht folgen dürfen!«

Sein Blick schweifte zum Fenster, er sah in die dunkle Nacht hinaus, als würde er dort in weiter Ferne irgendetwas erblicken, das ihm Sorgen bereitet. So gerne hätte Barbara noch einmal seine Hände genommen, um sie zärtlich abzutupfen oder auch nur festzuhalten! So gerne hätte sie ihren Kaiser wieder ein wenig glücklicher gesehen, so wie vorhin, als er von Holland erzählte und dabei seine Augen vor Vergnügen blitzten.

Nach langem Schweigen wandte Karl sich dem Mädchen erneut zu, streckte sich ein wenig und schüttelte sich, als wolle er auf diesem Wege die Sorgen von sich abstreifen. »Nun, mein Fräulein, dann seid jetzt Ihr an der Reihe! Erzählt mir etwas – vielleicht über Euer Zuhause.«

Barbara griff in ihren Rock und knetete den Stoff. Was konnte sie einem Kaiser schon groß von sich erzählen? Er wohnte auf Schlössern und reiste durch die Welt. Er verkehrte mit den mächtigsten Männern und schönsten Frauen und befahl über Krieg und Frieden. »Was könnte Euch an meinem Zuhause schon interessieren, hochehrwürdiger Herr Kaiser«, sagte sie deshalb.

»Erzähl einfach!«, befahl Karl mit einem leisen Anflug von Ungeduld.

»Mein Vater ist Schöngürtler. Die hohen Herrschaften kaufen gerne bei ihm, auch die, die von weither kommen. Schon so mancher hat einen Gürtel bei ihm bestellt, reichlich verziert, mit Silber und Gold beschlagen, und ihn sich später nach Landshut oder Augsburg liefern lassen.«

Barbara machte eine Pause und dachte nach. »Ich bin die Älteste von vier Geschwistern«, fuhr sie dann fort. »Mein Bruder Oswald erlernt das Gürtlerhandwerk bei meinem Vater, meine Schwester Rebeka hilft zu Hause der Mutter, mein Bruder Georg ist noch recht klein, und der Jüngste, mein Bruder Wolfgang – Gott hab ihn selig! –, ist erst im Winter gestorben. Er wurde nicht einmal ein Jahr alt.«

»Und verheiraten wollte man dich nicht? Du bist doch alt genug und ein hübsches Ding!«

»Verheiraten …«, Barbara schlug die Augen nieder, »doch, mein Vater spricht oft davon. Aber …«

»Aber?«

»Meine Mutter wollte mich lieber bei sich behalten. Hatte ja noch den Wolfgang, der dann gestorben ist, und ihr selbst ging es auch nicht gut. Doch jetzt …« Wieder brach sie ab.

»Jetzt gibt es wieder einen, der um dich freit?«

Sie nickte. »Er heißt Friedrich Hoppe und ist Gürtlergeselle bei meinem Vater. Bald wird er Meister sein. Dann will er mich heiraten. Der Vater sieht es gerne, er sagt, es wird Zeit für mich, und Friedrichs Vater hat ebenfalls eine Gürtlerei.«

»Jedoch du willst nicht?«

Barbara schüttelte den Kopf. »Friedrich ist fett und hässlich und hat überhaupt keine Manieren. Es ekelt mich vor ihm!«

»Hm«, machte der Kaiser. Seine Augen wurden ihm auf einmal schwer, und er musste gähnen.

Sofort sprang Barbara auf. »Ich sollte jetzt gehen.«

Karl nickte. »Ja, vielleicht. Aber komm wieder, Kind. Es gefällt mir, einfach so zu plaudern.«

Als sie die Tür geöffnet hatte und sich noch einmal umdrehte, hob er die Hand und winkte. Nun lachte er wieder, so wie zuvor, als er von Holland und Spanien erzählt hatte.

Nie ging Frau Sibilla zu Bett, bevor ihre Tochter zu Hause war. Auch heute saß sie noch mit einer Handarbeit neben einer Lampe und wartete auf sie.

»Es wird immer später, Kind! Ursula sollte dich früher nach Hause schicken.«

»Wir mussten die Grete suchen. Sie ist verschwunden.«

»Die Grete?« Frau Sibilla kannte die Magd. Wenn sie im

Goldenen Kreuz den Wein holte, den sie von dort bezogen, wurde sie hin und wieder auch von Grete bedient. »Die Grete war heute hier!«

»Bei dir im Laden?«

»Sie stand an der Tür und hat hereingesehen. Ich dachte, vielleicht hätte Ursula sie geschickt, und fragte, ob ich ihr helfen könnte, aber sie schüttelte nur den Kopf und lief weiter.«

»Wohin denn?«

»Richtung Dom.«

Barbara nickte. »Sie sollte bei Meister Fabius eine Seife für den Kaiser kaufen, und sie war auch dort, das hat er uns bestätigt. Doch statt zurück zum *Goldenen Kreuz* ging sie weiter Richtung Dompfarrei. Wir können uns gar nicht denken, was sie dort wollte, es ist wirklich seltsam.«

Frau Sibilla legte ihre Handarbeit zur Seite. »Dort hält doch auch die Postkutsche an? Vielleicht ist sie nach Hause gefahren. Kommt sie nicht aus einem Dorf bei Abbach?«

Barbara zuckte die Schultern. »Soweit ich weiß, stammt sie aus Abensberg – aber wenn sie auf und davon will, weshalb kauft sie dann erst noch die Seife?«

»Da hast du recht.«

»Außerdem würde sie niemals einfach gehen, ohne zuvor ihren Lohn zu fordern. Sie ist auf das Geld aus wie das Eichkätzchen auf die Nuss. Keiner weiß, wofür sie es so dringend braucht.«

»Vielleicht ist ihr etwas passiert?«

Barbara seufzte. »Das vermute ich auch.«

Frau Sibilla legte ihrer Tochter plötzlich die Hand auf den Arm. »Kind ... der Vater hat dich heute ganz offiziell dem Friedrich versprochen.«

Barbara riss den Mund auf. »Nein!«

»Ich konnte es nicht verhindern. Sobald er die Meisterprüfung hat, wird ein Verlöbnis ausgehandelt. Und im Frühjahr sollt ihr dann heiraten!«

Barbara schüttelte heftig den Kopf. Tränen standen in ihren Augen, sie schluchzte auf. »Das kann doch nicht sein, das darf Vater nicht! Ich hasse Friedrich!«

»Die Liebe, sagt der Vater, kommt schon mit der Zeit.«

»Liebe?« Barbara lachte auf. »Wie kann man denn so einen wie Friedrich lieben! Hätte Vater mir nicht wenigstens einen freundlichen, netten Mann mit guten Manieren aussuchen können? Es gibt doch genug, die ein wenig angenehmer wären.«

Frau Sibilla senkte den Kopf. »Es ist wegen Oswald. Du weißt ja, Friedrichs Onkel hat eine Goldschmiede, und ...«

»Und da soll ich mich für Oswald aufopfern!« Barbara sprang auf. »Ist er denn alles, was der Vater liebt?« Sie lief hinaus, versteckte sich hinter dem Kasten in der Schlafkammer und weinte gottserbärmlich.

21. Kapitel

9. Mai 1546

Der neue Tag begann so schrecklich, wie der gestrige geendet hatte.

»Hol mir Eier und Mehl«, trug Frau Sibilla ihrer Ältesten auf.

Als Barbara mit den gewünschten Dingen aus der Vorratskammer trat, stand plötzlich Friedrich vor ihr.

»Gib mir einen Kuss. Bald sind wir verlobt!«

»Ich werde dich niemals küssen, auch nicht, wenn wir verheiratet sind!«

Der Vater tauchte unvermittelt hinter ihnen auf. Er wies Friedrich zurecht und schickte ihn in die Werkstatt, dann wandte er sich an seine Tochter. »Hat dir deine Mutter denn nicht beigebracht, was die Pflichten einer Ehefrau sind? Kommt der Mann von seines Tages Müh erschöpft nach Hause, hat sie sich um ihn zu sorgen. Sie ziehe ihm die Schuhe beim Feuer aus, sie wasche ihm die Füße, sie gebe ihm zu essen und zu trinken, bette ihn in saubere Laken und verwöhne ihn durch andere Freuden, Unterhaltungen, Vertraulichkeiten und Liebesdienste. Das erwarte ich auch von meiner Tochter, wenn sie einmal eines Mannes Eheweib ist, denn sonst bringt sie Verruf über meinen Namen.«

»Ich bin mir der Pflichten bewusst, aber ich werde niemals Friedrichs Hausfrau sein, lieber noch sterbe ich!«, schrie Barbara.

»Schweig, Tochter!« Er erhob die Hand gegen sie. »Dem Vater widerspricht man nicht!«

Barbara schwieg, aber ihre Blicke sprachen Bände. So

voller Hass und Abscheu hatte Meister Blomberg seine Tochter noch nie gesehen.

Sie brachte Mehl und Eier in die Küche. Frau Sibilla gab ihr ein Tuch, damit sie sich die Tränen abwischte. »So darfst du mit dem Vater nicht reden!«

»Ins Wasser werde ich gehen!«

Die Mutter sah ihre Tochter bekümmert an und seufzte. »Willst du, dass man dich vor der Stadtmauer verscharrt wie ein räudiger Hund und uns die Leute meiden?«

Kaum war die Morgensuppe zubereitet, klopfte Lutz an die Tür.

Barbara lief hinunter. »Was willst du denn schon so früh?«

»Frau Thuner schickt mich. Wir sollen die Grete suchen, jetzt gleich.«

Barbara sagte dem Vater Bescheid und folgte Lutz. »Meine Mutter meinte, sie könnte auf und davon sein, nach Hause gefahren vielleicht. Wir fragen bei der Poststation nach ihr. Wenn sie Grete einen Fahrschein ausgestellt haben, dann wird es in ihren Büchern stehen.«

»Das glaube ich nicht.«

»Aber einen Versuch wäre es immerhin wert.«

Doch auf der Poststation wusste niemand von Grete.

»Die letzte Postkutsche ist kurz vor dem Abendläuten weggegangen, und da saß kein einziges Weibsleut drin. Nur zwei Knaben und sechs Männer.«

Sie gingen zum Dom und rechts daran vorbei, Richtung Dompfarrei. Dort fiel Barbaras Blick auf eine Bettlerin, die auf den Domstufen saß, sich die Beine rieb und dabei zu St. Ulrich hinübersah.

»Wir fragen die Alte!« Schon lief sie los, überquerte die Straße und blieb vor dem Bettelweib stehen.

Sofort hielt sie ihr die offene Hand entgegen. »Hast du was für mich? Hab Hunger!«

»Hab kein Geld dabei. Aber eine Auskunft bräuchte ich.«

»Nichts geben, nichts kriegen!«

»Und was kriegt man von dir, wenn man dir was gibt?«

Die Alte grinste, dass ihre zwei Zahnstümpfe zu sehen waren. »Gute Wünsche – also frag schon!«

»Hast du gestern eine Magd gesehen. Sie zählt so an die fünfunddreißig Jahre und geht ein wenig schief. Sie trägt ein grünes Kleid, dazu eine weiße Haube.«

Die Alte schürzte die Lippen. »Ja, ja, so eine habe ich gesehen. Sie hat mir einen Haller Pfennig gegeben. Ein Regensburger Pfennig wäre mir lieber gewesen, aber ein Haller Pfennig ist immerhin besser als nichts.«

Barbara seufzte still in sich hinein und sah Lutz an. »Hast du einen Pfennig? Du bekommst ihn zurück!«

Er schüttelte den Kopf. »Als ob ich ein feiner Herr wäre, der mit Geld in der Tasche herumspaziert!«

Barbara wandte sich wieder an die Alte. »Also, wo hast du sie gesehen, und wo ist sie hingegangen?«

Die Bettlerin deutete mit einem Nicken Richtung Domkirchhof. »Zu den Toten ist sie gegangen, und einer ist ihr gefolgt. So ein großer, blonder – ein Kerl wie ein Schrank, und eine Pilgermuschel trug er um den Hals. Aber was dann war ...« Das Bettelweib zuckte die Schultern. »Es ist dunkel geworden, ich musste gehen. Reicht ja auch, wenn ich den ganzen Tag hier hocke und Leuten Auskunft gebe und nichts dafür kriege.«

»Wenn ich wieder vorbeikomme, kriegst du was von mir. Einen Regensburger Pfennig meinetwegen.«

»Wer's glaubt, wird selig!«

Barbara und Lutz betraten den Kirchhof, blieben stehen und sahen sich um. Langsam wanderte ihr Blick über die Reihen der Gräber. Links, nicht weit von ihnen, die Totenleuchte – eine Säule, die einen Tabernakelaufbau trug, in dem ein Licht brannte. Steil ragte die Flamme auf, flackerte nur hin und wieder ein wenig. Man sah sie kaum im hellen Morgenlicht. Rechts die mannshohe Mauer, die den Kirchhof von der Straße abtrennte.

Barbara ging als Erste weiter, schritt die Reihen der Gräber ab, ohne zu wissen, was sie eigentlich erwartete.

Grete, kniend vor einem Grab?

Grete, verschreckt hinter einem Kreuz sitzend und nicht mehr bei Sinnen?

Grete, ohnmächtig oder gar tot?

Aber nichts war von Grete zu sehen – weder tot noch lebendig! Engel aus Stein geschlagen. Kreuze aus Holz. Spitzbogen und Säulen von Efeu umrankt. Katzen, die sich in der frühen Morgensonne räkelten. Krähen und Spatzen und auch eine Eidechse, die über einen Grabstein huschte – aber Grete nicht.

Bis zur vorletzten Reihe waren sie gekommen. Noch ein paar Schritte weiter, und sie hätten die tote Magd gesehen. Aber da sagte Lutz: »Gehen wir wieder, du siehst doch, sie ist nicht hier.«

Barbara seufzte. Sie drehte sich um. »Ja, gehen wir wieder.« So ein Kirchhof war nicht ihre Sache. Der Boden von Tränen und Leichengift durchtränkt. Ein süßlicher Duft nach Verwesung lag in der Luft – ja, das ganz besonders! Wie seltsam, wo doch hier am Dom schon lange keiner mehr begraben wurde.

Jetzt war Lutz voraus. Er hatte das Tor schon fast erreicht, als Barbara doch noch einmal stehen blieb. Hier rechts lag ihr Großvater Hans Blomberg. Wenn sie schon einmal hier war, konnte sie ja nach ihm sehen. Sie ging zwischen den Gräbern hindurch und entdeckte das Kreuz aus Eisen, das auf seinem Grab stand. Sie knickste und bekreuzigte sich – es sah ja niemand! –, grüßte den Großvater und murmelte leise ein Gebet.

»Nun komm doch schon!« Lutz winkte ungeduldig.

»Ja, ja.« Noch einmal knickste Barbara, drehte sich um, griff in ihren Rock und verharrte plötzlich. Den Blick starr auf den Boden gerichtet, hielt sie den Atem an. Das war doch …

Sie rief nach Lutz, ging in die Knie und griff nach dem kleinen Holzkreuz, das auf der Erde lag.

Lutz trat hinter sie.

»Da schau doch nur!«

»Ja und? Ein Kreuz. Wertvoll ist das bestimmt nicht. Fehlt ja ein Stück vom senkrechten Balken.«

»Es ist von Grete. Seit ich sie kenne, trägt sie es an einer Schnur um den Hals. Wenn sie sich erschreckt, sagt sie immer ›Jesus, Maria und Joseph!‹ und nimmt dabei ihr Kreuz in die Hand, drückt es an ihre Brust oder küsst es. Verstehst du, dieses Kreuz gehört zu Grete wie das Amen zur Kirche! Wenn es hier liegt, hat sie es hier verloren. Also war sie auch hier.«

Barbara sah sich nach einem weiteren Indiz um. Dabei fiel ihr Blick auf ein Grabmal mit der Inschrift: *Bin freygebig gegen die Armen, und Gott wird freygebig seyn gegen dich.*

Es musste das Grab reicher Leute sein, denn es hatte eine Grabplatte. Ein Riss ging durch das untere Drittel, und die Erde vor dem Grab war ein wenig aufgeschürft.

»Dann war sie eben hier«, sagte Lutz, »aber jetzt ist sie es nicht mehr! Oder siehst du sie etwa?«

»Trotzdem! Lass uns noch einmal nachsehen, vielleicht finden wir ja noch einen Hinweis, etwas, das uns weiterhilft.«

Lutz willigte murrend ein. Sie einigten sich darauf, auf dem schmalen Mittelpfad zu gehen und einer nur nach rechts und der andere nur nach links zu sehen.

Manch umgestürztes Kreuz lag im Weg. Eines der Gräber war halb aufgegraben, als hätte ein Hund sich dran zu schaffen gemacht, auf einem anderen stand eine Lampe, in der ein Licht brannte.

Und dann sah Barbara es. Sie stieß einen Schrei aus und schlug die Hände vors Gesicht. Ganz hinten an der Mauer lag die Magd. Mit Blut besudelt, von Schmeißfliegen bedeckt. Der Körper seltsam verdreht.

»Himmel, das ist sie! Der Herr sei ihrer Seele gnädig!«

Lutz war beigesprungen. Angeekelt hielt er sich die Nase zu, ein ekliger Geruch ging von der Toten aus!

»Wir müssen es melden.«

»Zuerst sagen wir es Frau Thuner.«

Barbara hatte Tränen in den Augen.

23. Kapitel

10. Mai 1546

Sarina überquerte den hölzernen Steg, der über den Weißgerbergraben führte. Drüben fasste sie in ihre Röcke und ging etwas schneller. Sie war spät dran, bestimmt wartete Meister Zacharias schon.

Frau Wiltrud hatte einen Tobsuchtsanfall gehabt und hatte ihr und den Mägden mit Prügeln gedroht, falls sie nicht bis zum frühen Nachmittag die Treppen und Böden im Schreibzimmer blank schrubbten. Mit spitzen Messern mussten sie den Schmutz aus den Ritzen pulen, mussten anschließend die Dielen bürsten, bis sie blitzblank waren, und sie zum Schluss noch mit Wachs einlassen. Und das alles in wenigen Stunden – eine Arbeit, für die man zu dritt eigentlich einen ganzen Tag brauchte.

Als sie an der Fidelgasse vorbei kam, blieb Sarina kurz stehen und sah an der Fassade des linken Eckhauses hoch. Von Anna hatte sie gehört, dass dies ihr und Friedhelms Elternhaus war. Doch nach dem Tod des Vaters hatte die Mutter es nicht länger unterhalten können, und so waren sie zum Großvater umgezogen.

Es war ein schmales dreigeschossiges Haus, hatte einen Stufengiebel und einen kleinen Erker mit grünen Butzenscheiben. An den oberen Fenstern waren Läden und im Dach kleine Gauben angebracht.

Es war ein schönes Haus, doch es verfiel zusehends, und wenn man noch ein paar Jahre zuwartete, würde man es abreißen müssen. Meister Zacharias weigerte sich jedoch, es herrichten zu lassen, verkaufen wollte er es aber auch nicht.

Sarina griff wieder in ihre Röcke und hastete weiter. Sie horchte, ob sie schon die geliebte Melodie hören konnte. Der Schlegel traf das Eisen, das Eisen den Marmor. Eins – zwei – drei – vier.

Doch heute war es still! Erst als sie an der Mauer entlangging, die den Garten von Meister Zacharias von der Gasse trennte, vernahm sie drüben ein dumpfes Klopfen, das sich anhörte, als ob Holz splitterte. Ein Rhythmus, der etwas Verbissenes hatte. Verhaltene Wut, geschluckter Zorn.

Seit sie sich im Dom ihre Liebe eingestanden hatte, fand Sarina keine Ruhe mehr und wurde von einem Wirrwarr an Gefühlen geplagt. Dachte sie an Ansgar, quoll ihr Herz schier über. Dachte sie an die Muhme, wurde es ihr bang. Dachte sie an ihren Vater, war es schwer vor Trauer. Immer seltener kam er nach Regensburg, und wenn er dann einmal hier war und sie anblickte, als hätte er ihren Namen vergessen, erschien er ihr seltsam fremd! Und Meister Zacharias? Er blieb ihr ein Rätsel! Das eine Mal sprachen Wärme und Güte aus seinen Augen, das andere Mal Kälte und Hass.

Als sie wenig später das Haus betrat, hörte sie den alten Mann oben schreien. Anna saß auf der Treppe und weinte, Frau Gudrun ließ wütend Töpfe und Pfannen knallen. Ansgar und Olrig, das konnte Sarina durch die geöffnete Hintertür sehen, schlugen im Garten die schöne alte Ulme um.

»Gott mit Euch, Frau Gudrun.«

»Gott mit Euch, Jungfer Sarina.«

»Komme ich ungelegen?«

»Geh nur rauf, er wartet schon!«

Was los war, sagte ihr niemand.

Sarina trat in die Malstube ein. »Einen schönen guten Tag, Meister Zacharias.«

Er spuckte Gift und Geifer. »Eigensinniges Pack! – Bin ich es nicht, der hier das Sagen hat? – Auf der Nase tanzen sie einem herum!« Einen Gruß hatte er nicht für Sarina.

Er schob sie zur Seite, öffnete die Tür und rief nach Anna.

»Du hilfst Sarina beim Umkleiden.«

»Ja, Großvater.«

Er trat auf den Flur und zog die Tür hinter sich zu.

»Was ist denn los?«, fragte Sarina, als sie mit Anna alleine war.

»Mehr Licht braucht er zum Malen. Jetzt muss die Ulme weg.«

»Hm«, machte Sarina.

Als sie das Kleid anhatte, kehrte Meister Zacharias zurück. Er stellte das Mädchen auf das Podest und ordnete die Falten der Schleppe. Seine Lippen zitterten dabei so sehr wie seine Hand. »Omnia rerum principia parva sunt«, murmelte er, richtete sich plötzlich auf und wollte Sarina eine Locke von der Schulter streifen.

Seine ruckartige Bewegung erschreckte sie. Sie zuckte zurück, als ob er sie schlagen wollte. Da ließ er die Hand sinken und sah sie an, als hätte er gerade etwas ganz und gar Ungeheuerliches erfahren.

Seine Frau im Arm eines anderen Mannes.

Friedhelm tot in seinem Bett.

Ein Gemälde, in tausend Fetzen zerrissen.

Nichts von all dem hätte ihn schlimmer treffen können als Sarinas Furcht vor ihm! Er wünschte sich ihre Liebe, nicht ihren Hass.

Omnia rerum principia parva sunt – der Ursprung aller Dinge ist klein.

Der Maler wandte sich ab und verließ den Raum.

Mit Tränen in den Augen sah Sarina ihm nach. Sie wusste nichts anzufangen mit all dem. Seine Liebe, sein Hass, sein Schweigen, sein Brüllen. Wie Anna fühlte sie sich plötzlich. Sie würde gerne alles richtig machen, wusste aber nicht wie.

Sie lauschte auf das Geräusch der Äxte im Hof. Was sollte sie tun? Sollte sie hier stehen bleiben oder sich umkleiden und nach Hause gehen?

Im nächsten Moment setzten die Axtschläge aus. Ein Ächzen war zu hören. Rufe folgten, das Splittern von Holz, ein Rauschen und Krachen.

Dann Stille.

Plötzlich durchflutete ein Licht den Raum, als wäre ein Engel erschienen.

Gott ist mein Licht, lässt mich leuchten in die Herzen der Menschen.

Die Tür wurde aufgerissen, Meister Zacharias trat ein.

Er sah sich um. Staub tanzte im Sonnenstrahl. Die bleiverglasten Fenster zeichneten Rautenmuster an die Wände. Töpfe und Tiegel glitzerten und glänzten wie um die Wette.

Ein Leuchten war das überall! Und mitten darin erstrahlte Sarina wie eine Göttin. Die Falten ihres Kleides warfen endlich Schatten, ein Hauch von Dunkel im Licht des Stoffes! Wie ein Wort zwischen den Zeilen, nur lesbar für den Eingeweihten. Wie ein nicht ausgesprochener Gedanke, wie das Lachen eines Kindes in weiter Ferne.

»Das ist es«, sagte Meister Zacharias, »das war, was mir fehlte. Bleib so, beweg dich nicht.« Er griff zu Pinsel und Farbe – vergessen war aller Zorn.

Sarina wagte kaum zu atmen. Eine Fliege surrte durch den Raum, und die Spannung, die in der Luft lag, knisterte wie Feuer.

Sonst war es still. Bis plötzlich das Schlagen von Eisen auf Stein erklang. Eins – zwei – drei – vier.

Sarina seufzte leise. Ihre Atemzüge wurden tiefer, ihre

Brust hob und senkte sich wie der Wellenschlag eines aufgepeitschten Meeres.

Eins – zwei – drei – vier.

Du bist min, ich bin din: des solt du gewis sin.

Meister Zacharias hielt inne. Der Pinsel in seiner Hand blieb im leeren Raum vor der Leinwand hängen. Über den Rand seiner Brille hinweg sah er das Mädchen an.

Eins – zwei – drei – vier.

Du bist beslozzen in minem herzen, verlorn ist daz sluzzelin, du muost ouch immer dar inne sin.

»Was denkst du gerade?«

»Nichts denke ich.«

»Etwas ist anders.«

»Der Rücken tut mir weh.«

»Brauchst du eine Pause?«

»Nein, nein, ich halte es schon aus.«

Längst war das Mädchen nach Hause gegangen, und drunten im Hof, in der Küche war es still geworden. Kein Eisen, das den Stein zum Klingen brachte, kein Jammern und kein Klagen mehr. Dafür frostige Kälte, die man ihm, Meister Zacharias, entgegenbrachte.

Mein Gott, was war denn schon passiert? Ein alter Baum war umgelegt worden! Kein Weltuntergang! Sie sollten sich nicht so anstellen. Sie sollten dankbar sein, dass sie leben konnten von seiner Hände Arbeit.

Er beugte sich über die Skizzen, zog ein Blatt aus dem Stoß und legte es oben auf. Sein Blick glitt über das Papier.

Ein Bogen. Eine Welle. Eine Schraffur.

Die Halsbeuge, das Kinn, die Lippen …

Er richtete sich auf, um das Bild auf seiner Leinwand zu betrachten. Sein Herz pochte dabei. Dieses Lächeln … diese Lippen … dieser Blick – es war nicht mehr das Mädchen auf seinen Skizzen. Nicht mehr das Mädchen, das er damals in der Kirche gesehen hatte.

Sie war voller und schöner geworden.

Sie schien ihm plötzlich so fern!

Wenn er vor der Leinwand stand und Rot auf ihre Lippen tupfte, hörte er ihr Lachen nicht mehr. Eine Sehnsucht lag auf einmal in ihren Augen, die zuvor nicht da gewesen war.

Etwas war passiert – wenn er doch nur wüsste was.

Der Maler drehte sich um. Er setzte die Brille ab.

Sein Blick schweifte in den Garten. Vom Kloster klang ein Lied herüber.

Zu Hause fand Sarina die neue Magd auf dem Solder vor der Tafelstube. Sie rutschte auf den Knien, schrubbte die Fließen und weinte gotterbärmlich.

Sarina hockte sich neben sie. »Was ist denn, Walli, was hast du denn?« Das Mädchen war erst zwölf Jahre alt.

»Frau Wiltrud hat mich geschlagen, und zu essen bekomme ich auch nichts.«

»Aber warum denn?«

»Weil ich einen Krug mit Milch fallen ließ. Jetzt haben wir keine mehr.«

Sarina seufzte. Die Muhme wollte abends ihre Milch, aber oft genug kam es vor, dass keine zu bekommen war, auch nicht für gutes Geld. Sie strich dem Mädchen übers Haar. »Ich werde dir einen Kanten Brot bringen«, flüsterte sie.

Walli sah sie erschrocken an. »Aber das geht doch nicht! Sich der Herrschaft widersetzen ist eine Sünde, es ist beinahe so schlimm, als würde ich mich Gott selbst widersetzen!«

Sarina seufzte. Ja, ja – es gab Herren und Diener, und Gehorsam war höchstes Gebot! Aber Walli war doch noch ein Kind und arbeitete zwölf Stunden am Tag, und sie konnte schließlich nichts für die Launen einer Frau, die sich selbst nicht gut war.

»Bin ich nicht auch ein ganz klein wenig deine Herrin?«, fragte Sarina.

»Vielleicht. Ein klein wenig schon.«

»Siehst du! Und ich bringe dir ja auch nur ein ganz klein wenig trockenes Brot. Das isst du und bist still und sagst keinem etwas davon.«

Walli biss sich auf die Lippen. Sie nickte, wischte sich die Tränen von den Wangen und arbeitete weiter.

Sarina ging in die Küche. Gertrude, die Köchin, saß am Feuer. Sie hielt eine Schüssel zwischen den Knien und schälte Rüben. Als sie das Mädchen sah, seufzte sie. »Das war ein Spektakel, als die Walli die Milch ausgoss! Die Hälfte hätte ich zum Kochen gebraucht, die andere Hälfte für die Herrin zum Trinken. Das Mädchen ist auf dem frischgewachsten Boden ausgerutscht und mit der Kanne hingefallen. War nichts mehr zu retten. Die Katzen konnten wir holen, die haben sich über das Festmahl gefreut. Jetzt mache ich Wildvogelragout, Rübengemüse und Hefeklöße mit Pflaumensoße. Die getrockneten Pflaumen reichen gerade noch so.«

Die Rübenschalen fielen in die Schüssel. Gertrude griff hinein, hielt einige davon wie anklagend hoch und lachte bitter. »Früher hätten wir die Schalen den Schweinen gebracht. Heute mache ich noch Suppe daraus. Es gehen Gerüchte um, die Bayern wären bereit, die Blockade aufzuheben. Weil doch der Kaiser da ist und der Reichstag bevorsteht. Da kommen sie ja von überall her, um zu verhandeln. Auch die Bayern selbst, und die wollen nicht hungern müssen. Außerdem: Ein Kaiser und eine Handvoll Fürsten sind eben immer noch mehr wert als ein paar zehntausend Menschen!« Sie ließ die Schalen wieder in die

Schüssel fallen und lamentierte weiter. »Schon jubeln die einen und hoffen darauf, ihre Vorratskammern wieder füllen zu können. Aber die anderen sagen, dass es bald Krieg geben wird, und was dann mit unseren Vorratskammern geschieht, kennen wir ja! Gähnende Leere, sieht man einmal von den Mäusen ab, die nach den letzten Krümeln suchen.«

Während Gertrude sich über die Bayern und den Kaiser ausgelassen hatte, hatte Sarina die herumstehenden Schüsseln in einem Zuber abgewaschen und zum Trocknen auf einen Rost gestellt. Sie war hin- und hergelaufen, hatte dies und das geräumt und gerichtet und dabei einen Kanten Brot in ihrer Rockfalte verschwinden lassen.

Jetzt drehte sie sich um und sah Gertrude fragend an. »Meinst du wirklich, es gibt Krieg?«

Gertrud stand auf, stellte die Schüssel auf den Tisch und warf das Messer daneben. »Was weiß denn ich. Die einen sagen so, die anderen so. Auf dem Markt gibt es mehr Gerüchte, als Ware zu kaufen. Hinter vorgehaltener Hand sagen sie, dass schon Truppen geworben werden, aber offen spricht keiner darüber. Vielleicht solltet Ihr Euren Oheim fragen, der müsste doch mehr über diese Dinge wissen.«

Sarina schüttelte den Kopf. »Über Politik spricht er zu Hause nie. Jedenfalls nicht mit mir. Was er mit der Muhme redet, wenn sie alleine sind, weiß ich natürlich nicht.« Sarina nahm den Tiegel mit der Zinnkrautpaste vom Bord. »Ich muss jetzt die Kannen polieren.« Damit verließ sie die Küche.

Walli kam Sarina auf der Treppe entgegen. Sie hatte die Milch aufgewischt und in der Badstube die Eimer ausgewaschen. Im Vorbeigehen steckte Sarina dem Mädchen das Brot zu. Im selben Moment wurde ans Tor gepocht.

Kurt trat aus dem Lager, um zu öffnen. Frau Wiltrud steckte den Kopf aus der Schreibstube.

Es war Barbara. »Gott zum Gruße!« Sie knickste vor Frau Wiltrud. »Darf ich Sarina besuchen?«

»Sie ist gerade erst von Meister Zacharias zurück und hat noch zu tun.«

»Ich könnte ihr ein wenig zur Hand gehen.«

Sarina war inzwischen drunten angekommen. Sie begrüßte Barbara und wandte sich an die Muhme. »Ich sollte die Kannenkammer aufräumen, da käme mir Barbaras Hilfe gerade recht.«

»Meinetwegen.« Frau Wiltrud zog sich murrend in die Schreibstube zurück, wo sie mit dem Oheim das Haushaltsbuch durchging.

In der Kannenkammer war es recht dunkel. Nur durch eine kleine Luke fiel etwas Licht auf die Regale, die mit Töpfen und Tiegeln, Kannen, Schüsseln und Tellern bestückt waren. Nicht alles davon fand täglichen Gebrauch, manches verstaubte oder lief an und musste hin und wieder geputzt und poliert werden.

In der Ecke stand eine Bank, in einer Kiste darunter lagen Putztücher. Sarina stellte den Tiegel mit der Zinnkrautpaste auf die Bank, die Mädchen setzten sich, nahmen jede eine Kanne und einen Lappen, tunkten ihn in die Paste und fingen an, das Metall zu polieren.

»Ich musste unbedingt kommen, um es dir zu erzählen«, flüsterte Barbara. »Es ist so schrecklich!« Sie schnappte nach Luft, Tränen erstickten ihre Stimme.

»Was denn, was ist passiert?«

»Der Vater hat mich dem Friedrich versprochen!«

Sarina verharrte mitten in der Bewegung. »Nein. Ach herrje!«

»Wenn Friedrich die Meisterprüfung hat, wollen sie einen Verlobungsvertrag aushandeln, im Frühjahr soll geheiratet werden!«

Jetzt war es mit Barbaras Beherrschung gänzlich vorbei. Sie schlug beide Hände vors Gesicht und brach in Schluchzen aus.

Sarina nahm sie in die Arme. »Konnte es deine Mutter denn nicht verhindern?«

Barbara schüttelte den Kopf. »Es tut ihr selbst leid, aber sie kann mir nicht helfen. Was der Vater sagt, gilt.«

Sarina tröstete ihre Freundin, so gut es ging.

Als Barbara sich wieder ein wenig gefangen hatte, wischte sie sich über die Augen und erzählte von Grete.

»Gestern Nachmittag hat Frau Ursula sie fortgeschickt, ein Stück Seife zu kaufen. Sie kam nicht zurück. Heute früh mussten Lutz und ich nach ihr suchen. Wir fanden sie schließlich auf dem Domkirchhof. Tot!«

»Tot?«

»Jemand hat sie schrecklich zugerichtet! Ihr Schädel war zertrümmert. Blut überall.«

»Himmel, nein!«

»Es heißt, ein Mann hätte sie verfolgt. Ein rechter Hüne. Blond soll er sein, einen Kopf größer als andere Männer und breit wie ein Schrank.«

Sarina riss die Augen auf. »Trägt er denn eine Pilgermuschel um den Hals?«

Barbara zuckte die Schultern. »Weiß nicht.« Dann jedoch erinnerte sie sich an die Worte der Bettlerin. »Ja, ich glaube schon. Aber woher weißt du denn das?«

»Ich habe ihn schon ein paar Mal gesehen. Immer ist er da, wo etwas passiert. Manchmal habe ich das Gefühl, er verfolgt mich! Damals, als Barbe im Bach lag, stand er in der Einfahrt *Zum Goldenen Brunnen* … Ich hatte dir noch gesagt: ›Schau hin, kennst du diesen Mann?‹ Aber dann war er plötzlich verschwunden.«

»Aber weshalb sollte dich jemand verfolgen?«

»Ich weiß es nicht.« Sarina schüttelte den Kopf. »Ich kann es mir selbst nicht erklären. Ich dachte schon …«

»Na was?«

»Vielleicht ist wieder etwas mit meinem Vater? Vielleicht hat er in Brügge wieder Schulden gemacht, oder es ist sonst etwas geschehen.«

Barbara schüttelte den Kopf. »Dann würde sich der Kerl doch an deinen Oheim wenden und dir nicht heimlich nachschleichen!«

»Ja, da hast du recht – vielleicht bilde ich mir das ja auch nur ein.«

Sarina fing wieder an, die Kanne zu polieren. Wenn die Muhme hereinsah und nichts war passiert, würde es etwas setzen.

Auch Barbara machte sich an die Arbeit, aber plötzlich fiel sie ihrer Freundin mit einem übermütigen Lachen um den Hals. »Es gibt noch etwas zu erzählen – doch darüber musst du schweigen wie ein Grab! Versprich es!«

»Aha, es geht um den Kaiser.« Sarina schmunzelte.

»Versprich es!«

»Bei meiner Ehr.«

»Gestern Abend brachte ich ihm Seife und Wasser aufs Zimmer. Er lud mich ein zu bleiben und erzählte mir von Holland und Spanien. Stell dir nur vor!« Barbara faltete die Hände und drückte sie an ihre Brust, als wollte sie Gott für die Gnade danken, die ihr widerfahren war. »Ich saß ihm gegenüber wie eine feine Dame, und wir plauderten! Es war ...«, Barbara suchte nach Worten, »es war einfach wie im Traum. Ich hätte nie, niemals gedacht, dass der ehrwürdige Herr Kaiser mir so viel Aufmerksamkeit schenken würde! Und weißt du, dass er ...«

Weiter kam Barbara nicht, denn auf einmal war ein Geschrei zu hören, dass einem angst werden konnte.

»Das ist die Muhme!« Sarina lauschte. Es ging um Brot und Diebstahl. »Himmel!« Sie hielt sich die Hand vor den Mund. »Sie hat die Walli mit dem Brot erwischt!«

Sarina stellte die Kanne weg, sprang auf und öffnete die Tür.

Die Stimmen kamen von droben. Sarina lief hinauf. Sie fand die Muhme mit der Magd auf dem Solder – das Kind saß unter der Treppe und hielt schützend die Arme vor sich, Frau Wiltrud prügelte auf sie ein.

»Diebin! Ich werde dich auspeitschen und an den Pranger stellen lassen! Und dann kannst du noch von Glück reden, wenn sie dir nicht die Hand abschlagen!«

»Muhme – nicht doch!« Sarina drängte sich dazwischen. »Sie hat nicht gestohlen, *ich* habe ihr das Brot gegeben!«

Sofort ließ Frau Wiltrud von dem Kind ab. Sie starrte Sarina mit aufgerissenen Augen an. »Wie ... wie kannst du es wagen ...!« Ihre Stimme überschlug sich. »Wie kannst du es wagen, dich über meine Entscheidungen hinwegzusetzen! Bist du hier die Hausfrau? Hast du jetzt das Sagen?« Sie hob die Hand und versetzte Sarina einen Schlag ins Gesicht, dass sie glaubte, die Wange sei ihr aufgeplatzt, packte sie an den Haaren und zerrte an ihr.

Plötzlich stand der Oheim hinter ihnen. »Lasst ab, Frau!«, befahl er.

Frau Wiltrud ließ Sarina los. »Ja!«, schrie sie ihren Gatten an. »Ja, ja, helft ihr nur wieder!« Der Hass in ihren Augen blitzte wie blankes Eisen.

»Still!« Er sah sie zornig an, wandte sich dann an Sarina. »Was ist hier los? Wieso hast du der Magd gegen den Willen meiner Frau Brot gegeben?«

Sarina schlug die Augen nieder. »Walli ist mit der Milchkanne auf dem frischgewachsten Boden ausgerutscht und hat alles ausgegossen. Es war ein Unglück. Zur Strafe bekam sie Prügel und nichts zu essen. Aber sie ist doch erst zwölf Jahre alt und muss zwölf Stunden am Tag hart arbeiten. Ich dachte, wenn sie nichts zu essen bekommt, fällt sie uns in Ohnmacht, und dann kann sie nicht arbeiten, und alles wäre noch viel schlimmer. Deshalb gab ich ihr ein wenig Brot. Sie wollte es nicht, aber ich drängte es ihr auf.«

Wolfgang Winkler starrte Sarina wie versteinert an. Seine Backenmuskeln spielten dabei, als würde er auf seiner Wut kauen. Dann wandte er sich wieder an seine Frau. »Folgt mir in die Schreibstube! Wir werden uns ein rechtes Maß an Strafe überlegen.«

Zu Walli, die noch immer wimmernd unter der Treppe lag, sagte er: »Lass dir von Gertrude etwas Suppe geben! Und hör auf zu heulen!«

Er drehte sich um. Seine Schritte polterten über die Treppe nach unten.

Frau Wiltrud warf Sarina einen schneidenden Blick zu und folgte ihm.

In der Schreibstube, die im Erdgeschoss lag, war es bereits so dunkel, dass eine Lampe angezündet werden musste. Wolfgang Winkler beauftragte Kurt, wartete, bis er gegangen war, dann wandte er sich an seine Frau.

»Ihr wisst, welche Strafe zänkischen Weibern droht?«

Sie wurde blass. Natürlich wusste sie es. Man hängte ihnen Steine um den Hals, so schwer wie drei große Hunde. Mit dieser Last mussten sie dem Stadttrommler folgen. Vom Rathaus auf den Haidplatz. Und die Leute grölten und deuteten mit Fingern auf die Delinquentin. Oder man sperrte sie ins Narrenhäuschen, den Schandkobel, der gerade erst unter dem Erker am Rathaus angebracht worden war. Ein Käfig aus Eisengittern, an dem alle Leute vorbeikamen und einen angafften. Was für eine entsetzliche Vorstellung! Gerade jetzt, wo der Kaiser da war! Aber seine eigene Frau derart bloßzustellen würde ihr Gatte doch nicht wagen! Ein Ratsherr! Eine Ratsherrengattin!

Wolfgang Winkler starrte sie mit dumpfem Blick an. »Ich wünsche Ruhe und Freundlichkeit in meinem Haus.«

»Ich kann nichts dafür wenn …«

»Schweigt! Es gibt wahrlich schlimmere Verbrechen, als einem Kind etwas Brot zu geben. Der Rat steht dafür ein, dass in Regensburg Recht und Gerechtigkeit herrschen. Wir fordern die Bürger auf, Güte und Verständnis füreinander zu haben. Da wünsche ich hier in meinem Hause ein gutes Beispiel! Denn was im Kleinen nicht geschieht, kann im Großen nicht sein!«

»Aber die Regeln müssen doch eingehalten werden.« Frau Wiltrud warf den Kopf in den Nacken.

»Die Regeln, ja. Nur welche Regeln?« Wolfgang Winkler schüttelte den Kopf. »Was ist nur aus Euch geworden? Wo habt Ihr Euer Mitgefühl für andere gelassen? Ihr gebt keinen Pfennig mehr an die Armen! Es geht Euch nur noch um das eigene Wohl. Und dabei beschwert Ihr Euch, weil man Euch keine Zuneigung und Anerkennung entgegenbringt. Warum führt Ihr das Haus nur noch mit strenger Hand, als ob Ihr eine Horde von Gaunern und hinterhältigen Menschen zu beaufsichtigen hättet? Wenn Ihr Liebe wollt, dann müsst Ihr Liebe geben.«

»Eine Magd hat noch immer zu folgen. Und Eure Nichte, mit Verlaub, lässt es sich besser ergehen als eine Tochter. Fast täglich hält sie sich bei diesem Maler auf. Ihre Arbeit bleibt liegen, oder andere müssen die Dinge für sie erledigen. Und sie nimmt sich heraus, meine Autorität zu untergraben.«

»Das tut sie nicht. Es sei denn in diesem speziellen Fall. Und ich sage Euch, da ist mir ihre Missetat lieber als Euer Pochen auf Autorität.«

Frau Wiltrud antwortete nicht. Aber wie sie da so stand, als hätte sie einen Besen verschluckt, und ihren Gatten ansah, dass es ihn fröstelte, ließ tiefer blicken, als jedes Wort zu sagen vermocht hätte. »Noch etwas?«, fragte sie in spitzem Tonfall.

Wolfgang Winkler hätte noch vieles mehr zu sagen gehabt, aber er war es müde, mit seiner Frau zu streiten, und wollte den Bogen auch nicht überspannen. »Belassen wir es dabei.« Er wandte sich abrupt ab. »Und nun schickt mir meine Nichte herein.«

Frau Wiltrud drehte sich um und verließ den Raum. Kurz darauf erschien Sarina. Wolfgang Winkler stand am Fenster und starrte ins Dunkle hinaus.

»Hier bin ich, Oheim.«

Ohne sich umzudrehen, sagte er: »Ich möchte, dass du dich bei deiner Muhme im Beisein aller laut und vernehmlich entschuldigst.«

»Ja, Oheim.« Sie wartete, ob er noch etwas anzufügen hatte. Als er nichts mehr sagte, ging sie und zog leise die Tür hinter sich zu.

23. Kapitel

12. Mai 1546

In der Hoffnung, die Muhme sei ihr dann gnädiger gestimmt, ging Sarina erst am Sonntag wieder zu Meister Zacharias.

Ihr Herz klopfte in freudiger Erwartung, denn sie hoffte, Ansgar zu sehen. Sie sprang von Trittstein zu Trittstein, lächelte dabei ihrer Erinnerung zu. Ansgar hinter der Säule im Dom, ihre Hände küssend; mit Eisen und Schlegel bei der Arbeit, von weißem Staub bedeckt; am Feuer in der Küche, ein Hasenöhrlein essend. Und immer wieder sein fröhliches Lachen, sein zärtlicher Blick.

An der Neuen Uhr streckte ihr eine Bettlerin die Hand hin, Sarina legte einen Pfennig hinein.

»Gott wird dir's danken!«

»Das wäre schön – vielleicht erfüllt er mir ja einen Wunsch.«

»Er schaut den Reinen ins Herz und belohnt die Tugend.«

Seufzend ging Sarina weiter. War sie denn tugendhaft, wo sie doch fortwährend an Ansgar dachte? Sich einen Kuss von ihm erträumte? Nichts lieber hätte, als in seinem Arm zu liegen? War es denn tugendhaft, solche Wünsche zu hegen?

Je näher sie Meister Zacharias' Haus kam, desto zögerlicher wurden ihre Schritte. Sie erwartete den Klang von Eisen auf Stein zu hören, doch nur der Gesang der Nonnen klang vom Kloster herüber.

Hatte es denn wieder Streit gegeben? Oder war Ansgar vielleicht gar nicht da?

Sie schritt an der Mauer entlang, strich dabei mit der flachen Hand über die Wand. Wie gerne hätte sie in den Garten gesehen, aber die Mauer war zu hoch. Nur ein Walnussbaum ragte darüber hinaus, und dahinter war der Giebel des Hauses.

Frau Gudrun kam ihr im Flur entgegen. Wie immer war sie freundlich und gutgelaunt. Sie fasste Sarina am Kinn und sah ihr forschend ins Gesicht. »Ein wenig blass seht Ihr aus! Habt Ihr Kummer, oder seid Ihr gar krank?«

»Übel war mir gestern«, schwindelte das Mädchen, denn sie wollte nicht sagen, dass es Streit mit der Muhme gegeben hatte.

»Und Eure Freundin, das Fräulein Barbara – wie geht es ihr?«

Auch auf diese Frag gab Sarina eine ausweichende Antwort, um nicht von Friedrich und der bevorstehenden Verlobung erzählen zu müssen. »Ich sehe sie nur selten, sie hilft doch im *Goldenen Kreuz*.«

Sarina hielt Ausschau nach Ansgar, doch weder in der Küche noch im Garten war er zu sehen.

»Ist Meister Zacharias in der Malstube?«, fragte sie.

»Ja, ja, gehe nur hinauf, Kind, mein Vater erwartete dich schon.«

Meister Zacharias stand am geöffneten Fenster. Er hatte die Hände hinter dem Rücken verschränkt und schaute hinaus.

»Gott zum Gruße, Meister Zacharias.«

»Da bist du ja! Seit zwei Tagen warte ich auf dich.« Er drehte sich zu ihr um und betrachtete sie auf eine Art, als hätte er sie ein ganzes Jahr lang nicht mehr gesehen. »Komm – komm zu mir!«

Sie trat vor ihn hin, er fasste sie an den Schultern und forschte in ihrem Gesicht. Als Sarina den Blick nicht mehr aushalten konnte, fragte sie: »Habt Ihr dem Gesang der Nonnen gelauscht?«

»Ach nein, das höre ich schon gar nicht mehr. Ich war mit meinen Gedanken in der Vergangenheit. Alte Menschen denken oft an früher. Man schaut zurück, weil man nichts mehr vor sich hat.«

Er drehte Sarina so um, dass sie mit ihm in die Malstube blickte. »Einst sah es hier ganz anders aus. Ein Betrieb herrschte, dass es einem manchmal zu viel wurde. Dort, wo jetzt das Podest ist, stand ein langer Tisch. Den teilten sich drei Lehrlinge. Im letzten Jahr, bevor ich die Werkstatt schloss, hießen sie Markus, Manfred und Eberhard.«

Sarina versuchte, sich drei junge Männer an einem langen Tisch vorzustellen.

»Jeder von ihnen hatte seine Vorzüge. Manfred war ein guter Techniker, doch schöpferische Arbeit lag ihm nicht. Er brauchte zum Malen das Gittergerüst. Es ist ein simples Prinzip. Man stellt vor dem Modell oder der Landschaft, die man zu malen gedenkt, einen Rahmen auf, darin sind senkrecht und waagrecht Schnüre gespannt, so dass es viele kleine Quadrate ergibt. Das Papier ist in ebenso viele Quadrate eingeteilt, und so kann der Maler das, was sein Auge durch das Gitter sieht, genau auf das Papier übertragen. Weil Manfred mit dem Gitter gut zurechtkam, ließ ich ihn hauptsächlich Vorlagen für Fresken vergrößern.«

Meister Zacharias überlegte einen Moment, bevor er fortfuhr. »Markus wiederum verließ sich lieber auf sein Gespür für Proportionen. Das Gesicht besteht aus drei Teilen – Haare und Stirn, Nasenpartie, Kinn und Mund. Die ganze Körperlänge entspricht achtmal der Länge des Gesichtes, und die Spannweite der Arme entspricht der Körpergröße. Ließ man Markus nach Gespür arbeiten, waren seine Figuren lebendig, doch drängte man ihn, das

Gitter zur Hilfe zu nehmen, erschienen sie einem plötzlich seltsam leblos und kantig.

Eberhard wiederum war weniger gut im Zeichnen, hatte jedoch eine außerordentliche Begabung für das Mischen und Auftragen von Farben. Alle Aufgaben, die in diesen Bereich fielen, konnte ich ihm ohne weiteres anvertrauen und dabei sicher sein, dass er sie zu meiner Zufriedenheit ausführen würde. Einmal hörte ich, wie er dem vier Jahre älteren Markus die Kunst beizubringen versuchte, durch die Tönung der Hautfarben aufzuzeigen, wie alt ein Mensch etwa ist: ›Zuerst malst du die Hautpartien mit grüner Erde, danach setzt du in einer zweiten Schicht die Hauttöne auf. Malst du ein zartes junges Mädchen, musst du zum Binden der Farbe das Eigelb einer städtischen Henne nehmen, denn der rötliche Dotter einer Landhenne eignet sich nur für die dunkleren Hauttöne älterer oder wettergegerbter Menschen.‹ Ja …«, Meister Zacharias nickte, »so hatte jeder von ihnen seine Vorzüge, und gemeinsam konnten sie die schwierigsten Aufgaben ausführen.«

Er trat einen Schritt vor und deutete nach rechts. »Dort drüben standen zwei kleinere Tische. An einem arbeitete Thomas, mein Geselle, am anderen Ansgar. War ich nicht hier, leitete Thomas die Werkstatt. Er war nicht nur begabt, er hatte auch Prinzipien und darum das Zeug zum Meister. Er predigte den Lehrlingen, wie wichtig es als Künstler ist, ein geregeltes und geordnetes Leben zu führen und nicht nur über eine begabte Hand, sondern auch über Bildung zu verfügen. Ein Künstler darf nicht trinken noch sich in Völlerei ergehen. Er muss sich auskennen auf den Gebieten der Theologie, der Philosophie und der Wissenschaften, denn er muss das, was er darstellt, mit allen Sinnen erfassen. Kann er dies nicht, werden seine Modelle und die Welt, in der sie sich bewegen, nicht mehr sein als leere Abbilder einer Landschaft oder einer menschlichen Hülle.«

Meister Zacharias brach plötzlich ab und verfiel in nachdenkliches Schweigen.

»Und Ansgar?«, fragte Sarina nach einer Weile, weil sie doch gerade über ihn etwas erfahren wollte.

»Ansgar?« Der Maler zuckte wie unter einem Hieb zusammen, als er den Namen seines Enkels hörte. »Ansgar war immer nur störrisch. Von Gott begabt, aber störrisch! Das Zeichnen erfüllte ihn mit Ungeduld, er wollte Eisen und Schlegel führen, seine Kraft am Stein messen. Pinsel, Feder und Kohlestifte waren ihm zu leicht zu handhaben.«

Ärgerlich wischte Meister Zacharias mit dem Ärmel über eine Schatulle, rückte ein Gefäß mit Pinseln zurecht. »Er machte sich lustig über die Malerei! Nur die Skulptur, behauptete er, zeige die Wahrheit, kann man sie doch von allen Seiten betrachten. Das Bild zeigt lediglich die Oberfläche, nur durch ein wenig Täuschung und Zauberei gelänge es dem Maler, dem Betrachter eine gewisse Tiefe und Form vorzugaukeln. Und hätte ein Maler heute schlecht gearbeitet, dann würde er eben morgen alles mit einer Farbschicht zudecken und noch einmal von vorne beginnen. Der Bildhauer jedoch könne sich keine Fehler leisten. Wo der Stein eine Scharte hat, lässt sich nun mal nichts mehr zurücknehmen!« Meister Zacharias war nun wieder zornig und in Rage gekommen. »Mit Reden dieser Art beleidigt er nicht nur mich, sondern auch solche von Gott begnadeten Künstler wie Tizian, Raffael oder Holbein. Kann man denn nicht gerade deshalb von Kunst sprechen, *weil* der Maler vermag, dem Betrachter auf einem kleinen Stück Leinwand die ganze Welt vorzuführen? Eine Landschaft, eine Stadt, darüber der Sternenhimmel! Ein Fluss, eine Blumenwiese, ein Vogel am Himmelsgewölk! Ja, sogar Regen oder Finsternis! Kann ein Bildhauer etwa Finsternis zeigen?«

Erschrocken hörte sich Sarina die Schimpftiraden des Meisters an. Wo kam nur so viel Hass her?

Plötzlich schob der alte Mann das Mädchen beiseite, ging zur Leinwand und hob das Tuch an, mit dem er das Gemälde abgedeckt hatte. »Ist das etwa nichts?«, fragte er. »Nur ein wenig Täuschung und Zauberei?«

Sarina stand noch immer am Fenster. Sie hatte nie gewagt, einen Blick auf das Bild zu werfen. Teils weil Meister Zacharias es nicht wollte, teils weil sie sich genierte.

Auch jetzt zögerte sie.

»Na, komm schon, komm!«

Mit gesenkten Lidern trat sie vor die Leinwand.

»Nun, sieh es dir an!«

Sie hob den Kopf. Sie öffnete die Augen und mit einem leisen »Ach« auch den Mund.

Was sie sah, war wirklich und unwirklich zugleich.

Dort stand sie, war halb von hinten, halb von der Seite zu sehen. Sie trug das Kleid, die lange Schleppe quoll aus dem Bild. Mit einem Schritt nach vorne schien sie wie tanzend zu entfliehen. Sie lachte nicht, sie lächelte nicht einmal – und doch drückte ihr Gesicht Unbeschwertheit und Fröhlichkeit aus. Doch wie eine Mahnung des Schicksals lag da ein Füllhorn zu ihren Füßen, als wäre es ihr aus der Hand geglitten. Als hätte sie es ausgekippt, wie Walli die Milch ausgekippt hatte. Kein Glück ohne Sorge. Kein Lachen ohne Tränen. Das blühende Leben überschattet von Krankheit und Tod.

»Nun?«

Sarina schlug ihre Augen wieder nieder. »Ich weiß nicht, was ich sagen soll. Nie zuvor habe ich so etwas gesehen! Ich kenne nur die dunklen Gemälde in unserem Haus, von denen ein Ahn streng herabblickt.«

»Dann sag, was du fühlst!«

»Das Bild berührt mich zutiefst. Ich fühle Freude und Trauer zugleich, Angst und Hoffnung, und obwohl alles von Licht überflutet ist, spüre ich auch Dunkelheit und die Nähe des Todes.« Sarina senkte den Kopf. »Und ich fühle große Bewunderung für Euch.«

»Hm«, machte Meister Zacharias. Er nickte, als hätte erst Sarinas Bestätigung ihm die Gewissheit gegeben, dass sein Werk gelungen ist. »Und – ist es Kunst?«

»Es ist so sehr Kunst wie ...« Sarina biss sich auf die Lippen. Was fiel ihr ein, es oblag ihr nicht, mit einem Meister über Kunst zu diskutieren.

»Wie was?«

»Wie die Bildhauerei«, antwortete sie leise.

Das Gesicht des Malers verfinsterte sich wieder. »Es ist mehr, verstehst du! Mehr!«

Aufgeregt ging er auf und ab, stieß dabei gegen einen Stuhl, schob ihn zornig zur Seite, drehte sich plötzlich zu Sarina um und fuhr sie an: »Nun, was schweigst du. Rede schon, deine Meinung interessiert mich!«

»Können wir denn einen Apfel mit einer Birne vergleichen? Beides sind Früchte und wachsen auf einem Baum. Sie sehen sich ähnlich und sind es ja auch irgendwie. Jedoch schmecken sie ganz verschieden, und der eine zieht eben dies vor, der andere jenes.«

»Hm«, machte Meister Zacharias noch einmal. Eine Weile stand er reglos da, dann verließ er plötzlich das Zimmer.

Es dauerte nicht lange, bis Anna erschien.

»Ich soll dir sagen, dass Großvater das Haus verlassen hat. Du kannst gehen.«

Sarina erschrak. »Ist er denn böse auf mich?«

»Nur das soll ich dir sagen. Und dass du morgen wiederkommen sollst.«

»Was glaubst du denn – ist er böse auf mich?«

Anna zuckte die Schultern. »Man weiß es bei ihm nie, aber ich fand, er sah eher nachdenklich aus. Oder nein – betrübt.«

»Und wo ist Ansgar? Ich habe ihn heute noch gar nicht gesehen.«

Er war bei Meister Jacobus, denn er hat seinen Engel fertig. Gerade ist er zurückgekommen. Jetzt ist er im Garten.

»Im Garten?« Sarina ging zum Fenster an der Ostwand und sah auf den Platz hinunter, auf dem Ansgar arbeitete. Er stand vor seinem Block, der mit einem Tuch abgedeckt war. Als hätte er ihren Blick gespürt, drehte er sich plötzlich nach ihr um.

Sarina lächelte und hob die Hand, er lächelte zurück und winkte sie zu sich herunter.

Anna war neben sie getreten und hatte es gesehen. »Du magst ihn, nicht wahr?«

»Aber dich mag ich doch auch.«

»Nicht so – anders.«

Sarina drehte sich schnell weg, damit Anna nicht sah, wie ihr das Blut zu Kopfe stieg.

Da seufzte Anna und legte Sarina eine Hand auf die Schulter. »Großvater sollte es besser nicht wissen.« Ohne eine weitere Erklärung verließ sie den Raum.

Sarina ging in den Garten.

»Da bist du ja endlich wieder!« Ansgar sah sie zärtlich an. »Zwei Tage, ohne dich zu sehen, das ist wie zwei Jahre Winter ohne einen Sonnentag.«

»Ich hatte Ärger mit der Muhme, ich konnte nicht fort.«

»Und was war mit Großvater? Gerade kam er mir auf der Gasse entgegen, war so versunken und in sich gekehrt, dass er mich nicht einmal bemerkte.«

»Er hat mir von eurem Disput erzählt.«

Ansgar lachte. »Von welchem Disput? Es gibt *nur* Dispute zwischen uns.«

»Dass du zu ihm sagtest, Malerei sei keine Kunst, nur ein wenig Zauberei.«

Ansgar seufzte. »Ach, das liegt eine Ewigkeit zurück. Ich war damals ein Junge von zwölf Jahren, und ich habe mich nur gewehrt. Er machte sich über meinen Vater lustig, kaum dass er unter der Erde lag. Er mochte ihn nie, er hat es ihm nie verziehen, dass er Mutter gegen seinen Willen geheiratet hat. Und darum mochte er auch mich nie.«

»Aber deshalb hasst man doch einen Menschen nicht so sehr!«

»Er hasst mich ja auch nicht immer ... nur manchmal, wenn es über ihn kommt.«

»Was kommt über ihn?«

Ansgar drehte sich weg.

»Was kommt über ihn?«, ließ Sarina nicht locker.

»Ich nenne es seine dunkle Seite. Es überfällt ihn.« Ansgar legte seine Hand auf das Tuch, das er über den Engel gebreitet hatte. »Möchtest du ihn sehen?«

Sarina nickte. »Aber ja, unbedingt!«

Ansgar zog das Tuch langsam herab. Nach und nach tauchten die Flügel, das Haar, das Gesicht des Engels auf. Der Arm, den er wie schützend vor seine Augen hielt, der Faltenwurf seines Kleides, der Block, auf dem er lag.

Sarina hielt den Atem an. »Oh«, flüsterte sie, »Oh, wie wunderschön!« Wie schon einmal streckte sie die Hand aus, um den Engel zu berühren, zog sie aber scheu wieder zurück. »Was ist mit dem Engel? Fürchtet er sich.«

»Erzähl du es mir!«

Sarina betrachtete den Engel eine Weile. »Er blickt auf zu Gott, der über ihm steht. Geblendet von der göttlichen Allmacht und Reinheit schirmt er die Augen ab. Man kann Gott nicht ansehen, so wie man die Sonne nicht ansehen kann, ohne zu erblinden. Gott verkündet ihm etwas. Er hat Angst ...«, Sarina unterbrach sich, sie schüttelte den Kopf, »nein, es ist nicht Angst, die ich in seinem Gesicht lesen kann, es ist Ehrfurcht. Es ist Bewunderung, Hingabe ... auch Demut.« Sie schwieg lange, bevor sie sich zu Ansgar umwandte und abschließend sagte: »Du hast das Bildnis eines Engels geschaffen, um Gott zu zeigen!«

Wie damals hinter einer der Säulen im Dom griff er nach Sarinas Händen und presste sie gegen seine Lippen. Seine Augen waren tränenfeucht. »Du hast es verstanden! Und hätte ich den Engel nur für diesen einen Moment aus dem Stein geschlagen, es wäre mir Lohn genug!«

Dann küsste er sie.

Sie fühlte seine heißen Lippen auf ihren und hielt für einen Moment verwundert still. So also schmeckt ein Kuss! So brennt er im ganzen Körper! So bringt er ein Herz zum Rasen!

Doch dann kam die Vernunft zurück. Sarina schob Ansgar von sich und sah sich erschrocken um. »Was tust du, das darfst du nicht – wenn jemand uns sieht!«

»Es ist mir egal. Für Montag bin ich zur Prüfung vorgeladen, und wenn ich den Meisterbrief habe, werden wir heiraten!«

»Ach, wie gerne würde ich daran glauben, aber ...«

»Kein Aber!«

Sarina entzog ihm ihre Hände und wandte sich wieder dem Engel zu. »Meister Zacharias hat nicht recht.«

»Womit?«

»Er sagte, ein Bildhauer könne keinen Regen zeigen und keine Finsternis. Aber du zeigst das Licht Gottes, in dem du einen Engel zu ihm aufblicken lässt, also kannst du auch Finsternis zeigen.«

24. Kapitel

13. Mai 1546 – in den frühen Morgenstunden

Diesmal hatte Olrig nur vier Eier für die Wachen. Er hielt sie ihnen hin und zuckte die Schultern. »Mehr gibt es heute nicht.« Sie murrten zwar, aber sie ließen ihn doch in den Turm. Besser für jeden zwei Eier als nur die Löcher vom Käse.

Olrig schlüpfte durch die Tür und zog sie hinter sich zu. Er hob die Laterne an, um zur Treppe hinüberzuleuchten. Beim letzten Mal waren zwei Trittbretter unter seinem Gewicht zusammengebrochen, und unter dem Dachgebälk bröckelten die Steine aus den Mauern. Alles war marode und einsturzgefährdet, trotzdem stieg er hinauf.

Droben setzte er sich ans Fenster und sah eine Weile auf den Fluss. Dann griff er plötzlich an seine Brust, wo er noch immer in einem Beutel Sarinas Bild bei sich trug. Doch heute brannte es wie Feuer auf seinem Herzen. Kein gutes Feuer. Kein Liebesfeuer. Teufelsfeuer! Enttäuschung, Ekel und Wut!

Er hatte die beiden gesehen. Gestern am Nachmittag. Ansgar und Sarina im Garten. Wie sie sich an den Händen hielten und er sie küsste. Wie sie sich ansahen, mit unreinen Gedanken, mit einem Begehren, das einer ehrbaren Jungfer nicht würdig war. Dabei hatte er Sarina doch immer für eine Heilige gehalten! Und nun … nun musste er erkennen, dass sie nicht besser war als ein ordinäres Fischweib oder eine Bauerndirn!

Olrig ballte seine Fäuste und schlug sich gegen die Stirn. Dreimal, viermal – immer wieder.

Wie er sie verabscheute! Sie verdrehte den Männern die

Köpfe! Sie schlich sich in ihre Herzen und ihre Gedanken ein, weckte Begehrlichkeiten in ihnen und verhöhnte sie am Ende doch nur!

Nicht, dass er je geglaubt hätte, sie würde ihn lieben oder auch nur einen Gedanken an ihn verschwenden – nein, er wusste schon, wessen Sohn er war und wohin er gehörte. Doch was konnte schmerzlicher sein, als zu erkennen, dass alles nur Täuschung war! Ihr Liebreiz, ihre Reinheit, ihr Engelsgesicht – nichts als Maske!

Olrig trat gegen die Mauer, dass es schmerzte, und schrie auf.

Ein Leben lang wollte er ihr treu ergeben sein. Er hätte sie beschützt und beschirmt – sie, ihr Haus, ihre Kinder! Aber nicht ein Luderweib! Nicht eine, vor der er keine Achtung mehr haben konnte!

Nun nahm er doch ihr Bild aus dem Beutel. Faltete es auf. Starrte auf ein paar Linien, die ihm nun nichts mehr bedeuteten. Ein Bogen, eine Welle, eine Schraffur. Eine hässliche Fratze, mehr nicht. Zerriss plötzlich das Papier. Zerriss es in tausend kleine Fetzen und warf sie aus dem Fenster. Wie Schneeflocken schwebten sie in der Dunkelheit davon. Unten würden sie liegen bleiben. Ein Hund würde darauf pissen, eine Meise sie für den Nestbau sammeln. Bedauernswerte Küken, die auf so etwas ausgebrütet wurden!

Olrig wischte sich mit dem Ärmel die Tränen ab.

Vielleicht sollte er auch sich selbst hinunterstürzen. Tot liegen bleiben neben seiner Schmach. Sein Blut ausgießen über der Enttäuschung seines Lebens.

Von unten war Geschrei zu hören. »He, Olrig! Gleich ist die Wachablösung! Komm herunter! Verschwinde und hau ab!«

Er rappelte sich auf wie ein alter Mann, hielt sich fest an der Wand. Ein langes Seufzen drang aus seiner Brust.

»Ja, ja!«, rief er zurück, und leiser: »Ja, ja, ich komm' ja schon.«

Er stieg hinunter. Die Trittbretter knarzten, ein Vogel flatterte auf und flog durch eine der Schießscharten davon.

»Wird aber auch Zeit«, murrte Karl, als er auf den Wehrgang trat. »Was machst du bloß immer dort droben?«

Eine Antwort blieb Olrig schuldig. Er zog den Kopf ein und ging schweren Schrittes davon.

25. Kapitel

14. Mai 1546 – am Abend

Sachsberger hatte sich im Hof *Zum Blauen Krebs* hinter ein paar Fässern versteckt, von dort behielt er die Toreinfahrt im Auge. Seit Stunden lungerte er nun schon hier herum! Sein Magen knurrte, der Durst quälte ihn. Langsam wurde er ungeduldig! Am Ende hatten Ruening und Konsorten ihren Plan schon aufgegeben und waren abgereist, dann wäre ihm das einträgliche Geschäft durch die Lappen gegangen.

Er überlegte gerade, ob er in die Wirtsstube gehen sollte, um das Loch in seinem Magen zu füllen, als er Stimmen auf der Gasse hörte. Kurz darauf erschienen zwei Männer, die sich flüsternd unterhielten – Liedebuhr und Ruening!

»Na bitte!« Sachsberger rieb sich die Hände. Hatte sich das Warten also doch gelohnt!

Sie gingen die Treppe hinauf, Sachsberger hörte das Holz unter ihren Tritten knarzen. Er folgte ihnen, legte droben das Ohr an die erste Tür, und als er drinnen nichts hörte, ging er zur nächsten. Dahinter vernahm er Gemurmel.

Er erinnerte sich an das Klopfzeichen, klopfte einmal, dann zweimal kurz und noch einmal. Es dauerte nicht lange, und der Riegel wurde zurückgeschoben.

Ruening sah ihn verdutzt an. Er klappte den Mund auf und stotterte herum. »Wieso … woher …«

Sachsberger schob ihn kurzerhand zur Seite und trat ein.

In der Kammer standen zwei Betten, davor jeweils eine Truhe. Auf einer dieser Truhen saß Liedebuhr, auf der anderen lagen eine Satteltasche, ein Gürtel, ein Messer und ein Schwert.

Ruening schloss nun schnell die Tür und baute sich vor Sachsberger auf. »Was willst du, und wieso kennst du dieses Klopfzeichen?«

Sachsberger grinste. Er schlug Ruening kumpelhaft auf die Schulter, wandte sich dann an Liedebuhr. »Paul Sachsberger mein Name. War dem ehrenwerten Herrn Ruening als Söldner untergeben, als er im Mai vor elf Jahren unter Philipp von Hessen eine Horde aufständischer Bauern schlug. In Frankenhausen war's, in Thüringen. Den Sieg hätte er allerdings um ein Haar nicht mehr miterlebt, denn ein Kerlchen, ein wackeres Bürschlein von höchstens achtzehn Jahren, war todesmutig mit einer Mistgabel von hinten auf ihn losgegangen. Hätte ich den Burschen nicht mit einem Hieb um einen Kopf kürzer gemacht, stünde unser Herr Ruening jetzt nicht hier und hätte natürlich auch die Sorgen nicht, die ihn derzeit umtreiben.«

Ruening starrte ihn finster an. »Was weißt du schon von meinen Sorgen!«

Sachsberger lachte. »Meine Ohren sind gut, und blöd bin ich auch nicht. Ich weiß jedenfalls genug, um Euch einen Vorschlag zu machen.«

»Wovon spricht der Mensch?« Liedebuhr sprang auf und griff blitzschnell nach dem Messer, das auf der anderen Truhe lag.

Doch da war er bei Sachsberger an den Falschen geraten. Mit einem Fußtritt schlug er Liedebuhr das Messer aus der Hand und versetzte ihm mit der Faust einen Schlag, dass er zurücktaumelte und gegen den Bettpfosten knallte.

»Tut das nie wieder, mein Herr!« Sachsbergers Augen funkelten hasserfüllt. »Ich bin allemal schneller, und wenn ich wütend werde, weiß mein Kopf nicht mehr so recht, was meine Hände und Füße machen.«

Liedebuhr wischte sich das Blut von den Lippen. Er tauschte mit Ruening Blicke.

»Und was soll das sein, was du so Großartiges weißt?«

Sachsberger riss die Tür auf. Er versicherte sich, dass keiner lauschte. Erst dann antwortete er: »Dass Ihr ein Attentat auf den Kaiser plant, dass Ihr aber nicht wisst, wie es gehen könnte. Nun – *ich* weiß es schon!«

Ruening war blass geworden. »Wie kannst du es wagen, Bursche, so etwas zu behaupten!«

»Na, na, seid vorsichtig, mein Herr, was Ihr sagt! Ich lasse mich nicht gerne einen Lügner nennen. Es war im *Goldenen Brunnen*, und Ihr wart zu viert, als Ihr die Sache besprochen habt. Ihr befürchtet, der Kaiser könnte einen Krieg gegen protestantische Aufrührer wie Euch anzetteln, und wenn er ihn gewinnt, wovon auszugehen ist, wird er Euch mit Reichsacht belegen. Seine Soldaten, so befürchtetet Ihr weiter, werden Euch das Dach über dem Kopf abfackeln, und Ihr werdet Eurer Ländereien beraubt. *Ich* befürchte das im Übrigen auch.« Sachsberger seufzte, als ob er Mitleid hätte. »Und es könnte gar noch schlimmer kommen! Aus Erfahrung weiß ich, dass Gattinnen und Töchter nichts zu lachen haben, wenn erst einmal eine Horde wildgewordener Soldaten über sie herfällt.«

Sachsberger griff sich ins Haar, schien etwas gefunden zu haben – eine Laus vielleicht –, das er zwischen zwei Fingernägeln zerdrückte. Daraufhin sah er Ruening und Liedebuhr nacheinander an. »Aber so weit muss es ja nicht kommen. Wie bereits gesagt, ich wüsste schon, wie man den Dingen vorgreifen könnte.«

Eine ganze Weile war es still, bis sich Ruening endlich einen Ruck gab. »Nun gut, nehmen wir einmal an, du hättest recht, und wir wollten tatsächlich tun, was du uns da unterstellst – wie wäre dein Plan?«

»Ich weiß, wie ich unbemerkt in die Kaiserherberge kommen kann. Ich weiß auch, dass der Kaiser jeden Morgen in die Hauskapelle geht – und zwar alleine. Wenn er mit seinem Herrgott spricht«, Sachsberger grinste, »dann will er keine Zeugen haben!«

»Und?«

»Nun«, Sachsberger hob das Messer auf, das vor seinen Füßen auf dem Boden gelandet war, und wog es in seinen Händen. Dann ließ er es plötzlich fliegen. Es sauste so haarscharf an Liedebuhrs Ohr vorbei, dass der es zischen hörte.

Liedebuhr drehte sich um und starrte auf das Messer, das hinter ihm im Bettpfosten mitten in einer geschnitzten Rosette stak. »Das ist Zufall!«

Sachsberger lachte, holte das Messer, spuckte darauf, putzte es mit dem Ärmel blank, ging zur Tür und warf es ein zweites Mal. Wieder landete es in der Mitte der Rosette. »Es dauert nur einen Augenaufschlag«, sagte er. »Der Kaiser wird nicht einmal Zeit haben, Amen zu sagen!«

Ruening nickte. »Das könnte gehen.«

»Und wenn nicht?« Liedebuhr sah von Ruening zu Sachsberger. »Wenn sie ihn schnappen?«

»Wenn, wenn!« Sachsberger warf die Hände hoch. »Ganz ohne Risiko geht es nicht.« Dann lachte er. »Aber seid beruhigt, Sie schnappen mich nicht, denn alles geht so schnell, dass sie es nicht einmal bemerken werden. Und wenn doch, mit dreien oder vieren von ihnen werde ich spielend fertig! –

Also, was ist nun, wollt Ihr Euren Plan ausführen oder euch lieber zu den Weibern ans Küchenfeuer hocken?«

»Wie du schon sagtest, wir sind vier und müssen darum auch zu viert entscheiden.«

»Papperlapapp! Was können Euch die beiden anderen schon verbieten? Ihr beschließt die Sache zu zweit oder zu viert, mir ist das egal.«

Ruening ging zum Fenster und sah hinaus. »Und was

willst du für deine Dienste?«, fragte er, während er auf die Gasse blickte.

»Den Sold für ein Jahr – und zwar den eines Feldwebels.«

Ruening fuhr herum. »Das wären ja …«, er rechnete nach, doch Sachsberger kam ihm zuvor: »Es wären 240 Gulden.«

»Unmöglich!«, rief Liedebuhr. »Die Hälfte, mehr bringen wir nicht auf.«

»Die Hälfte, ja, aber vorab. Die zweite Hälfte finde ich in einer Satteltasche, die an einem Pferd hängt, das Ihr mir an besagtem Tag zur besagten Stunde vor der Kaiserherberge bereithaltet. Beauftragt einen Burschen, das Pferd zu halten, so braucht Ihr selbst nicht in Erscheinung zu treten. Ich werde mein Messerchen fliegen lassen, werde anschließend das Pferd besteigen und auf Nimmerwiedersehen verschwinden.«

»Das könnte gehen«, sagte Ruening wieder.

»Und falls ich das Geld nicht in der Satteltasche finden sollte, nur mal gesetzt den Fall, dann werde ich das tun, was anderenfalls die Soldaten des Kaisers täten; ich werde Euch das Haus abfackeln und Eure Weiber schänden. Und Ihr könnt sicher sein, sie vergessen mich nie wieder!« Sachsberger griff sich zwischen die Beine und lachte laut und hämisch.

Die Herren machten nachdenkliche Gesichter und tauschten Blicke. Schließlich sagte Ruening: »Komm morgen zur selben Zeit wieder, bis dahin brauchen wir Bedenkzeit.«

Sachsberger war einverstanden.

»Und achte darauf, dass dich keiner sieht!«

»Worauf Ihr euch verlassen könnt.«

26. Kapitel

15. Mai 1546

Schon sehr früh am Morgen fand sich Ansgar bei Meister Jacobus ein. Der alte Mann ging gebückt vom Rheuma und der Gicht und der lebenslangen schweren Arbeit. Trotzdem hatte er sich ein frohes Gemüt und ein beachtliches Maß an Witz und guter Laune erhalten. Schon Ansgars Vater hatte bei ihm gelernt und nach den Jahren der Walz seinen Meister bei ihm gemacht.

Jetzt also auch der Sohn.

Ansgar und Michel Jacobus mochten und schätzten sich. Jacobus hatte vier Söhne verloren, bei der Geburt des letzten war ihm auch die Frau gestorben. Einen Erben gab es darum nicht, und er liebäugelte damit, Ansgar gegen eine Leibrente seinen Meisterbetrieb zu übergeben.

Nun, Ansgar sollte es recht sein!

Immer wieder staunte der Jüngere, wenn er den Alten, so wie heute, frisch gewaschen und gekämmt sah. Er kannte ihn vornehmlich bei der Arbeit, von einer Schicht hellen Staubes bedeckt. Das Haar grau, die Haut grau, die Kleidung grau. Doch hatte Meister Jacobus sich die Haare ausgespült und das Gesicht gewaschen, waren die Haare trotz seines hohen Alters dunkel und das Gesicht von einer natürlichen Frische überzogen.

»Gott zum Gruße, Meister Jacobus!«

»Gott zum Gruße, der junge Herr!« Michel Jacobus sah ihn lächelnd an. »Nun – aufgeregt?«

»Ach, wem nützt es, wenn ich aufgeregt bin!« Ansgar zuckte die Schultern, doch dann lachte er und gab zu: »Ja, schon!«

Eine Meisterprüfung war schließlich kein Pappenstiel. Jeder neue Meister wurde von den Alteingesessenen als Nebenbuhler angesehen. Man wollte ihre Anzahl in Grenzen halten, also fanden die Prüfmeister Fehler an den Prüfungsstücken, wo gar keine waren. Zudem ein jeder Fehler vom Prüfling mit einer Geldstrafe vergütet werden musste, wobei das Strafgeld dann in die Zunftkasse floss.

Dass man Ansgar nicht besonders wohlgesinnt war, hatte er bereits bemerkt, als er den Antrag stellte, zum Meisterstück zugelassen zu werden. Zugelassen wurde nur, wer über einen makellosen Ruf verfügte, nicht verheiratet war, ein gewisses Vermögen nachweisen und einen wohlgesinnten Fürsprecher benennen konnte. Man hatte ihn auf Herz und Nieren geprüft, war ganz offensichtlich darauf aus gewesen, ihm eine Verfehlung oder Schwäche nachzuweisen. Doch sein Leumund ließ nichts zu wünschen übrig, und sein Wanderbuch war voll des Lobes. Er hatte in Steinbrüchen und Dombauhütten gearbeitet, und zwei seiner Meister waren angesehene Laubacher* gewesen. Auch Meister Jacobus, bei dem er seine Lehrjahre und nun auch seine Muthzeit** abgearbeitet hatte, war einer der besten seines Faches.

Als Ansgar alle Nachweise erbracht hatte, trugen ihm die Zunftmeister endlich ein Meisterstück an.

»Ein Engel soll es sein. Liegen soll er auf einem Marmorblock. Wir wollen ihn aufs Feinste ausgearbeitet sehen!«

Ansgar hatte sie durchschaut. Absichtlich hatten sie ihm eine Aufgabe gestellt, die von Technik und Arbeitsweise her vollkommen unspektakulär, ja geradezu langweilig war. Er wusste, er würde sich Mühe geben müssen, alles zu zeigen, was er konnte und was sie sehen wollten! Aber

* Ein alter Ausdruck für Steinbildhauer

** Wartezeit für Meisterkandidaten

nun war es gelungen, und Olrig war mit dem Engel bereits unterwegs zum Zunfthaus.

Meister Jacobus setzte sein Barett auf und klopfte Ansgar auf die Schulter. »Nun denn, lass uns gehen!«

Sie spazierten das Grüne Gässchen hinauf, bogen in die Wollwirkergasse ein, unterhielten sich dabei über dies und das. Wie auch Sarina einige Tage zuvor, blieben sie an der Abzweigung Fidelgasse stehen und sahen an der Fassade des Eckhauses hinauf, das Ansgars verstorbene Tante Reingard hinterlassen hatte, die Annas und Friedhelms Mutter gewesen war.

»Es ist ein Jammer, das schöne Haus so verkommen zu lassen«, sagte Meister Jacobus.

»Der Großvater will es nicht hergeben, aber um es zu pflegen oder gar herzurichten, fehlt ihm das Geld.«

»Dein Großvater ist ein alter Sturkopf!«

»Er behauptet, Friedhelms Geist lebe darin.«

Meister Jacobus seufzte.

»Wenn ich den Meisterbrief habe, werde ich heiraten. Ich würde genug Geld verdienen, um das Haus herzurichten. Ich könnte mit meiner Frau darin wohnen, es wäre Platz genug für viele Kinder und für Euch auch, Meister Jacobus.«

Der Alte lachte. So hatte er sich das vorgestellt! Mit Gottes Gnade blieben ihm vielleicht noch drei oder vier Jährchen, die würde er nur zu gerne in Gesellschaft Ansgars und einer hübschen jungen Frau verbringen! In der Küche am Feuer sitzen und seinen Gedanken nachhängen, ein Kind auf seinen Knien schaukeln, auf das Singen der Mutter lauschen.

»Du musst mit deinem Großvater reden. Kauf es ihm ab! Ich könnte dir eine Anzahlung vorstrecken.«

»Meister Zacharias gibt es nie und nimmer her und mir schon gleich gar nicht.«

»Und wenn ich für dich …«

»Das durchschaut er sofort«, fiel Ansgar ihm ins Wort. »Er ist manchmal ein wenig seltsam, aber dumm ist er nicht.«

»Ja, ja!« Meister Jacobus machte eine wegwerfende Handbewegung. »Dumm war er nie! Im Gegenteil, ich fand es manchmal erschreckend, wie viel er wusste und welch hochtrabende Gedanken er hegte.«

Sie gingen weiter und überquerten bald den Vitusbach.

»›Die Kunst‹, sagte dein Großvater einmal, ›ist wie ein Stück Land. Der Künstler muss es täglich bestellen. Pflügt er es nicht, sät er es nicht ein, hegt und pflegt er es nicht, wird er auch nichts ernten. Er wird den Boden seiner selbst auszehren und unfruchtbar werden.‹ Dabei kam es mir oft vor, dass er gerade das tat – sich selbst auszehren, sich erschöpfen bis zum Äußersten! Er hat sich alles abverlangt und noch viel mehr. Hast du ihn einmal dabei beobachtet, wie er Fresken malte?«

»Ein- oder zweimal, aber da war ich noch ein Kind. Es ist ja schon sechzehn Jahre her, als er zum letzten Mal auf ein Gerüst stieg. Ein Sturz gab den Ausschlag. Zwar entwarf er weiterhin Fresken und überwachte die Arbeit seiner Lehrlinge und Gesellen, aber seine Aufgaben auf dem Gerüst übernahm von da an sein Geselle Thomas.«

»Hättest du ihn bei der Arbeit gesehen, wüsstest du, wovon ich spreche. Einmal haben wir einige Tage gemeinsam in derselben Kapelle gearbeitet, dabei kam er mir vor wie ein Besessener!«

An der Neuen Uhr bogen sie rechts in die Drei-Mohren-Straße ein.

»Fresko malen ist das Schwerste«, fuhr Meister Jacobus fort. »Der Mörtel muss mit möglichst wenig Wasser angemacht sein, damit er weich wie Butter ist. Dann hast du zwölf bis vierundzwanzig Stunden Zeit, denn alles muss zu Ende gebracht werden, bevor er getrocknet ist! War der Putz aufgebracht, übertrugen die Lehrlinge die Entwürfe von den Kartons. Dazu wurden sie gegen die Wand gehalten, einer stieß entlang der Umrisse der Figuren mit einem spitzen Elfenbeinstift Löcher in den Karton, ein anderer füllte sie mit Holzkohle aus, und wieder ein anderer zog, nachdem der Karton entfernt worden war, mit rotem Ocker Verbindungslinien von Punkt zu Punkt. Nun konnte man die Vorzeichnung erkennen, und dein Großvater ging ans Werk, um die Entwürfe auszuarbeiten. Hast du schon einmal einen Hund beobachtet, der einen Tierbau aufgräbt, weil er Beute darin vermutet?«

Ansgar nickte.

»So arbeitete Conrad Zacharias! Verbissen und rücksichtslos, nur noch das Ziel vor Augen! So lange die Wand stehen blieb, an der er arbeitete, hätte alles um ihn herum einstürzen können, ohne dass er es bemerkt hätte!« Meister Jacobus verschränkte die Arme auf dem Rücken. »Die Lehrlinge jammerten, weil ihnen die Ausdünstungen des frischen Mörtels und der beißende Geruch der Farben in die Nase stiegen – Conrad merkte es nicht einmal! Er aß nicht, er trank nicht, und musste er sich erleichtern, unterbrach er seine Arbeit nur fluchend. Es hat mir Angst gemacht, ihn so zu sehen!«

Ansgar wusste, wovon Meister Jacobus sprach. Auch an der Leinwand kam es vor, dass sein Großvater, besessen von seiner Arbeit, alles vergaß und sich wie ein Tobsüchtiger betrug.

Sie waren am Zunfthaus angekommen. Meister Jacobus legte Ansgar eine Hand auf den Arm. »Lass dich von denen da drinnen nicht aus der Ruhe bringen«, sagte er und nickte ihm aufmunternd zu.

Als sie durch das Tor den Innenhof betraten, sahen sie Olrig. Er hockte neben der Karre, auf der er Ansgars

Engel transportiert hatte, und blickte ihnen finster entgegen.

Ansgar seufzte. Seit drei Tagen benahm sich der Knecht seltsam, ging ihm aus dem Weg, blickte ihn nicht offen an und sprach kaum ein Wort, wenn sie gemeinsam eine Arbeit erledigten. Dabei hatten sie sich doch eigentlich immer gut verstanden.

»Ist dir eine Laus über die Leber gelaufen?«, hatte er ihn gestern scherzhaft gefragt und grimmig zur Antwort bekommen: »Eine Laus war's jedenfalls nicht!«

Nun stand Olrig auf und rang sich einen Gruß für Meister Jacobus ab.

»Ich werde ihnen sagen, dass wir da sind.« Der Alte pochte gegen die Haustür und brauchte nicht lange zu warten, bis jemand erschien.

»Ich bin's, Meister Jacobus. Ich bringe meinen Schützling Ansgar Weitershausen zur Prüfung.«

»Ja, ja, man wartet schon auf ihn!«

Olrig half Ansgar, den Engel von der Karre zu heben und hineinzutragen. Mit ihrer schweren Last folgten sie dem Mann, der ihnen geöffnet hatte, Meister Jacobus ging hinter ihnen her. Sie wurden in einen länglichen Raum geführt, den sie durch eine prunkvolle, mit Schnitzereien reich verzierte Tür betraten. An der linken Seite war eine lange Reihe von Fenstern zu sehen, darunter eine Chorbank mit dreizehn Sitzen. An der rechten Seite standen acht hüfthohe vierkantige Marmorsäulen, die verschiedene stierkopfgroße Rohlinge trugen. Auf der schmalen Stirnseite gegenüber der Tür befand sich eine zweite Tür, die ebenso reich verziert war wie die, durch die sie eingetreten waren.

Der Bedienstete, der sie hereingeführt hatte, deutete auf einen schweren Eichentisch, der in der Mitte des Raumes stand. »Darauf könnt Ihr Euere Arbeit abstellen«, sagte er und verschwand hinter der gegenüberliegenden Tür.

Als der Engel aufgestellt und alles zu Ansgars Zufriedenheit war, entließ er Olrig. »Du kannst dir die Zeit in der Stadt vertreiben. Sei etwa in einer Stunde zurück, warte im Hof, bis du hereingerufen wirst.«

Ohne Dank oder einen freundlichen Blick zog der Knecht von dannen.

Kaum war er fort, wurde drüben die Tür geöffnet, und sechs Männer betraten nacheinander den Raum. Sie begrüßten Meister Jacobus in aller Höflichkeit, Ansgar jedoch nur mit einem Nicken.

»Da haben wir also unseren Prüfling – und da das Werkstück. – Hm … …«, machte Johannes Steinhauer, der Zunftaltmeister. »Hm-hm, so, so.«

Die Hände auf dem Rücken oder vor der Brust verschränkt, umrundeten die sechs den Engel, betrachteten ihn von allen Seiten.

Lange war es still. Ansgar fühlte, wie seine Hände feucht und seine Lippen trocken wurden. Es fiel ihm schwer, still zu stehen, viel lieber wäre er auf und ab gegangen.

»Hm«, machte Meister Steinhauer wieder und wandte sich an Meister Oswald, einen hageren Mann mit einer langen, gebogenen Nase. »Einen liegenden Engel haben wir verlangt, es scheint mir aber eher, als wäre es ein gefallener Engel geworden! Der Schreck über das Hinfallen steht ihm ja noch ins Gesicht geschrieben.«

Die Herren lachten.

Besorgt über dieses Unverständnis sah Ansgar zu Meister Jacobus, doch der nickte ihm beruhigend zu.

Meister Rogge, der Jüngste der Prüfmeister, wandte sich an Ansgar. »Warum hält er den Arm wie schützend vor sein Gesicht? Könnte es sein, er fühlt sich geblendet von Gottes Allmacht, von seiner Größe und Güte?«

Erleichtert atmete Ansgar auf. »In der Tat waren dies meine Gedanken.«

Meister Rogge streckte die Hand aus und fuhr mit den Fingerspitzen über die Flügel des Engels. Das Gefieder war so fein gearbeitet, dass man glauben konnte, sie würden sich bewegen, wenn man hinein bliese. Er sagte nichts, aber sein Gesicht war voll der Anerkennung.

Meister Oswald spitzte den Mund. »Hm, nun ja, wirklich ein außerordentliches Stück.« Er sah Ansgar an. »Aber weshalb habt Ihr um die Ecken des Sockels je eine Lilie gelegt?«

»Nur um zu zeigen, dass ich es kann.«

»Ihr hättet sehen müssen, dass es dem Stück schadet. Zu überladen!«

Ansgar nickte. »Ja, jetzt, wo Ihr es sagt, erkenne ich es auch. Ich werde die Lilien entfernen und den Sockel zu einer geraden Fläche glätten.«

»Trotzdem müssen wir dafür ein Strafgeld von drei Gulden ansetzen.« Meister Oswald gab sich den Anschein des Bedauerns.

Ansgar verneigte sich in Demut und tauschte einen schnellen Blick mit Meister Jacobus. Auf sein Raten hin hatte er die Lilien angebracht. »Gib ihnen etwas, Junge, das sie bemängeln können, ein Stück ohne Fehler würde nur ihren Neid erwecken, und du würdest dir Feinde machen.«

»Hm-hm, ja, ja.« Meister Steinhauer wippte auf den Zehen. Plötzlich drehte er sich um und deutete auf die äußerste linke der Säulen, die an der langen Wand standen. »Aus welchem Marmor ist diese Stele, und was für einen Stein trägt sie?«

»Sie ist aus hellgelbem Travertin, er wird in den Steinbrüchen bei Rom abgebaut, und sie trägt einen Brocken Granit. Er könnte aus dem Bayerischen Wald stammen, vielleicht vom Lusen, man erkennt es an der Wollsackverwitterung.«

»Und daneben?«

»Es ist weißer Marmor aus Carrara, und darauf liegt ein ebensolcher. Der unbearbeitete ist innen hohl, die Säule hat Knoten.«

Meister Steinhauer biss die Zähne zusammen, seine Backenmuskeln spielten. Ansgar sah zu Meister Jacobus, der ihm durch ein kaum merkliches Kopfschütteln zu verstehen gab, dass er sich zurückhalten sollte.

»Und weiter!«, befahl Meister Oswald.

»Daneben steht eine Säule aus rosa Marmor von den Steinbrüchen aus Gavorrano in Italien, sie trägt ...«, Ansgar zögerte, überlegte, ob er absichtlich etwas Falsches sagen sollte, entschied sich dann aber doch für die richtige Antwort, »... trägt Marmor aus den Steinbrüchen von Eichstätt.« Er sah, dass der Stein krümelte, sagte aber nichts.

»Und dort drüben?« Meister Oswald deutete nach rechts.

»Diese Säule ist aus griechischem Marmor«, antwortete Ansgar und schränkte bescheiden ein: »Glaube ich zumindest. Den Stein darauf nennt man Basalt.«

Meister Steinhauer legte die Arme auf den Rücken. »Ihr habt gute Arbeit geleistet bei Eurem Schützling«, sagte er zu Meister Jacobus.

Der alte Jacobus verneigte sich in Demut, verzichtete darauf zu sagen, dass es nicht bei ihm lag, sondern allein an Ansgars Fleiß und Begabung.

»Nun denn, meine Herren ...«, Meister Steinhauer sah seine Kollegen an, »ziehen wir uns zur Beratung zurück.« Er ging voraus, die anderen folgten ihm. Gemeinsam verließen sie den Raum durch die Tür, durch die sie gekommen waren.

Kaum waren sie alleine, lief Ansgar zu Meister Jacobus hin, der sich seufzend auf den äußersten der Chorstühle setzte, und fasste ihn bei der Hand. »Und? Was glaubt Ihr?«

Der Alte griff sich mit schmerzverzerrtem Gesicht in den Rücken. »Alles, was du gesagt hast, war richtig – vielleicht ein wenig zu richtig.«

»Wie meint Ihr das?«

»Sie mögen es nicht, wenn ein junger Spund alles weiß, das mildert ihren Glanz.«

Ansgar stöhnte. »Gott gebe, dass ich nie so werde! Es ist doch schön, wenn einer dem Stein so verbunden ist! Man verliert nichts von seinem Stolz, so lange man lernt. Ich selbst freue mich über jeden, der mir etwas beibringen kann, und über jeden, der ein Gefühl für den Stein hat, egal, ob er Bäcker, Fahnenträger oder Zunftmeister ist.«

Meister Jacobus fasste ihn am Ohr und zog lachend daran. »Wahrlich, du bist der Sohn deines Vaters! So hat er auch gesprochen, und so wie deine Augen haben dabei auch seine geglänzt. Nur hatte er nicht deine außergewöhnliche Begabung.«

»Aber er *war* doch begabt!«

»Durchaus.« Meister Jacobus sah Ansgar mit einem warmen Lächeln an. »Er war begabt genug, ein Meister zu werden, jedoch fehlte ihm die Begabung für die Kunst. Vielleicht macht es ja das Blut deines Großvaters, das auch in deinen Adern fließt. Eine gelungene Mischung. Oder Gott hat etwas ganz Besonderes mit dir vor. Es ist nicht wichtig, ob du diese Meisterprüfung schaffst oder nicht. Was braucht ein Künstler schon so eine Prüfung? Er ist berufen und folgt dem Ruf. Sonst treibt ihn nichts, nur das.«

Ansgar warf die Arme hoch. »Dann bin ich kein Künstler, denn es gibt noch etwas anderes, das mich treibt.«

Neugierig sah Meister Jacobus seinen Schützling an. »Was denn?«

Ansgar atmete tief ein. »Ich will heiraten.«

»Na, dann heiratest du eben. Das Bürgerrecht hast du ja.«

»Aber sie ist nicht irgendeine, die ich mir einfach so an die Hand nehmen könnte. Es ist Sarina Winkler, die Nichte unseres Stadtkämmerers.«

»Ach!« Meister Jacobus legte die Stirn in Falten.

»Darum muss ich Meister werden, das ist das Mindeste.«

Der Alte seufzte und murmelte: »Die Liebe ist uns Kerker und Himmelreich zugleich, und achten wir nicht auf uns, verirren wir uns in ihr.«

»Würdet Ihr Sarina kennen, so wie ich sie kenne, würdet Ihr nicht so reden! Ihr Herz schlägt wie meines. Wie ich hört sie den Stein singen und sieht und spürt, was ich in ihm sehe und erspüre. Und sie ist klug. Ich könnte keine Frau an meiner Seite ertragen, die nicht weiterdenkt als bis zu ihren Kochtöpfen. Wenn eine Frau, dann sie und nur sie!«

Meister Jacobus sah Ansgar betrübt an. »Aber sie ist die Nichte des Stadtkämmerers! Ist das nicht ein wenig zu hoch gegriffen für einen wie dich?«

»Sie ist im Hause Winkler nicht viel mehr als eine Magd. Sie wurde niemandem versprochen, und ihr Vater kann ihr auch keine Mitgift geben. Das ist mir egal, ich nehme sie auch so. Wir schaffen es schon irgendwie.«

»Hm«, machte Meister Jacobus. Er war froh, dass plötzlich die Tür aufging, und der Zunftaltmeister mit den Prüfmeistern erschien, so brauchte er dazu nichts mehr zu sagen.

Er wollte aufstehen, doch der Zunftaltmeister hieß ihn sitzen zu bleiben und nahm selbst mit seinen Kollegen Platz, Ansgar stellte sich neben seinem Engel an den Tisch.

»Nun«, Meister Steinhauer sah ihn an und schwieg

lange, bevor er endlich sagte: »Alle Papiere wurden von uns geprüft und für ordnungsgemäß befunden. Das Meisterstück hat zwar einige Mängel, verdient aber trotzdem unsere Anerkennung. Somit habt Ihr, Herr Weitershausen, die Prüfung bestanden und steigt vom Stückmeister zum Jungmeister auf.«

Ansgar presste die Lippen zusammen, um nicht einen Jubelschrei auszustoßen, was den Herren Zunftmeistern sicher als ungehörig erschienen wäre.

»Wir halten fest, dass Meister Jacobus bereit ist, seine Meisterstelle an Ansgar Weitershausen abzutreten. Wir werden Ansgar Weitershausen am Tag der Übergabe als ordentlichen Meister in unseren Reihen aufnehmen, wodurch er alle Rechte und Pflichten erwirbt, die einem Meister obliegen. Er hat das Eintrittsgeld von vier Gulden und wegen eines erheblichen Fehlers an seinem Meisterstück ein Strafgeld von drei Gulden an die Innungskasse zu bezahlen und darüber hinaus einen Meisterschmaus auszurichten. Er hat den Dienst des Jüngermanns wahrzunehmen und sich zukünftig in allem an die Zunftordnung zu halten. Verfehlungen werden mit Strafgeld und Ausschluss geahndet. Er hat sich Harnisch und Gewehr anzuschaffen, um im Kriegsfall Waffenhilfe zu leisten und die Stadt verteidigen zu können. Er hat einen Hausstand zu gründen und möglichst bald zu heiraten. Auch hat er die Lehrlinge des Meisters Jacobus in seinen Haushalt aufzunehmen, ihnen als Lehrmeister zur Verfügung zu stehen und sie menschenwürdig zu behandeln.«

Meister Steinhauer hatte dies alles von einem Pergament vorgelesen, das er Ansgar nun überreichte. Endlich hellte sich auch sein finsteres Gesicht ein wenig auf. Er ließ sich von Meister Rogge ein zweites Pergament geben und reichte es lächelnd an Ansgar weiter. »Und hier, Meister Weitershausen, ist Euer Meisterbrief.«

Ansgar nahm ihn entgegen und verneigte sich tief, die Herren klatschten Beifall.

Meister Steinhauer stand auf und klopfte Ansgar die Schultern. »Und was den Meisterschmaus betrifft, lasst Euch nicht zu lange Zeit!« Er zwinkerte Ansgar lächelnd zu.

Niemand war zu Hause, als Ansgar vom Zunfthaus zurückkam. Frau Gudrun und Anna waren auf dem Markt, Meister Zacharias unternahm seinen täglichen Spaziergang, der ihn am Kloster vorbeiführte, an der Stadtmauer entlang bis zur Hundsumkehr, durchs Nürnberger Tor hinaus ans Donauufer, wo er eine Weile zu sitzen pflegte, um seine Gedanken dem Fluss mitzugeben. Erst gegen Mittag kam er für gewöhnlich zurück, nahm etwas zu sich und fing an zu malen.

Also waren Ansgar und Olrig alleine.

Zusammen hoben sie den Engel auf den Holzblock im Garten. Danach ging Olrig in den Keller, um die Rattenfallen zu leeren.

Ansgar zog sich um und kehrte an seinen Werkplatz zurück. Er griff nach seinem Werkzeug und ließ einen Hagel von Schlägen auf den Marmor knallen, dass die Splitter nur so flogen. Die erste Lilie verschwand wie von Zauberhand. Hatte er sie alle entfernt, würde er die Narben im Sockel mit feinem Flusssand schleifen, bis nichts mehr davon zu sehen war.

Auf Ansgars Gesicht lag ein Lächeln. Wie weggetreten sah er aus. Vollkommen in sich versunken, verzaubert vom Glück.

Eine Raupe wird zum Falter.

Ein Samenkorn springt auf.

Einen Augenaufschlag lang hält die Welt den Atem an.

Schmetterlingstage!

Es ist die Zeit für blühende Blumen, Liebe und Trunkenheit.

Olrig stand hinter der Tür und starrte Ansgar im Glück an. Eine Träne rann über seine Wange. Er wischte sie ab, drehte sich um und ging wieder in den Keller.

Zuerst kamen Frau Gudrun und Anna zurück. Ansgar breitete lachend die Arme aus, damit er seine Kusine umarmen konnte.

»Dann hast du es also geschafft?«

»Hattest du etwa Zweifel daran?«

»Nein und ja. Man darf sich nie zu sicher sein, um Gott nicht zu erzürnen!«

Auch die Mutter nahm er in die Arme. »Jetzt dürft Ihr Euren Sohn Meister Weitershausen nennen!«

Sie lachte. »Einen Teufel werde ich tun, Lümmel!« Stolz küsste sie ihn.

»Und bald bekommt Ihr auch eine Schwiegertochter! Sobald der Engel fertig ist, er soll ein Geschenk für Jungfer Magdalenas Grab werden, bitte ich Großvater zu Herrn Winkler zu gehen und für mich um Sarinas Hand ...«

Frau Gudrun legte ihm schnell die Finger auf den Mund. »Um Himmels willen, Junge, sei still!«

»Aber ...«

»Nein, ich bitte dich, nicht jetzt! Behalte dein Geheimnis für dich, so lange dein Großvater noch an diesem Bild arbeitet! Du kennst ihn doch. Du müsstest wissen, dass er außer sich gerät, wenn er erfährt, dass du ausgerechnet dieses Mädchen ... dass du sie zur Frau nehmen willst.«

»Warum sollte er etwas dagegen haben, er mag sie doch?«

Hastig drehte Frau Gudrun sich weg. »Er mag sie mehr als irgendjemanden von uns – eben. Aber dich mag er nicht!«

Ansgar wollte nicht nachgeben. »Das ist heute so und wird in zwei Wochen auch nicht anders sein.«

»Aber wenn er arbeitet, ist er wie ein gereizter Stier! Um meinetwillen, bis das Bild fertig ist, sagst du ihm nichts!«

Ansgar seufzte. »Na gut, dann gehe ich eben selbst zu ihrem Oheim oder bitte Meister Jacobus um den Freundschaftsdienst. Keinesfalls warte ich, denn als Meister muss ich verheiratet sein, so ist nun mal der Brauch.«

Trotzig verließ er die Küche.

Olrig stand im Flur, drei tote Ratten baumelten an ihren Schwänzen in seiner Hand.

»Was glotzt du denn so!«, fuhr Ansgar ihn an.

»Ich glotze doch nicht.«

Ansgar deutete auf die Ratten. »Vergrab sie im Garten oder bring sie dem Hund.«

»Das wollte ich ohnehin gerade tun«, erwiderte der Knecht.

Nachdem er nach Hause gekommen war, warf Meister Zacharias einen Blick in die Küche. Frau Gudrun nahm gerade ein Huhn aus, das Olrig geschlachtet hatte. Das Blut schwamm in einer Schüssel; Kopf und Füße, Leber und Herz lagen neben ihr auf dem Tisch.

Frau Gudrun sah von ihrer Arbeit auf und ihren Vater an.

»Ich habe Hunger, Olrig soll mir etwas zu Essen bringen.«

»Zu Mittag gibt es eine Fischbrühe mit Gemüseeinlage und gewickelte Fischgermnudeln.«

»Ja, ja, soll mir recht sein.« Der Maler wandte sich ab und ging schweren Schrittes nach oben.

Frau Gudrun seufzte still in sich hinein. Früher hatte sie die Germnudeln mit Flusskrebsfleisch gefüllt, heute musste sie froh sein, wenn sie auf dem Markt ein paar Fischköpfe ergattern konnte, und legte dafür ein halbes Vermögen hin. Aber so sehr sie sich auch bemühte, trotz der schlechten Zeiten ein wenig Abwechslung auf den Speiseplan zu bringen, ein Wort des Lobes bekam sie von ihrem Vater dafür nie.

Sie rief nach Olrig, goss, bis er kam, etwas von der Suppe in eine Schüssel und richtete einige Germnudeln auf ein Brett.

Frau Gudrun erschrak, als sie den Blick hob und der Knecht auf einmal in der Tür stand. Er hielt das Beil in der Hand, mit dem er Kleinholz machte, sein Kittel war vom Schlachten mit Blutspritzern übersät. Dazu der finstere Blick, den er seit Tagen aufgesetzt hatte – Gott allein wusste warum! Würde sie Olrig nicht so gut kennen und wüsste sie nicht, dass er im Grunde ein sanftes Gemüt hatte, würde sie sich vor ihm fürchten.

»Mein Vater hat Hunger. Bring ihm sein Essen nach oben!« Frau Gudrun wandte sich wieder ihrer Arbeit zu.

Olrig legte das Beil auf den Tisch, nahm Teller und Schüssel und stapfte die Treppe hinauf. Unter jedem seiner Tritte knarzten die Stufen, dazu murrte er etwas, das keiner verstand, wohl nicht einmal er selbst.

Er trat ein, stellte das Essen auf den kleinen Tisch, an dem früher einmal Ansgar gearbeitet hatte, und wollte wieder gehen, doch Meister Zacharias rief ihn zurück. »Schließ die Tür!«

»Ja, Herr.«

Der Alte trat ans geöffnete Ostfenster und warf einen Blick in den Hof. »Was macht Ansgar da? War er nicht in der Früh im Zunfthaus zur Prüfung?«

»Ja, Herr.«

»Und jetzt arbeitet er wieder an seinem Stück? Hat er die Prüfung denn nicht bestanden?«

»Doch Herr, und als wir nach Hause gingen, war er bester Dinge.«

»Hm«, machte Meister Zacharias. Er sah den Knecht unvermittelt an. »Ich kann mich des Gefühls nicht erwehren, dass mir hier etwas verheimlicht wird! Ich kenne euch, ich weiß, wann ihr die Köpfe einzieht, auch wenn ihr den Rücken gestreckt haltet. Was ist los? Heraus mit der Sprache!«

Olrig hätte jetzt lügen können. Es wäre nicht das erste Mal gewesen! Besser, man legte sich mit Gott an, indem man log, als mit Meister Zacharias, indem man ihm die Wahrheit sagte. Aber Olrig war so voller Wut und Eifersucht, dass sein Herz nicht tun wollte, was sein Verstand ihm riet. Und so platzte er damit heraus, spie es aus wie ein geifernder tollwütiger Hund: »Ansgar will um Jungfer Sarinas Hand anhalten. Zum Glück, ja, zum Glück! Denn ich habe gesehen, wie er sie geküsst hat! Als wäre sie eine ehrlose Bauerndirn! Und sie, sie hat es sich gefallen lassen!« Olrigs Augen waren tränennass, seine Lippen und seine Hände zitterten. »Jawohl, gefallen lassen hat sie es sich!«

Meister Zacharias griff hinter sich, stützte sich an einem Stuhl ab. Alles Blut wich aus seinem Gesicht. Für diese Antwort hätte er den Knecht geschlagen, hätte er die Kraft dazu gehabt. Aber es war ihm, als zöge ihm jemand die Füße unter dem Leib fort. Er sackte auf den Stuhl, er griff sich ans Herz, er murmelte etwas, das Olrig nicht verstand. Erst beim dritten Versuch nahmen die Worte Bedeutung an: »Geh! Geh! – Und lass mich alleine!«

Olrig taumelte rückwärts hinaus. Es tat ihm nicht leid, dass er es gesagt hatte. Es war nur gerecht! Und wenn sie ihn prügelten dafür, kein Schmerz konnte schlimmer sein, als der, den er bereits erlitt!

Frau Gudrun rief zum Essen. Er ging hinunter. Er setzte sich an den Tisch und starrte schweigend vor sich hin.

»Was ist denn, was hast du?«

»Nichts!«

»Du hast doch etwas?«

»Nichts!«

»Ist er wieder mürrisch, und hat er dich geschlagen?«

Olrig löffelte seine Suppe. Sie würden schon noch früh genug erfahren, dass er sie alle verraten hatte.

Sarina kam am Nachmittag. Ansgar erwartete sie an der Haustür. Er zog sie in den dunklen Flur und drückte ihr einen Kuss auf die Wange. »Du darfst mir gratulieren!«

Sarina sah ihn zärtlich an. »Wie wunderbar! Ich freue mich so sehr für dich!«

»Für uns musst du dich freuen. Noch ein paar Veränderungen an meinem Engel, dann werde ich zu deinem Oheim gehen und um deine Hand anhalten.«

»Aber …«

»Nein, nicht schon wieder ein Aber!« Er lachte leise und drohte ihr mit dem Finger. »Als dein zukünftiger Gatte verbiete ich dir, mir zu widersprechen!«

Als Frau Gudrun nach ihm rief, ließ er Sarina los und verschwand in der Küche.

Das Mädchen ging nach oben, wollte die Tür zur Malstube öffnen, doch sie war verriegelt. »Meister Zacharias, ich bin es, Sarina!« Sie klopfte und wartete, aber nichts geschah.

Anna kam vom Hof herein. Sie trat an die Treppe und sah zu Sarina hinauf. Die zuckte die Schultern, pochte noch einmal an die Tür, diesmal lauter. »Meister Zacharias!«

Auch Frau Gudrun und Ansgar eilten nun herbei.

Sarina klopfte ein drittes Mal. Plötzlich wurde die Tür aufgerissen, der alte Mann stand vor ihr und sah sie mit irrem Blick an. »Geh weg!«, schrie er. »Ich will dich nicht sehen!« Die Tür schlug wieder zu.

Frau Gudrun winkte das Mädchen zu sich herunter. »Besser, du tust, was er sagt. Manchmal ist er so. Daran kann niemand etwas ändern. Geh nach Hause. Morgen oder übermorgen hat er vergessen, was heute war. Dann wird er nach dir schicken.«

»Vielleicht habe ich etwas falsch gemacht.«

»Aber nein!«

Ansgar bot Sarina an, sie zu begleiten, doch Frau Gudrun hielt ihn zurück. »Du bleibst, vielleicht brauchen wir dich hier, um deinen Großvater zu besänftigen!«

Die beiden jungen Leute tauschten einen zärtlichen Blick.

»Bis bald, Jungfer Sarina.«

»Gott zum Gruße, Herr Ansgar!«

Das Mädchen trat auf die Gasse. Gegenüber bellte ein Hund, von St. Leonhard klangen die Glocken herüber.

Ein blonder Hüne verbarg sich hinter einem Mauervorsprung. Als das Mädchen weit genug entfernt war, trat er aus dem Schatten und folgte ihr.

Als Sarina am Haidplatz in die Rote Hahnengasse einbog, blieb Sachsberger stehen und sah ihr noch eine Weile nach. Offensichtlich ging sie nach Hause, ihr weiter zu folgen, konnte er sich schenken. Außerdem war es Zeit, sich bei Ruening und Liedebuhr blicken zu lassen, also ging er zum *Blauen Krebs.*

Er hatte kaum geklopft, als auch schon die Tür aufgerissen und er ins Innere des Zimmers gezogen wurde. Wie am Tag zuvor waren nur Liedebuhr und Ruening anwesend.

Sachsberger sah sie aus schmalen Augenschlitzen an. »Also, meine Herren, wie habt Ihr Euch entschieden?«

»Wir kaufen die Ware.«

Sachsberger grinste. »Das lobe ich mir! Und das Geld?«

»Das müssen wir erst besorgen. Du glaubst doch nicht, dass wir so viel mit uns herumtragen. Kennst du das Gasthaus *Zur goldenen Ente*?«

Sachsberger nickte.

»Dort wartest du heute in einer Woche zur selben Stunde. Einer von uns wird auftauchen, sich umsehen und wieder gehen. Du folgst ihm und wirst im geeigneten Moment die Anzahlung bekommen. Von da an bist du jeden Abend dort, bis erneut einer von uns erscheint, sich umsieht und geht. Am Morgen darauf wirst du tun, was zu tun ist. Der Bursche mit dem Gaul wird am Brunnen stehen und zum Zeichen ein rotes Tuch um den Hals tragen. Du nimmst das Pferd, verlässt die Stadt, und wir wollen dich nie wieder sehen! Solltest du trotzdem noch einmal bei einem von uns auftauchen, werden wir Mittel und Wege finden, uns deiner zu entledigen.«

Sachsberger grinste. »Keine Angst, mich seht Ihr nicht wieder. Aber besorgt ein ordentliches Pferd, denn im Notfall muss es sich sputen können.«

Ruening nickte. »Darauf kannst du dich verlassen.«

»Und noch etwas – sollte ich kurzfristig gezwungen sein, das Attentat zu verschieben, weil etwas nicht nach Plan läuft, werde ich an dem Jungen vorbeigehen und sagen: ›Morgen ist's besser als heute!‹ Dann geschieht alles am nächsten Tag zur gleichen Zeit.«

»Nun gut. Doch wir hoffen, es klappt aufs erste Mal!«

»Das hoffe ich auch.« Sachsberger nahm die Muschel, die an einer Lederschnur um seinen Hals hing, und küsste sie. »Das Ding hat mir noch immer Glück gebracht«, sagte er, lachte und ging.

27. Kapitel

17. Mai 1546

Berta, die Köchin vom *Goldenen Kreuz*, stand vor dem Hacktisch in der Küche und starrte mit offenem Mund auf das, was ein Bediensteter des Kaisers ihr gebracht hatte. »Heilige Mutter Gottes! Drei Hasen, drei Feldhühner und – man möchte es kaum glauben – fünf Orangen!« Es war Jahre her, als sie zum letzten Mal eine Orange gesehen hatte.

Im Geiste ging sie ihre Vorräte durch. Mehl und Eier, eine Schale mit Frischkäse, Butter, Fisch, Speck und Zwiebeln. Kohl, Sellerie und Möhren. Auch Mangold und Brennnesseln, getrocknete Pilze und eingelegte Kapern waren noch da. Dazu allerhand Kräuter, die sie in Holzkisten züchtete. Minze und Thymian, Petersilie, Lorbeer und Rosmarin. Aus diesen Zutaten und dem, was der Kaiser ihr geschickt hatte, ließ sich für morgen ein fürstliches Mahl bereiten!

Aufgeregt lief sie durch die Küche, sah in Töpfe und Tiegel, ließ Pfannen knallen und zog Pfropfen von Flaschen, um an deren Inhalt zu riechen.

Hierin war noch etwas Holundersaft, darin Mandellikör und in dieser – sie schnupperte – feiner Essig aus italienischem Wein. Das war gut! Zusammen mit dem Saft einer Orange konnte sie ihn zum Säuern und Anreichern einer Königinsuppe verwenden. »Gerade recht für einen Kaiser!« Sie lachte aufgedreht. »Als zweiten Gang gibt es Hase in Kapernsoße, als dritten eine Pastete aus den Innereien und dem Knochenfleisch der Feldhühner!« Doch das Brustfleisch würde sie extra halten. Sie würde es in feine

Scheiben schneiden, den Saft einer ausgepressten Orange mit Honig verrühren, um die Scheiben darin schmoren zu lassen. »Und als krönenden Abschluss werde ich ein feines Orangengelee auf Eischnee mit einem Schuss Mandellikör servieren!« Sie rieb sich die Hände. »Hei, das wird ein Festmahl!«

Frau Ursula kam in die Küche. »Hast du Barbara gesehen?«

»Sie bringt ihrer Großmutter die Abendsuppe.«

»Wenn sie zurück ist, schick sie zu mir.«

»Ja, Frau Thuner.«

Berta hatte die Hasen bereits ausgenommen, als Barbara erschien.

»Wo bleibst du denn so lange!«

Barbara seufzte. »Die Großmutter wird immer schwieriger. Ich halte ihr einen Löffel mit Suppe hin, aber sie schlägt ihn mir weg. Sie mag nicht essen, doch will ich gehen, schreit sie nach ihrer Suppe! Dann isst sie zwei Löffel voll, und das Spiel fängt von vorne an.«

»Das Alter hat ihr den Verstand geraubt!«

Barbara sah Berta über die Schultern. »Drei Hasen, drei Feldhühner und ... Was ist das denn?« Sie streckte ihre Hand nach den Orangen aus, aber Berta schlug ihr auf die Finger.

»Lass das! Es sind Orangen. Der Kaiser hat sie mir bringen lassen.«

»So sehen Orangen aus?«

»Genau so und nicht anders«, brummte Berta. »Du sollst zu Frau Ursula kommen, sie wartet auf dich!«

»Was will sie denn?«

»Weiß nicht. Der Kaiser wird wohl etwas brauchen.« Berta hackte einem der Feldhühner mit beherztem Hieb die Füße ab, sah dann Barbara an und lachte. »Er scheint ja einen Narren an dir gefressen zu haben! Vor allem abends, wenn seine Herren Berater nicht mehr um ihn herumscharwenzeln!«

Barbara wurde rot. »Was redest du denn da!« Schnell huschte sie hinaus auf den Flur.

»Ich rede nur, was alle reden!«, rief Berta ihr nach.

Die Muhme saß wie meist um diese Zeit über ihren Wirtschaftsbüchern. Als Barbara eintrat, sah sie auf. »Da bist du ja endlich! Hat die Großmutter wieder Schwierigkeiten gemacht?«

»Ja, Muhme. Sie ist unausstehlich. Aber man darf ihr nicht böse sein, sie weiß nicht mehr so recht, was sie sagt und tut.«

Ursula Thuner seufzte. »Es ist nicht immer eine Gnade, wenn Gott einem ein langes Leben gewährt.« Sie beugte sich wieder über ihr Wirtschaftsbuch und sagte, während sie etwas notierte: »Der Kaiser wünscht dich zu sehen.«

»Ja, Muhme.«

Frau Ursula schob plötzlich das Buch beiseite und sah Barbara in die Augen. »Deine Mutter und ich sind verschwägert. Ich habe sie immer geschätzt. Sie hat dich aufs Beste erzogen, also weißt du bereits, was ich dir jetzt sagen werde. Andererseits habe ich eine gewisse Verantwortung für dich, denn du befindest dich hier in meinem Hause, und auch ein Kaiser ist nur ein Mann. Nun denn, höre meinen Rat: Alles, was wir tun, hat Folgen – darum bedenke die Folgen, bevor du etwas tust.«

»Ja, Muhme.« Barbara knickste.

»Und Barbara – die Ehre hat als Zeugen nur das eigene Gewissen.«

»Ja, Muhme.«

Barbara zog die Tür hinter sich zu und lief über den Flur zur Treppe, die zu den Räumen des Kaisers führte. Zwei Herren kamen ihr entgegen. Sie kannte ihre Namen nicht, aber sie hatte sie schon öfter unter den kaiserlichen Beratern gesehen. Sie knickste und drückte sich an die Wand, um ihnen Platz zu machen. Den Blick richtete sie bescheiden zu Boden, sperrte dafür aber die Ohren umso weiter auf.

»Es gibt Gerüchte, dass gewisse Leute einen Anschlag auf den Kaiser planen.«

»Ja, ich habe davon gehört. Wir haben die Posten vor den Toren bereits verstärkt, und wenn er das Haus verlässt, wird er von seiner Leibgarde begleitet. Wir tun alles Menschenmögliche zu seinem Schutz.«

»Ich halte die Wachen im Hause für zu lasch, und ich finde, man kann es nicht länger verantworten, ihn alleine in die Kapelle gehen zu lassen.«

»Darüber habe ich bereits mit ihm gesprochen. Leider ist er in dieser Sache unnachgiebig. ›Was sollte mir auf dem Weg zu Gott geschehen, er selbst wacht schließlich über mich!‹, war seine Antwort. ›Und beten will ich alleine, was ich meinem Herrgott sage, geht niemanden etwas an.‹«

Die Stimmen der beiden Männer verklangen, ihre Schritte verhallten, und Barbara war mit ihren Gedanken alleine. Ein Anschlag auf den Kaiser? Allmächtiger Gott! Bestürzt versuchte sie sich so ein Attentat vorzustellen – aber nein, es war unmöglich, ungesehen kam keiner ins Haus, erst recht nicht in die Räume des Kaisers und auch nicht in die Kapelle. Vielleicht draußen auf der Straße, ja – und das machte ihr nun wirklich Sorgen.

Sie lief nach oben. Als das Mädchen um die Ecke bog, traten die Wachen von der Tür zurück. Längst war Barbaras Kommen und Gehen zur Selbstverständlichkeit geworden. Hatte sie anfangs noch Tücher, Wein oder sonst etwas gebracht, erschien sie nun immer öfter mit leeren Händen.

Der Kaiser saß am Fenster. Er hatte sich zurückgeneigt und hielt die Augen geschlossen. Einen Moment glaubte

Barbara, er würde schlafen, doch plötzlich wandte er den Kopf und sah sie mit einem Lächeln an.

»Da bist du ja!«

»Es tut mir leid, Kaiserliche Hoheit«, das Mädchen knickste, »ich habe gerade erst erfahren, dass Ihr mich zu sehen wünscht, und bin sofort heraufgeeilt.«

»Es ist schon spät, musst du so lange arbeiten?«

»Ich war bei der Großmutter. Sie lebt im angebauten Haus und ist nicht bei Kräften. Man muss sie füttern wie ein kleines Kind, und sie ist ebenso bockig!«

Der Kaiser seufzte. »Es ist die Zeit, die uns so verändert! Fast unmerklich verstreicht sie, und dabei nagt sie an uns wie ein gefräßiges Tier. Sie lässt uns alt werden, und das Alter macht uns wieder zu Kindern – komm her und setz dich, ich wünsche mir ein wenig Unterhaltung!«

Barbara nahm dem Kaiser gegenüber Platz und legte ihre Hände in den Schoß.

»Ja, ja, die Zeit ...!« Der Gedanke daran ließ Karl nicht los. »So lange wir leben, bestimmt sie unser Dasein.« Er strich sich über die Stirn, als wolle er einen unerträglichen Gedanken vertreiben. »Lebst du gerne«, fuhr er leise fort, »ist sie ein kostbares Geschenk und vergeht dir viel zu schnell. Aber ist einem das Leben zur Mühsal geworden, scheint es einem manchmal, als hätte jemand die Zeit angehalten. Dann atmest, schläfst, wachst und sprichst du mit Leuten, du isst und entlastest dich, erfüllst deine Pflichten, schläfst und wachst wieder, und doch scheint nichts zu geschehen. Zwar ist die Zeit für uns alle immer allgegenwärtig, doch nie hat sie für jeden im selben Augenblick die gleiche Bedeutung. Für den einen, der gerade geboren wird, ist es die Zeit zu kommen, für den anderen, der gerade stirbt, die Zeit zu gehen. Der eine erleidet Schmerz, der andere hofft und ist glücklich. So hält dich die Zeit gefangen, oder sie verlässt dich, und du kannst nichts daran ändern.«

Sein Blick kam wie aus weiter Ferne zurück und ruhte für einen Moment auf Barbara. Dann lachte er plötzlich. »Aber was rede ich denn da zu einem jungen Mädchen, das noch sein ganzes Leben vor sich hat! Was für schwermütige Gedanken eines alten Mannes, der doch glücklich sein müsste, dass deine Zeit und seine Zeit sich getroffen haben und für ein paar Augenblicke miteinander verwoben sind.«

Karl neigte sich vor und griff nach Barbaras Händen. »Verzeih mir meine düsteren Worte! Deine Gegenwart tut mir gut, mein Kind, denn sehe ich in deine Augen, fließt die Zeit leicht und beglückend dahin und dreht sich und tanzt im Taumel der Welt!«

Lange schwieg er und sah Barbara in derselben Weise an, wie er einst seine geliebte verstorbene Frau angesehen hatte. Mit einer Weichheit, einer Zärtlichkeit im Blick, die sonst niemand an ihm kannte. Doch auf einmal riss er sich von ihrem Antlitz los und wies auf eine Schale mit Obst, die auf der Truhe vor seinem Bett stand. »Dort, die kleinen dunkelgelben Früchte, das sind Orangen. Um dir eine Freude zu bereiten, habe ich sie besorgen lassen!« Der Kaiser lachte, als ihre Augen aufleuchteten. »Na, nun geh schon, und bring eine Serviette und das Messer mit, das dort auf dem Tisch liegt, denn man muss sie schälen.«

Seine Schwermut schien wie weggewischt. Er zeigte Barbara, wie man die Schale einritzen und abziehen musste, teilte danach ein Stück von der Frucht ab und schob es ihr in den Mund. Lachend beobachtete er, wie sie der Säure wegen zuerst ein wenig das Gesicht verzog, dann aber mit Genuss aß.

»Manche sind ein wenig bitter, andere sehr sauer, und wieder andere, so wie diese, sind süß und saftig!«, erklärte er.

Barbara nickte. »Es schmeckt wunderbar! Nie habe ich so etwas Gutes gegessen!«

Karl schob ihr ein zweites Stück in den Mund, aß selbst auch etwas, lachte und redete dabei so unbekümmert, als hätte er vergessen, wer er ist. Eine weitere und noch eine Orange wurde geschält, bis Barbara sagte, dass sie gehen musste.

»Mag ich auch alle Zeit für Euch haben, großehrwürdiger Herr Kaiser, meine Mutter hat sie leider nicht. Sie schläft nicht, bevor ich zu Hause bin, denn sie sorgt sich um mich.«

»Deine Mutter hat recht, mein Kind. Dann geh mit Gott!«

Barbara stand auf und ging. An der Tür drehte sie sich noch einmal um und knickste.

Mit einem Lächeln auf den Lippen hob Karl die Hand zum Gruße und wirkte dabei so majestätisch, wie eben nur ein Kaiser wirken konnte.

28. Kapitel

18. Mai 1546

Olrig hatte den Engel auf die Karre gehoben und mit einem Tuch abgedeckt, jetzt legte er den Kopf in den Nacken und sah in den schwarzgrauen Himmel. Mächtige Haufenwolken, die wie Gebirge aufragten, hatten sich über Regensburg aufgetürmt. »Es wird ein Gewitter geben, Herr!«

Ansgar nickte. »Ja, ich weiß. Wir müssen uns beeilen.«

»Es wäre besser, wir würden das Gewitter zu Hause abwarten.«

»Wir gehen, habe ich gesagt!« Die beiden Männer tauschten Blicke, gegen die ein Gewitter noch harmlos war.

Olrig biss die Zähne zusammen. Seine Backenmuskeln spielten, als er die Karre an den Handgriffen packte, anhob und losschob.

Ansgar folgte ihm. Natürlich hatte Olrig recht, aber bis sich der Himmel ausgetobt haben würde, konnten Stunden vergehen. Dann wäre wieder ein Tag verloren, denn bei einer Ratsfamilie konnte man nicht so ohne weiteres und jederzeit anklopfen. Man musste die Regeln der Höflichkeit einhalten, gerade, wenn es um eine Angelegenheit wie die seine ging. Zur Morgenstunde störte man einen Herrn Stadtkämmerer nicht, tagsüber war er beschäftigt, und abends hatte man sich an die knappe Zeit nach dem Abendbrot und vor dem Zubettgehen zu halten.

Schon hörte man es vom Pfaffenstein herübergrollen wie bei einem Kriegsgefecht, und als sie am Weißgerbergraben den Steg überquerten, fuhr ihnen von der Donau herauf ein Windstoß in die Seite, dass sie taumelten. Fast wäre dabei die Karre gekippt und der Engel im Vitusbach gelandet.

Ansgar sprang vor und ging nun neben der Karre her, um sie zu stützen.

»Wir könnten noch umkehren!«, brüllte Olrig gegen den Wind an.

»Wir gehen weiter!«, schrie Ansgar zurück.

Als sie die *Neue Uhr* passiert hatten, boten ihnen die hohen Stadthäuser zwar Schutz gegen den Wind, aber nun fing es an zu regnen. Übergangslos, von einem Atemzug zum anderen, knallten Tropfen auf sie herab wie Peitschenhiebe. Ein Blitz zerteilte den Himmel und krachte in die Felder bei Stadtamhof.

Ein Junge, vielleicht zwölf Jahr alt, rannte barfuß an Ansgar und Olrig vorbei. Er hielt sich die Ohren zu und schrie, als hätte man ihn aufgespießt. Einem Reiter, der von der Auergasse auf den Haidplatz einbog, ging beim nächsten Blitz der Gaul durch. Der Schlamm spritzte unter seinen Hufen hervor und blieb an den Mauern der Kaiserherberge hängen. Erst auf der Höhe des Brunnens gelang es dem Mann, sein Pferd auf eine große Volte zu zwingen, die er immer kleiner werden ließ, bis er das verängstigte Tier vor einer Hausmauer zum Anhalten zwingen konnte.

»Gott hab Erbarmen!«, schrie Olrig auf, als der nächste Blitz vom Himmel fuhr und fast im selben Moment ein Donnerschlag folgte, der so laut war, dass man Angst haben musste, taub zu werden.

Da waren endlich die Wetterglocken zu hören. Von allen Seiten läuteten sie wie um die Wette. Ein Glockengebell. Ein Gnadengeflehe. Gerade so, als ob man den lieben Herrgott auf diese Weise erweichen könnte, die Stadt zu verschonen. Gerade so, als ob sich das Himmelsfeuer vom

Lärm der Menschen vertreiben ließe. Aber daran glaubten weder Olrig noch Ansgar.

Sie hatten noch einen recht langen Weg vor sich.

Beim ersten Donnerschlag hatte Frau Wiltrud Kurt und die Mägde, die Köchin und Sarina in die Küche getrieben wie eine Herde aufgebrachter Schafe. Nur Wolfgang Winkler hatte sich geweigert, seiner Frau zu folgen. Stattdessen hatte er sich einen Becher Wein und das Brett mit Käse genommen und war in seine Schreibstube gegangen. Dort saß er nun über dem Rechnungsbuch, das ihm sein Bruder aus Brügge geschickt hatte, und zog die Stirn in Falten. Caspar, Sarinas Vater, bereitete ihm wieder einmal Sorgen. Immer seltener ließ er von sich hören, immer öfter blieb Ware aus, und vor einigen Tagen hatte er, Wolfgang Winkler, von einem langjährigen Kunden aus Köln einen erzürnten Brief erhalten. Die Safranfäden seien von schlechter Qualität, der Pfeffer mit unreifen Wacholderbeeren gestreckt.

In der Küche schickte Frau Wiltrud derweilen die Walli auf den Dachboden, die schwarze Kiste mit dem eingeschnitzten Kreuz zu holen. Das Mädchen starrte sie schreckensbleich an, zitterte dabei vor Angst. Auf den Dachboden steigen! Alleine, bei so einem vermaledeiten Wetter!

»Die Walli weiß doch nicht, wo wir die Kiste hingestellt haben und wie sie aussieht«, sprang ihr Sarina bei. »Ich hole sie schon!« Sie wartete erst gar nicht die Erlaubnis ab, griff sich stattdessen die Lampe, die auf dem Tisch stand, und lief los. Zwei und eine halbe Treppe hinauf und die Tür zum Speicher aufgestoßen.

Ein schwarzer Schlund öffnete sich vor ihr. Mit klopfendem Herzen trat sie ein und hielt die Lampe hoch. Im nächsten Moment zischte ein Blitz über den Himmel. Für Augenblicke war der Dachboden, in dem es zwei Gaubenfenster gab, in gleißendes Licht getaucht. Die Gegenstände, die hier abgestellt waren, nahmen bizarre Formen an, die Phantasie hauchte ihnen Leben ein. Ein Tabbart, achtlos über einen zerschlissenen Betstuhl geworfen, wurde zur Gestalt eines Mannes, der wie durch die Hand eines Mörders hingestreckt lag, eine Wäschemangel zu einem garstigen Tier, einige Säcke, die an einem Querbalken baumelten, zu Gehängten.

Sarina schrie auf, als es noch einmal und noch einmal blitzte, von Donnerschlägen gefolgt, die sich anhörten, als würde die Welt einstürzen. Sie klammerte sich wie eine Ertrinkende an die Lampe, lief zu dem Regal, in dem die Kiste stand, riss sie an sich und trug sie vom Dachboden auf den Flur.

Da, wieder ein Blitz! Sie warf die Tür hinter sich zu, presste sich zitternd gegen die Wand und schloss die Augen. »Fürchte dich nicht, glaube nur«, flüsterte sie sich zu, wie um sich Mut zu machen.

Die Kiste, die sie unter dem linken Arm hielt, wurde ihr schwer. Sie stellte die Lampe ab, wechselte die Kiste unter den rechten Arm, nahm die Lampe wieder auf und lief hinunter.

Frau Wiltrud, Kurt, die Köchin und die Mägde beteten.

»... das Licht Gottes umgebe uns,
die Liebe Gottes umhülle uns,
die Macht Gottes beschütze uns ...«

Sarina stellte die Kiste vor Frau Wiltrud ab und trat zurück.

»... die Gegenwart Gottes wache über uns,
wo immer wir sind, ist Gott!«

Frau Wiltrud griff in die Kiste, zog drei schwarze Kerzen heraus, steckte sie in einen Kerzenhalter und zündete sie mit einem Holzspan an.

» … Gottes Licht durchdringe uns,
Gottes Lieb' umhülle uns …«

Sie zog ein Bündel getrockneter und geweihter Kräuter aus der Kiste, teilte es in drei und warf eines nach dem anderen ins Küchenfeuer.

» … Gottes Macht beschütze uns …«

Die Bündel flammten auf und zischten. Es waren Blätter vom Nussbaum, Donnerkraut, Weißdorn und Beifuß.

»… Gottes Gegenwart wache über uns,
wo immer wir sind, ist Gott!«

Das flackernde Licht des Feuers spiegelte sich in Frau Wiltruds aufgerissenen Augen, die Worte, die über ihre Lippen kamen, klangen jämmerlich und angstzerfressen. Beim nächsten Donnerschlag zuckte sie zusammen wie unter einem Messerstich – und dann pochte es gegen die Tür.

Das Murmeln der Betenden riss ab wie ein seidener Faden, an den man einmal kräftig zog, und auch das Grollen am Himmel hielt plötzlich inne. Nur das Knistern des Feuers war noch zu hören.

»Wer mag das sein? Kein vernünftiger Mensch wagt sich bei solchem Wetter auf die Straße!«

Die Köchin bekreuzigte sich, Walli suchte Schutz hinter ihrem breiten Rücken.

»Sieh nach!«, befahl Frau Wiltrud dem Knecht.

Kurt stand auf. Er trat auf den Flur und polterte die Treppe hinunter. Stimmengemurmel war zu hören, dann Klopfen an der Tür zur Schreibstube.

Der Stadtkämmerer sah von seiner Arbeit auf. »Was ist denn?«, fragte er, ärgerlich über die Störung.

»Da ist ein Herr für Euch.« Der Knecht trat zurück, gab den Blick frei auf einen vom Regen durchnässten Mann. Er war in Begleitung eines Knechtes, der an einem undefinierbaren, von einem Tuch umhüllten Gegenstand schwer zu tragen schien.

Wolfgang Winkler stand auf und kam um den Tisch. »Wer wagt sich denn bei solch einem Wetter auf die Straße?«, fragte er erstaunt.

»Mit Verlaub, mein Name ist Meister Weitershausen. Wir sind uns bereits zweimal begegnet. Einmal, als mein Großvater, Meister Zacharias, ein Fresko für Euch malte, wobei ich ihm als Lehrling zur Seite stand. Ein anderes Mal, als ich meinen Großvater begleitete und wir Euch auf der Straße trafen.«

»Ich erinnere mich nicht, aber Ihr seht Eurem Großvater ähnlich. Und was führt Euch zu mir, Meister Weitershausen? Hat er etwa das Gemälde fertig?«

»So gut wie, aber er findet hier und da immer noch Schwächen an seiner Arbeit, die unsereinem allerdings verborgen bleiben. Mir scheint, er kann sich einfach noch nicht davon trennen.«

Der Stadtkämmerer nickte. Er hatte oft genug mit Meister Zacharias zu tun gehabt und wusste, dass der Maler mitunter ein wenig schwierig war. »Und wie gefällt Euch das Gemälde?«

»Meiner Meinung nach ist es ein Meisterwerk, mit dem er sich selbst übertrumpft. Es gelang ihm, Eure Nichte so trefflich in Szene zu setzen und das Licht um sie herum in einer Weise einzufangen, dass es einem als Betrachter vorkommt, als würde Gott sie umfangen, oder mehr noch, als sei sie selbst eine Göttin!«

»Nun, Eure Schwärmereien lassen mich neugieriger werden denn je! Ich hoffe, das Werk bald bestaunen zu können.« Wolfgang Winkler sah an Ansgar hinunter und lachte, als er ihn in einer Regenpfütze stehen sah. »Es scheint mir, Ihr seid nass geworden wie eine Katze, die in den Brunnen gefallen ist.« Er wandte sich an Kurt. »Bring

Meister Weitershausen und seinem Knecht Tücher zum Trockenreiben und etwas zum Anziehen, man holt sich ja sonst noch den Tod.«

»Mit Verlaub ...«, meldete sich Olrig zu Wort, der noch immer den Engel auf seinen Armen trug, »wenn ich das abstellen dürfte?«

»Aber natürlich! Nur herein damit – was ist es denn?«

Olrig trat ein, stellte den Engel neben Ansgar auf den Boden und zog sich wieder zurück.

»Es ist ein Geschenk für Euch«, sagte Ansgar, »nein, genau genommen für Eure verstorbene Tochter.«

Wolfgang Winkler sah ihn erstaunt an. »Ein Geschenk für Magdalena? Kanntet Ihr sie denn?«

»Nein. Alles, was ich von ihr weiß, weiß ich aus Jungfer Sarinas Mund.«

»Ach!« Der Stadtkämmerer griff sich an die Nase.

Kurt trat ein. Er hatte einen Korb mit Tüchern und Kleidung bei sich, bedeutete Ansgar, sich auszuziehen, rieb ihn trocken und reichte ihm nacheinander Hemd, Beinlinge, Hosen, ein Wams und Schuhe, die zu groß waren. Als er auch die Lache aufgewischt und schließlich die Tür hinter sich zugezogen hatte, entfernte Ansgar das Tuch von seinem Engel. »Darf ich ihn auf Euren Tisch stellen?«

»Ich bitte darum.«

Wolfgang Winkler betrachtete die Skulptur lange und ausführlich, bevor er sich wieder an Ansgar wandte und fragte: »Und ein solch außergewöhnliches Kunstwerk von so hoher Güte wollt Ihr meiner verstorbenen Tochter schenken?«

Ansgar neigte bescheiden den Kopf. »Ich danke Euch für dieses Lob.«

»Heißt das etwa, Ihr selbst habt es geschaffen?«

»Es ist mein Meisterstück, vergangenen Montag habe ich die Prüfung abgelegt und bestanden.«

»Hm«, machte der Stadtkämmerer. »Ihr spannt mich auf die Folter! Was veranlasst Euch zu diesem Schritt?«

»Eure Nichte, Jungfer Sarina, sagte mir, dass Eure Tochter Magdalena für sie wie ein Engel war und dass sie nie jemanden so sehr geliebt hat. Sie sagte, dass es sie glücklich machen würde, wenn ein Engel wie dieser auf Magdalenas Grab stünde. Und wenn Eure Nichte glücklich ist, dann bin ich es auch.«

Wolfgang Winkler legte die Stirn in Falten. »Wie kommt es, dass Ihr mit meiner Nichte so intime Dinge besprochen habt?«

»Wir sind uns zwei- oder dreimal in der Küche meiner Mutter begegnet, und zweimal war sie in Begleitung meiner Kusine im Garten meines Großvaters, wo ich an diesem Stück arbeitete. Nichts Unschickliches hat sie sich vorzuwerfen.« Ansgar sah Wolfgang Winkler mit aufrichtigem Blick an. »Ich wäre mit meinem Anliegen nicht selbst gekommen, jedoch lebt mein Vater seit langem nicht mehr, mein Großvater ist seit gestern unpässlich, und mein Lehrmeister Jacobus kann eine so weite Strecke nur noch mit allergrößter Mühe laufen. Aber er hat mir ein Schreiben an Euch mitgegeben.«

Ansgar überreichte Herrn Winkler das Schreiben, in dem Meister Jacobus seinen Fleiß und sein Können lobte und erklärte, dass er seine Werkstatt an ihn abtreten werde.

Als Wolfgang Winkler den Brief gelesen hatte und aufblickte, sagte Ansgar: »Ihr wisst ja selbst, wer zum Meister berufen ist, soll möglichst bald heiraten. In meinem Falle drängt es besonders, denn ich werde mit Meister Jacobus' Werkstatt auch seine Lehrlinge übernehmen, und sie müssen unter die Obhut einer Meisterin gestellt werden. Ich brauche eine Frau, und ich bitte Euch hiermit in aller Demut um die Hand Eurer Nichte. Ich weiß, dass ich ihrer nicht würdig bin, umso größer wird mein Bestreben sein, sie gut zu behandeln und in allem bestens zu versorgen.«

Die beiden Männer sahen sich lange und schweigend in die Augen. Vor allem zweierlei Gedanken gingen Wolfgang Winkler dabei durch den Kopf. Das unehrenwürdige Verhalten seines Bruders, durch das eine standesgemäße Verheiratung Sarinas unmöglich geworden war, und der unverblümte Hass seiner Gattin auf das Mädchen. Aus letzterem Grund hätte er seine Nichte, schon zu ihrem eigenen Schutz, gerne aus dem Hause gehabt. Andererseits würde seine Frau niemals erlauben, dass er für Sarinas Mitgift aufkam, und sein Bruder hatte nun mal kein Vermögen. Nein, er sah in dieser Sache keinen Weg. Dabei hätte gerade Sarina ein gutes Leben an der Seite eines Mannes verdient, der sie offensichtlich liebte.

Der Stadtkämmerer seufzte, bevor er das Wort an Ansgar richtete. »Ich fürchte, ich muss den Antrag ablehnen.«

Ansgar wurde bleich. »Falls es an meiner gesellschaftlichen Stellung liegt …«

»Nicht daran«, unterbrach Herr Winkler. »Es ist jedoch so, dass Jungfer Sarinas Vater sein gesamtes Vermögen verloren hat. Er kann weder eine Mitgift noch einen Brautschatz für seine Tochter aufbringen.«

Nun erhellte sich Ansgars Gesicht wieder. »Ich verzichte darauf! Meister Jacobus überlässt mir seine Werkstatt für eine kleine Leibrente und dafür, dass er bis ans Ende seiner Tage in meinem Hause leben kann. Er ist ein liebenswürdiger Mann. Sarina wird ihn mögen – und er sie.«

Herr Winkler ging um den Tisch, setzte sich. Er legte die Fingerspitzen seiner rechten an die seiner linken Hand und starrte auf das Rechnungsbuch, das Caspar ihm aus Brügge geschickt hatte. So eine Möglichkeit, Sarina rechtschaffen zu verheiraten, würde sich vermutlich kein zweites Mal bieten. Freilich, wäre ein gutbetuchter Kaufmann besser für sie und die Familie, aber so einer wollte nun mal Geld sehen. Und so schlecht war ein junger, offensichtlich auch zum Künstler begabter Handwerker als Gatte schließlich nicht.

Er schlug das Kassenbuch zu und sah Ansgar mit einem Lächeln an. »Nun, wenn das so ist ... als Vormund meiner Nichte bin ich dieser Heirat nicht abgeneigt. Holen wir die Frauen. Fragen wir, was sie dazu zu sagen haben.« Er verließ das Zimmer.

Olrig saß auf einem Schemel neben der Tür. Als er den Stadtkämmerer sah, sprang er auf und trat mit einer Verbeugung zurück.

Herr Winkler rief nach Sarina. Sie erschien an der Treppe. »Ja, Oheim?«

»Komm herunter! Und bring meine Gattin mit.«

»Ja, Oheim.«

Nachdem das Gewitter weitergezogen war, ließ sich Frau Wiltrud bleich und erschöpft auf einen Hocker fallen. Gertrude, die Köchin, warf Holzscheite ins Feuer, und die vier Mägde setzten sich auf die Bank, die an der Wand neben der Tür stand.

Kurt trat ein.

»Wer ist da gekommen, und wo warst du so lange?«, wollte Frau Wiltrud von ihm wissen.

»Es ist Meister Weitershausen, so hat er sich vorgestellt, mit seinem Knecht.«

Als sie Ansgars Namen hörte, erschrak Sarina und wurde rot. Schnell nahm sie die Ebenholzkiste mit dem eingeschnitzten Kreuz, schloss sie und stellte sie auf die Truhe unter dem Fenster. Dort, wo es dunkler war als vorne am Feuer, griff sie sich ans Herz. Es pochte so schrecklich wild, dass sie Angst hatte, man könnte es hören. Ansgar hier! Sie hatte gehofft, er werde kommen, und doch auch wieder gewünscht, er möge es nicht tun. Nun gab es kein Hoffen und kein Träumen mehr. Nur noch ein Ja oder ein Nein. Ein Ja schien ihr jedoch so unwahrscheinlich wie die Möglichkeit, dass der Mond auf die Erde stürzte.

»Und?«, hakte Frau Wiltrud nach.

»Meister Weitershausen wollte zu unserem Herren. Weil er und sein Knecht bis aufs Hemd nass waren, sollte ich Tücher und trockene Kleidung bringen. Nun reden sie, ich weiß nicht worüber, aber ich glaube, es geht um Jungfer Sarina.«

Frau Wiltrud sah zu ihrer Nichte. »Was drückst du dich denn dort in der dunklen Ecke herum? Komm her und sieh mich an!«

Sarina trat vor sie hin.

»Kennst du diesen Meister Weitershausen?«

»Er ist Meister Zacharias' Enkelsohn.«

»Und was kann er hier wollen?«

Sarina sah zu Boden. »Er sprach davon …«

»Nun?«

»Er ist Steinbildhauer. Er hat einen Engel aus Marmor geschaffen. Er soll für Magdalenas Grab sein.«

»Aber davon weiß ich ja gar nichts.« Unmut klang aus ihrer Stimme. Wenn am Ende auch ihr Gatte die Entscheidungen traf, so wollte sie doch zumindest gefragt werden.

»Es ist keine Auftragsarbeit.«

»Sondern?«

Von unten wurde plötzlich ihr Name gerufen. Sarina hob den Kopf. Es war der Oheim. Froh, die Antwort schuldig bleiben zu können, lief sie zur Treppe.

»Ja, Oheim?«

»Komm herunter! Und bring meine Gattin mit.«

»Ja, Oheim.«

Frau Wiltrud hatte es selbst gehört und war bereits aufgestanden. Während sie zur Treppe ging, nahm sie das Ende ihres langen Gürtels und ließ ihn durch ihre Finger gleiten. Die Schlüssel und Utensilien, die daran hingen, klimperten. Ein Engel für Magdalenas Grab! In ihrem Gesicht spiegelten sich Neugierde und Ärger gleichermaßen.

Sarina ließ ihr den Vortritt. Drunten, vor der Tür zum Schreibzimmer blieb die Muhme kurz stehen, atmete tief durch und trat ein.

Bevor Sarina ihr folgte, sah sie Olrig an, doch er wandte sich ab. Von innen schloss sie die Tür und versuchte mit schnellem Blick die Situation zu erfassen. Auf dem Schreibtisch stand der Engel. Der Oheim und Ansgar saßen am Feuer, beide hielten einen Becher mit Wein in der Hand. Die Stimmung schien bestens zu sein.

Ansgar stand auf und verbeugte sich in Richtung der Hausfrau. »Ich entschuldige mich für die Störung. Mein Name ist Ansgar Weitershausen, ich bin Steinmetzmeister. Meister Zacharias ist mein Großvater.«

Frau Wiltrud nickte ihm zu.

»Was haltet Ihr von dem Engel?«, fragte der Oheim seine Gattin.

Sie betrachtete das Bildnis flüchtig. »Er ist sehr schön – ich wusste nicht, dass wir so etwas in Auftrag gegeben hatten.«

»Wir haben ihn nicht in Auftrag gegeben, er ist ein Geschenk.«

»Ach!« Frau Wiltrud zog die Augenbrauen hoch. Man sah ihr an, was sie dachte – ein solches Geschenk kann nicht umsonst sein.

»So setzt Euch doch«, forderte der Oheim seine Gattin auf, aber sie zog es vor, stehen zu bleiben.

Er wandte sich an Sarina. »Es geht um dich, mein Kind.«

Sie schlug die Augen nieder, schon um Ansgar nicht ansehen zu müssen. Ihre Hände zitterten so sehr, dass sie mit der einen die andere festhielt, die Hitze in ihrem Körper war unerträglich.

»Meister Weitershausen möchte dich zur Frau nehmen.«

Jetzt war es ausgesprochen. Der Satz hallte wie ein Echo in Sarinas Kopf, das Blut schoss ihr in die Wangen. Sie wagte nicht, die Muhme anzusehen, doch aus den Augenwinkeln nahm sie wahr, wie Frau Wiltrud sich streckte, ihr Rücken steif wurde, sie ihren Kopf in den Nacken warf. Diese Haltung nahm sie immer ein, wenn sie zornig war.

»Aber …«, flüsterte Frau Wiltrud. Sie brach ab, doch plötzlich schossen die Worte aus ihr heraus wie ein Pfeil aus einer Armbrust. »Das geht doch nicht! Wer sollte denn ihre Mitgift bezahlen? Von ihrem Vater ist jedenfalls nichts zu erwarten.«

»Meister Weitershausen verzichtet auf eine Mitgift«, erklärte Wolfgang Winkler.

Einige Atemzüge lang war es so still, dass man die Mäuse unter den Dielen scharren hörte. Die Spannung stieg ins Unerträgliche.

Frau Wiltruds Kopf fuhr plötzlich herum, sie sah Sarina mit messerscharfen Blicken an. »Eine Liebesheirat also?«

Ansgar erschrak über ihre Gestik, ihre Mimik, die Schärfe ihrer Worte. Unwillkürlich duckte er sich ein wenig, so als machte er sich zum Sprung bereit, um Sarina notfalls vor dieser Frau zu beschützen. Das brachte die Muhme noch mehr auf. Die Zornesröte stieg ihr ins Gesicht, sie streckte den Arm aus und deutete auf das Mädchen, das am liebsten in den Erdboden versunken wäre.

»Dann solltet Ihr aber wissen, welche Schuld sie auf sich geladen hat! Lange genug habe ich geschwiegen, um ihres Vaters und meines Gatten Willen, der immerhin Stadtkämmerer ist! Habe es ertragen und mich selbst damit beschmutzt! Aber jetzt ist es genug!« Ihre Stimme hatte sich überschlagen, sie rang einige Male schwer nach Atem, bevor sie es den Männern vor die Füße spuckte: »Sie ist eine Unehrliche! Sie war beim Freimann und hat ihm das Blut einer Kindsmörderin abgekauft, um es ihrer Kusine einzuflößen. Dass es gegen Fallsucht hilft, hat sie behauptet und wollte auch mich und meine Tochter noch damit besudeln. Doch zum Glück konnte sie Magdalena nicht mehr schaden, denn als sie mit dem Blut ankam, war unsere Tochter bereits tot.« Frau Wiltrud schnappte nach Luft, bevor sie mit ihren Anklagen weiterfuhr: »Sie hat mit dem Henker gesprochen und ihn berührt, ich habe selbst gehört, wie sie mit Barbe darüber sprach. Und wer weiß, vielleicht war sie es ja, die Barbe im Bach ertränkte, damit sie es Euch nicht sagen konnte.«

Ob all dieser Lügen und Anschuldigungen wollte Sarina aufschreien, doch kein Ton drang aus ihrer Kehle, als sie den Mund aufriss. Ein Schwindel erfasste sie plötzlich. Schreckensbleich griff sie hinter sich, um sich festzuhalten, aber es war ein Griff ins Leere, und sie taumelte und stürzte hin.

Als sie aus ihrer Ohnmacht erwachte, stand Frau Wiltrud neben ihr, bekreuzigte sich und murmelte ein Gebet. »Steh auf!«, fauchte sie.

Sarina raffte sich hoch und sah sich um. Es dauerte eine Weile, bis die Erinnerung zurückkehrte. Ansgar und der Engel waren verschwunden, auch der Oheim war nicht mehr da.

»Aber Ihr habt mich doch selbst zum Henker geschickt, und was Ihr über Barbe sagtet …«

»Deine Lügen behältst du besser für dich!« Frau Wiltrud stieß ihr den Zeigefinger auf die Brust. »Es wird dir ohnehin keiner glauben. Ich erwarte, dass du unser Haus verlässt, und zwar sofort!«

Herr Winkler trat ein. Er setzte sich an seinen Schreibtisch, starrte Sarina an. »Ich habe Meister Weitershausen nach Hause geschickt – was ist das für eine Geschichte? Stimmt es, dass du beim Henker warst?«

»Ja, Oheim.«

»Und hast du Barbe etwas angetan?«

Sarina brach in Tränen aus. »Nein, natürlich nicht. Barbara war doch bei mir, als wir sie fanden.«

Müde und verständnislos schüttelte Wolfgang Winkler den Kopf. »Wie konntest du nur zum Henker gehen, warum bringst du Schande über dieses Haus, in dem du aufgenommen wurdest wie eine Tochter? Du warst mir immer lieb. Doch jetzt ... Geh mir aus den Augen, ich werde überlegen, was zu tun ist.«

Sarina trat auf den Flur. Hier war es kühl und still. Der Regen prasselte gegen die Tür, in weiter Ferne grollte das Gewitter. Auf dem Stuhl, auf dem Olrig gerade noch gesessen hatte, schlief jetzt eine der Katzen.

Sarina wünschte, sie wäre tot.

29. Kapitel

19. Mai 1546 – in den frühen Morgenstunden

Als Magdalena noch lebte, hatten die beiden Kusinen in einem Bett geschlafen, nach Magdalenas Tod war Barbe zu Sarina gezogen, denn zu zweit war es wärmer in der kalten Kammer. Jetzt schlief die kleine Walli bei ihr.

»Was ist denn los, warum weint Ihr denn?«, fragte sie, als Sarina nach der Auseinandersetzung mit Frau Wiltrud tränenüberströmt in die Schlafstube stürzte.

Sarina schüttelte den Kopf. »Ach nichts, kümmere dich nicht! Geh einfach zu Bett, morgen wirst du einen anstrengenden Tag haben.«

Walli legte eine Hand auf Sarinas Arm und flüsterte: »Gott sieht sehr genau, wer von uns gut und wer böse ist, und Ihr seid gut! Ihr müsst euch an Gott festhalten, Jungfer Sarina, dann ist alles erträglicher.«

Sarina nahm sie in die Arme und drückte sie an sich. »Gott ist allmächtig in den großen Dingen, aber um die kleinen müssen wir uns selbst kümmern.«

Walli legte sich hin und schlief bald ein. Nun saß Sarina vor ihren wenigen Habseligkeiten. Ein paar Kleider, Schuhe und Garnituren. Ein Gürtel, den sie von ihrer Mutter geerbt hatte. Ihr Besteck, das Kästchen mit dem Nähzeug. Ihre Ersparnisse, die sich auf zweiundzwanzig Florin beliefen. Eine Muschel, die ihr Vater ihr einmal aus Belgien mitgebracht hatte. Eine Haarspange von Magdalena – und der Stein von Ansgar!

Angesichts dieser Dinge brach sie neuerlich in Tränen aus. Kleine Meilensteine ihres jungen Lebens. Schätze, die nur für sie eine Bedeutung hatten.

Sarina nahm den Gürtel in die Hand und versuchte, sich an das Lachen und die strahlenden Augen ihrer Mutter zu erinnern. Wenn sie sang oder reimte, war sie am glücklichsten gewesen.

> Zwei Mägdlein fanden eine Zwiebel,
> Die roch ganz unbeschreiblich übel,
> Ganz unbeschreiblich übel roch sie,
> Die Mägdlein aßen aber doch sie!

Sarina griff nach der Muschel und legte sie ans Ohr, so wie ihr Vater es ihr einmal gezeigt hatte. »Darin kannst du das Meer rauschen hören!«

> Zwei Mägdlein gingen einst am Strand,
> Als eine eine Muschel fand.
> Die andere aber fand keine,
> Das macht zusammen eine.

Ihr Vater zerbrach am Tod seiner Frau, verlor sich selbst. Seine Ehre, sein Gewissen. Seinen Glauben an ein Glück. »Ach Vater, warum hast du dich und mich verlassen?«

Dass ihr Oheim sie bei sich aufgenommen hatte, dafür war Sarina ihm von Herzen dankbar. Umso mehr schmerzte es sie, dass er nun von ihr glauben musste, sie hätte Schimpf und Schande über ihn gebracht.

> Zwei Mägdlein schifften auf dem Meer,
> Da sprach die eine: ich kann nicht mehr!
> Die zweite aber blieb heiter
> Und schiffte ruhig weiter.

Und Ansgar ... Sarina streckte die Hand nach dem Stein aus, strich sanft darüber. Wenn sie auch nie wirklich gewagt hatte, an ein gemeinsames Glück zu glauben, so hatte sie es doch ein ganz klein wenig gehofft.

Zwei Mägdlein wuschen sich im Fluss,
Weil jede sich mal waschen muss,
Die eine ist dabei ersoffen,
Von der andren wollen wir's nicht hoffen.

Aber nun war alles Hoffen zerschlagen und alles Glück verwirkt. Mit einer Unehrlichen konnte er keine Ehe eingehen. Er würde aus der Zunft ausgeschlossen werden, er würde alles, was er sich so schwer erarbeitet hatte, verlieren. Auch wenn es schmerzte, so sehr, dass sie es kaum ertrug, Sarina konnte verstehen, dass er sie verlassen hatte.

Was blieb ihr nun noch? Nichts als das nackte Leben, und das war unerträglich genug. Eine Last war sie, eine Bürde für alle. Vielleicht würde der Oheim einen Weg finden, sie nicht auf die Straße schicken zu müssen. Vielleicht konnte er sie in ein Kloster einkaufen oder weit fort, gar in einem fremden Land bei einem Bauern als Magd verdingen. Vielleicht. Aber verlassen von allen, die sie liebte, konnte es keinen glücklichen Augenblick mehr für sie geben.

Einen einzigen Ausweg sah sie. Eine Sünde war es, aber was machte es schon, wenn sie sich zu all ihren Sünden noch eine weitere auflud. Länger als bis in die Ewigkeit konnte sie nicht im Fegefeuer schmoren!

Entschlossen stand sie auf. Die Muschel legte sie Walli in den Schuh, den Stein ließ sie in die Tasche ihres Rockes gleiten. Die übrigen Dinge räumte sie fein säuberlich in ihre Truhe zurück. Von ihren Kleidern nahm sie nur das wollene Tuch. Sie schlug es sich um die Schultern und sah sich noch ein letztes Mal in der Kammer um.

Dann ging sie.

Es war so still im Haus, dass ihr das Knarzen der Treppe unter ihren Füßen so laut vorkam wie das Brüllen eines aufgebrachten Ochsen. Mit pochendem Herzen blieb sie stehen, um zu lauschen, ob etwa jemand wach geworden war – aber alle schienen tief und fest zu schlafen.

Durch die Tür konnte Sarina das Haus nicht verlassen, denn sie war verschlossen, und der Schlüssel hing an Frau Wiltruds Gürtel. Es gab nur einen Weg hinaus, und der ging durch den Keller und von dort über eine Luke auf den Hof. Nur mit äußerster Mühe konnte sie sich durchzwängen, ihr Rock blieb dabei an einem Haken hängen und zerriss.

Als Sarina es endlich geschafft hatte und wieder auf den Beinen stand, schlugen die Hunde an. Leise rief sie ihre Namen, um sie zu beruhigen.

Das Gebell verstummte.

Sarina legte den Kopf in den Nacken, um den Himmel zu betrachten. Die Nacht war dunkelblau und warm. Die Sterne leuchteten, der Mond war fast voll. Staunend hielt sie den Atem an. Noch nie war sie nachts alleine unterwegs gewesen. Die Stille, die über der Stadt lag, hatte etwas Unheimliches und Beruhigendes zugleich. Die Schatten waren kurz und ihre Schwärze von einer beängstigenden Tiefe. Geräusche schienen lauter als am Tag.

Lange stand Sarina so da, rührte sich nicht, lauschte nur.

Plötzlich wandte sie sich nach links, ging zum Tor, schob leise den Riegel auf und wischte hinaus. Nun war sie auf der Bachgasse.

Leise rauschte der Vitusbach, das Wasser schwappte über die Steine, die seine Ufer befestigten. Hier war Barbe gestorben, hier irgendwo musste das Blutpfännchen liegen, das sie hineingeworfen hatte.

Es war nicht mehr wichtig, nichts war mehr wichtig!

Sarina ging über den Steg und hinter der Grieb vorbei. Sie hielt sich im Schatten der Häuser, man durfte sie nicht erwischen. Eine Frau nachts allein auf der Straße und auch noch ohne Laterne – man hätte sie gezüchtigt und an den Pranger gestellt! Zwar hatte sie keine Angst mehr vor Strafe, aber man würde ihr Vergehen ihrem Oheim anlasten.

Die Stadt wurde ihr immer unheimlicher. Man hörte nichts als das Fiepen der Ratten und die Rufe der Nachtvögel.

Auf einmal stand ein riesiger Hund vor ihr und knurrte sie mit hochgezogenen Lefzen an. Die Angst traf sie wie ein Peitschenhieb. Sie rührte sich nicht, redete auf ihn ein, ohne ihn dabei anzusehen. »Nur ruhig – ruhig, Hund, tu mir nichts.«

Nach einer Weile wandte er sich ab und trottete davon.

Als sie den Weisgerbergraben überquert hatte, bog sie nach rechts ab. Wie oft war sie hier gegangen. Wie froh war ihr Herz dabei gewesen. Ansgar wieder sehen. Die Schläge von Hammer und Meißel auf Marmor hören. Eins, zwei, drei, vier.

»Du bist min, ich bin din, des solt du gewis sin ...«

Wertlose Schwüre. Schwüre, die sich verflüchtigt hatten wie der Duft einer verwelkten Rose. Nichts ist davon übrig geblieben.

Aber nicht das Haus von Meister Zacharias war jetzt ihr Ziel. Sie wollte die Stadt verlassen, wollte ans Donauufer. Am Lederertürl konnte man unbemerkt hinaus, das wusste sie. Sie hatte gehört, wie der Oheim und der Herr Rat Amman beim Essen darüber gesprochen hatten.

»Das Holztor ist morsch. Beim letzten Versuch, es zu schließen, haben die Wächter es aus den Angeln gerissen. Nun klafft ein Loch in der Stadtmauer.«

»Wir müssen das Tor erneuern lassen. Oder wir bestellen ein Eisengitter.«

»Aber das Lederertürl ist doch eigentlich überflüssig. Rechts und links davon gibt es Tore genug. Warum mauern wir es nicht einfach zu?«

Darauf hatten sie sich am Ende geeinigt. Doch sie wollten die Eisheiligen abwarten, damit es sicher keinen Frost mehr gab, der das frische Mauerwerk zerstören konnte.

Dort, wo die Fidelgasse zur Donaulände hin abzweigte, blieb Sarina stehen. Sie blickte an der Fassade des Hauses hoch, das einst Friedhelms Vater gehört hatte. Eigentlich wollte sie von hier zum Fluss hinunter, aber nach kurzem Zögern entschied sie sich anders. Sie ging geradeaus weiter bis zu Meister Zacharias' Haus, legte dort die Hände an die Mauer, hinter der Ansgar an seinem Engel gearbeitet hatte, und schloss die Augen.

»Liebster«, flüsterte sie, »es tut mir so leid. So gerne wäre ich deine Frau geworden. So gerne hätte ich dich an kalten Tagen gewärmt, hätte ich deine Kinder zur Welt gebracht und dein Haus versorgt. Auch wenn du mich verlassen hast, auch wenn ich jetzt gehe, du bleibst mir im Herzen, so wie ich es geschworen habe. Ich werde dich lieben bis in alle Ewigkeit.«

Sie küsste die Mauer und trat zurück, um einen Blick auf das Haus zu werfen, in dem Ansgar jetzt wohl friedlich schlief. Wie still alles dalag. Der Mond goss sein sanftes Licht über dem Dach aus, ließ die Tautropfen auf den Blättern des Baumes silbrig schimmern, dessen Äste über die Mauer auf die Gasse hingen.

Himmelstränen. Elfenperlen.

Ihre Sehnsucht, ihre Trauer zerrissen ihr das Herz.

Plötzlich war ein Geräusch zu hören, als ob eine Tür geöffnet wurde. Schnell sprang Sarina zurück, um sich im Schatten zu verbergen. Als sie den Kopf wieder nach vorne reckte, sah sie ein Licht, das an den Mauern der Häuser auf und ab tanzte, und eine Gestalt dem Licht folgen, das sich von ihr wegbewegte und dann in der Gasse verschwand, die an *St. Leonhard* vorbei zur Donau hinunter führte.

Seit Olrig Sarinas Bild zerrissen hatte, war er nicht mehr im Turm gewesen. Im Turm wurden seine Gedanken lebendig. Im Turm war er das, was er sich erträumte. Der Turm war erfüllt von seiner Liebe und Sehnsucht, seinem Glück, seinen Tränen und zärtlichen Gedanken. Doch nach allem, was geschehen war, schien der Ort ihm entweiht, und er fürchtete sich davor, dass er das nicht ertragen konnte.

Sarina im Kuss mit Ansgar zu sehen, war ihm als das Schlimmste erschienen. Doch was gestern Abend geschehen war, übertrumpfte auch das noch. Das blanke Entsetzen hatte ihn gepackt, als er die Stadtkämmerin im Schreibzimmer ihres Gatten hatte schreien hören. Ihre Anklagen, ihre Behauptungen, jedes Wort ein Klumpen Dreck, mit dem sie nach Jungfer Sarina warf. Es hätte ihn doch freuen müssen. Die gestürzte Göttin endlich dort, wo sie hingehörte – im Schmutz, in der Gosse. Doch stattdessen fühlte er Mitleid, den Wunsch, sie zu beschützen und zu trösten.

Nun war ein verloschen geglaubtes Stück Glut wieder entfacht, und das verwirrte ihn gänzlich. Mit der Liebe seines Herzens konnte er umgehen. Mit dem Hass seines Herzens ebenfalls. Aber beides auf einmal in ein und derselben Brust?

Am Turm angekommen, pfiff er nach Karl.

Sein Kopf erschien über der Balustrade. »Was ist?«

»Will in den Turm.«

»Was hast du zu geben?«

»Wein vom Besten.«

»Ho, ho«, Karl lachte, »das lässt sich hören!«

Olrig stieg die Treppe zum Wehrgang hinauf, Karl und der zweite Wachmann sahen ihm erwartungsvoll entgegen.

»Warst lange nicht mehr hier. Wird auch Zeit, denn übermorgen wollen sie das Tor zumauern und den Turm ausschalen, um eine neue Treppe hineinzubauen. Danach wird er wieder als Lager genutzt und verschlossen.«

Olrig hielt Karl die Steingutflasche hin. »Sie ist noch fast voll. Wenn ihr sie ausgetrunken habt, brauche ich sie wieder.«

Karl zog den Pfropfen, roch an der Flasche und nickte zufrieden. »Kannst hinein. Aber pass auf, die Treppen sind so morsch wie die Knochen meiner Großmutter.«

Bevor er die Tür hinter sich zuzog, sah Olrig, dass sich die beiden mit der Flasche in einen Unterstand auf dem Wehrgang zurückzogen.

Im Turm klatschte er in die Hände. Droben flatterten Vögel aus den Luken, Mäuse und Ratten verzogen sich in ihre Löcher.

Vorsichtig stieg er die Treppe hinauf, prüfte jeden Tritt, hielt sich am Geländer fest. Schon einmal war er eingebrochen und hatte sich an den scharfen Holzkanten verletzt.

Droben angekommen sah er zuerst aus dem Nordfenster zum Oberen Wöhrd hinüber. Alles war wie immer. Die Häuser wirkten im hellen Mondlicht wie schwarze, spitzförmige Klötze, die Kähne, die an Tauen festgemacht waren, schwankten auf dem Wasser, und hin und wieder wurde vom Wind das Bellen eines Hundes über den mondglitzernden Fluss getragen.

Als Olrig aus dem Ostfenster zur Steinernen Brücke hinüberblickte, entdeckte er bereits einen schmalen Streifen rosafarbenen Lichts am Horizont. Die Sonne ging auf, es dämmerte schon. Eine halbe Stunde höchstens, mehr blieb ihm nicht, dann musste er zurück nach Hause, oder sie würden sein Fehlen bemerken.

Er stellte die Lampe auf dem Boden ab und setzte sich auf die Kiste, die unter dem Fenster stand. Als sein Blick auf das Sims fiel, fühlte er plötzlich seinen Puls schneller schlagen. In einer Mauerritze steckte noch ein Schnipsel der Zeichnung, die er zerrissen hatte! Langsam griff er danach, zog es heraus und hielt es ans Licht seiner Laterne. Sarinas Mund war darauf abgebildet, bestürzt starrte er ihn an.

Seine Hand zitterte. Langsam schloss er die Faust um das Papier, als wolle er es zerknüllen, hielt jedoch auf einmal inne, öffnete sie wieder, führte das Papier an seine Lippen und küsste es. Er küsste es, wie man eine Blume küsst. Er hauchte seine Seele auf diesen gezeichneten Mund, glaubte dabei die Süße der Liebe zu schmecken, die er ihm verhieß.

Olrig schämte sich auf einmal für seinen Hass, seine Eifersucht, seinen Verrat.

Lange saß er da und blickte auf das Papier, als ihn plötzlich ein Geräusch aus seinen Gedanken schrecken ließ. Es kam von draußen, direkt unter ihm.

Er beugte sich so weit aus dem Fenster, dass er auf den schmalen Uferstreifen zwischen Stadtmauer und Donau blicken konnte. Zuerst war nichts zu erkennen, doch dann löste sich eine Frauengestalt aus dem Schatten der Mauer. Sie trat neben einen umgekippten Kahn, starrte eine Weile auf das Wasser, ging dann ein paar Schritte nach rechts, blieb wieder stehen, ging zurück, schlug beide Hände vors Gesicht und weinte.

Olrig starrte sie an. Ihre Bewegungen kamen ihm vertraut vor. Ihre schmale Gestalt, der aufrechte Gang, die kleinen, schnellen Schritte, die Schultern zurückgezogen – als wäre es Sarina. Aber das konnte ja nicht sein, er sah Gespenster! So weit war es also schon mit ihm gekommen, dass ihn der Schmerz und Kummer in den Wahnsinn trieb.

Er schloss die Augen, zählte bis fünf, öffnete sie wieder. Die Frau war immer noch da! Inzwischen stand sie direkt am Ufer, nur ein Schritt trennte sie noch vom Wasser! Als sie sich ihr Tuch von den Schultern zog und es auf den umgekippten Kahn warf, war Olrig plötzlich sicher. Ihr Profil, ihr langer Hals – es musste Jungfer Sarina sein! Und er begriff mit jähem Schrecken, weshalb sie zu dieser Zeit alleine an den Fluss gekommen war.

So schnell hatten ihn seine Beine noch nie über die Treppe nach unten getragen. Einmal splitterte das Holz unter seinem Tritt, aber er hielt sich am Geländer und überwand mit einem großen Sprung das klaffende Loch unter sich. Er riss die Tür auf, er stürzte vom Wehrgang auf die Gasse, trat ans Tor, fand den Spalt, durch den Sarina geschlüpft sein musste, und zwängte sich ebenfalls hindurch. Endlich auf der anderen Seite der Mauer, rannte er los.

Als sie den Tumult hinter sich hörte, drehte Sarina sich um. Angesichts der dunklen Gestalt, die auf sie zustürmte, erstarrte sie zuerst, wandte sich jedoch im nächsten Moment wieder dem Wasser zu und riss, wie um sich Schwung zu geben, die Arme hoch.

Da packte Olrig sie, rang sie zu Boden und hielt sie fest. Schreiend schlug sie um sich.

»Ich bin es, Olrig – was tut Ihr da!«

»O Gott«, schluchzte Sarina, »o Gott, hab Erbarmen mit mir!«

»Was tut Ihr da?«, wiederholte Olrig leiser und eindringlicher. »Ihr wolltet doch nicht etwa ins Wasser gehen?«

Sarina drehte den Kopf zur Seite, um Ansgars Knecht nicht ansehen zu müssen. Vom Weinen bebte ihr ganzer Körper. »So lass mich doch sterben!«

»Nein, niemals. Eher gehe ich in den Tod.«

Er stand auf und zog sie hoch, ihr Kopf sank an seine Schulter. »Dann bist du grausam, denn ich habe alles verloren, was mir lieb ist, und werde als Unehrliche auf der Straße leben müssen.«

»Nein. Nein, das müsst Ihr nicht!« Er schüttelte heftig den Kopf. »Ich werde für Euch sorgen, ich werde alles für Euch tun. Jetzt kommt Ihr mit! Ich helfe Euch. Wir finden einen Weg.« Er schob sie vor sich her. »Wir finden einen Weg«, wiederholte er.

Am Tor wurden sie von Karl und dem zweiten Wachmann erwartet. »Was treibst du da?«, fragte er Olrig und: »Wer ist diese Person?«

»Sie ist … eine Magd. Sie wurde verprügelt. Sie wollte sich das Leben nehmen. Habt Mitleid! Lasst uns gehen, und ich werde euch morgen mehr von dem Wein bringen.«

Die Wachmänner tauschten Blicke.

»Zwei Flaschen«, sagte Karl.

»Vier«, sagte der andere.

»Vier – in Ordnung, ihr sollt sie bekommen.«

Olrig zog Sarina mit sich fort. Bis zur Brunnleiten blieben sie im Schatten der Stadtmauer. Warum Olrig diesen Weg gewählt hatte, wusste er nicht. Doch als er sich plötzlich vor der Fidelgasse wiederfand, hatte er einen Plan. Er würde Sarina in das leerstehende Haus bringen. Dort war sie fürs erste sicher! Drei Jahre hatte sich keiner mehr darum gekümmert, weshalb also sollte sich nun jemand dafür interessieren.

In den Gärten hinter den Häusern krähten schon die ersten Hähne, Türen klapperten, Stimmen waren zu hören. »Wir müssen uns beeilen, es wird bereits hell!« Auch wenn es ungehörig war, der Knecht fasste Sarina an der Hand und zog sie im Laufschritt weiter.

Die Haustür war verschlossen, aber zur Tür, die von der Gasse auf den kleinen Hinterhof führte, gab es keinen Schlüssel, nur einen Riegel, den man von innen umlegen konnte. Er stieß sie auf, zog Sarina in den Hof, schloss sie hinter sich und ließ den Riegel in die Verankerung kippen.

Keuchend sahen sie sich an.

»Es ist das Haus, in dem Frau Reingard mit Friedhelm und Anna wohnte, bevor sie zu Meister Zacharias zog«, sagte Olrig.

»Ich weiß. Ansgar ...« Sarina stockte. »Meister Weitershausen hat es mir erzählt.« Sie blickte sich um. »Und wenn mich jemand von den Nachbarn sieht?«

»Den Fenstern, die auf die Straße führen, müsst Ihr natürlich fern bleiben, aber in der Küche und hier im Hof seid Ihr vor fremden Blicken sicher.« Um seine Worte zu bekräftigen, deutete er mit einer Kopfbewegung zur Mauer, die zum Nachbarhaus hin lag, dahinter wuchs ein großer dichtbelaubter Nussbaum, auf der anderen Seite überragte ein Schuppendach die Mauer noch um einiges. »Und dort drüben«, er zeigte nach links, »ist der Brunnen. Wasser habt Ihr also, zu essen bringe ich Euch vorbei.«

Der Schlüssel zur Küche lag hinter einem Stein im Schuppen. »Früher habe ich für Frau Reingard das Holz gehackt«, erklärte Olrig, während er aufschloss, »und ich habe so manche Reparatur an diesem Haus durchgeführt. Es ist ein Jammer, dass Meister Zacharias Jungfer Annas Erbe so verkommen lässt.«

Olrig ging voraus ins Haus. Im ersten Raum links lag eine kleine Kammer, in der Töpfe und andere Gerätschaften aufbewahrt wurden, gegenüber, auf der rechten Seite war die Küche. Dort setzte sich Sarina an den Tisch, während Olrig im Haus nach Decken und Kissen suchte.

Er legte sie auf die Bettstatt, die neben der Kellertreppe stand, früher hatte darin die Küchenmagd geschlafen. »Das Bettzeug riecht nicht besonders gut, vielleicht breitet Ihr es erst eine Weile im Hof aus, aber frieren müsst Ihr damit wenigstens nicht.«

»Es ist schon recht«, sagte Sarina, »ich habe keine Ansprüche.«

Olrig nahm eine Lampe vom Haken, kramte eine Weile in Kisten, brachte Feuerschläger und -stein zum Vorschein, holte ein Messer und ein Holzscheit und schnitt feine Späne davon ab.

Sarina ließ das Kinn auf die Brust fallen. »Du hast gehört, was die Muhme gestern Abend zum Oheim sagte, nicht wahr?«

»Ja. Sie hat ja laut genug geschrien.«

»Was sie behauptet hat, ist nicht wahr. Sie selbst hat mich zum Henker geschickt, und eine Widerrede gab es nicht.«

Olrig nickte.

»Und ich habe weder mit ihm gesprochen, noch ihn berührt. Ich habe mir nichts zuschulden kommen lassen.«

Olrig blickte zu Boden. »Das dachte ich schon, aber man wird Euch nicht glauben.«

»Das ist es ja, ich bin verloren.« Tränen rannen über ihre Wangen.

Olrig verließ die Küche, kam mit einer Handvoll Stroh zurück, die er im Schuppen gefunden hatte, legte es in einen Blechnapf, schichtete Späne darüber und entzündete ein Feuer.

Sarina sah zu. Feuerschläger und Stein schlugen leise klickend aneinander. Funken sprangen über, entzündeten das Stroh. Erst glommen nur einige Halme, doch als Olrig in die Glut blies, züngelte eine Flamme auf.

»Du weißt auch, dass Meister Weitershausen um meine Hand angehalten hat?«

»Ja, ich weiß.«

»Das war der Grund für ihren Zorn!« Sarina sah Olrig an. »Verstehst du, warum es Menschen gibt, die einem anderen sein Glück nicht vergönnen?«

Olrig wurde rot. Schnell nahm er einen brennenden Span und hielt ihn an die Lampe. »Jetzt habt Ihr Licht. Ihr dürft es nicht ausgehen lassen. In der Kammer gegenüber ist eine Kanne mit Lampenöl.«

»Ich danke dir, Olrig. Alle haben mich verlassen. Ich bringe Schmutz und Unglück über sie. Nur du willst mir helfen. Aber …«, sie verbarg ihr Gesicht in beiden Händen, »… aber ich weiß gar nicht, ob ich deine Hilfe überhaupt möchte. Der Tod wäre besser für mich.«

»Das dürft Ihr nicht sagen! Und Ihr dürft nicht mehr zur Donau hinunter!« Olrig ging zur Tür, dort drehte er sich noch einmal nach Sarina um. »Verlasst das Haus nicht, ich bringe Euch Essen. Und legt nicht den Riegel um, sonst komme ich nicht herein, und klopfen kann ich nicht, das würde auffallen.«

Er war schon auf dem Hof, als Sarina ihm nachlief. »Und Ansgar?«, fragte sie leise. »Was hat er gesagt, gestern, als ihr das Haus meines Oheims verlassen habt?«

Olrig senkte den Blick. »Nichts hat er gesagt. Er hat geschwiegen, bis wir zu Hause waren, und dort hat er sich in seiner Kammer eingeschlossen.«

Seit Olrig ihm von Sarinas Kuss erzählte, hatte Meister Zacharias die Malstube nicht mehr verlassen. Er schlief auf dem Strohsack in der Ecke, den sich früher zwei seiner Lehrlinge geteilt hatten. Er aß nicht, trank nur hin und wieder etwas Wein. Seine Blase entleerte er in ein Nachtgeschirr, das er aus dem Fenster ausgoss. Er wollte niemanden sehen und niemanden sprechen. Er hasste sie alle und allen voran Sarina.

Das Bild hatte er mit einem Tuch abgedeckt, damit er sie nicht ansehen musste. Die Göttin, die sich zu Fall gebracht hatte, allzu menschlich war sie ihm geworden!

Und ausgerechnet Ansgar hatte sie sich an den Hals geworfen!

Ansgar hatte ihm schon Friedhelm genommen, jetzt

nahm er ihm auch noch die Frau, der er sein Herz, seine Gedanken, seine Liebe zu Füßen gelegt hatte! Auch wenn sie es nicht wusste – sie musste es doch nicht wissen! –, sie war seine Muse, seine Hoffnung, sein Lebensfunke gewesen.

Vorbei. Ausgelöscht. Kein Licht mehr im Dunkel seiner Seele.

Meister Zacharias hob den Deckel der Lade, in der er die Skizzen und Zeichnungen aufbewahrte. Er packte sie, warf sie auf den Tisch, starrte sie düsteren Blickes an. Er nahm das Messer in die Hand, um auf das süße Lächeln einzustechen, doch plötzlich hielt er inne. Was war schon ein Schnitt, nichts wäre vernichtet. Feuer. Er brauchte Feuer!

Er riss die Tür auf und rief nach Olrig. Keine Antwort. Er rief noch einmal.

Frau Gudrun erschien an der Treppe. »Olrig ist nicht hier. Wir suchen ihn selbst – Ihr müsst etwas essen, Vater. Anna wird Euch etwas nach oben bringen.«

»Essen? Ich will nichts essen! Eine Lampe brauche ich.«

»Eine Lampe?«

»Was fragt Ihr noch, wenn Ihr es bereits verstanden habt! Eine Lampe, und angezündet muss sie sein.«

Er schlug die Tür zu, schob den Riegel vor.

Durch die Fenster fiel erstes Sonnenlicht. Staub tanzte wie Goldflitter vor einem Karton, auf dem der heilige Franziskus abgebildet war. Seine braune Kutte, das gütige Gesicht, die ausgestreckte Hand, im Begriff, einer Gans über den Kopf zu streichen. Daneben ein Ochse, ein Hund und noch mehr Federvieh.

Die Farben hatte er selbst angerührt. Roter Ocker, gelber Ocker, Bleiweiß und Blau. Und Grün, sehr viel Grün.

Hätte er sich aus dem Fenster gebeugt und Augen und Herz geöffnet, die Welt wäre ihm reich erschienen und so bunt wie dieser Karton. Die Blätter des Walnussbaumes in goldenes Morgenlicht getaucht. Die Sträucher, die entlang der Hauswand gepflanzt waren, von roten Blüten übersät. Der Himmel in einem fröhlichen Morgenblau, das taunasse Gras von sattem Grün.

Doch von alldem sah er nichts, für ihn gab es nur noch die Schwärze in seinem Herzen.

Anna klopfte. Er öffnete nur einen Spalt, riss ihr die Lampe aus der Hand, schloss die Tür wieder.

»Ich stelle Euch Wein vor die Tür, Großvater, und ein wenig Schmalzgebäck.«

Er antwortete nicht. Schweren Schrittes schlurfte er zum Tisch, setzte die Lampe dort ab, zog den Ofen heran und öffnete den Deckel. Als er die oberste Skizze nahm und in die Flamme der Lampe hielt, zitterte seine Hand. Das Feuer, das aufloderte, spiegelte sich in seinen Augen. Ein verschrecktes Kind wie Anna hätte die Fratze des Teufels in seinem Gesicht erkannt. So kalt, so voller Hass, so irrsinnig der Blick.

Schwärze, nichts als Schwärze, alle Farben verbraucht, verloren, alle Liebe verloschen.

Als die Flammen seine Hand berührten, ließ der Maler das verkohlte Papier in den Ofen fallen und nahm die nächste Skizze. Noch ein Lächeln verglühte, ein Blick aus sehnsuchtsvollen Augen, ein tanzendes Bein und noch ein Lächeln und noch eines.

Und Meister Zacharias weinte.

Frau Gudrun goss etwas von der Morgensuppe in eine Schale und schob sie Ansgar hin. »Wo kann Olrig nur sein? Ich verstehe das nicht. Er ist so seltsam in letzter Zeit.«

Ansgar saß mit hängenden Schultern und geröteten Augen am Tisch. Die Schale mit der Suppe schob er von sich.

Frau Gudrun sah ihn besorgt an. »Was lasst Ihr Euch so hängen? Der Stadtkämmerer will Euch seine Nichte nicht zur Frau geben, habe ich recht?« Als Ansgar nicht antwortete, fuhr sie fort: »Hatte ich es doch gewusst. Schuster bleib bei deinen Leisten! Auch unter den Handwerkerstöchtern gibt es schließlich hübsche Dinger – Liebe hin, Liebe her.«

Ansgars Faust knallte auf den Tisch. »Seid still, Mutter!«, schrie er sie an.

Erschrocken fuhr sie zurück. Zeit seines Lebens hatte Ansgar sie nicht grob oder respektlos behandelt.

Es tat ihm auch gleich leid. Er entschuldigte sich, griff nach ihrer Hand und zog sie neben sich auf die Bank. »Mutter …« Er ließ seinen Kopf an ihre Schulter sinken, wie früher, als er noch klein war und manchmal Trost bei ihr gesucht hatte. »Mutter, wie könnt Ihr nur so reden. Gerade Ihr, wo Ihr Vater doch geliebt habt.«

»Vielleicht deswegen, mein Sohn.« Zögernd legte sie einen Arm um Ansgars Schultern und zog ihn fest an sich. »Und weil ich Euch liebe und Euch so gerne großen Kummer ersparen würde. Das Glück ist ein verhexter Ort. Man glaubt, man hätte es auf seiner Seite, und schon ist es wieder fort.« Sie ging zum vertrauteren Du über. »Weißt du noch, als du ein Kind warst und nicht glauben wolltest, dass man das Ende eines Regenbogens niemals finden kann?« Sie lächelte und strich Ansgar eine Haarsträhne aus dem Gesicht. »So verhält sich das mit dem Glück. Am ehesten findest du es noch, wenn du es nicht erwartest. Es fällt dir zu, so Gott es will.«

»Was war zwischen dir und Vater?«

»Es war sehr schön mit ihm, aber die Zeche war teuer. Er hat es nie wirklich verwunden, dass seine Eltern ihn verstießen und enterbten. Nicht wegen des Geldes, vielmehr wegen der Heimat, die er verloren hatte. Die äußere, aber auch die innere. Vielleicht wäre alles besser gewesen, wenn Großvater ihn akzeptiert hätte, doch der ... nun, du kennst Großvater ja selbst.« Frau Gudrun dachte eine Weile nach, bevor sie fortfuhr: »Dein Vater hat sich gesucht und nie wirklich gefunden. Er hat Schatten gejagt und wollte sich ewig beweisen. Es war schwer für uns beide. Und weißt du, dass er abgestürzt ist ...« Sie brach ab.

Ansgar richtete sich auf und sah ihr in die Augen. »Was«, drängte er. »Was wolltet Ihr mir sagen?«

»Dass er abgestürzt ist, war vielleicht gar kein Unglück.«

Ansgar riss die Augen auf. »Nein.« Er schüttelte den Kopf. »Nein, das kann nicht sein.«

»Dein Vater war ein wunderbarer Mann. Er war klug und zärtlich. Doch manchmal war er auch schwermütig.« Frau Gudrun lächelte gequält. »Ist es nicht seltsam, dass ich mir einen Mann nahm, der meinem Vater so sehr glich? Das Herz voller Formen und Farben, voll der Liebe für das Schöne, Makellose, Vollkommene – zu voll davon vielleicht, um die Wirklichkeit ertragen zu können.« Sie legte beide Hände vor den Mund und sah ihren Sohn besorgt an. »In vielem bist du deinem Vater und deinem Großvater ähnlich. Darum wünsche ich mir nichts so sehr für dich wie ein ruhiges Herz und ein beständiges Leben.«

Ansgar wandte sich ab, damit sie seine Tränen nicht sah. »Warum sollte mir Jungfer Sarina all das nicht geben können? Sie ist mir so nah. Durch sie finde ich die Kraft, an mich zu glauben. Sie erfüllt mich mit Liebe und Zuversicht. Ich fühle mich reicher und stärker an ihrer Seite. Und wenn ich in sie hineinsehe, dann finde ich dort nicht nur sie, sondern auch mich selbst – und umgekehrt ergeht es ihr ebenso, ich spüre es mit jedem ihrer Blicke. Wir brauchen nicht zu reden, es genügt, wenn wir uns ansehen, und wir wissen, was wir aneinander haben.«

»Doch was hilft es, wenn du sie nicht zur Frau nehmen

kannst.« Frau Gudrun legte eine Hand auf Ansgars Arm. Mit einer unwirschen Bewegung wischte er sie wieder fort und sprang auf. »Aber es ist doch alles ganz anders! Herr Winkler hatte mir bereits sein Einverständnis gegeben. Dann rief er nach Sarina und seiner Gattin und …«

Ansgar erzählte, was am Abend zuvor im Hause des Stadtkämmerers vorgefallen war. Frau Gudrun hörte blass und schweigend zu. Als er schließlich geendet hatte, sagte sie: »Es war gut, dass Ihr gegangen seid.«

»Nein, es war nicht gut. Ich bin gegangen, weil man mich weggeschickt hat, nicht weil mein Herz es mir sagte. Ich hätte Sarina helfen und beistehen müssen.«

»Aber du kannst ihr nicht helfen!«

»Ich glaube kein Wort von all dem, was Frau Winkler behauptete. Nicht nur mein Herz, auch mein Verstand sagt mir, dass sie gelogen hat. Wer so schreit, so voller Hass und Neid ist, hat unrecht.«

Frau Gudrun wollte etwas entgegnen, doch Ansgar fiel ihr ins Wort. »Und selbst wenn Sarina beim Henker war, in der Hoffnung, ihrer Kusine auf diese Weise das Leben retten zu können – ich würde sie weiterhin lieben!«

»Um Himmels willen, Sohn, Ihr setzt alles aufs Spiel! Eine Unehrliche als Frau, wenn das ans Licht käme! Kaum habt Ihr den Meister, würde man ihn Euch schon wieder nehmen! Und uns würde man behandeln wie Aussätzige.«

»Ich weiß. Und trotzdem! Was wäre das für eine Liebe, die schon am ersten Hindernis scheitert. Ich könnte sie heiraten und mit ihr fortgehen. Weit fort. Vielleicht sogar nach Italien. In einem kunstgeweihten Land wie Italien wird man Platz haben für einen wie mich und eine Frau, die sich nichts zuschulden kommen ließ!«

Frau Gudrun schlug die Hände vor den Mund. Zweifelsohne, er war der Sohn seines Vaters, und sie wusste im selben Moment, dass ihm nicht zu helfen sein würde.

Trotzdem versuchte sie es. »Denkt nach, bevor Ihr handelt! Nehmt Euch noch einen Tag und eine Nacht, um darüber zu schlafen. Um meinetwillen! Bringt nicht unbedacht Unglück über dieses Haus.«

»Aber ...«

»Ich bitte Euch!«

Ein Geräusch an der Tür ließ sie herumfahren. Dort stand Olrig, sein schlechtes Gewissen war ihm anzusehen.

»Wo warst du!«

Er schlug die Augen nieder. »Gestern, auf dem Weg zum Haus des Stadtkämmerers oder vielleicht auch als wir zurückgingen, habe ich etwas verloren, das mir sehr wichtig ist. Ich habe es gesucht.«

Frau Gudrun verschränkte die Arme. »Verschwindet einfach, der Herr! Wo gibt es denn so etwas! Du hättest Bescheid sagen müssen!«

»Es tut mir leid.«

»Es tut dir leid, jawohl! Dann geh jetzt in den Garten und erledige deine Arbeit.«

Olrig ging, und Frau Gudrun wandte sich wieder an ihren Sohn. »Versprecht mir, nicht übereilt zu handeln, ich bitte Euch!«

Er öffnete und schloss den Mund. Ohne eine Antwort zu geben, verließ er die Küche.

Walli wachte wie immer beim Hahnenschrei auf. Schlaftrunken sah sie neben sich und bemerkte, dass Sarina nicht da und ihr Bett auch nicht benutzt war. Seltsam! Sie richtete sich auf und sah sich in der Kammer um, als hoffte sie, Sarina hinter der Truhe oder in einer dunklen Ecke zu entdecken.

Der Streit gestern Abend fiel ihr ein. Zusammen mit den anderen Mägden und der Köchin hatte sie in der Küche am Feuer gesessen, als die Herrin unten plötzlich zu schreien anfing und herumbrüllte wie ein wütender Stier! Kurt war gleich hinuntergelaufen, damit er zur Stelle war, wenn er gebraucht wurde, und schloss im Hinausgehen die Tür hinter sich. So hatte sie nicht hören können, worum es ging, aber es hatte alles ganz furchtbar geklungen, und weil sie vom Gewitter noch ganz mitgenommen war, hatte sie sich ängstlich hinter der Köchin verkrochen und leise ein Ave Maria gebetet. Später war Jungfer Sarina dann weinend in die Kammer gelaufen, und die Herrin war auch in ihre Kammer gegangen und hatte die Tür hinter sich zugeworfen, dass die Wände bebten.

Walli schlug die Decke zurück, stieg aus dem Bett und wollte in ihre Schuhe schlüpfen, dabei stieß sie gegen etwas Hartes. Sie tastete danach und hielt plötzlich Sarinas Muschel in der Hand. Walli hatte sie oft bewundert und durfte sie sich sogar schon einmal ans Ohr halten, um das Meer rauschen zu hören.

»Das Meer ist vieltausendmal größer als jeder See«, hatte Sarina ihr erklärt, »und wenn Gott zürnt und einen Sturm schickt, dann schlägt es haushohe Wellen, die alles verschlingen, sogar ganze Schiffe. Aber ein Schiff auf dem Meer, das musst du dir dreimal größer vorstellen, als den größten Lastkahn, der auf der Donau fährt. Wenn Gott aber gutgelaunt ist, dann bläst er nur ganz sanft ins Meer, und es gluckert und rauscht ganz fröhlich, so wie du es hier in dieser Muschel hören kannst.«

Walli sah die Muschel nachdenklich an. Wenn Jungfer Sarina sie ihr wie ein Geschenk in ihren Schuh legte, dann weil sie fortging und sie nicht mehr brauchte. Ihr Herz schlug heftig bei diesem Gedanken, Angst ergriff sie. Schnell schlüpfte sie in ihr Kleid, band die Haare zusammen, nahm die Muschel und lief damit in die Küche, wo Kurt bereits das Feuer schürte.

Wolfgang Winkler schreckte auf. Kurt stand neben seinem Bett und rüttelte an seiner Schulter.

»Herr, Jungfer Sarina hat nicht in ihrem Bett geschlafen. Und der Walli hat sie ihre Muschel wie ein Abschiedsgeschenk in den Schuh gelegt.«

»Nicht in ihrem Bett geschlafen?«

Kurt schüttelte den Kopf.

Der Stadtkämmerer setzte sich auf und sah Kurt lange an, bevor er sagte: »Kurt, du bist ein treuer Knecht. Man kann sich auf dich verlassen, du hältst den Mund, wo es ratsam ist, und siehst weg, wenn dich etwas nichts angeht. Doch heute, Kurt, heute frage ich dich und bitte dich um eine offene Antwort: Hast du mitbekommen, worum es gestern zwischen meiner Gattin und Jungfer Sarina ging?«

»Ja, Herr.«

»Weißt du etwas zu dieser Sache zu sagen?«

Kurt sah zu Boden.

»Du kannst reden und brauchst nichts zu befürchten.«

»Ja, Herr, ich weiß etwas. Ich habe gehört, dass die Herrin die Jungfer selbst zum Henker geschickt hat. Jungfer Sarina wollte nicht, aber die Herrin bestand darauf.«

Wolfgang Winkler wurde zuerst blass, dann lief er rot an. »Du suchst nach ihr«, sagte er, als er sich wieder gefangen hatte, »du siehst in jedes Eck. Schau auch in den Turm und schau in den Keller, irgendwo muss sie ja sein!«

Herr Winkler saß bereits am Tisch, um die Morgensuppe zu essen, als Kurt wieder vor ihm erschien. »Ich kann sie nicht finden, Herr. Im Haus ist sie nicht. Aber fortgegangen kann sie auch nicht sein, alle Türen sind noch verschlossen. Es sei denn, sie hat sich durch die Kellerluke gezwängt.«

Wolfgang Winkler ließ Richard, seinen Sohn, holen, um sich mit ihm zu besprechen. Sie kamen überein, in der Stadt nach ihr zu suchen, ohne die Ordnungshüter einzuschalten. Zu Sarinas eigenem Schutz wollte man kein Aufsehen erregen.

Richard nahm sich die Obere Stadt vor, Kurt die Untere Stadt. Den ganzen Tag waren sie unterwegs, in jeden Verschlag schauten sie, auch bei Meister Zacharias und beim Schöngürtler fragten sie nach, doch nichts, keine Spur von Sarina.

30. Kapitel

19. Mai 1546 – am Abend

Wie immer um die Zeit nach dem Abendläuten war in der Wirtsstube *Zur Goldenen Ente* der Teufel los. Schiffer, die über Nacht in Regensburg angelegt hatten, Reisende und Männer, die es zu Hause nicht hielt, drängten sich um die Tische und bedienten sich aus dampfenden Schüsseln mit Fisch und Fleisch. Es wurde diskutiert, gelacht und Rabatz gemacht.

Die Mägde, die hin und her liefen wie die Wiesel, um die Gäste zu bedienen, wischten sich mit ihren Schürzen den Schweiß von der Stirn, ein Knecht schleppte gefüllte Krüge aus dem Keller herauf, stellte sie auf der Theke ab und nahm die leeren wieder mit.

Sachsberger saß vor einem Humpen Bier und starrte die Anderen an seinem Tisch missmutig an. Er hätte auch gerne in die Schüssel gegriffen, aber er hatte kein Geld mehr. Die paar Münzen in seiner Tasche reichten nicht einmal für einen Krug Wein.

Er wandte den Kopf und blickte zur Tür. Drei Schiffer traten ein und sahen sich um. Als sie feststellten, dass es keinen freien Platz mehr gab, verließen sie die Gaststube wieder.

Eine der Mägde stellte dem, der hinter Sachsberger saß, einen Krug Wein hin, nahm das Geld dafür entgegen und drehte sich zu Sachsberger um. »Was ist – soll ich dir deinen Krug noch mal füllen?«

»Hab noch nicht ausgetrunken.«

»Hast wohl das Schlucken verlernt.«

Die anderen lachten.

Sachsberger ballte die Faust. »Zum Teufel, verzieh dich, du blöde Kuh!«

Sie ging, und Sachsberger sah, wie sie kurz darauf mit dem Wirt über ihn redete. Verdammt, es wurde Zeit, dass Ruening oder Liedebuhr aufkreuzten! Aber vielleicht kamen sie ja auch nicht, und der ganze schöne Plan wäre für die Katz gewesen.

Sachsberger trank von seinem schalen Bier, stellte den Humpen auf den Tisch zurück und rülpste. Da erschien plötzlich Ruening in der Tür. Er trat ein, sah sich um, als suchte er jemanden, und ging wieder.

Das war das Zeichen, dass er dem Kaiser den Garaus machen sollte! Es gab nur selten Momente, in denen Sachsberger so etwas wie Freude empfand, dies war einer. Mit breitem Grinsen im Gesicht stand er auf und verließ die Gaststube.

Draußen sah er sich um. Es war ein lauer Abend. In der beginnenden Dämmerung sang ein Vogel, und von der Donau herauf war Geschrei zu hören: »Vorsicht, pass auf! Etwas weiter da hinüber! He, nun pass doch auf!« Es klang, als ob etwas abgeladen würde. Weinfässer vielleicht. Ein Fuhrwerk, das mit den Treidlern aus Passau kam. Kisten mit Pelzen aus Polen oder Ungarn.

Doch Sachsberger war es egal, ob Vögel sangen oder was sonst um ihn herum geschah, allein Ruening interessierte ihn. Der stand einen Steinwurf entfernt neben einer Kellertreppe und sah in den Himmel, als prüfte er das Wetter. Plötzlich wandte er sich zu Sachsberger um, nickte ihm unmerklich zu und ging weiter.

Sachsberger folgte in einigem Abstand.

Es herrschte ein reges Treiben auf den Straßen. Kinder spielten Fangen. Männer zogen Karren, Frauen schleppten Krüge oder balancierten Körbe auf ihren Köpfen. Ein Bursche trieb einen Esel vor sich her, der so ausladend mit

Reisig bepackt war, dass er beinahe die ganze Gasse brauchte.

Doch je weiter Ruening und Sachsberger sich aus der Stadtmitte entfernten, desto stiller wurde es. Immer seltener war das Rappeln von eisenbeschlagenen Rädern zu hören, dafür drangen Kindergeplärr und das Gekeife von Weibern aus geöffneten Fenstern oder war das Bellen von Hunden, das Geschrei rolliger Katzen zu hören.

Nach einer Weile bogen sie in eine schmale Gasse mit windschiefen Häusern ein, die sich einander so sehr zuneigten, dass, legte man den Kopf in den Nacken, nur noch ein schmaler Streifen des Himmels zu sehen war. Sie durchschritten die Gasse und erreichten einen kleinen Platz, um den sich ein paar ärmliche Häuser drängten und der von einer hüfthohen Mauer durchzogen war. Hier roch es nach Kot, fauligen Äpfeln und Katzenpisse.

Sachsberger wandte den Blick nach rechts. Er sah eine Eidechse, die über die Mauer huschte, um in einer Ritze zu verschwinden. Weiter drüben, in einem Bretterverschlag, lag eine Hündin und säugte ihre neugeborenen Welpen. Ein Ziegenbock war an einen Pflock gebunden, er fraß an einem Haufen dürren Gestrüpps, das man ihm hingeworfen hatte. Sonst war nichts und niemand zu sehen.

Noch einmal blickte Ruening über die Schulter zurück, überzeugte sich, dass Sachsberger hinter ihm war, griff plötzlich in sein Wams, legte, ohne anzuhalten, einen Lederbeutel auf die Mauer und ging gemächlichen Schrittes weiter.

Sachsbergers Herz schlug plötzlich höher. Drei Mann, die ihn unvermutet angriffen, hätten ihn nicht aus der Ruhe bringen können. Ein Beutel voller Geld schon. Er ging schneller, erreichte die Mauer, griff nach dem Säckchen und schloss die Faust drumherum. Ein zufriedenes Grinsen machte sich auf seinem Gesicht breit. Der prall gefüllte Beutel fühlte sich gut an. Sein Gewicht verhieß eine sorgenfreie Zeit. Essen und Trinken nach Herzenslust, Spielen und Weiberröcke, so viel er wollte. Das Leben konnte lustig sein!

Sachsberger ließ das Säckchen in eine verborgene Tasche zwischen Hemd und Wams gleiten und wandte sich nach Ruening um. Doch sein Auftraggeber war bereits verschwunden.

31. Kapitel

20. Mai 1546 – in den frühen Morgenstunden

Im Licht der Lampe flatterten Motten, warfen Schatten an die Wand, auf dem Hof waren seltsame Geräusche zu hören. Ein Knacken, ein Ächzen, ein Klimpern, als würde der Teufel mit Münzen werfen.

Sarina fürchtete sich.

Sie zog die Decke über den Kopf, doch nichts sehen zu können war noch schlimmer, also lugte sie wieder hervor und behielt die Tür im Auge.

Da wieder ein Klopfen!

Ach, hätte Olrig sie doch ins Wasser gehen lassen. Nun war sie hier, alleine mit ihrer Angst, ihrer Sehnsucht, ihren quälenden Gedanken.

Wie oft hatte sie ihr Schicksal beklagt. Den Hass, den Neid der Muhme ertragen zu müssen. Geschlagen und wie eine Dienstmagd behandelt zu werden. Der frühe Tod der Mutter, alleingelassen vom Vater. Aber jetzt, einsam und verlassen in diesem dunklen, kalten Haus, schien ihr das Leben, das sie bis gestern geführt hatte, reich, glücklich und dankenswert.

Schon seit Stunden verspürte sie den Drang, ihre Blase zu erleichtern, aber sie hatte Angst, in den Hof zu gehen, wo die Latrine war.

Irgendwann schlief sie ein, doch die Blase drückte so sehr, dass es schmerzte, und sie wachte wieder auf. Schließlich nahm sie die Lampe und wagte sich bangen Herzens hinaus.

Es war Vollmond. Wolkenfetzen segelten an ihm vorbei, Nebelschwaden, die von der nahen Donau heraufzogen, verfingen sich zwischen dem Geäst des Walnussbaumes, der hinter der Mauer stand.

Als Sarina die Holztür zur Latrine aufzog, schrappte sie über den Boden, ein lautes Krachen war zu hören. Erschrocken hielt sie inne, zwängte sich durch den schmalen Schlitz, stellte die Lampe ab und setzte sich auf den Balken. Während sie sich erleichterte, lauschte sie auf das Huschen der Ratten, das klägliche Schreien der Katzen, die sich im Garten der Nachbarn paarten.

Wie entsetzlich das alles war!

Plötzlich vernahm sie ein Geräusch, als würde jemand das Hoftor öffnen. Wie versteinert saß sie da und spähte durch einen Ritz zwischen den Brettern. Sie sah eine große dunkle Gestalt mit einem Buckel. Es war ein Mann. Er zwängte sich auf den Hof, schloss die Tür wieder und sah sich um. In Nachbars Garten schlug ein Hund an, ein Nachtvogel flog krächzend auf.

Vor Angst und Schrecken vergaß Sarina zu atmen. Sie stand von der Latrine auf und presste sich gegen die Tür. O Gott, warum war sie nicht schon tot! Dies hier war mehr, als sie ertragen konnte. Ihr Herz pochte zum Zerspringen, sie zitterte so sehr, dass ihre Zähne aufeinander schlugen.

Der Mann betrat das Haus, doch es dauerte nicht lang, und er erschien wieder auf dem Hof, sah sich um, verharrte einen Moment, ging dann auf den Lokus zu.

Sarina schlug die Hände vors Gesicht. Zitternd flüsterte sie ein Gebet. Hörte plötzlich das Schrappen der Tür auf dem Boden und sprang mit einem Aufschrei zurück.

»Da seid Ihr ja!«

Es war Olrig. Er griff nach ihr, zog sie an sich und hielt sie fest. »Was tut Ihr nur? Ich dachte schon, Ihr seid fortgelaufen. Doch dann habe ich das Licht durch die Ritzen der Latrinentür schimmern sehen.« Er deutete auf die

Lampe, die neben ihr auf dem Boden stand. »Warum geht Ihr denn auf den Hof, um Euch zu erleichtern? Warum nehmt Ihr kein Nachtgeschirr?«

»Ich weiß nicht«, schluchzte Sarina. »Alles ist so schrecklich. Ich bin so allein. Ich fürchte mich so sehr in diesem fremden Haus.«

Olrig brachte sie zurück in die Küche. Er drückte sie auf das Bett und deckte sie zu. Dann streifte er sich den Rucksack von den Schultern und leerte seinen Inhalt aus. Äpfel und Rüben vom letzten Jahr, etwas Brot, etwas Käse, ein Schmalzkringel.

»Mehr konnte ich nicht nehmen, Frau Gudrun würde es merken. Aber für heute wird es wohl reichen. Wenn ich morgen auf den Markt komme, kaufe ich für Euch ein. Ich habe Geld, ich habe es gespart.«

Er drückte Sarina den Schmalzkringel in die Hand. »Ihr müsst etwas essen!«

Sie wollte das Gebäck zurücklegen, aber Olrig schob ihre Hand zum Mund. »Bitte! Esst es für mich.«

Widerwillig kaute sie darauf herum. »Und Ansgar?«, fragte sie.

Olrig wandte sich ab.

Sarina ließ nicht nach. »Ich bitte dich, sag mir doch, was er tut. Denkt er an mich?«

»Was weiß ich! Wie sollte ich seine Gedanken kennen? Als ich gestern früh nach Hause kam, saß er mit seiner Mutter in der Küche, danach habe ich ihn nicht mehr gesehen.«

Sarina ließ das Kinn auf die Brust sinken. Was hatte sie erwartet? Wie dumm zu hoffen, dass noch ein Funke Liebe für sie in seinem Herzen wohnte.

»Du bist min, ich bin din:
des solt du gewis sin.
du bist beslozzen

in minem herzen,
verlorn ist daz sluzzelin:
du muost ouch immer dar inne sin.«

Olrig hörte sie flüstern, aber er verstand nicht, was sie sagte. Er hockte sich neben der Bettstatt auf den Boden. Im Schein der Lampe sah er, dass Sarina still weinte.

»Seid nicht so traurig! Ich bin doch da.« Er hätte gerne nach ihrer Hand gegriffen, aber er wusste, was sich geziemte, und er wollte sie auch nicht erschrecken. »Ich habe Geld«, wiederholte er. »Es ist nicht viel, aber es reicht, um auf einem Schiff bis Wien zu fahren. Die Treidler sagen, Wien sei eine schöne Stadt. Und sie sagen, dort sprechen die Leute so, dass wir sie verstehen können. Ich könnte Arbeit finden in Wien, und ich könnte für Euch sorgen und auf Euch achtgeben.«

Je länger er von Wien erzählte, desto aufgeregter klang seine Stimme, und desto lauter wurde Sarinas Schluchzen. Verzweifelt sah Olrig sie an. Er wusste nicht, was er noch sagen konnte, um sie zu trösten. Er hatte keine Erfahrung mit Frauen, erst recht nicht mit Frauen wie Sarina.

Einmal hatte er etwas mit einer Magd gehabt, hatte sich heimlich mit ihr in einem leerstehenden Keller getroffen, hatte an ihren Lippen und Brüsten gesaugt und war in ihren Leib eingedrungen. Ein hastig verschreckter Akt. Blitze in seinem Unterleib. Stöhnen und ein Aufschrei. Danach war er nicht wirklich glücklich gewesen. Seine Lenden waren befriedigt, sein Herz war es jedoch nicht. Sie hatten es noch einige Male so getrieben, dann war die Magd eines Tages verschwunden.

Aber diese Dinge waren gewiss nicht Sarinas Sache, nie würde er so etwas von ihr erwarten. Er war schon glücklich, sie in seiner Nähe zu haben, für sie sorgen zu dürfen und vielleicht eines Tages ihren Dank zu spüren.

»Ich bitte Euch, so weint doch nicht! Es muss ja auch

nicht Wien sein, alles, was Ihr wollt, ist mir recht. Ich bin Euer Diener, Ihr befehlt, und ich gehorche.«

»Ach, Olrig!« Nun war Sarina es, die ihre Hand nach ihm ausstreckte. Für einen Moment lag sie auf seinem Arm und strich über seine rauen, zerschundenen Finger.

Wie erstarrt saß er da. Ihm war, als hätte jemand das Weltentreiben angehalten. Kein Windhauch mehr in seidigem Haar, kein Wasser, das über Steine leckt, kein Ruf mehr zu hören, nur Stille, Stille, Stille.

Ein Augenblick ungeahnter Glückseligkeit, dann Sarinas Stimme, die sagte: »Das geht doch nicht. So kann ich nicht leben! In einer fremden Stadt. Fern von allen, die ich liebe. Nur du und ich. Das geht doch nicht!«

Als hätte er sich verbrannt, zog er seine Hand zurück. Er sprang auf und nahm den Rucksack vom Tisch. »Fort muss ich jetzt, sonst vermissen sie mich.«

»Nun bist du böse, das tut mir leid.«

»Morgen komme ich wieder und bringe Euch zu essen.« Er trat auf den Hof, zog die Tür hinter sich zu.

Leise war Barbara aufgestanden, hatte sich ihr Kleid übergestreift und die Schuhe angezogen. Rebeka, ihre jüngere Schwester, und die Magd schliefen bei ihr, Oswald und Georg, ihre Brüder, teilten sich mit Friedrich die Kammer nebenan.

Barbara griff nach der Bürste, die auf der Truhe lag, und fing an, ihr Haar zu kämmen. Vom Scheitel bis zu den Spitzen maß es gut eine Regensburger Elle. So oft sie beim Kaiser war, strich er ihr darüber, und immer sagte er: Es ist wie Gold!

Sie trug es mal zu einem Zopf geflochten und kunstvoll um den Kopf gewunden, mal aufgesteckt oder wie Schnecken über die Ohren gelegt. Sie besaß Kämme und Silberperlen, ein Haarnetz aus glitzernden blauen Fäden, bunte

Bänder zum Einflechten und für Festtage eine Perlenschnur.

Doch der Kaiser mochte es am liebsten, wenn sie ihr Haar offen trug.

Gestern hatte er ihr einen Haarreif geschenkt, mit rotem Samt überzogen und kleinen goldenen Perlchen bestickt. Und eine Silbermünze und eine Goldmünze dazu. Die silberne hatte er ihr in die linke Hand gedrückt, die goldene in die rechte und dabei gesagt: Reden ist Silber, Schweigen ist Gold!

Sie hatte verstanden. Nein, natürlich würde sie mit niemandem darüber sprechen – außer mit Sarina vielleicht –, wie oft sie bei ihm war, wie gerne er über ihr Haar strich oder ihre Hand hielt und was er ihr alles über sich erzählte.

Ja, sie war stolz darauf, dass sie ihm so viel bedeutete. Dass er in ihrer Gegenwart ein wenig von dem Frieden fand, den es in der Welt nicht gab. So bekümmert sah er drein, wenn er aus dem Rathaus oder der Neuen Waag zurückkehrte, wenn er mit seinen Ministern gesprochen oder einen Gesandten empfangen hatte.

»Ach, Kind, man kann es schon hören, das Kriegsgetümmel, das Säbelrasseln, das Böllern der Schüsse aus den Mörsern und Kanonen. Aber was soll ich tun? Die Bayern setzen mich unter Druck, sie fordern eine sofortige, gewaltsame Restitution des katholischen Glaubens, doch die Protestanten verweigern eine Umkehr und suchen sich immer mehr Verbündete.« Karl sah sie an, er griff in ihr Haar und ließ es durch seine Finger gleiten. »Ach, was sage ich denn da! Ich schaue in deine Augen und sehe den Himmel an einem warmen Sommertag. Ich sehe weiße Wolkentürme vor blauer Endlosigkeit, das Glitzern auf dem Fluss, das Wiegen der Bäume im Wind. Ich sehe roten Mohn auf grünen Wiesen und goldgelbe Kornfelder – und ich sehe mich selbst, so wie ich nie war, aber immer sein wollte.«

Und dann hatte er ihr einen Kuss auf die Lippen gedrückt. Schmetterlingsleicht, kaum berührt und doch so tief getroffen.

Barbara im Glück! Barbara geküsst vom Kaiser!

Barbara legte die Bürste weg, streifte sich die Haare von den Schultern, schob den Haarreif über die Stirn und verließ leise die Kammer.

Es war noch sehr früh am Morgen, trotzdem hantierte die Mutter bereits in der Küche, und der Vater saß vor einem Teller Morgensuppe bei Tisch.

Barbara hätte lieber das Haus verlassen, ohne den Eltern zu begegnen, aber ungesehen kam sie nicht an der Küche vorbei. »Guten Morgen, Vater, Guten Morgen, Mutter.«

Die Mutter blickte nur kurz von ihrer Arbeit auf, der Vater wies auf den Platz gegenüber. »Setzt Euch, Tochter.« Ohne Übergang kam er zur Sache. »Der Friedrich ist zum Meister berufen und hat offiziell um Eure Hand angehalten. Nächste Woche fahre ich nach Nürnberg, um mit seinem Vater den Ehevertrag auszuhandeln.«

Barbara war blass geworden. Noch hatte sie gehofft, dass der Vater ein Einsehen haben und ihr diese Ehe nicht aufdrängen würde. Und nun also doch!

»Nein!« Sie schüttelte heftig den Kopf. »Ich bitte Euch, habt Mitleid mit mir. Ich *kann* nicht mit ihm leben!«

»Darüber haben wir oft genug gesprochen. Es ist beschlossene Sache, daran ist nicht mehr zu ändern. Friedrich ist so gut wie jeder andere Mann, und er hält viel von Euch.«

»Aber ich nicht von ihm! Ich hasse ihn, es ekelt mich!«

Die flache Hand des Vaters fuhr auf den Tisch. »Mäßigt Euch! Ihr heiratet ihn, oder Ihr verlasst mein Haus auf der Stelle!«

Barbara schlug beide Hände vors Gesicht und brach in Tränen aus.

Frau Sibilla kam zu ihr, um sie in die Arme zu nehmen. »Tu, was dein Vater dir sagt, Kind. Nichts wird so heiß gegessen wie gekocht, du wirst dich an Friedrich gewöhnen.«

Barbara schluchzte noch heftiger. »Niemals«, rief sie. »Niemals!«

Zum Glück ließ der Vater sie gehen. Auch wenn es ungehörig war, so früh an einer fremden Tür anzuklopfen, sie lief zum Haus der Familie Winkler. Seit Tagen hatten sie Sarina nicht mehr getroffen. Sie brauchte ihren Rat, sie brauchte ihren Trost.

Richard erschien auf ihr Pochen hin an der Tür. Er sah blass und elend aus. So hatte sie ihn nur einmal gesehen – als sie Magdalena zu Grabe getragen hatten und er deswegen nicht heiraten konnte.

»Ich muss Sarina sprechen, bitte holt sie her!« Sie hatte es leise und flehentlich gesagt, so als ob sie damit rechnete, dass seine Mutter hinter der Tür stand und sie hören konnte.

»Sie ist nicht hier.« Richard wollte die Tür schließen, doch Barbara warf sich dagegen.

»Ich bitte Euch, ich muss sie sehen!«

Er zog die Tür wieder auf, schaute über die Schulter zurück, schüttelte dann langsam und entschieden den Kopf. Drinnen herrschte Grabesstille. Kein Töpfeklappern, kein Reden, nicht einmal das Maunzen einer Katze war zu hören. »Es geht nicht, sie ist nicht hier«, wiederholte er.

»Dann möchte ich wissen, wo ich sie finden kann. Oder ist etwas mit ihr?«

»Ich kann Euch dazu nichts sagen, und hereinlassen kann ich Euch auch nicht.« Richard schob die Tür zu, das Schloss klickte ein.

Seltsam war das. Barbara blickte an der Fassade des Hauses hoch, so als hoffte sie, hinter einem der Fenster Sarina zu entdecken oder zumindest einen Hinweis zu erhalten, wo man sie finden konnte. Noch nie war sie hier so unhöflich abgefertigt worden. Was war nur geschehen?

Zögernd drehte sie sich um, ging Richtung Marktplatz davon. Den Blick auf den Boden gerichtet, tausend Gedanken im Kopf, bemerkte sie nicht, was um sie herum vorging. Sah nicht den blonden Hünen, der sie verfolgte. Sah nicht seine grobe Hand mit dem Griff seines Messers spielen, sah ihn nicht ausspucken auf den toten Hund, der am Straßenrand lag. Hörte nur immer wieder des Vaters Stimme, die ihr befahl, Friedrich zu heiraten.

So stur und verschlossen kannte sie ihn gar nicht. Früher hatte er sie doch auf seine Schultern gesetzt und ihr Pferd gespielt, hatte sie gekitzelt und Windräder für sie gebaut oder ihr lustige Lieder beigebracht.

Mi-ma-mutz,
da kommt der freche Lutz,
Mi-ma-mütz,
und stößt dich in die Pfütz,
Mi-ma-mau,
ruf schnell die Zauberfrau,
Mi-ma-mi,
dann beißt sie ihn ins Knie!

Warum war der Vater nur so hart, so herzlos geworden?

Die Mutter sagte, weil er krank war – ständig stieß er sauer auf – und weil es immer schlechter ging mit dem Geschäft. Die Patrizier hatten nicht mehr das Einkommen von ehedem, und die Händler und Handwerker bekamen es zu spüren. Allen voran solche wie der Vater, die Wertvolles herstellten, auf das man auch verzichten konnte. Warum einen neuen, silberbeschlagenen Gürtel bestellen, man besaß ja noch den alten oder gar zwei, die taten es auch. Dabei hatte der Vater sechs hungrige Mäuler zu stopfen.

Am Marktplatz zogen die ersten Händler auf. Sie trieben hoch aufgepackte Esel vor sich her oder führten Ochsen, die sie vor klobige Karren gespannt hatten. Andere Fuhrwerke, mit Kisten und Fässern beladen, waren zur Donau hin unterwegs, wo schon bald die ersten Schiffe ablegen würden. Nach Passau, nach Linz, nach Wien oder Budapest oder gar weiter bis in den Orient.

Hie und da sah man auch Sänftenträger, die ihre Herrschaften zum Rathaus brachten, oder Reiter mit prall gefüllten Satteltaschen, die zum Prebrunner Türl oder zur Steinernen Brücke ritten, um die Stadt Richtung Nürnberg oder Weiden zu verlassen.

Obwohl Barbara den Reisenden immer gerne nachgesehen hatte, waren sie ihr heute egal. Gestern noch hätte sie sich ausgedacht, wie es sein würde, wenn sie mitreisen könnte. Fremde Länder sehen, von denen Menschen Dinge erzählten, die kaum zu glauben waren. Wasser, das bis an den Horizont reichte, Berge, hundertmal so hoch wie der Turm der Winklers. Tiere, so groß wie drei Ochsen, die einen Rüssel hatten, mit dem sie ganze Bäume ausreißen konnten, andere, die aussahen wie eine Eidechse, aber länger waren als ein Pferd und schwarzhäutige Menschen verspeisten! Unvorstellbare Dinge, und doch mussten sie wahr sein, denn sie hatte den Kaiser danach gefragt, und er hatte ihr all dies bestätigt.

Ja, gestern noch hätte sie sich mit den Reisenden weggeträumt, aber heute ging es für sie nicht um Träumereien, sondern um die furchtbare Wirklichkeit.

»Ach, Sarina, wo magst du nur sein? Warum lassen sie mich nicht mit dir sprechen?«

Am Rathaus gab es einen Auflauf. Menschen hatten sich unter dem Erker versammelt, debattierten, deuteten auf das Narrenhäusl, das erst kürzlich dort angebracht worden war und in dem ein junger Mann saß, der, seiner Kleidung nach zu urteilen, ein Patriziersohn sein musste. Ins Narrenhäusl sperrte man Trunkenbolde und Spektakelmacher, Leute, die fluchten, lästerten und keiften. Dort eingesperrt zu werden war eine Schande, die so schnell keiner vergaß.

Barbara ging weiter. Sie wollte zuerst zur Großmutter, dann ins *Goldene Kreuz*, wo sie hoffte, den Kaiser zu sehen. Sie würde ihn anflehen, ihr zu helfen. Er mochte sie doch. So viele Stunden hatten sie gemeinsam verbracht, da würde er sie nicht einfach ihrem Schicksal überlassen. Ein paar Zeilen würden genügen, um den Vater zu erweichen. Wessen Wort galt schließlich mehr als das des Kaisers!

Als sie aus der Neuen Waag Gasse auf den Haidplatz trat, sah sie beim Brunnen den Hundsschinder, der einen Kadaver auf seine Karre lud. Erschrocken drehte sie sich weg, dachte an damals, als sie mit Sarina beim Henker war, beschirmte im Weitergehen mit der linken Hand das Gesicht und flüsterte ein Gebet.

Endlich hatte Barbara die Weingasse erreicht. Dort war er aus ihrem Blickfeld, und sie atmete auf. Vor der Tür zum Haus ihrer Großmutter griff sie nach dem Schlüssel, der an ihrem Gürtel hing, schob ihn ins Schloss und drehte ihn herum. Ein klickendes Geräusch war zu hören, die aufspringende Tür gab den Blick auf den Flur frei. Weißgetünchte Wände, Steinfließen, eine Truhe, eine Bank. Sie zog den Schlüssel aus dem Schloss, betrat das Haus und fühlte im nächsten Moment einen Stoß gegen ihren Rücken, der so grob war, dass sie stürzte und auf dem Bauch ein Stück über den Boden schlitterte.

Kaum hatte sie begriffen, was ihr geschehen war, wurde sie gepackt, hochgerissen und auf die Truhe geworfen. Benommen richtete sich auf. Sie drehte sich zu ihrem Angreifer um, starrte ihn schreckensbleich an. Obwohl sie ihn nie zuvor gesehen hatte, erkannte sie ihn sofort. Sarina, die Bettlerin auf den Domstufen, der Seifenhändler – sie alle hatten ihr den Mann beschrieben. Baumlang und breit wie ein Schrank. Blondes Haar und blaue Augen, einen Mund voller fauler Zähne und ein Gesicht wie ein Pfannkuchen. Es war der, der Grete und vielleicht auch Barbe getötet hatte!

»Schreist du, bringe ich dich um!« Sachsberger legte seine Hände um ihren Hals und drückte zu, um ihr zu zeigen, dass er ernst machen würde.

Als er sie endlich los ließ, hustete Barbara und rang keuchend nach Atem. Ihre Ellenbogen schmerzten vom harten Aufprall auf den Boden, in ihrem Mund machte sich der Geschmack von Blut breit. Sie hatte sich auf die Zunge gebissen.

Sachsberger sah sich um. Es war still im Haus. Eine Katze saß auf der Treppe, die nach oben führte, eine zweite kam aus der Küche, die rechts neben dem Flur lag.

»Wer wohnt hier?«

»Die Großmutter.«

»Sonst niemand?«

Barbara schüttelte den Kopf.

»Wo ist sie?«

»Sie liegt noch im Bett, ich muss ihr beim Aufstehen helfen.«

»Kann sie uns hören?«

»Nein, sie ist schwerhörig.«

»Dann sind wir also so gut wie alleine.«

»Was willst du von mir? Ich habe kein Geld. Und im Haus ist auch nichts zu holen. Die Großmutter braucht kein Geld mehr, sie ...«

Sachsberger packte Barbara am Arm und schüttelte sie heftig. »Halt den Mund! Du redest nur, wenn ich dich etwas gefragt habe, und dann kein Wort zu viel, verstanden!«

Er ließ sie wieder los. Die Augen vor Angst aufgerissen, presste sie sich gegen die Wand und nickte.

»Wo ist die Tür, die auf den Hof vom *Goldenen Kreuz* führt?«

»Dort.« Barbara deutete über die Schulter zurück. »Links, die Treppe runter, dann kommt man auf den Hof. Aber sie ist abgeschlossen.«

»Hast du den Schlüssel?«

»Den hat Frau Thuner.«

»Aber du bekommst ihn, wenn du ihn brauchst – versuch gar nicht erst zu lügen, ich weiß es!« Er beugte sich über sie und starrte ihr in die Augen. »Die Magd, die ihr tot auf dem Domkirchhof gefunden habt, hat noch ein wenig mit mir geplaudert, bevor sie das Zeitliche segnete.«

Barbara versuchte sich ihre Angst und ihren Ekel nicht anmerken zu lassen. »Eigentlich sperrt Frau Thuner mir auf und später, wenn ich mit allem fertig bin, sperrt sie wieder zu, doch wenn der Kaiser im Hause ist, bekomme ich den Schlüssel, damit ich von innen abschließen kann. Nach getaner Arbeit muss ich ihn wieder zurückgeben.«

Sachsberger grinste. »Aber keiner kontrolliert, ob du auch wirklich abgeschlossen hast, habe ich recht?«

Barbaras Ja war kaum zu hören.

»Lauter!«, schrie Sachsberger.

»Ja«, antwortete sie deutlich.

»Dann hör mir gut zu. Ich sage alles nur einmal. Du holst den Schlüssel, öffnest die Tür und erledigst deine Arbeit wie immer. Doch wenn du zurückgehst ins *Goldene Kreuz*, schließt du nicht wieder ab.«

Barbara wurde blass. »Aber ... das geht doch nicht! Der Kaiser ist doch im Haus und ...« Sie stockte. Mit geöffnetem Mund saß sie da und starrte Sachsberger an. Auf einen

Schlag begriff sie, dass dieser Mann es gar nicht auf Geld abgesehen hatte. Es ging um den Kaiser!

Sie erinnerte sich an die beiden Herren, die über ein mögliches Attentat gesprochen hatten – damals hatten sie die Wachen verdoppelt, aber an die Tür, die vom Hof ins Nachbarhaus führte, hatte keiner gedacht.

Sachsberger lachte auf seine hinterhältige Art. »Und ob es geht – es geht sogar ganz einfach.«

»Aber ich werde es nicht tun!«, sagte Barbara entschlossen. »Niemals!«

»Sei dir da mal nicht so sicher!« Er riss sie hoch und warf sie auf die Truhe zurück.

Barbara nahm all ihren Mut zusammen. »Was kannst du schon dagegen tun, wenn ich hinübergehe und den Wachen Bescheid gebe?«

»Dummes Luder!« Sachsberger gab ihr eine Ohrfeige, dass ihr Kopf gegen die Wand knallte. »Glaubst du wirklich, ich hätte keine Komplizen? Wenn du Ärger machst, werden sie sich an deine kleine Freundin halten.« Er zog sein Messer aus dem Gürtel und ließ es vor Barbaras Augen tanzen. »Sie werden ihr ein hübsches kleines Muster auf die Wangen ritzen. Vielleicht werden sie ihr auch einen Finger nach dem anderen abschneiden, um sie den Hunden zum Fraße vorzuwerfen. Ich bin sicher, meinen Freunden fällt noch einiges mehr ein, um das Fräulein ein wenig zu unterhalten.«

Barbara sah ihn entsetzt an. »Du sprichst von Sarina?«

»Richtig. Die Nichte des Stadtkämmerers. Die, die du zum Henker begleitet hast.« Sachsberger lachte, weil Barbara zusammenzuckte, als er den Henker erwähnte. »Du wunderst dich, woher ich das weiß? Ich weiß eine ganze Menge über euch beide, hab euch ja auch lange genug beobachtet! Auch dass sich die ehrenwerte Jungfer heimlich im Dom mit einem Mann trifft. Ansgar Weitershausen, wenn ich nicht irre? Ich kann den Mann ja verstehen, sie ist ein hübsches Ding. Aber ob auch der Stadtkämmerer Verständnis dafür haben wird, dass sie sich einem Kerl an den Hals wirft?«

Barbara öffnete und schloss die Lippen mehrmals, bevor sie Worte fand. »Du und deine Leute, ihr habt sie entführt! *Deshalb* also konnte ich nicht mit ihr sprechen.« Sie schlug die Hände vor den Mund. Auf einmal schien ihr alles sonnenklar. Richards seltsames Benehmen, die bedrückende Stille im Haus der Winklers ...

»Entführt?« Sachsberger stutzte. Aber es dauerte nicht lange, und er hatte sich wieder gefangen. Wenn sie glaubte, er hätte ihre Freundin bereits in seiner Gewalt, umso besser! »Entführt würde ich das nicht nennen.« Er schlug mit der Klinge gegen seine geöffnete Handfläche. »Wir haben sie – nun sagen wir einmal, an einen sicheren Ort gebracht. An einen Ort, wo sie garantiert keiner finden wird. Zugegeben, es ist ein wenig dunkel dort, aber zumindest ist sie nicht alleine. Ein paar Mäuse und Ratten leisten ihr Gesellschaft und natürlich meine Freunde.«

Sachsberger zog Barbara von der Truhe und schob sie zur Tür. »Also los!« Sie wollte schon auf die Gasse treten, da zog er sie noch einmal zurück. »Gib mir den Schlüssel zu dieser Tür, sonst kommst du noch auf dumme Gedanken.« Er sah zu, wie sie versuchte, den Haken zu lösen, mit dem er an einem Kettenglied ihres Gürtels befestigt war. Ihre Hände zitterten dabei so sehr, dass es ihr nicht gelang.

Sachsberger machte es selbst. »Du kommst sofort zurück«, sagte er. »Denk an deine Freundin! Ein falsches Wort, und du wirst sie nicht wiedererkennen!«

Barbara trat auf die Gasse. Hinter ihr fiel die Tür ins Schloss, der Schlüssel wurde herumgedreht.

Brigitt, eine Kusine der Frau Thuner, verließ im selben Moment das Haus gegenüber.

»Gott zum Gruße, Jungfer Blomberg. Wie geht es Eurer Großmutter?«

»Danke.« Barbara versuchte zu lächeln, es gelang nicht. »Alt ist sie halt und recht unbeholfen.«

Brigitt sah sie forschend an. »Ihr seht schlecht aus, seid Ihr krank?«

»Nein, es ist … nur das übliche Frauenleiden. Ich muss weiter! Es gibt so viel zu tun. Bald ist Reichstag, da brauchen wir die Zimmer in Großmutters Haus.«

»Dann sagt daheim schöne Grüße.«

»Ja, die Mutter wird sich freuen. Einen schönen Tag noch.«

»Schönen Tag, Jungfer Blomberg.« Brigitt sah ihr stirnrunzelnd nach.

Es waren nur ein paar Schritte bis vor auf den Haidplatz, von da nach rechts an den Weinkellern vorbei und in die Schankstube, über die man in die Wirtschaftsräume gelangen konnte. Man konnte aber auch ein paar Schritte weitergehen, durch die Toreinfahrt in den Hof, an der Hauskapelle vorbei, um die Wirtschaftsräume durch einen Hausgang von hinten zu betreten.

Barbara wählte den Weg über den Hof, denn er war etwas länger, und sie brauchte Zeit nachzudenken.

Was sollte sie nur tun? Wenn sie Alarm schlug, würden die Wachtposten den Mann überwältigen, und der Kaiser wäre außer Gefahr. Doch was geschähe dann mit Sarina? Sie hatte ja Gretes Leiche gesehen und wusste, wozu diese Leute fähig waren! Ihr Kopf zerschlagen wie ein rohes Ei, die Arme, das Gesicht, der Hals übersät mit Würgemalen! Barbara griff sich an ihren eigenen Hals und dachte mit Grauen daran zurück, was dieser schreckliche Mensch ihr gerade angetan hatte. Hingegen, sagte sie nichts, um Sarina zu schützen, wäre der Kaiser in Lebensgefahr!

So dachte sie hin und her und wieder hin und kam kein

Stück weiter damit. Sie blieb stehen, schlug die Hände vors Gesicht und brach in Tränen aus. Sie schämte sich, hier vor aller Augen zu weinen, aber zu groß war die Anspannung.

»Was hast du denn?«, hörte sie eine Kinderstimme fragen.

Barbara nahm die Hände vom Gesicht und sah in die blauen Augen eines kleinen Mädchens, das sie neugierig musterte.

»Ach nichts.«

»Und warum weinst du dann?«

»Ich musste an etwas sehr Trauriges denken.«

»Dann denk doch einfach nicht mehr daran, und gleich bist du wieder froh!«

»Hm.« Barbara bemühte sich um ein Lächeln, strich dem Kind übers Haar und ging weiter.

Die Wachen vor der Hofeinfahrt sahen sie forschend an. Man kannte sie und wusste, dass sie freien Zutritt hatte, aber eine junge Frau, die so verzweifelt weinte, war allemal verdächtig.

»Was gibt es?«, fragte der Oberste. »Hast du etwas zu melden?«

»Nichts, das euch etwas anginge! Lasst mich vorbei, ich habe meine Arbeit zu erledigen.«

Sie ließen sie durch, beobachteten, wie Barbara einen Eimer Wasser aus dem Brunnen zog und ihr Gesicht wusch, bevor sie im hinteren Teil des Hofes verschwand.

Die Muhme kam ihr aus der Wäschekammer entgegen. Auch sie musterte ihre Nichte neugierig. »Was gibt es? Weshalb siehst du so verheult aus.«

Barbara senkte den Kopf. »Ich soll den Friedrich heiraten.«

Die Muhme kannte den Gesellen. Er holte manchmal den Wein ab, den die Blombergs vom *Goldenen Kreuz* bezogen. Sie seufzte und legte Barbara eine Hand auf die Schulter. »Du wirst dich an ihn gewöhnen.«

Barbara schüttelte heftig den Kopf, bevor sie fragte: »Kann ich den Schlüssel haben?«

»Ist die Großmutter denn schon angezogen?«

»Sie wollte nicht aufstehen. Ich füttere sie im Bett, vielleicht ist sie danach etwas umgänglicher.«

Frau Ursula nickte. Sie gab Barbara den Schlüssel und begleitete sie in die Küche, um mit Berta das Mittagsmenü für den Kaiser zu besprechen.

Barbara schöpfte etwas von der Suppe, die über dem Feuer hing, in eine Holzschüssel und legte einen Löffel hinein. Die Suppe war aus Brot, Rahm, Graupen und Linsen gekocht, ein wenig Hühnerfleisch war auch darunter. Die Großmutter würde die Suppe nicht essen wollen. Sie würde ihr den Löffel um die Ohren schlagen und das übliche Tamtam machen. Doch sobald sie, Barbara, aufstünde, um zu gehen, würde sie laut nach ihrer Suppe schreien.

Auf dem Weg über den Hof sah Barbara über die Schulter zurück. Niemand war da, der sie sehen konnte, und doch hatte sie das Gefühl, tausend Paar Augen würden sie beobachten.

Sie schloss die Tür auf und betrat mit klopfendem Herzen das Haus der Großmutter. Der Hüne trat ihr mit grimmigem Gesicht entgegen.

»Was ist das?« Er deutete auf die Schüssel.

»Die Morgensuppe für die Großmutter.«

»Iss einen Löffel davon.«

Zögernd aß Barbara.

Sachsberger starrte sie an. Nach einer Weile nahm er ihr die Schüssel weg und löffelte die Suppe gierig in sich hinein.

»Was tust du jetzt normalerweise?«, fragte er, als er fertig war.

»Wenn alles wäre wie immer, hätte ich die Großmutter bereits angezogen. Ich würde sie füttern, ihr Bett machen und wieder gehen.«

»Füttern kannst du dir ja jetzt sparen.« Er stellte die leere Schüssel auf die Truhe im Flur. »Zieh die Alte an! Sorge dafür, dass sie mich nicht sieht.«

Barbara ging in die Schlafkammer. Die Großmutter lag in den Kissen und sah ihr missmutig entgegen. »Wo ist meine Suppe?«

»Erst muss ich Euch anziehen, Großmutter.« Barbara schlug die Decke zurück und half der Alten, sich aufzusetzen. Ihre Beine waren dünn wie Zaunlatten, die Hüftknochen standen weit hervor. »Arme heben«, befahl Barbara und griff nach dem Unterhemd.

Zum Glück war die Großmutter heute handzahm. Sie hob die Arme und wartete geduldig, bis ihr Barbara das weiße Leinenunterkleid übergezogen hatte.

»Jetzt aufstehen.«

Die Alte stellte sich mit Hilfe ihrer Enkelin hin, konnte sich jedoch kaum auf den Beinen halten. »Wo ist meine Suppe?«

»Noch das Kleid und die Strümpfe, Großmutter.«

Barbara selbst hatte die Strümpfe gestrickt, die sie ihr über die dünnen, kalten Füße schob. Sie waren aus dicker Wolle, auf die Sohlen hatte sie einen Lederlappen genäht, damit die Großmutter beim Gehen nicht rutschte.

»Ich will meine Suppe!«

»Setzt Euch in den Sessel.« Sie hakte die Alte unter, führte sie zu einem gepolsterten Lehnstuhl, half ihr, sich hinzusetzen, und stellte ihr einen Schemel unter die Füße. »Braucht ihr noch eine Decke?«

»Die Suppe! Aber keine Linsen.«

»Ist recht, Großmutter.« Barbara gab ihr einen Rosenkranz in die Hände, damit sie sich beschäftigen konnte.

Gleich ließ die Alte die Perlen durch die knöchernen Finger gleiten und sagte dazu einen Kinderreim auf.

»Trocken Brot macht Wangen rot,
Butterbröter noch viel röter!
Donnert's im Mai,
Ist der April vorbei …«

Sachsberger lauschte an der Tür. Als Barbara die Kammer der Großmutter verließ, fasste er sie am Arm und schüttelte sie. »Mit wem spricht die Alte da?«

»Mit sich selbst.«

Sachsberger sah Barbara lange aus zusammengekniffenen Augen an, bevor er sagte: »Dann gehst du jetzt ins *Goldene Kreuz*. Du verrichtest deine Arbeit und hältst den Mund! Und denk daran, verrätst du mich und geschieht mir etwas, wird es deine Freundin büßen.«

Barbara nahm die Schüssel von der Truhe, ging damit zur Hintertür. Sachsberger folgte ihr. Ihr Herz pochte bis in die Schläfen, ihre Hände zitterten wie die der Großmutter, wenn sie nach einem Becher Wein oder dem Suppenlöffel griff.

Sachsberger öffnete. »Na los!« Er gab Barbara, als sie zögerte, einen Stoß.

Draußen blieb sie stehen und starrte auf den Schlüssel in ihrer Hand. Sie könnte zuschließen, aber dann wäre es um Sarina geschehen. Nach einer Weile ballte sie die Faust um das Metall, drehte sie sich um und ging Richtung Küche davon.

Berta lachte aufgedreht, als Barbara hereinkam. »Schau, was ich hier habe!« Sie hielt eine ganze Ochsenzunge hoch. »Aus dem Kochsud mache ich ein Süppchen und aus dem Fleisch eine Pastete vom Allerfeinsten. Und fünf Täubchen haben sie mir auch gebracht, die werde ich mit Brot, Speck, Herz und Leber füllen und schön fein am Spieß braten!«

Barbara stellte die leere Schüssel auf den Tisch.

»Da hat die Großmutter heute aber Hunger gehabt! – Na, na, was schaust du denn so finster drein?«

»Wo ist die Muhme?«

»Sie wollte die Kannenkammer inspizieren.«

Barbara ging zur Tür.

»Du könntest mir in der Küche helfen!«, rief Berta ihr nach.

»Ich muss noch einmal zur Großmutter hinüber.« Schon war Barbara draußen.

Im Hausgang lehnte sie sich gegen die Wand und schlug die Hände vors Gesicht. Wenn einer der Lehrlinge in der Werkstatt nicht weiter wusste, sagte ihr Vater: »Nachdenken hilft immer!« Aber hier half auch nachdenken nicht.

Sie zog die Hände wieder vom Gesicht. Als sie die Augen aufschlug, sah sie plötzlich Sachsberger. Wie ein Schatten huschte er über den Hof und verschwand in der Hauskapelle.

Barbaras Herz schien plötzlich doppelt so schnell zu schlagen. Sie trat auf den Hof, wo sie sich umsah. Niemand war da. Auf dem Brunnenrand stand immer noch der Eimer, so wie sie ihn vorher dort abgestellt hatte. Eine Katze lag daneben und leckte sich die Pfoten, auf dem Boden stand ein Bottich, in dem die Mägde Schlachttröge ausspülten. Vermutlich hatten sie hier die Tauben geschlachtet und gerupft, die Berta in der Küche jetzt füllte.

Barbara betrachtete die Tür zur Kapelle. Ein Spitzbogen, das Holz aus dicken Eichenbrettern, ein Eisenkreuz war eingeschlagen. Sie ging näher, legte ihre Hand auf die Klinke und stellte sich vor, was weiter geschehen würde. Oben bereitete sich der Kaiser darauf vor, in die Kapelle zu gehen – hier unten wartete Sachsberger hinter der Tür, ein Messer in der Hand …

»O Gott!«, flüsterte Barbara. Ihre Brust hob und senkte sich vom schweren Atem. Sie sah den Kaiser von Blut überströmt auf dem Boden liegen. Sie sah Sarina, gequält und geschändet in einem finsteren Loch verenden. Sie hörte den Vater: »Nachdenken hilft immer!« und hörte die Muhme: »Die Ehre hat als Zeugen nur das eigene Gewissen!«

Plötzlich wusste sie, was zu tun war.

Barbara griff in ihre Röcke und rannte los. Gott hatte das Schicksal des Kaisers in ihre Hände gelegt.

Ansgar hatte das Beil aus dem Keller geholt und war in den Garten gegangen. Noch immer lag die Ulme dort, die er mit Olrig vor zehn Tagen gefällt hatte, als wäre sie nach einem Eissturm gebrochen. Er machte sich daran, sie von ihrem Astwerk zu befreien. Wie ein Berserker schlug er zu, riss und zerrte am Gezweig, schleppte, was er vom Stamm getrennt hatte, zur Seite und schichtete alles zu einem großen Haufen auf.

Die aufgeschürften Hände bluteten, in seinem Gesicht konnte man Zorn erkennen und die Spuren einer durchwachten Nacht. »Warten bis morgen!«, schrie er, während er neuerlich auf den Baum einschlug. »Ich kann nicht warten bis morgen! Warum habe ich Mutter so etwas Unsinniges versprochen? Ich muss *jetzt* gehen und Sarina sagen, dass ich sie liebe und zu ihr stehe!«

Er stieß einen wütenden Schrei aus, dazu die dumpfen Schläge der Axt, das Splittern des Holzes, und vom Kloster auf der anderen Seite des Gartens klang der Singsang der Nonnen herüber – wahrlich zu einer seltsamen Musik fügte sich all das zusammen!

Auf einmal stand Olrig neben ihm. Frau Gudrun hatte ihn geschickt. Er hielt Ansgar die Säge hin. »Ich soll Euch helfen.«

Ansgar fasste den Griff am anderen Ende, sie setzten das Sägeblatt drei Schritte unter der Krone an, zogen abwechselnd hin und her. Das Metall fraß sich durchs Holz. Sie schwiegen bei ihrer Arbeit, vermieden es, sich anzusehen.

So mochte eine Viertelstunde vergangen sein, als plötzlich oben ein Fenster aufgerissen wurde und ein Stuhl geflogen kam.

Mit einem Aufschrei sprang Ansgar zurück. Beinahe wäre er getroffen worden. »Was ist! Was geht schon wieder in deinem alten kranken Kopf vor sich, dass du mich umbringen willst!«, schrie er zu seinem Großvater hinauf.

Ein zweiter Stuhl flog herunter, danach ein Gemälde, auf dem der heilige Franziskus zu sehen war.

Ansgar und Olrig starrten sich an.

»Es ist wieder so weit.«

»Wir sollten ihn beruhigen, bevor er alles kurz und klein schlägt.«

»Aber wie? Die Tür ist verschlossen!«

»Dann brechen wir sie auf.«

»Es geht nicht, wir haben es doch schon einmal versucht. Wir müssten die ganze Zarge herausbrechen.«

»Also holen wir die Leiter.«

Sie lehnten sie unter dem geöffneten Fenster an die Hauswand, leider reichte sie nicht bis ganz oben. Ansgar kletterte hoch, fasste ans Sims und versuchte, sich das letzte Stück hinaufzuziehen.

Da trat Meister Zacharias ans Fenster. Mit wutverzerrter Miene sah er seinen Enkelsohn an. »Verschwinde! Geh weg!«

»Großvater, ich bin's doch, Friedhelm!«

Diesmal ließ der alte Mann sich nicht täuschen. Er verschwand im Raum, kam mit einem Gehstock zurück und schlug damit auf Ansgar ein. »Du hast alles zerstört! Alle, die ich liebe!«

»Hört auf, Großvater, Ihr bringt mich ja um!«

»Alles zerstört!« Der Alte zog den Stock über Ansgars Hände. Mit einem Schmerzensschrei ließ er das Sims los. Im Fallen griff er nach der Leiter, brachte sie durch den Ruck ins Schwanken. Olrig versuchte, sie an die Mauer zurückzudrücken, doch Ansgar war zu schwer, sie kippte über ihn hinweg, riss dabei seinen Arm so heftig herum, dass ihm die Schulter aus dem Gelenk sprang.

Frau Gudrun und Anna waren inzwischen auf das Spektakel aufmerksam geworden. Sie kamen angerannt und fanden Ansgar mit blutüberströmtem Kopf auf dem Baumstamm liegen. Olrig, der sich den ausgekugelten Arm hielt, kniete daneben und schnappte, vom Schmerz gepeinigt, nach Luft.

»Jesus!« Frau Gudrun sank neben ihrem ohnmächtigen Sohn nieder. »Was ist denn geschehen?«

Olrig erklärte es ihr.

Oben am Fenster erschien Meister Zacharias. Er warf eine Holzkiste herunter und rief: »Etliches fiel in das Steinige, da es nicht viel Erde hatte, etliches fiel auf ein gutes Land und trug Frucht! Ohngefähr sind wir geboren und fahren wieder dahin, als wären wir nie gewesen! – Friedhelm soll heraufkommen, ich wünsche ihn zu sehen.«

Anna fing an zu weinen. »Jetzt ist er endgültig verrückt geworden.«

»Hör auf zu heulen, hilf mir lieber!« Frau Gudrun setzte Ansgar auf und schlug ihn auf die Wange. »Sag etwas!«

Endlich öffnete er die Augen, griff sich stöhnend an den Kopf. »Was ist passiert?«

»Von der Leiter seid Ihr gefallen.«

Ansgar sah Olrig an, der schreckensbleich seine Schulter hielt. »Und du?«

»Es ist etwas mit meinem Arm. Ich wollte Euch halten, dabei habe ich mich verletzt.«

»Könnt Ihr aufstehen?«, fragte Frau Gudrun ihren Sohn.

Ansgar zog die Beine an. Anna sprang ihm bei, zusammen mit Frau Gudrun stützten sie ihn und halfen ihm auf die Füße. Sie führten ihn in die Küche, dort legten sie ihn auf das Bett, auf dem Anna für gewöhnlich schlief.

Olrig war ihnen gefolgt. Seufzend setzte er sich ans Feuer, klagte nicht, obwohl die Schmerzen schier unerträglich waren.

»Wir brauchen den Chirurgen«, sagte Frau Gudrun zu Anna. »Hol den Johannes Lauterer, du weißt ja, wo er wohnt. Lauf, und beeil dich!«

Anna rannte los, Frau Gudrun ging in die Wirtschaftskammer, nahm ein altes Leintuch, das zerschlissen war, riss es in Streifen und machte sich daran, Ansgars Wunde zu versorgen. Sie zog mehrere Holzsplitter heraus, faltete aus einem der Stoffstreifen ein Presskissen, drückte es auf die Wunde und legte einen Verband darüber.

Kaum war sie fertig, hörte man von oben wieder Lärm. Meister Zacharias schrie und trat gegen die Tür.

»Es wird immer schwieriger mit ihm.« Verzweifelt schüttelte Frau Gudrun den Kopf. »Was hat ihn nur so aufgebracht, dass er sich seit Tagen verschanzt und kein gutes Wort mehr über seine Lippen kommt?«

Olrig wusste es, doch er schwieg.

Plötzlich war es still im Haus. Mit angehaltenem Atem lauschten die drei, rechneten damit, dass der Sturm gleich wieder losbrechen würde, doch nichts rührte sich mehr.

»Er hat sich erschöpft, er ist eingeschlafen.«

»Wenn ich nur wüsste, wie wir in das Zimmer gelangen könnten. Nie hätten wir seinen Wunsch befolgen und diesen eisernen Riegel anbringen dürfen.«

»Dann hätte er eben den Schmied bestellt.«

Frau Gudrun sank auf die Bank am Tisch, stützte den Kopf in die Hände und brach in Tränen aus. Seit dem Tod ihres Mannes hatte sie nicht mehr geweint. Aber nun war ihr alles zu viel. Auch ihre Kraft hatte einmal ein Ende.

»Lasst Großvater doch einfach schlafen, Mutter. Wenn er wach wird, erinnert er sich an nichts. Er wird Hunger haben und nach Anna rufen. Dann öffnet er, und Ihr geht hinein und holt ihn heraus. Schickt einen Boten zu Eurem Bruder, damit Heinrich kommt und Großvater abholt.«

Sie rang die Hände. »Die weite Reise über Land ist doch zu anstrengend für ihn.«

»Ja, vielleicht. Aber bei Eurem Bruder war er glücklich, dort ging es ihm gut.«

»Und das Bild ...«

»Das Bild ist fertig. Was will er daran noch ändern? Es würde mit keinem Pinselstrich besser werden.« Ansgar sprach so leise, dass er kaum noch zu verstehen war. Erschöpft schloss er die Augen. Er wollte doch zu Sarina, ihr sagen, dass er trotz allem für sie da war. Jetzt lag er hier, und jeder Wimpernschlag schmerzte, als würde man ihm einen Pfeil in den Kopf schießen.

Frau Gudrun ging noch einmal in die Wirtschaftskammer. Sie nahm drei kleine tönerne Töpfe aus dem Regal, die mit Kräutern gefüllt waren, zog nacheinander die Deckel ab und griff hinein. Mit drei Fingern nahm sie einen Pflück von hier und einen von da, ging wieder in die Küche, goss heißes Wasser über die Kräuter und stellte den Becher auf den Tisch, damit der Sud ziehen konnte.

»Was ist das?«, fragte Ansgar.

»Es ist gegen die Schmerzen. Wir Frauen nehmen es manchmal. Euch wird es auch helfen.« Die Haustür wurde geöffnet. Frau Gudrun wandte den Kopf. »Ich glaube, da kommt Anna mit dem Chirurgen.«

Johannes Lauterer war ein kleiner, drahtiger Mann mit

dunklen, aufmerksamen Augen, denen nichts zu entgehen schien. Unterwegs hatte Anna ihm bereits erzählt, was sich ereignet hatte, und ein Blick auf Olrigs Schulter, die so seltsam verzogen aussah, bestätigte ihm seine Vermutung.

»Streck mir mal den Arm entgegen! Bevor ich etwas dazu sagen kann, muss ich mir das genauer ansehen. Nein, nicht so, mehr in diese Richtung. Tut es weh, wenn ich das mache?«

Olrig schrie und sprang auf, als hätte ihn ein Hund in den Hintern gebissen. »Au, seid Ihr verrückt!«

Johannes Lauterer lachte. »Keineswegs. Ich habe dir die Schulter wieder eingerenkt. Hätte ich es dir vorher gesagt, hättest du dich nur verkrampft.«

Olrig sank blass auf den Stuhl zurück.

»Es wird noch ein paar Wochen schmerzen«, sagte Lauterer. »Leg den Arm in eine Schlinge, besser noch, lass ihn dir an den Körper binden, damit du ihn nicht bewegen kannst.« Er sah Frau Gudrun an, als wollte er in ihrem Gesicht nachlesen, ob sie ihrem Knecht ein paar Tage Ruhe zugestand.

»Und mein Sohn?«, fragte sie.

Lauterer nahm Ansgar den Verband ab. »Es blutet nicht mehr, das ist gut.« Er betastete den Schädel. »Scheint alles in Ordnung zu sein. Der Schlag auf den Kopf kann aber zu Dummheit führen. Besser, Ihr bleibt zwei Wochen liegen.« Lauterer griff nach dem Becher und roch an dem Sud. »Was ist das?«

Frau Gudrun sagte es ihm, und er nickte. »Das könnt Ihr verabreichen. Und mir gebt Ihr fünfzehn Schillinge oder was Ihr sonst habt von diesem Wert.«

Frau Gudrun holte ein kleines Gemälde, auf dem ein Reiter abgebildet war. Ihr Vater hatte ihn auf ein flüchtig grundiertes Buchenbrett gemalt, um eine Wirkung auszuprobieren, und dann zum Feuerholz geworfen. Sie hatte es aus dem Korb genommen und aufbewahrt, so wie viele andere Bilder auch, die für ihn nichts wert waren, den Leuten aber gut gefielen. Oft genug hatte sie damit Rechnungen beglichen und Gott angefleht, dass ihr Vater es nicht merken würde, denn dann hätte er sogar gegen sie seine Hand erhoben.

Der Chirurg nickte zufrieden. »Dafür habt Ihr noch etwas gut bei mir. Holt mich ruhig, solltet Ihr meine Hilfe einmal wieder brauchen, die Behandlung ist schon beglichen.«

Während Anna Johannes Lauterer hinausbrachte, flößte Frau Gudrun den beiden Verletzten den Trank ein. »Darauf werdet ihr gut schlafen«, sagte sie.

Etwa zur selben Zeit stürmte Barbara im *Goldenen Kreuz* über die Treppe nach oben, zu den Räumen des Kaisers. Die letzten Stufen ging sie langsam, fuhr sich schnell noch mit zehn Fingern durchs Haar, warf den Kopf in den Nacken und trat vor die Wachen hin.

Die Männer tauschten Blicke. »Seine Majestät hat sich schon für den Gang zur Kapelle gerichtet, komm später wieder.«

»Aber gerade deshalb muss ich ja mit ihm sprechen!«

Nur zögerlich gaben die Männer die Tür frei.

Als Barbara eintrat, hob der Kaiser erstaunt den Kopf. Just im Moment hatte er sein Gebetbuch zur Hand genommen, um zu gehen.

Barbara machte einen Knicks. »Ich ... es ist ...« Verlegen sah sie zu Boden.

»Nun?« Der Kaiser trat vor sie hin, legte seine Hand unter ihr Kinn und hob ihren Kopf, damit sie ihn ansehen musste. Tränen nisteten in ihren Augen, ihre Lippen zitterten. »Rede, was gibt es?«

»Ich habe geträumt, kaiserliche Majestät.«

»Geträumt?«

»Von Euch, Majestät.«

Ein Lächeln huschte über sein Gesicht. »Und da musst du weinen? War es denn ein so schrecklicher Traum?«

»Ja, kaiserliche Majestät. Ein dunkler Schatten lag über Euch, ein Messer blitzte auf.«

Karl nickte. »Das war wirklich kein schöner Traum. Da muss ich mein Gebet wohl verstärken und Gott um seinen Schutz …«

»Nein!« Barbara erschrak über die Ungehörigkeit, dem Kaiser ins Wort gefallen zu sein. »Ich bitte vielmals um Entschuldigung, kaiserliche Majestät, aber in meinem Traum kam auch eine Kapelle vor. Ich sah deutlich ein Kreuz! Ich bitte Euch, bleibt, geht nicht! Ihr könntet doch auch … könntet doch auch hier in Euren Räumen beten!«

Als sie sah, dass er zögerte, nahm sie ihm das Gebetbuch aus der Hand und legte es neben sich auf den Tisch. »Bitte bleibt hier! Ich hätte Angst um Euch!«

Er lächelte. »Es ist ja doch ein schöner Traum.« Er fasste ihre Hände und zog sie zu sich.

Barbara blickte zu ihm auf. Graue Haare durchzogen seinen dunklen Bart, als wären es Silberfäden. In seinen braunen Augen lag ein Glanz wie Morgentau, um seine Lippen spielte ein zärtliches Lächeln. Er flüsterte ihren Namen. Sein Gesicht kam ihr so nahe, dass sie seinen Atem spüren konnte.

Barbara Herz schlug plötzlich doppelt so schnell, und wie seltsam, auf ihrer Brust lag ein Gefühl, als müsse sie ersticken. Erst recht, als der Kaiser nach ihrer Hand griff, um sie an seine Lippen zu führen und zu küssen – zuerst die Innenfläche, dann jeden Finger einzeln. Sein Blick ließ sie nicht los dabei. Es war, als wolle er sie bis in all ihre Tiefen ergründen.

Erstaunt hielt Barbara still. Wie schaurig schön, dieses Zittern, dieses Pulsieren ihres Körpers, selbst dort, wo angeblich der Frauen Hölle sich befand. Nur Dunkles und Böses, so hieß es, ein Feuer, das einem Mädchen nicht mehr als zur Schande verhelfen konnte. Aber es war doch ganz anders! Sah der Kaiser sie so an und küsste ihre Hand und ihre Finger und, wie jetzt gerade, ihren Hals, dann schien dort in ihrem Unterleib der Himmel zu sein und eine Hitze, die gar nichts Höllisches hatte. Das Fleisch zwischen ihren Schenkeln pulsierte immer heftiger, es schien anzuschwellen und sich aufzuwölben. Ein Zucken bis hinauf zur Brust, ein Verlangen, das ihr den Atem raubte.

Der Kaiser hatte seine Lippen inzwischen an ihr Ohr gelegt. »Mi dulce pájaro, que hermoso eres«, flüsterte er. Sie verstand nicht, was es bedeutete, doch sie lauschte hingebungsvoll. »Acércame tus labios, déjame beber de ellos, a cambio yo te ofrezo un poco de mi néctar.« Wie schön die Worte klangen, wie zärtlich sie über ihre Haut strichen! Ein Windhauch, der wahre Stürme an ihrem Ohr auslöste.

»Barbara ...«

Ihre Lippen öffnete sich, ein leises Stöhnen drang aus ihrem Mund, fiel heraus, so wie ein reifer Apfel vom Baum fällt. »O Gott«, flüsterte sie, »was macht Ihr mit mir?«

»Es ist die Liebe«, antwortete der Kaiser.

»Dann möchte ich, dass Ihr ewig mich liebt!«

Sachsberger stand hinter der Kapellentür und lauschte, ob sich draußen im Hof Schritte näherten. Wo blieb der Kaiser? Längst hätte er hier sein müssen, hingestreckt vor ihm liegen, das Herz durchbohrt von der Klinge seines Messers.

Und wenn ihn die dumme Kuh verraten hatte? Aber nein, dann wären bereits die Wachen hier, um ihn zu überwältigen. Vielleicht aber auch nicht. Vielleicht standen sie draußen vor der Tür und warteten auf ihn.

Sachsberger trat einen Schritt zurück, betrachtete den Raum. Vier Kreuzjoche strebten von den Seitenwänden an der Decke entlang einem Mittelpfeiler entgegen. Sie waren mit blutroter Farbe abgesetzt, die Wände selbst in hellem Ockergelb gestrichen. Links stand ein kleiner Altar mit einem Kerzenleuchter, darüber hing ein schlichtes Kreuz. Ein Betstuhl stand vor dem Altar und hinter dem Betstuhl zwei hölzerne Bänke.

Ein Fenster gab es nicht!

Sachsberger fluchte, er saß in der Falle. Was tun? Je länger er wartete, desto größer war die Wahrscheinlichkeit, dass jemand kam, um die Kerzen zu löschen oder zu beten, oder dass abgeschlossen wurde. Er musste hier heraus und dann überlegen, was weiter zu tun war, um die Sache mit dem Kaiser zu Ende zu bringen.

Das Messer in der Rechten, drückte er vorsichtig die Klinke herunter, zog die Tür einen Spalt auf und lauschte. Ein Pferd wieherte auf dem Hof, Krähen krächzten, aus einiger Entfernung waren das Geklapper von Töpfen und gedämpfte Stimmen zu hören – eine Frau schien mit einer Magd zu schimpfen. Nichts Auffälliges.

Er öffnete die Tür ein Stück weiter, streckte den Kopf hinaus, zog ihn aber gleich wieder zurück. An der westlichen Hauswand befand sich ein Unterstand für Pferde, dort striegelte ein Bursche mit Blickrichtung zur Kapelle einen Rappen.

Sachsberger wartete eine Weile, bevor er einen zweiten Blick wagte. Inzwischen hatte der Bursche die Seite gewechselt, drehte ihm nun den Rücken zu. Also los, weg hier, eine bessere Gelegenheit wird sich nicht bieten!

Sachsberger trat auf den Hof, überquerte ihn, schlich die Treppen zum angrenzenden Haus hinauf und drückte dort an der Tür die Klinke. Das Herz pochte ihm dabei. Konnte ja sein, hinter der Tür erwarteten ihn die Wachen – doch auch hier geschah nichts. Warum auch immer der Kaiser nicht in die Kapelle gekommen war, verraten hatte ihn das Weibsstück jedenfalls nicht.

Er betrat das Haus, schloss die Tür hinter sich und lauschte auch hier. Von oben, aus dem Zimmer der Alten klang leises Gemurmel, sonst war nichts zu hören.

Noch ein paar Schritte über den Flur, und er war auf der Gasse. Einen Moment blieb er stehen, sah sich um. Die Sonne schien, Kinder spielten Fangen, Vögel zwitscherten. Alles wie immer, niemand nahm Notiz von ihm.

So also fühlte es sich an, wenn man sich liebte. Ein galoppierendes Herz, ein Pulsieren zwischen den Schenkeln, ein Ringen nach Atem. Hände und Beine, die sich umklammerten, Lippen und Zungen auf salziger Haut.

Als Barbara sich aus den Armen des Kaisers erhob, war sie noch immer ganz liebestrunken. Doch im selben Maße, wie sich ihr Blut abkühlte, drängte sich auch die Erinnerung an Sachsberger und Sarinas Verschwinden wieder in ihre Gedanken und schwebte wie ein düsterer Schleier über ihrem Glück. Sie strich sich das Haar aus dem Gesicht, glättete ihren Rock und drehte sich zum Kaiser um. Erschöpft lag er in den Kissen, statt tiefer Gramfalten ein zufriedenes Lächeln auf den vom Küssen noch heißen Lippen und ein Glanz in den Augen, als würde sich die Sonne in der Donau spiegeln.

Dieses Bild behielt Barbara im Herzen. Sie würde sich noch daran erinnern, wenn die Wehen ihr wie Messer in den Leib fahren würden, wenn sie seinen Sohn an ihre Brust legen, wenn sie dem kaiserlichen Offizier Hieronymus Kegel, mit dem sie verheiratet werden sollte, ihr Jawort geben würde – sogar noch auf dem Sterbebett!

»Was siehst du auf einmal so bekümmert drein?«, fragte Karl.

Barbara blickte zu Boden.

»Falls du dich um deine Zukunft sorgst – ich werde Mittel und Wege finden, dass du ein ehrbares Leben führen kannst und es dir an nichts fehlt.«

Als sie nichts sagte, sondern weiterhin nur auf den Boden starrte, setzte er sich auf und seufzte, und auf einmal war auch aus seinem Gesicht das Glück verschwunden. »Du musst jetzt gehen!«

»Jawohl, kaiserliche Hoheit.« Barbara knickste, und plötzlich schämte sie sich. Für ihre Liebe, für ihr Glück, für die verlorene Jungfernschaft und dafür, dass sie in des Kaisers Armen Sarina in ihrem Leid vergessen hatte.

An der Tür drehte sie sich zögerlich um. Einen Moment war sie versucht, sich dem Kaiser anzuvertrauen, ihm von Sachsberger zu berichten, ihn um Schutz und Hilfe zu bitten. Er würde umgehend seine Wachen losschicken, und falls Sachsberger noch im Hause wäre, würde man ihn stellen und gefangen nehmen. Man würde ihn zum Rathaus schleppen, dort in eine der Zellen stecken und nach den Ratsherren schicken, damit sie ihn befragten. Doch was geschähe dann mit Sarina? Wenn Sachsbergers Komplizen, die vermutlich vor dem Haus auf ihn warteten, entdeckten, dass sie verraten wurden, würden sie mit ihrer Gefangenen nicht lange fackeln, so wie sie mit Grete nicht lange gefackelt hatten.

»Nun geh schon«, sagte der Kaiser mit Ungeduld in der Stimme, und Barbara knickste ein zweites Mal, bevor sie die Tür hinter sich schloss.

Die schamlosen Blicke der Wachen trieben ihr das Blut in die Wagen. Kaum war sie um die Ecke, hörte sie den einen zum anderen sagen: »Bei der wäre ich auch gerne mal Kaiser!« Dann lachten die Männer ungeniert.

Während Barbara hinunterging, überlegte sie, was zu tun sei. Vermutlich hatte man ihr Fehlen bereits bemerkt und suchte nach ihr. Angefangen von den nicht abgeschlossenen Türen im Hause der Großmutter bis hin zu ihrem Fortbleiben würde sie einiges zu erklären haben, und man würde ihr die Lügen von den Lippen ablesen und sie bestrafen wie ein lästerliches Luder. Eine kleine, wenn auch geringe Möglichkeit bestand jedoch, dass ihr Fehlen niemandem aufgefallen war. Dann sollte sie sich beeilen, ins Haus der Großmutter zu kommen, um nach dem Rechten zu sehen und den Schlüssel zu suchen, den Sachsberger ihr abgenommen hatte.

Doch was, wenn er ihr dort auflauerte, um von ihr Rechenschaft zu fordern? Er würde sie schlagen und vielleicht sogar töten!

Trotzdem, sie musste es wagen.

Inzwischen war sie am unteren Treppenabsatz angekommen. Sie trat auf den Hof und sah sich um. In der Toreinfahrt standen vier Uniformierte, mit Piken und Feuerwaffen ausgerüstet. Am Brunnen schöpfte Max, der Pferdebursche, Wasser, um die Rösser zu tränken. Sonst war niemand da.

Im Laufschritt überquerte Barbara den Hof. Als sie an der Kapelle vorbeikam, deren Tür offenstand, warf sie einen Blick hinein. Sie hatte nicht wirklich geglaubt, dass Sachsberger so lange gewartet hätte, trotzdem atmete sie erleichtert auf.

Dann weiter, am Brunnen vorbei. Max hievte gerade den wassergefüllten Eimer auf den Brunnenrand und wischte sich mit dem Handrücken den Schweiß von der Stirn. »He, wohin so eilig?«, rief er ihr lachend nach.

Sie antwortete nicht, stieß die Tür zum Haus der Großmutter auf, warf sie hinter sich wieder zu und presste sich keuchend dagegen.

Mit allem hatte sie gerechnet! Dass Sachsberger oder die Muhme hier auf sie warteten, um sie zur Rechenschaft zu ziehen, oder Wachen das Haus inspizierten und sie mit klirrenden Degen empfingen – aber nichts dergleichen. Es war geradezu gespenstisch still, kein Lüftlein regte sich, nicht einmal die Katzen schlichen herum.

Als Barbara sich gefasst hatte, kontrollierte sie zuerst die vordere Tür. Weder war sie verschlossen, noch steckte der Schlüssel. Vorsichtig warf sie einen Blick auf die Gasse, sah ein paar spielende Kinder, einige Frauen, die Körbe schleppten, einen Mann und einen Jungen, die ein Fass zur Donau hinunter rollten – von Sachsberger zum Glück keine Spur.

Als sie sich umdrehte, um ins Haus zurückzugehen, entdeckte sie im Schein des Lichtes, das von draußen in den düsteren Flur fiel, den Schlüssel. Er lag auf dem Boden, war halb unter die Truhe gerutscht. Vielleicht hatte Sachsberger ihn verloren und auf die Schnelle nicht wiedergefunden. Sie hob ihn auf, schloss die Tür und sperrte ab.

Sie warf einen Blick in die Küche, ging dann nach oben zur Großmutter. Die Alte saß wie immer in ihrem Sessel, ließ die Holzperlen ihres Rosenkranzes durch die Finger gleiten und sang mit dünner Greisinnenstimme: »Die Eule, die Eule, die hat am Arsch 'ne Beule. Der Uhu, der Uhu, der macht das Arschloch zuhu. Die Elster, die Elster, die schreit: Na, wie gefällt's der!«

Barbara lachte über die törichten Verse. »Ach, Großmutter, wie bin ich froh, dass dir nichts geschehen ist!« Sie fiel vor der Alten auf die Knie und brach in haltloses Schluchzen aus.

In der Küche gab es Tumult. Antonia, eine der Mägde, war mit dem Wassereimer gestolpert und hingefallen. Das

Wasser hatte sich über das Feuer ergossen, es gelöscht und sich mit der Asche zu einer schleimigen schwarzen Brühe vermischt. Der Dreck verteilte sich in großen Lachen über den Boden.

Während Berta auf die Magd einprügelte, versuchten Katie und Lena den Dreck aufzuwischen, doch statt sauberer wurde alles nur noch schlimmer. Die roten Klinker waren schwarz, die Mägde waren schwarz, die Gosse vor dem Haus war schwarz, und Berta schrie und zeterte und jammerte, was sie nun den Gästen im Wirtshaus und dem Kaiser zum Mittagsmahl vorsetzen sollte. Rohen Braten etwa? Eine laue Suppe mit halbgarem Gemüse?

Von Bertas Geschrei herbeigerufen, erschien nun auch Frau Ursula. Als sie das Chaos sah, setzte es gleich noch mal eine Tracht Prügel. »Und zwei Monatslöhne werde ich dir zusätzlich abziehen, um den Schaden zu begleichen!«

Rotz und Wasser heulend sank Antonia auf die Knie, schrubbte zusammen mit Katie und Lena die verschmierten Klinker. Die Prügel schmerzten nicht, daran war sie gewöhnt, aber dass ihr Frau Ursula zwei Monatslöhne abziehen wollte, tat wirklich weh.

Plötzlich zog Berta die Nase hoch und schnüffelte. Es roch nach Angebranntem. »Zum Donner und Kanonenrohr!« Sie stürzte zum Backofen und riss die Klappe auf. Über all dem Schlamassel hatte sie das Honiggebäck vergessen! Sie hatte es für den Kaiser gebacken, damit er sich nach dem Gang zur Kapelle stärken konnte. Nun war auch das Gepäck noch verbrannt.

Sie fuhr mit der Schaufel in den Backofen und holte nacheinander zwölf Kuchen heraus. Neun waren kohlschwarz, drei konnte man noch abschrappen. Damit man es nicht sah, würde Berta sie mit Honig bestreichen und fein gestoßene Mandeln darüber streuen.

Sie nahm das kleine Messer und fing an, auf dem Kuchen herumzukratzen. »Wo bleibt denn nur die Barbara so lange?«, murrte sie dabei.

»Sie wollte die Großmutter versorgen – ist sie noch nicht zurück?«, fragte Frau Ursula.

»Sie war kurz hier, hat die leere Schüssel gebracht und ist wieder fort.«

»Ich sehe nach ihr.« Frau Ursula war froh, dem Chaos in der Küche den Rücken kehren zu können, und ging eilig davon.

Auf dem Hof traf sie Max.

»Hast du die Barbara gesehen?«

»Ja, Frau Thuner, sie ist rüber ins andere Haus.«

»Und warum steht die Tür zur Kapelle offen?«

Er zuckte die Schultern. »Weiß nicht.«

Frau Ursula sah in die Kapelle. Die Kerzen brannten noch, sie löschte sie. Dann ging sie zur Großmutter.

Die Tür zum Hof war nicht verschlossen. Ärgerlich über diese Unachtsamkeit, nahm sie sich vor, mit Barbara ein ernstes Wort zu reden. Doch als sie Barbara oben in der Kammer vor der Großmutter kniend fand, den Kopf im Schoß der Alten und herzzerreißend weinend, war ihr Groll mit einem Mal vergessen. Die Großmutter, die für gewöhnlich schimpfte und zeterte wie ein Waschweib und mit dem Löffel um sich schlug, strich ihr liebevoll über Haar und sang:

»Wird gut, wird gut,
wo Not hilft Gott,
hab Mut,
wird alles wieder gut.«

Frau Ursula legte Barbara eine Hand auf die Schulter. »Komm, wir brauchen dich. Du musst dem Kaiser Kuchen bringen.«

Das Mädchen stand auf. Die Muhme nahm sie in den

Arm und sagte leise: »Und das mit Friedrich – das wird schon werden.«

Es war später Nachmittag, als Ansgar wach wurde. Verwirrt sah er sich um. Zusammen mit Olrig lag er auf der Schlafstatt in der Küche, auf der sonst Anna schlief. Seine Mutter saß am Feuer und schrubbte einen Kessel, einer der Hunde lag neben ihr.

»Was ist geschehen?« Ansgar richtete sich auf, tastete den Verband auf seinem Kopf ab, sah dann Olrig an, der den rechten Arm an seinen Körper gebunden hatte, und fest schlief.

Frau Gudrun erzählte es ihm.

»Und Großvater?«

»Endlich hat er sich beruhigt.«

»Aber dann könnte ich doch die Leiter …«

»Nein«, fiel ihm Frau Gudrun ins Wort, »kein Wagnis mehr. Irgendwann wird er freiwillig herunterkommen.«

»Und dann?«

»Ich habe nachgedacht. Ihr habt recht, er muss zurück zu Eurem Onkel. Dort hat er sich wohl gefühlt. Dort wird er wieder zu sich finden. Wir werden einen Boten schicken, damit Heinrich mit der Kutsche kommt.«

»Und glaubt Ihr, Euer Bruder wird sich eine solche Bürde auferlegen lassen?«

»Es ist ja auch sein Vater.«

Ansgar wollte aufstehen, doch Frau Gudrun sprang bei, drückte ihn wieder in die Kissen. »Um Himmels willen, was habt Ihr vor? Sohn, bleibt liegen! Ein paar Tage werdet Ihr Euch schon noch schonen müssen!«

»Lasst mich, Mutter.« Er schob sie von sich. »Liegen bleiben kann ich nicht. Ich muss zu Sarina.«

»Aber Ihr habt mir doch versprochen …«

Nun war er es, der ihr ins Wort fiel. »Es war dumm von

mir, Euch so ein Versprechen zu geben. Genauso gut könnte ich meine Seele verkaufen. Das dürft Ihr nicht von mir erwarten!« Er stand auf, wandte sich ihr zu. »Ihr mögt sie doch auch? Warum habt Ihr kein Mitleid mit ihr?«

»Das habe ich doch.« Sie fasste ihren Sohn an den Schultern. »Aber wenn ich wählen muss zwischen ihr und dir, mein Junge, dann entscheide ich mich immer für dich. Und hier geht es um deine Zukunft, dein Leben.«

»So ist es, Mutter, es geht um mein Leben, und dazu gehört Sarina. Erinnert Ihr Euch, was Ihr mir sagtet, als ich auf Wanderschaft ging?«

Sie zuckte die Schultern.

»Ihr sagtet: Wenn es einmal Probleme gibt und du nicht mehr weiter weißt, dann geh in Gedanken an den Punkt zurück, als du es noch wusstest, und fange noch einmal von vorne an. Genau das habe ich getan, während ich die Ulme zersägte. Ich ging an den Punkt zurück, als ich noch wusste, was ich wollte. Da stand ich vor Herrn Winkler und bat um Sarinas Hand. Und jetzt werde ich dort hin zurückgehen und es noch einmal tun. Danach werden wir weitersehen.«

Frau Gudrun hatte Tränen in den Augen. »Ich kann Euch wohl nicht davon abhalten.« Einen Moment überlegte sie, ob sie ihm sagen sollte, dass ein Knecht hier war und nach Sarina gesucht hatte, aber sie dachte, er würde sich nur Sorgen machen, und vielleicht hatte man sie ja auch längst gefunden.

Ansgar schüttelte den Kopf, dann lachte er plötzlich. »Seid doch nicht traurig! Können wir hier nicht leben, dann eben in Italien, und wenn ich Fuß gefasst habe, lasse ich Euch nachkommen. Ihr werdet wunderbare Dinge erleben! Das Meer werdet ihr sehen, und immer wird die Sonne scheinen.«

»Einen alten Baum verpflanzt man nicht.«

»Vielleicht kommt es ja auch gar nicht so weit. Unser Stadtkämmerer ist ein kluger und gerechter Mann, und wer weiß schon von dieser unseligen Sache.«

»Du vergisst seine Frau. Man hört nichts Gutes von ihr.«

Ansgar seufzte. Da musste er seiner Mutter leider recht geben.

Seit Sarinas Verschwinden lag Frau Wiltrud im Bett. Sie sei krank, ließ sie ausrichten, sie habe die schwarze Galle. Sie schickte auch nach einem Arzt, der sie zur Ader ließ. Danach weinte sie und verlangte nach einer Milchsuppe. Sonst hörte man nichts von ihr.

Wolfgang Winkler war es recht. Er hatte keine Lust, seine Frau zu sehen, er würde sich vielleicht vergessen. Ihr Verhalten Sarina gegenüber, ihr Verrat, ihre Anschuldigungen waren ihm im höchsten Maße zuwider, denn nichts hasste er mehr als Zank, Falschheit und Rachsucht.

Nun saß Herr Winkler mit Richard vor einem Linseneintopf mit Hammelfleisch. Es wurde bereits dunkel, und es regnete wieder einmal. »Deine Kusine ist weder bei Jungfer Barbara noch bei Meister Zacharias, auch nicht bei ihrer Patin. Sie hat weder Geld noch Kleider mitgenommen, und wie wir von den Wachen wissen, hat sie auch die Stadt nicht verlassen. Also wo kann sie sein?«

»Vielleicht ist sie zu den Nonnen gegangen. Oder zu den frommen Frauen vom Niedermünster«, sagte Richard. Er löffelte eine Weile schweigsam vor sich hin, sah plötzlich auf und seinen Vater verdrossen an. »Ihr solltet sie aufgeben. Eine Frau, die beim Henker war und nun auch noch ohne männliche Begleitung zwei Nächte alleine unterwegs …« Er brach ab, starrte in die Schüssel.

»Du meinst, so eine Frau ist ohnehin verloren?«

»Unter diesen Umständen kann ich Jungfer Ammann …

kann ich meiner zukünftigen Gattin nicht zumuten, mit Sarina an einem Tisch zu sitzen. Mir wäre es ganz recht, wenn wir sie nicht finden würden. Sie ist eine Schande für dieses Haus!«

Wolfgang Winkler schwieg lange, bevor er entgegnete: »Wir brauchen den Henker und stoßen ihn gleichzeitig aus. Mit ihm zu sprechen oder ihn gar zu berühren macht uns zu Unehrlichen. Und doch läuft alle Welt heimlich zu ihm, um sich das Blut, Gliedmaßen oder Haare von Gehenkten zu besorgen, weil diese Dinge angeblich reich machen oder Krankheiten heilen. Gibt dir das nicht zu denken?«

»So ist es nun einmal, daran kann ich nichts ändern.«

Herr Winkler legte den Löffel in die Schüssel, stand auf und stellte sich ans Fenster. Als er das Wort neuerlich an Richard richtete, sprach er ihn förmlich an, so als wären sie nicht alleine. »Ich habe Euch etwas zu sagen, mein Sohn.« Er drehte sich um und blickte ihm in die Augen. »Eure Mutter selbst hat Sarina zum Henker geschickt.«

Richard sprang auf. »Niemals!«, rief er. »Was fällt Sarina ein! Wenn sie das behauptete, dann hat sie gelogen!«

»Ich weiß es nicht von Sarina, Kurt hat es mir gesagt.«

»Dann lügt eben Kurt!«

»Ihr wisst, dass Kurt nicht lügt.« Herr Winkler legte seinem Sohn eine Hand auf die Schulter. »Richard – auch ich habe lange weggesehen und wollte nicht wahrhaben, wie zerfressen Eure Mutter von Neid und Missgunst ist, wie klein die Welt, in der sich ihre Gedanken abspielen. Doch es ist an der Zeit, den Tatsachen ins Auge zu sehen. Sie ist eine Schlange, die, wenn wir ihr nicht Einhalt gebieten, an ihrem eigenen Gift zugrunde gehen und uns mit in den Abgrund ziehen wird. Ich frage Euch: Möchtet Ihr wirklich, dass Eure Kusine als Bettlerin und Hure auf der Straße lebt, nur weil Eure Mutter es nicht ertragen kann, wenn jemand glücklich ist?«

Er senkte den Kopf. »Nein, natürlich nicht.«

»Dann müssen wir sie finden und von hier fortschaffen. In ein Kloster vielleicht oder zu ihrem Vater nach Brügge ... obwohl ich nicht sicher bin, dass sie dort besser aufgehoben wäre.«

Richard wollte etwas entgegnen, doch im selben Moment wurde die Tür geöffnet, und Walli trat ein. »Ein Herr möchte Euch sprechen, sein Name ist Meister Weitershausen.«

Wolfgang Winkler tauschte einen Blick mit Richard, bevor er Anweisung gab: »Führe ihn in die Schreibstube, ich komme sofort.« Als die Magd draußen war, sagte er hoffnungsvoll: »Vielleicht weiß er, wo Sarina zu finden ist.«

Als plötzlich die Tür aufgerissen wurde, fuhr Ansgar herum. Er hoffte, es sei Sarina, doch es waren der Stadtkämmerer und sein Sohn. In Demut neigte Ansgar den Kopf. »Es tut mir leid, dass ich Euch zur Essenszeit störe, aber ich wollte mir keinen Aufschub mehr leisten. Wie Ihr seht«, Ansgar fasste sich an den Kopf, »hatte ich einen Unfall, sonst wäre ich schon früher gekommen.«

»Ist Sarina bei Euch, oder wisst Ihr zumindest, wo sie sich aufhält?«, fragte Wolfgang Winkler ohne Umschweife.

Ansgar sah ihn erstaunt an. »Wo sie sich aufhält? Ja, ist sie denn nicht hier?«

Enttäuscht und bekümmert sah Herr Winkler ihn an. »Nein. Sie ist verschwunden. Ich hoffte, Ihr könntet mir etwas zu ihrem Verbleib sagen.«

»Verschwunden?« Ansgar wurde blass.

Herr Winkler fasste ihn am Arm und führte ihn zu einem Stuhl. »Setzt Euch.« Er deutete auf den Verband. »Das sieht nicht gut aus, Ihr wäret wohl besser im Bett geblieben.«

»Was heißt verschwunden!«

Herr Winkler nahm nun ebenfalls Platz, sein Sohn stellte sich ans Fenster. »Vorgestern Abend, als Ihr gegangen ward«, erklärte der Stadtkämmerer, »habe ich Sarina befragt und dann zu Bett geschickt. Wie Ihr Euch erinnert, war sie ohnmächtig, sie brauchte Ruhe, und ich brauchte Zeit, um nachzudenken. Vermutlich habt Ihr nach Eurem Fortgehen dasselbe getan, nachgedacht. Solche Anschuldigungen, wie meine Gattin sie gegen Jungfer Sarina vorbrachte, sind ...«

»... haltlos!«, fiel Ansgar ihm ins Wort und sprang auf. »Ich glaube nichts von all dem!«

Herr Winkler drückte ihn auf den Stuhl zurück. »Meine Nichte hat bereits zugegeben, dass sie beim Henker war. Daran ist nichts zu rütteln. Ihr wisst, wenn Ihr sie heiratet und bekannt wird, was sie getan hat, wird man Euch aus der Zunft ausschließen. Auch für mich sieht es dann schlecht aus.«

»Deshalb bin ich hier. Noch einmal bitte ich Euch um die Hand Eurer Nichte. Ich werde mit ihr nach Italien ziehen! Künstler sind dort willkommen, mein Großvater lebte selbst einige Jahre in Florenz und Venedig. Und wenn ich keine Anstellung als Steinmetz oder Laubacher finde, werde ich in einem Steinbruch arbeiten.«

Für einen Moment lag ein Lächeln auf dem Gesicht des Stadtkämmerers, doch dann schüttelte er betrübt den Kopf. »Wir wissen nicht, wo Sarina ist. Vorletzte Nacht verließ sie heimlich das Haus, seitdem hat sie niemand mehr gesehen.«

»Dann muss man sie suchen!«

Herr Winkler legte den Finger auf den Mund. »Leise, Meister Weitershausen. Bisher weiß außer meinem Sohn und meinem Knecht niemand von der Sache. Doch das wird sich schnell ändern, wenn Ihr hier so herumschreit.«

Ansgar seufzte, und der Stadtkämmerer fuhr fort: »Wir haben bereits nach ihr gesucht, auch in Eurem Hause haben wir uns nach ihr erkundigt. Hat man Euch denn nichts davon gesagt?«

Ansgar verneinte. »Ich schlief. Die Verletzung – möglicherweise hat Sarina die Stadt verlassen?«

Herr Winkler winkte ab. »Wir haben auch die Wachen an den Toren befragt. Niemand hat sie gesehen.«

Ansgar warf die Hände hoch. »Dann müssen wir weiter suchen! Sie muss ja irgendwo sein.«

»Möglicherweise ist sie zu den Nonnen gegangen, aber ...«

Herr Winkler unterbrach sich, denn es wurde ans Tor gepocht.

Ansgar sah ihn hoffnungsvoll an. »Vielleicht ist sie das! Oder jemand, der etwas weiß!«

Der Stadtkämmerer stand auf und öffnete die Zimmertür. Auf dem Flur hörte Ansgar die Stimme des Knechtes. »Das geht nicht. Er hat Besuch. Kommt ein andermal wieder«, sagte Kurt.

Barbara hatte dem Kaiser am Vormittag drei Honigkuchen gebracht, am Abend ein Mahl aus fünf Gängen serviert. Dabei war er am Vormittag ihren Blicken ausgewichen, am Abend hatte er sie kaum beachtet. Fast schien es ihr, als befürchte er, sie könne zu vertraulich werden. Dabei hatte er sie am frühen Morgen doch so zärtlich gehalten und ihr schöne Worte ins Ohr geflüstert. Sie konnte nicht verstehen, was sie bedeuteten, aber es hatte sie glücklich gemacht.

Barbara seufzte. »Lieb' ist Leides Anfang«, flüsterte sie.

Doch nicht nur das kühle Benehmen des Kaisers bekümmerte sie – mehr noch Sarinas Schicksal und die Angst vor diesem Verbrecher. Was, wenn er sie auf dem Heimweg überfiele oder morgen früh vor dem Hause auf sie wartete, so wie gestern, um sein grausames Werk zu vollenden? Sie brauchte jemanden, der sie beschützte! Keinen einfachen Knecht, jemanden mit einer Waffe an der Hand!

Als sie an diesem Abend zum dritten Mal zum Kaiser ging, diesmal, um die Schüsseln und Teller abzuräumen, nahm sie all ihren Mut zusammen und sprach ihn an.

»Hochehrwürdiger Herr Kaiser, Eure Majestät ...« Mit gesenktem Kopf knickste sie.

»Nun, was wünscht sie?« Keine Zärtlichkeit lag mehr in seiner Stimme, stattdessen Unmut und Ungeduld.

»Heute Morgen ...« Sie stockte, denn sie bemerkte, wie er zusammenzuckte. »Heute Morgen«, begann sie noch einmal, »als ich von zu Hause fortging, um hier herzukommen, hat mich ein Mann verfolgt. Ich habe ihn schon öfter gesehen. Es ist noch gar nicht lange her, da wurde eine unserer Mägde ermordet, als sie für Euch eine Seife holen sollte. Ich habe Angst, Eure Majestät, im Dunkeln alleine auf der Straße zu sein.«

»Und warum erzählt sie mir das?«

»Vielleicht könnte einer der Wachmänner mich nach Hause begleiten und mich morgen früh wieder abholen.«

Erstaunt runzelte der Kaiser die Stirn. »Das ist alles, worum du mich bittest?«

»Ja, Eure Majestät. Verzeiht, dass ich so vermessen bin.«

Karl sah zu, wie sie Teller und Schüsseln auf ein Tablett räumte, und plötzlich lag wieder etwas Güte in seinen Augen.

Barbara ging zur Tür, öffnete sie, nahm das Tablett und wünschte eine gute Nacht.

»Schick mir den Obersten herein«, sagte der Kaiser.

Barbara knickste wieder. »Ja, Eure Majestät, vielen Dank!«

Barbara verließ das *Goldene Kreuz* durch die Hofeinfahrt, einer der Wachmänner folgte ihr. Sie hielt eine Laterne in der linken Hand, mit der rechten hob sie ihren Rock leicht an, denn es hatte geregnet, und die Straßen waren nass und schlammig.

Immer wieder sah sie sich nach Sachsberger um, jeder Schatten ließ ihr Herz vor Angst höher schlagen. Am Rathaus glaubte sie eine Gestalt zu erkennen, die sich hinter dem Portalbau in eine dunkle Ecke drückte, und lief noch etwas schneller.

Sie überquerte den Marktplatz und bog in die Wahlenstraße ein. Dort blieb sie plötzlich stehen, drehte sich nach dem Wachmann um und deutete auf die Kramgasse. »Wenn Ihr mich morgen früh abholt, dort vorne wohne ich. Es ist das Eckhaus an der Kreuzung zur linken Seite. Im Erdgeschoss ist eine Gürtlerei. Aber heute habe ich noch etwas zu erledigen, deshalb müsst Ihr mich zum Stadtkämmerer bringen.«

Barbara ging weiter. Vor dem Haus der Winklers trat sie ans Tor und pochte, der Wachmann wartete in einiger Entfernung.

Es dauerte eine Weile, bis Kurt öffnete. »Ich muss Herrn Winkler sprechen«, sagte sie.

»Das geht nicht, er hat Besuch.«

»Trotzdem. Ich *muss* ihn sprechen!«

»Kommt ein andermal wieder.«

Kurt wollte das Tor schließen, aber Barbara warf sich dagegen. »Es geht um Jungfer Sarina«, flehte sie.

Kurt sah Barbara forschend an. Endlich trat er zurück und gab ihr den Weg frei. Bevor sie im Hausflur verschwand, nickte sie dem Wachmann zu. »Ihr könnt gehen. Es wird mich schon jemand nach Hause bringen.«

Der Stadtkämmerer stand in der Tür zu seiner Schreibstube. Sein Gesicht wirkte schmal und eingefallen, seine

Hände zitterten, als er nach ihrem Ellenbogen griff und sie ins Zimmer zog.

Am Fenster lehnte Richard, auf einem Stuhl vor dem Kamin saß Ansgar.

Ansgar sah müde und erschöpft aus, um seinen Kopf lag ein Verband. Als er Barbara erkannte, sprang er auf.

»Ihr kennt Jungfer Blomberg?«, fragte Herr Winkler.

Ansgar nickte. »Sie war einige Male mit Eurer Nichte in unserem Haus.«

Herr Winkler sah Barbara an. »Ihr sagtet zu meinem Knecht, Ihr hättet eine Nachricht für mich, es ginge um Sarina?«

»Eine Nachricht? Nein. Eine Nachricht habe ich nicht. Ich bin hier, weil ich nicht weiterweiß. Es ist ... ich kann das alleine nicht ... ...« Sie brach ab. Ihr Kinn sank auf ihre Brust, Tränen rannen über ihre Wangen.

»Setzt Euch!« Herr Winkler bot ihr einen Stuhl an. »Was ist passiert?«

Schluchzend erzählte sie. »Heute Morgen stand plötzlich dieser Mann hinter mir. Er stieß mich ins Haus meiner Großmutter und verlangte ... Er sagte, er habe Sarina entführt, und verlangte, dass ich die Tür zum Hof nicht abschließe, sonst würden seine Leute Sarina töten!«

»Töten? Um Gottes willen! Welcher Mann?«

Barbaras Lippen öffneten und schlossen sich. Verzweifelt sah sie von Herrn Winkler zu Ansgar, dann wieder zu Herrn Winkler. Es half nichts, sie musste die ganze Wahrheit sagen, musste alles erzählen, von Anfang an.

»Welcher Mann?«

»Das Unglück begann am Tag, als Eure Tochter starb. An diesem Tag befahl Eure Gattin Sarina, zum Henker zu gehen, um Blut von der Kindsmörderin zu holen. Sarina hatte Angst, sie wollte nicht, doch Frau Wiltrud zwang sie. In ihrer Verzweiflung kam sie zu mir und bat mich, sie zu begleiten. Um nicht mit ihm sprechen zu müssen und nichts zu berühren, was er berührt hat, dachten wir uns etwas aus. Wir nahmen meinen Hund mit, und Sarina sagte zum Hund, was sie vom Henker wollte, so dass der Henker es verstehen konnte, und um den Stiel des Pfännchens hatte sie einen Lappen gewickelt, den er abzog, bevor sie es berührte. Wir haben ihn auch nicht angesehen, das müsst Ihr mir glauben!«

»Ja, ja, wir glauben Euch. Aber welcher Mann?«

»Ein übler Verbrecher, seinen Namen kenne ich nicht. Er hat uns beim Henker gesehen und ist uns gefolgt. Von da an beobachtete er uns auf Schritt und Tritt, ohne dass wir es bemerkten. Das heißt, Sarina war er ein paar Mal aufgefallen, aber sie wusste ja nicht, woher er sie kannte und warum er immer wieder in unserer Nähe auftauchte. Er ist der Mörder von Grete, einer Magd vom *Goldenen Kreuz*, und wahrscheinlich hat er auch Barbe getötet, denn Sarina hat ihn damals am Bach gesehen.«

»Aber was will dieser Mann von Sarina?«, fragte Ansgar.

»Geld natürlich!« Richard trat aus dem Schatten am Fenster. Er stellte sich neben Barbara und sah von oben auf sie herab. »Wenn er euch vom Henker hierher gefolgt war und euch beobachtet hat, dann wusste er natürlich, dass Sarina die Nichte des Stadtkämmerers ist. Eine gute Gelegenheit, Geld zu erpressen!«

Barbara senkte den Blick. »Vielleicht ging es ihm anfangs um Geld, aber dann fand er wohl heraus, dass man vom Haus meiner Großmutter ungesehen auf den Hof vom *Goldenen Kreuz* gelangen kann. Wie ich schon sagte, er zwang mich, die Tür offen zu lassen.«

Der Stadtkämmerer erstarrte. Mit einem Schlag war ihm klar, dass es hier nicht um Sarina, sondern um den Kaiser ging.

Barbara schluchzte auf. »Er hat mich geschlagen. Er hat gedroht, Sarina zu ermorden, wenn ich es nicht täte!«

»Und habt Ihr es getan?«

»Ja.«

»Ja, aber ... der Kaiser!« Alles Blut war aus Wolfgang Winklers Gesicht gewichen.

Barbara schüttelte heftig den Kopf. »Keine Angst, es ist ihm nichts geschehen! Ich habe ...«, verlegen blickte sie auf ihre Hände, »habe dafür gesorgt, dass er nicht in die Kapelle ging.«

»In die Kapelle?«

Sie nickte. »Dort wollte der Mann ihm auflauern.«

Natürlich kannte der Stadtkämmerer des Kaisers Gepflogenheiten und wusste, dass er morgens ohne Begleitschutz die Kapelle aufsuchte, um zu beten. Aber woher wusste es dieser Verbrecher?

»Der Mann wusste es von Grete. Sie hat ihm alles erzählt, als er sie brutal quälte.« Barbara verbarg schluchzend das Gesicht in ihren Händen. »Ich habe ihre Leiche gesehen – es war schrecklich! Ihr Schädel war zertrümmert, als wäre er zwischen zwei Mühlsteine geraten.«

»Woher wollt Ihr wissen, dass er jetzt nicht mehr im *Goldenen Kreuz* ist?«, fragte Ansgar. »Wir müssen ihn dort suchen!«

Barbara schüttelte den Kopf. »Niemand kann sich längere Zeit unbemerkt in der Kaiserherberge aufhalten, und auch zu den Räumen des Kaisers gelangt keiner unbemerkt. Als ich später in der Kapelle nachsah, war er nicht mehr da, auch im Hause meiner Großmutter fand ich ihn nicht. So klammheimlich wie er kam, ist er auch wieder verschwunden. Doch ich habe Angst, er wird zurückkehren, um sich an mir zu rächen und den Kaiser zu töten.«

Herr Winkler legte Barbara eine Hand auf den Kopf.

»Nur ruhig«, versuchte er sie zu trösten. »Wir werden einen Ausweg finden.«

»Einen Ausweg?« Ansgar sprang auf und fing an, im Raum herumzulaufen. »Vielleicht ist Sarina längst tot, und Ihr sprecht von einem Ausweg!« Er blieb vor Barbara stehen. »Hat er denn nicht verlauten lassen, wo er sie hingebracht hat? Habt Ihr gar keinen Anhaltspunkt, wo wir nach ihr suchen könnten? Wir müssen ihr doch helfen!«

»Nein, ich habe alles gesagt. Mehr weiß ich nicht.«

Herr Winkler verschränkte die Arme auf dem Rücken, starrte aus dem Fenster, als könne er dort draußen in der Dunkelheit eine Antwort auf Ansgars Fragen finden. »Wenn ich die Stadtknechte losschicke, um sie zu suchen, dann ist das, als würden wir in ein Wespennest stochern. Und gewiss würde jemand, der ein Attentat auf den Kaiser plant, keinen Moment zögern, eine Zeugin zu beseitigen. Ich sehe nur eine Möglichkeit, Sarina zu finden – indem wir diesen Mann ergreifen.« Er sah Barbara an. »Wir bringen Euch jetzt nach Hause. Morgen früh geht Ihr wie immer zum *Goldenen Kreuz*. Um welche Zeit wird das sein?«

»Gegen sechs Uhr.«

»Gut. Wir werden auf dem Weg dorthin Männer postieren, die Euch nicht aus den Augen lassen, und im Hause Eurer Großmutter werden Bewaffnete warten, um den Mann zu überwältigen, so er Euch tatsächlich folgen sollte.«

»Er wird nicht kommen«, warf Richard ein. »Er wäre dumm, würde er nicht mit einem Hinterhalt rechnen.«

»Doch, er wird! Er will den Kaiser töten. Er weiß, dass ihm dies auf offener Straße, im Rathaus, in der Herrenstube nicht gelingen kann. Zumindest wird er Jungfer Barbara nachspionieren, und wenn er keinen Verdacht schöpft und sich in Sicherheit wiegt, folgt er ihr vermutlich sogar bis ins Haus.«

Verzweifelt schüttelte Ansgar den Kopf. »Aber wir können doch nicht bis morgen warten! Und selbst wenn er käme und es Euch gelänge, ihn gefangen zu setzen – es ist keineswegs sicher, dass er verrät, wo seine Kumpane Sarina gefangen halten!«

»Es ist bereits dunkel. Wir wissen nicht, wo wir suchen sollen. Ich sehe keine andere Möglichkeit.«

Herr Winkler und Kurt brachten Barbara nach Hause und gingen anschließend weiter zum *Goldenen Kreuz*. Der Kaiser lag bereits zu Bett, trotzdem empfing er den Stadtkämmerer und ließ sich das Unfassbare von ihm berichten.

Die Obersten der Leibgarde und der Städtischen Ordnungshüter wurden hinzugerufen und eine Strategie erarbeitet, wie man den Attentäter fangen und möglichst unauffällig zur Fragstatt ins Rathaus schaffen konnte.

»Möglicherweise folgt der Mann ihr aber auch gar nicht alleine. Weiß man, wie viele Komplizen er hat?«

»Nein, da tappen wir im Dunklen. Man muss jedenfalls damit rechnen, dass diese Leute die Kaiserherberge beobachten. Je weniger Aufsehen, desto besser also! Vergessen Sie nie, meine Herren, es geht um das Leben meiner Nichte!«

»Und gebt acht auf Jungfer Blomberg, damit ihr nichts geschieht«, fügte der Kaiser an. »Lasst sie keinen Moment aus den Augen!«

Zu Hause musste sich Barbara währenddessen mit dem Vater auseinandersetzen. Zusammen mit Friedrich, Oswald, Georg, Rebeka und ihrer Mutter wartete er am Feuer, als sie die Küche betrat.

»Es wird immer später, Tochter! Ich verbiete Euch,

noch länger ins *Goldene Kreuz* zu gehen. Es gehört sich nicht für eine zukünftige Meistersgattin, dass sie im Wirtshaus bedient.«

»Ich bediene nicht im Wirtshaus, Vater, ich bediene den Kaiser!«

»Der Kaiser, der Kaiser!« Er fuhr mit den Händen durch die Luft. »Besser, Ihr kümmert Euch um Eure Aussteuer. Sollen wir uns etwa schämen müssen, wenn Ihr das Haus Eures Gatten bezieht?«

»Noch viel mehr müssten wir uns schämen, würden wir dem Kaiser nicht Gehorsam leisten.«

Meister Blomberg hatte sichtlich Mühe, sich zu beherrschen. »Geht!«, rief er. »Geht, Tochter, ich will Euch heute nicht mehr sehen.«

Sie knickste artig. Bevor sie die Tür hinter sich schloss, warf sie Friedrich einen giftigen Blick zu.

Sie legte sich gleich hin, doch in dieser Nacht schlief sie kaum vor Angst und Aufregung. Sie wusste nicht, was schlimmer für sie sein würde – dem Mörder und Entführer wiederzubegegnen und damit seinem Hass und seiner Gewalttätigkeit ausgesetzt zu sein oder bei seinem Wegbleiben die Ungewissheit ertragen zu müssen, was mit Sarina geschehen war.

Ansgar war direkt nach Hause gegangen. Seine Mutter saß noch in der Küche, sie hatte auf ihn gewartet. Entsetzt starrte sie ihren Sohn an. »Großer Gott, wie seht Ihr denn aus! Was ist passiert?«

Er deutete mit einer Kopfbewegung in Olrigs Richtung, der auf der Bettstatt lag und ihnen den Rücken zugedreht hatte. »Was ist mit ihm – schläft er?«

Sie nickte. »Ich habe ihm noch etwas von der Medizin gegeben.«

Er setzte sich zu Frau Gudrun auf die Bank am Feuer,

und erzählte ihr flüsternd, was sich ereignet hatte und was gesprochen worden war.

»Der Stadtkämmerer hat recht«, sagte sie schließlich. »Heute kann niemand mehr etwas ausrichten. Ihr müsst abwarten, es bleibt Euch nichts anderes übrig.«

32. Kapitel

21. Mai 1546 – in den frühen Morgenstunden

Ein seltsames Geräusch drängte sich in die Träume von Meister Zacharias. Als würde man langsam eine Dose auskippen, die mit grobem Sand gefüllt war. Und in der Ferne das Bellen eines Hundes.

Er öffnete die Augen, sah ein Licht tanzen. Moorleuchten vielleicht. Der Feuerschlund des Teufels.

Er richtete sich auf, um den Grund abzutasten, auf dem er lag. Kratziger Rupfen, darunter fühlte es sich weich an. Die Hölle war es nicht. Dort wäre er auf glühende Kohlen gebettet, und es röche nach Schwefel statt nach Farben. Andererseits, wer wusste das schon so genau? War je einer von dort zurückgekehrt?

Das Bellen des Hundes wurde lauter. Meister Zacharias drehte sich auf den Bauch, dabei rollte er auf den Boden. Durch den Aufprall war er hellwach. Nun erkannte er, dass er auf einem Strohsack gelegen hatte, dass das Geräusch der Regen war und das Hundsgebell Donnerschläge. Irgendwo in weiter Ferne toste ein Gewitter.

Mühsam erhob er sich, ging auf das Licht zu und griff danach. Es war eine kleine tönerne Öllampe. Sie stand auf dem Fensterbrett, ihr Schein reichte kaum, um die Hand vor dem Gesicht zu erkennen. Er ging damit zum Tisch, fand dort eine große Spiegellaterne, nahm einen Span aus einer Schachtel, hielt ihn über die Flamme, bis er brannte, und entzündete damit die Lampe.

Nun konnte er die Einrichtungsgegenstände seiner Malstube erkennen. Links neben der Tür ein kleines Pult, davor ein umgekippter Stuhl und ein zerbrochener Vogelkäfig. Rechts ein großes Regal. Auf dem obersten Brett standen Töpfe und Tiegel, Kielfedern in einem Krug, kleine Flaschen für Tuschen und Tinten daneben. Darunter Schachteln mit Kreide und Kohle, ein Pott voller Pinsel. Auf der untersten Ablage drei zum Malen vorbereitete Holztafeln und ein kleiner Ballen Leinwand.

Meister Zacharias drehte sich um. Sein Blick fiel auf das Fenster zum Hof. Drei der Butzenscheiben waren zerbrochen, eine herausgefallen. Daneben lagen auf dem Boden der Strohsack, auf dem er geschlafen hatte, eine alte Decke und drei Kissen.

Rechts die lange Fensterfront, die auf den Garten hinaus führte. Zwei der Fenster standen offen. Er ging hin, um sie zu schließen, verharrte aber in der Bewegung und lauschte auf das Getöse des Gewitters, das sich immer weiter entfernte. Ein Grollen, das aus Wolken fiel, die er in der Dunkelheit nicht sehen konnte, ein Rauschen in den Blättern der Bäume, das Prasseln des Regens gegen die Scheiben.

Und eine Stimme aus der Tiefe seiner Seele, die ihm sagte, dass hier etwas geschehen war, an das er sich nicht erinnern konnte.

Er legte seine Hände an die Schläfen und konzentrierte sich.

Sah einen Jungen, der noch keine zehn Jahre alt und doch schon vom Tod gezeichnet war. Sah aufgeworfene Erde, als hätte man ein Grab ausgehoben, sah einen umgestürzten Baum – und wusste nicht, was all dies mit ihm zu tun hatte.

Seufzend schloss er die Fenster und blickte wieder in den Raum, starrte das Podest an, das an der Stirnseite gegen die Wand gerückt war. Bilder tauchten aus seiner Erinnerung auf. Das schöne Gesicht eines Mädchens mit dunklen Haaren, ein blaues Kleid, darunter ein Bein, leicht nach vorne gesetzt, so als würde das Mädchen tanzen. Ein Lachen hörte er und eine Stimme, die leise seinen Namen rief.

Meister Zacharias! Ich bin es, lasst mich herein! Oder wollt Ihr mich heute etwa nicht malen? – Meister Zacharias, erkennt Ihr mich denn nicht?

Er presste seine Handballen gegen die Augen, drückte, bis es schmerzte, fühlte einen Stich in seinem Kopf.

Erkennt Ihr mich denn nicht?

Nein, er erkannte sie nicht! Wie denn auch, niemand war hier. Er war alleine in der Dunkelheit seiner Seele. Alleine mit dem Schmerz in seinem Kopf. Alleine mit einer Sehnsucht, die er nicht benennen konnte. Worte fehlten ihm. Erinnerungen fehlten ihm. Umso größer waren die Verzweiflung und die Wut.

Er sah Rot. Er wollte dieses Rot malen. Vielleicht würde es ihm helfen, das in sich zu finden, was ihm verloren gegangen war.

Er griff sich einen der Pinsel, mit denen er einst großflächig Farben aufgetragen hatte. Fresken an Fassaden. Fresken in Kapellen. Hoch droben auf Gerüsten, dem Himmel nahe. Fand in einem der Töpfe Pulver aus rotem Ocker, goss Wein aus einem Krug darüber, fuhr mit dem Pinsel hinein, rührte nicht, sondern stieß zu, immer und immer wieder. Lief mit dem Topf zur Wand und malte in wilder Wut Kreise und Striche darauf.

Er brauchte Schwarz, fand Pulver von Holzkohle, vermischte es mit Wein. Setzte Schwarz über das Rot, dann wieder Rot über das Schwarz, stach zu, schrie auf und warf den Pinsel gegen die Wand.

Nur langsam beruhigte er sich. Holte Atem, trat zurück, betrachtete, was er gemalt hatte und wusste, nun war er angekommen. Nun war er wirklich in der Hölle, und niemand konnte ihn retten.

Als er noch einen Schritt zurücktrat, stieß er gegen eine Staffelei. Eine Leinwand war eingespannt, ein Tuch hing darüber. Mit einem Ruck zog er daran und starrte auf das Gemälde. Darauf war das Mädchen aus seinen Gedanken abgebildet, halb von hinten, halb von der Seite. Den Kopf hatte sie über die linke Schulter zurückgedreht, das linke Bein leicht nach vorne geschoben. Die linke Hand ruhte auf ihrem Herzen, die rechte hielt die Schleppe ein wenig hoch. Sie wirkte, als würde sie schweben, entrückt, nicht von dieser Welt.

Meister Zacharias streckte die Hand nach dem Mädchen aus, sie zitterte. Ohne das Bild zu berühren, zeichnete er mit den Fingern die Konturen des Gesichtes nach. Den Bogen ihrer Augenbraue, die gerade Nase, die Lippen, die leicht geöffnet waren. Von dort zur Schulter über den Ellenbogen wieder hinauf zur Hand, die auf ihrem Herzen lag.

Tränen rannen dabei über seine Wangen. *Das* war es, was er verloren hatte! Die Liebe. Die Unschuld. Das Gute in sich.

Lange stand er so da. Umgeben von finsterer Nacht und einem Ozean des Bösen. Uferlos. Tosender Wellenschlag. Darin das Gute, wie ein zarter Hauch, wie das schwache Flackern einer Kerze – das Mädchen auf dem Bild.

Meister Zacharias, erkennt Ihr mich denn nicht?

Plötzlich griff er nach der Leinwand, zerrte sie aus der Halterung und verließ damit das Haus.

Noch war es dunkel, doch über den Dächern der Stadt zog bereits die Dämmerung auf. Es war seltsam still, vom Grollen des Donners nichts mehr zu hören, nur ein leises Plätschern der Tropfen, die von den Blättern der Bäume rollten und in die Pfützen fielen.

Er hielt sich an dem Bild fest und tastete sich unsicheren Schrittes voran. Wohin wusste er nicht. Er musste die

Liebe suchen. Das Gute. Kam bei den Nonnen vorbei, schleppte sich weiter.

Er musste, er wollte, er wusste nicht was.

Kreuzte das Grüne Gässchen, die Winkler Gasse – an der Fidelgasse blieb er stehen. Ein kühler Windhauch wehte ihn von der Donau herauf an und mit dem Luftzug auch eine Erinnerung.

Friedhelm!

Dort unten an der Brunnleiten hatte ihn ein Stein erschlagen, hier oben hatte er gewohnt.

Meister Zacharias lehnte sich gegen die Hauswand und schaute hinauf zum Himmel, von dem nur ein kleines Quadrat zu sehen war. Die Häuser neigten sich zu ihm herab, ließen ihn schwindelig werden, machten ihm Angst. Er stemmte sich mit einer Hand gegen das Gemäuer, mit der anderen presste er das Gemälde an seine Brust.

Es war ihm, als würde er eine Stimme hören. Ein leises Wimmern, ein Husten und Röcheln. Oder war er es selbst?

»Friedhelm!«

Er schleppte sich weiter. Ein paar Schritte, dort war die Tür. Mit flacher Hand schlug er dagegen. »So lass mich doch hinein! Ich bin's doch, Friedhelm, dein Großvater!«

Er hörte ein Rascheln, er spürte einen Hauch von etwas, eine Nähe, eine Wärme. Er blickte nach rechts, da war eine Hand, sie lag auf dem Herzen einer jungen schönen Frau mit dunklen Haaren.

Sarina schreckte auf. Sie hatte ein Geräusch gehört. Gebannt starrte sie in die Dunkelheit. Da wieder! Jemand rief einen Namen.

»Friedhelm!«

Aber wer rief nach einem Toten? Sie setzte sich auf, zog sich die Decke bis unters Kinn und sah sich nach der

Lampe um. Sie stand auf dem Tisch, der Docht war weit heruntergebrannt, ihr diffuser Schein reichte nicht einmal bis zum Bett.

»Friedhelm ...«

Auf einmal war sie hellwach. War das nicht Meister Zacharias' Stimme? Aber wie klang sie – schwach und zittrig, verzweifelt, den Tränen nahe. O Gott, was tat er hier? So früh am Morgen!

Sarina stand auf. Sie schlang sich ihr Tuch um die Schultern, griff nach der Lampe und der Dochtschere, beschnitt den Docht und hielt die Lampe vor sich hoch. Das Licht war jetzt heller, es leuchtete bis zur Tür.

»Friedhelm!«

Sie zögerte noch. Wenn Meister Zacharias sie hier sah, was würde mit ihr geschehen? Aber das Rufen klang so verzweifelt. Egal, sie musste nach ihm sehen!

Sie ging hinaus in den Hof, von dort zur Tür, die auf die Gasse führte, öffnete sie nur einen Spalt, steckte den Kopf hinaus.

Eine dunkle Gestalt lehnte zusammengesackt an der Hauswand.

»Friedhelm ...«

Sarina lief hin, bückte sich nach dem Alten. »Meister Zacharias? Was ist mit Euch?«

Der alte Maler streckte ihr die Hand entgegen, sah sie aus dumpfen Augen an.

Sarina setzte die Lampe ab, griff Meister Zacharias unter die Arme, zog ihn hoch. »Kommt, Ihr müsst mir helfen, kommt, steht auf!«

Er schwankte, er hielt sich an ihr fest. »Da bist du ja! Ich habe dich gesucht ...«

Sie fasste ihn unter, nahm die Lampe.

»Das Bild!« Er wollte sich losreißen, um es zu greifen.

Erst jetzt sah Sarina die Leinwand. Sie lag im Schmutz,

der Rahmen war zerbrochen. »Ich bringe Euch hinein, dann hole ich es.«

»Nein! Ich will das Bild, gib es mir!«

Sie lehnte Meister Zacharias gegen die Wand, »haltet Euch fest«, griff das Bild, klemmte es sich unter den Arm, fasste den Alten und brachte ihn ins Haus. Dort stellte sie die Lampe ab, legte das Bild auf den Tisch und führte Meister Zacharias zur Bettstatt.

»Ist Friedhelm auch hier?«

»Nein, nur ich.«

Meister Zacharias sank in die Kissen. »Aber ich sehe ihn doch.« Er hob die zitternde Hand, deutete auf die Ecke.

Sarina blickte sich um. Dort hing ein Kreuz, darunter stand ein Besen.

Sie legte die Beine des Meisters hoch, zog ihm die Schuhe aus und deckte ihn mit einer der Decken zu.

»Das Bild! Gib es mir.«

»Ja, ja, nur ruhig.« Sarina nahm die Leinwand auf. Sie hing in Fetzen, Dreck klebte überall. Erst jetzt erkannte sie, dass es das Bild war, das er von ihr gemalt hatte! Sie wischte mit einem Tuch darüber, bis ihr Gesicht zum Vorschein kam und starrte es an. »Mein Gott«, flüsterte sie, »was habt Ihr da in mir gesehen? Das bin ich, und doch bin ich es auch wieder nicht …«

»Gib mir das Bild!«

Sie gab es ihm, er presste es an seine Brust. »Es ist das Gute. Es ist die Liebe.«

Meister Zacharias legte seine Hand auf Sarinas Wange, er flüsterte etwas. Weil Sarina ihn nicht verstand, kniete sie sich neben ihn und legte ihr Ohr an seine Lippen.

»Ich friere so sehr …«

Sie breitete eine zweite Decke über ihm aus, bettete ihren Kopf neben seinen und griff nach seiner Hand. Eiskalt war sie, nur noch Haut und Knochen.

»Schau, dort sind sie. Friedhelm und meine Frau. Sie warten schon auf mich. Sie sind froh, dass ich es wieder gefunden habe.« Er schloss die Augen, er hielt sich an Sarinas Hand fest.

»Was habt Ihr wiedergefunden?«

»Das Licht. Ich kann es sehen …«

Die Stimme des Malers versagte, sein Atem war so dünn, dass er nicht mehr zu hören war.

Sarina neigte sich über ihn und rief seinen Namen. Sie hatte Tränen in den Augen. »Meister Zacharias!« Sie drückte einen Kuss auf seine Wange.

Er drehte den Kopf und sah sie an. »Die Liebe …«, flüsterte er, »… sie ist stärker als der Tod.«

Er schloss die Augen wieder und öffnete sie nicht mehr. Ein paar Mal röchelte er noch, dann kippte sein Kopf zur Seite.

Olrig drehte sich herum. Durch den Schmerz, der ihm dabei in die Schulter fuhr, war er sofort hellwach. Er setzte sich auf und sah sich in der Küche um.

Nur langsam und bruchstückweise kam die Erinnerung zurück. Der junge Herr auf der Leiter. Oben am Fenster Meister Zacharias. Der Sturz, die Schulter ausgerenkt. Später der Chirurg und Frau Gudruns Medizin. Abgetaucht in einen tiefen, traumlosen Schlaf. Irgendwo war auch Sarina – aber wo?

Dann fiel es ihm wieder ein, er hatte sie in Frau Reingards Haus versteckt.

Von oben hörte er Geräusche. Ein dumpfer Schlag, eine Tür wurde geöffnet und wieder geschlossen.

Olrig stand auf. Er starrte auf seinen Arm, den Frau Gudrun mit einer Binde an seinem Körper festgebunden hatte. Wann war das nur gewesen? Vor ein paar Stunden? Vor ein paar Tagen?

Er hörte Schritte auf der Treppe, dann stand plötzlich der junge Herr vor ihm.

»Du musst helfen, los, komm mit!«

»Ich kann meine Schuhe nicht finden.«

Ansgar brachte sie ihm, stellte sie vor seine Füße und half ihm hineinzuschlüpfen.

»Viel werde ich nicht tun können, mit nur einem Arm«, sagte Olrig.

»Ich brauche nicht deine Arme, ich brauche deine Beine. Laufen kannst du ja wohl.«

»Ja, Herr.«

»Wir müssen Jungfer Sarina suchen.«

Olrig sah ihn mit aufgerissenen Augen an. »Jungfer Sarina?«

Ansgar griff in die Lade, zog einen Kanten Brot heraus. »Hier, du wirst Hunger haben. Iss das! Unterwegs erkläre ich dir alles.«

Olrig folgte ihm. Er biss in das Brot, starrte im Laufen vor sich auf den Boden.

»Jungfer Sarina wurde von einem Pack von Mördern entführt. Jungfer Barbara, ihre Freundin, hat es uns gestern Abend erzählt. Wir müssen sie finden, bevor ihr noch größeres Leid geschieht!«

Olrig blieb stehen. »Aber ...«, begann er und brach wieder ab.

»Was aber!«, schrie Ansgar ihn an. »Himmel, ist das denn so schwer zu begreifen? Sie befindet sich in Lebensgefahr! Diese Leute werden sie umbringen, wenn wir sie nicht finden!«

»Aber Jungfer Barbara lügt.«

Ansgar starrte seinen Knecht an. »Wie kommst du dazu, so etwas zu behaupten!«

»Weil ich ...«, er zögerte. »Weil ich weiß, wo Jungfer Sarina ist.« Olrigs Kinn sank auf seine Brust.

»Was?«

»Ich ... sie wollte sich das Leben nehmen. Ich habe sie zurückgehalten und in das Haus gebracht.«

»In das Haus? In welches Haus!«

»In das Haus von Frau Reingard.«

Es dauerte ein paar Atemzüge, bis Ansgar begriff, was sein Knecht ihm da gesagt hatte. Es gab keine Entführer, Sarina lebte, und zwar nur ein paar Schritte von hier entfernt!

Er lief los, rannte, als sei der Teufel hinter ihm her. Trommelte mit Fäusten gegen die vordere Tür, rief ihren Namen. »Jungfer Sarina, öffnet, ich bin es, Ansgar!«

Olrig war ihm gefolgt. Keuchend packte er seinen Herren an der Schulter. »Wir können durch den Hof hinein.«

Diesmal lief Olrig voraus, stieß die Hoftür auf, dann die Tür zur Küche und blieb mit einem Schreckensschrei stehen. Vor ihm auf der Bettstatt lag Meister Zacharias.

Offensichtlich war er tot. Die Augen geschlossen, um den Kopf ein Tuch gewunden, damit das Kinn nicht herabfiel. Auf seiner Brust lag eine zerfetzte, schmutzige Leinwand, darüber seine gefalteten Hände, das Kreuz Christi steckte zwischen den Fingern, und seine Beine waren bis über die Knien mit einem Laken bedeckt.

Auf seinem Gesicht ein Lächeln, er sah glücklich und zufrieden aus.

Fassungslos schauten sich die beiden Männer an. Sie hatten Meister Zacharias zu Hause geglaubt, und jetzt lag er tot und aufgebahrt hier!

Und wo war Sarina?

Sie riefen, sie suchten nach ihr. Im Haus, im Hof, auf der Latrine.

»Sarina ist fort!«

Mit einem Griff an die Wange des Großvaters sagte Ansgar: »Er ist noch nicht kalt, weit kann sie nicht sein.«

»Vielleicht wieder zur Donau hinunter!« Schon war Olrig auf der Gasse.

Ansgar folgte ihm. Am Lederertürl, das inzwischen zugemauert war, blieb der Knecht stehen. »Dort draußen am Donauufer habe ich sie gefunden. Sie wollte … wollte ins Wasser.«

Ansgar überlegte nicht lang. »Du rechts, ich links. Wenn du sie am Flussufer nicht siehst, frag die Wächter an den Toren!«

Sie liefen los, jeder in eine andere Richtung.

Viele Leute waren zu so früher Stunde noch nicht unterwegs, aber wen Ansgar traf, den fragte er nach Sarina.

»Habt ihr eine junge Frau gesehen, dunkle Haare, noch keine zwanzig Jahre alt.«

Kopfschütteln. »Nicht gesehen.«

An der Stadtmauer entlang bis zur Hundsumkehr, von dort zurück, über die Felder hinauf in die Gerbergasse, an Sankt Leonhard vorbei, einen Schweinehirten gefragt.

»Nicht gesehen.«

Noch einmal Richtung Westen, zum Prebrunntor – wer weiß, vielleicht wollte sie ja nach Nürnberg oder sonst wohin, wo niemand sie kannte.

»Habt ihr eine junge Frau gesehen, dunkle Haare, noch keine zwanzig Jahre alt.«

Einer der Torwächter sah ihn missmutig an. »Die haben wir drin im Turm, sie wird verhört.«

Ansgars Herz pochte heftig gegen seine Brust, fast hätte er den Mann vor Freude umarmt. »Lasst mich zu ihr!«

»Da könnte ja jeder kommen.«

»Was hat sie denn getan?«

»Nach so einer hat sich vorgestern der Sohn des Stadtkämmerers erkundigt.«

»Richard Winkler, der Sohn des Stadtkämmerers, ist mein Freund. Wir suchen die Frau seit drei Tagen. Lasst sie mich sehen, wenn sie es ist, nehme ich sie mit.« Etwas leiser fügte er hinzu: »Euer Schaden soll es nicht sein.«

Der Torwächter verschwand im Turm, kam bald darauf mit einer Frau zurück, die er grob vor sich her stieß.

Es fiel Ansgar schwer, sie nicht vor Freude an sich zu reißen. »Ja, das ist sie«, sagte er nur, steckte dem Mann ein paar Münzen zu und zog Sarina mit sich fort.

An der einen Hand hielt er sie fest, mit der anderen raffte sie ihren Rock. Er lief so schnell, dass sie ihm kaum folgen konnte. Ein altes Mütterchen, das entgegenkam, blickte ihnen kopfschüttelnd nach.

»Nicht so schnell!«, flehte Sarina.

»Wir sind ja gleich da.«

»Wo wollt Ihr denn mit mir hin?«

»Nach Hause – nach Hause für immer!«

Anna war auf der Gasse, goss Waschwasser im Rinnstein aus. Als sie Ansgar und Sarina daherkommen sah, ließ sie den Eimer fallen. »Muhme!«, rief sie, »Muhme, komm schnell, Ansgar hat Jungfer Sarina gefunden!«

Frau Gudruns Kopf erschien am Fenster, doch da waren die beiden schon im Flur. Anna schloss die Tür hinter ihnen.

Sie lagen sich in den Armen, und Ansgar flüsterte immer wieder: »Wie froh ich bin, dich wieder zu haben!«

Frau Gudrun stand plötzlich neben ihnen, schob Ansgar zurück, fasste Sarina am Ellenbogen und führte sie in die Küche. »Komm, komm herein, Kind, du bist ja ganz außer Atem.«

Sie drückte sie auf die Bank am Kamin. Anna setzte sich gleich neben sie, aber Ansgar drängte sich dazwischen. »Der Platz neben Sarina gehört von jetzt ab mir!«, sagte er halb im Scherz, halb verweisend, legte einen Arm um ihre Schulter und küsste sie auf die Wange.

Frau Gudrun sah ihn streng an. Das gehörte sich nicht!

Aber dann lachte sie. Sei's drum, Hauptsache, das Mädchen war zurück und gesund.

»Wo hast du sie denn gefunden?«, fragte Anna. »Und was ist mit den Entführern?«

»Es gab keine Entführer. Olrig hatte sie in eurem Haus in der Fidelgasse versteckt.«

»Olrig? In der Fidelgasse?«, fragte Frau Gudrun.

»Entführer?«, fragte Sarina.

Ansgar erzählte alles der Reihe nach, Sarina sah ihn dabei erschrocken an. »O Gott, was muss Barbara ausgestanden haben, als sie sich in den Händen dieses Mannes befand! Und jetzt soll sie für euch den Lockvogel spielen? Das ist ja furchtbar! Ihr müsst das verhindern!«

Frau Gudrun stimmte ihr zu. »Lauf, Junge, vielleicht schaffst du es noch, bevor Jungfer Barbara das Haus verlässt.

Ansgar küsste Sarinas Hand. »Ich gehe nur, wenn Ihr mir versprecht, mich zu heiraten.«

»Aber Ihr wisst doch, was ich getan habe!« Sie sah von Ansgar zu Frau Gudrun, dann wieder zu Ansgar. »Beim Henker war ich und …«

»Niemand wird je davon erfahren. Und wenn schon – Jungfer Barbara hat uns berichtet, wie es sich wirklich zugetragen hat.«

»Los, nun lauf schon!«, mahnte seine Mutter.

Als der erste Schimmer Licht durchs Fenster fiel, stand Barbara auf. Um zum *Goldenen Kreuz* zu gehen, war es noch zu früh. Also setzte sie sich aufs Bett, kämmte ihr Haar und dachte dabei an den Kaiser. An seine zärtlichen Hände, seine Lippen, wie sie liebkosend ihre Haut berührten, seine geflüsterten Worte an ihrem Ohr. Auch an den Schmerz dachte sie, als er seinen elften Finger in ihren Leib stieß, und an das Blut auf dem Laken. Später, als er mit seinen Herren fortgegangen war, hatte sie es abgezogen, in der Waschküche heimlich ausgewaschen und unter die Schmutzwäsche gelegt.

Erst gestern war all das geschehen, und doch schien es ihr schon eine Ewigkeit her zu sein!

Sie dachte auch darüber nach, dass sie nun keine Jungfrau mehr war und ein Ehemann sie deshalb verstoßen konnte. Sie kannte sich nicht aus mit diesen Dingen, aber es hieß, ein Mann würde in der Hochzeitsnacht nichts merken, wenn die Frau dafür sorgte, dass ein wenig Schweineblut auf das Laken käme. Es ging ihr nicht um Friedrich, was er von ihr dachte, war ihr egal, aber wenn er sie öffentlich bloßstellte, dann hätte sie kein Leben mehr.

Andererseits hatte der Kaiser ihr versprochen, für sie zu sorgen. Für einen Moment gab sie sich der Vorstellung hin, er nähme sie mit nach Spanien, wo er sie in seinem Palast unterbrächte, um sie nach Lust und Liebe zu besuchen. Das wäre schön! Sie würde Orangen, Mandeln und Seefisch essen und das Meer sehen. Sie würde prächtige Kleider und Geschmeide tragen, damit sie für den Kaiser ein schönes Bild abgäbe. Mit Cremes würde sie sich einreiben und mit Duftwässern betupfen, und für all das würde er sie zärtlich lieben und ihr noch mehr geheimnisvolle Worte zuflüstern.

Mi dulce pájaro, que hermoso eres. Acércame tus labios, déjame beber de ellos, a cambio yo te ofrezo un poco de mi néctar.

Irgendwann würde sie diese Worte auch verstehen, denn sie würde Spanisch lernen, und tanzen und singen würde sie für ihn und am frühen Morgen, wenn es noch kühl war und niemand unterwegs, hinter ihm sitzend auf einem weißen Hengst durch Olivenhaine reiten.

Aber dann dachte sie an sein strenges Gesicht, bevor sie ihn am Morgen verlassen hatte, und an seine abweisende

Art und war plötzlich wieder ganz traurig. So schnell wie ihr Glück begonnen, so schnell war es auch zerronnen.

Als Barbara die Morgenglocken hörte, trat sie ans Fenster, lauschte und zählte mit. Das leise Bimbam vom Turm der Augustinerkirche hörte sie kaum. Die Glocken von der Neuen Pfarre glichen dem Singsang der Frommen Frauen aus dem Niedermünster, die vom Dom schwangen träge und klangen erhaben.

Es war so weit, sie musste gehen.

In der Küche wartete die Mutter. »Willst du denn keine Morgensuppe?«

»Doch, ein klein wenig esse ich.«

Barbara nahm am Tisch Platz, griff nach einem Löffel, tauchte ihn in die Schüssel ein.

Die Mutter setzte sich zu ihr. »In vier Tagen reist der Vater nach Nürnberg, Friedrich wird ihn begleiten und dann dort bleiben und auf dich warten.«

»Von heut' bis in alle Ewigkeit«, sagte Barbara.

»Kind …« Frau Sibilla legte der Tochter eine Hand auf den Arm. »So füg dich doch endlich dem Willen deines Vaters.«

»Er bekommt seinen Willen, aber ich muss ein Leben lang dafür büßen!« Aufmüpfig sah sie ihre Mutter an. »Möchtest *du* etwa mit Friedrich im Bett liegen?«

Verlegen senkte sie den Blick.

»Tagein, tagaus sein Schmatzen und Geifern bei Tisch ertragen? Dich seinem Willen beugen und seiner Dummheit unterwerfen?«

»Kind, zügle dich!«

Plötzlich ritt Barbara der Teufel. »Ich kann ihn nicht heiraten«, rief sie, warf den Löffel hin und stand auf. »Ich bin keine Jungfrau mehr.«

Ohne sich noch einmal nach ihrer Mutter umzudrehen, verließ sie die Küche und das Haus.

Draußen lief sie bis vor an die Wahlenstraße, dort lehnte sie sich an eine Mauer und schloss die Augen. Mein Gott, was hatte sie getan! Wie konnte sie ihrer lieben Mutter nur auf so hässliche Weise die Wahrheit ins Gesicht schleudern, sich darüber hinaus selbst bloßstellen und um ihre Zukunft bringen! Und alles aus Trotz und Zorn. Aber sie konnte diesen Mann einfach nicht heiraten! Lieber wollte sie noch sterben!

Das fröhliche Kläffen ihres Hundes riss Barbara aus ihren Gedanken. »Kutja, geh! Geh nach Hause!«

Er sprang an ihr hoch.

»So geh doch!« Sie klatschte in die Hände. Sie wusste, dass es keinen Sinn hatte. Sie musste ihn nach Hause bringen und einsperren, oder er würde ihr folgen. Aber nach Hause wollte sie jetzt nicht mehr, wer weiß, ob die Mutter schon mit dem Vater gesprochen hatte.

Mit schnellem Blick sah sie sich um, ob sie Sachsberger irgendwo ausmachen konnte. Doch da waren nur ein paar Frauen, die Richtung Markt gingen, und ein Junge mit einem Käfig auf dem Rücken, in den er drei Hühner gepfercht hatte.

Sie lief weiter, Kutja hinter ihr her. Über den Marktplatz zum Rathaus, zum Haidplatz, wo der Bauernmarkt stattfand. Hier fühlte sie sich sicher, zu viele Zeugen für einen Mörder.

Hie und da blieb sie stehen, tat, als würde sie die Waren begutachten, die die Stadtbauern aus ihren Körben oder Karren holten und vor sich ausbreiteten. Zwei oder drei Dutzend Eier in einer irdenen Schale. Kraut in Fässern, getrocknete Apfelringe und Pflaumen. Schweinsköpfe, aus denen die Zungen hingen, Stockfische und Würste, die schlecht rochen. Viel gab es nicht, und was es gab, war teuer.

Barbara wollte in die Weingasse einbiegen, aber gerade jetzt hatte ein Esel seine Last verloren. Ein Haufen Äste, armdick und so lang wie die Gasse breit war, versperrten ihr den Weg. Der Eseltreiber schlug das Tier, dass es brüllte, die Leute auf beiden Seiten des Hindernisses beschwerten sich lautstark und fluchten herum.

Da fühlte sich Barbara plötzlich am Arm gepackt und in die Toreinfahrt des Eckhauses zur rechten Seite gestoßen. Schon bevor sie sich umdrehte und ihn sehen konnte, wusste sie, dass es Sachsberger war.

Er packte sie mit einer Hand am Haar und hielt ihr mit der anderen den Mund zu. »Hast etwa gedacht, du bist mich los, Miststück!« Er lachte. »Da kennst du aber den Sachsberger schlecht!« Er nahm die Hand von ihrem Mund und schrie im nächsten Moment auf, denn Kutja hatte sich in seine Wade verbissen. Der Überfall des Hundes, der Schmerz kamen so plötzlich für ihn, dass er Barbara losließ. Er packte Kutja im Nacken und schüttelte ihn. Ein Jaulen war zu hören, dann hing der Hund tot in seiner Hand.

Barbara hatte den Moment zur Flucht genutzt. In wilder Angst war sie nach draußen auf den Platz gestürzt, hatte noch am Rande die Männer wahrgenommen, die an ihr vorbei in die Toreinfahrt gelaufen waren. Ein Tumult entstand, Geschrei von Weibern, das Wiehern eines Gauls, Befehle wurden gerufen.

Und dann lag Barbara plötzlich in Armen. »Schon gut, nur ruhig … …«

Es war der Stadtkämmerer. Hinter einem Schleier von Tränen erkannte sie sein Gesicht, das Barett mit der Feder, das er meist trug, die Narbe auf dem Kinn.

»Dort, seht nur, Jungfer Blomberg, sie haben ihn gefasst!« Er deutete auf eine Traube von Stadtknechten, die einen baumlangen Kerl aus der Einfahrt zerrten.

Barbara nickte, wandte sich ab, wollte Sachsberger nicht länger ansehen müssen.

»Und mein Hund?«

Herr Winkler warf einen Blick auf das leblose Bündel, das in der Einfahrt lag. »Er ist tot – tut mir leid.«

Barbara schlug beide Hände vors Gesicht, ließ ihren Tränen freien Lauf. »Und was wird jetzt mit Sarina geschehen?«, schluchzte sie.

Statt eine Antwort zu geben, fasste Herr Winkler das Mädchen am Ellenbogen. »Kommt, ich bringe Euch nach Hause.«

»Nein!« Erschrocken trat Barbara zurück. »Nein, nicht nach Hause!« Sie senkte den Blick und fügte leise an: »Lieber zur Großmutter.«

Am Eingang zur Weingasse war der Eseltreiber noch immer damit beschäftigt, die verlorene Ladung einzusammeln. Herr Winkler trieb ihn zur Eile an. Da war von hinten plötzlich ein Rufen zu hören.

»Herr Winkler, Jungfer Blomberg!«

Sie drehten sich um und sahen Ansgar, der angelaufen kam und ihnen aufgeregt zuwinkte.

Sie warteten auf ihn, keuchend blieb er vor ihnen stehen. »Wir haben Sarina gefunden! Es gab keine Entführung!« Nach Atem ringend, erzählte er alles, was er wusste.

»Ja, aber …«, Barbara deutete in die Richtung, in der die Stadtknechte mit Sachsberger verschwunden waren, »er hat doch zu mir gesagt, dass er und seine Komplizen …«

Wolfgang Winkler legte ihr eine Hand auf die Schulter. »Vielleicht wusste er, dass Sarina fortgelaufen war, und hat es ausgenützt, um Euch unter Druck zu setzen. Es ist nicht mehr wichtig. Hauptsache, Sarina geht es gut, und wir haben diesen Mann und werden die Wahrheit bald von ihm selbst erfahren.« Er wandte sich an Ansgar. »Es geht ihr doch gut, nicht wahr?«

»Sie ist wohlauf, sie wartet bei meiner Mutter.«

Wolfgang Winkler nickte. »Ich werde ihr eine Sänfte schicken. Sagt ihr, ich freue mich, sie zu sehen – alles wird gut.«

Die Großmutter lag bereits wach. »Wo ist meine Suppe?«, rief sie, als Barbara die Schlafstube betrat.

Barbara lachte. »Die bringe ich Euch gleich, Großmutter, erst einmal einen Kuss!« Sie nahm die Alte in die Arme, selten war sie so froh gewesen, sie zu sehen.

Plötzlich stand Frau Thuner in der Tür. »Da bist du ja. Der Kaiser verlangt nach dir!«

»So früh schon?«

»Nun, es scheint mir, er will dir für etwas danken.«

Frau Thuner lächelte, als Barbara rot wurde. »Aber ich muss doch die Großmutter erst ankleiden.«

»Na, geh schon! Um die Großmutter kümmere ich mich heute einmal selbst.«

»Danke, Muhme.« Barbara knickste und verließ den Raum.

Auf der Treppe kam ihr die Katze entgegen, und als sie die Tür zum Hof öffnete, sah sie Max am Brunnen Wasser für die Pferde schöpfen. Alles war wie immer, und doch schien der Tag heller, das Zirpen der Vögel lauter, Bertas Schelten aus der Küche gar ein wenig freundlicher.

Wer die Angst einmal überwunden hat, braucht sich vor dem Leben nicht mehr zu fürchten.

Der Kaiser saß noch im Bett. Er trug einen goldbestickten Hausmantel, darunter ein Hemd mit gerüschtem Kragen. Er lächelte, als Barbara eintrat.

»Wunderschönen guten Morgen, Eure Majestät!«

»Guten Morgen, mein Kind. Komm her, setz dich!« Karl klopfte neben sich auf die Matratze.

Diese neuerliche Vertrautheit verwirrte sie. Zu gerne hätte sie sich wieder in seine Arme gelegt, aber sie war nicht dumm, sie wusste, dass es Dinge gab, die sich nur einmal ereigneten – und es war auch gut so.

Der Kaiser griff nach ihrer Hand. »Da hast du mir also das Leben gerettet.«

Barbara schlug die Augen nieder, ihre Wangen röteten sich. »Ich habe es gerne getan.«

Er spitzte den Mund. »Das hoffe ich doch!« Dann lachte er. »Ich möchte dir etwas geben.« Er griff neben sich auf den Nachttisch, reichte ihr ein Amulett. Es war aus Gold, ziseliert und mit kleinen Rubinen besetzt.

»Aber das ist doch viel zu wertvoll, Eure Majestät!«

»Du hast mir viel mehr geschenkt, als ich dir je zurückgeben könnte. Ein Stück Jugend für einen Augenblick, und ...«, er brach ab, legte das Amulett in ihre Hand und schloss ihre Finger darum, »... nun, jedenfalls bin ich dir sehr dankbar.«

Barbara betrachtete das Schmuckstück. »Es ist wirklich wunderschön!«

»Es lässt sich öffnen«, sagte der Kaiser.

Barbara klappte den Deckel zurück und fand eine Haarlocke darin. Sie war blond.

»Sie ist von einem meiner Offiziere. Sein Name ist Hieronymus Kegel. Er möchte dich zur Frau nehmen.«

Barbara sah den Kaiser erstaunt an. »Aber kennt er mich denn?«

Der Kaiser lachte. »Ihm reicht es, dass ich dich kenne.« Doch dann nickte er. »Aber ja doch, er hat dich schon mehrmals gesehen, denn er gehört zu meiner Leibgarde. Aus Kärnten stammt er und ist ein gutaussehender, höflicher, angenehmer junger Mann aus bester Familie. An seiner Seite wird es dir an nichts fehlen.«

Barbara sah wieder auf das Amulett in ihrer Hand, dabei trat so etwas wie Erleichterung auf ihr Gesicht. Wenn der Kaiser ihr befahl, einen seiner Offiziere zu heiraten, dann konnte ihr Vater nicht nein sagen! »Und wann wird er um meine Hand anhalten?«

»Bald schon.« Der Kaiser gab ihr einen Brief, der mit dem Kaiserlichen Siegel verschlossen war. »Den bringst du deinen Eltern.«

Barbara nickte. Sie hing sich das Amulett um den Hals und verbarg es in ihrem Ausschnitt, den Brief schob sie in die Tasche ihres Rockes. Dann lachte sie den Kaiser erleichtert und übermütig an. »Ich hätte den Friedrich heiraten müssen, aber jetzt bleibt es mir zum Glück erspart!«

Sie wollte aufstehen, doch Karl griff nach ihrer Hand und hielt sie fest. »Etwas möchte ich dir noch sagen, etwas, das ich in meinem langen Leben erfahren durfte ... Wenn dir Schlechtes widerfährt, dann lerne daraus, denn nichts Schlechtes gibt es, das nicht auch etwas Gutes in sich birgt. Wenn dir aber Gutes widerfährt, dann genieße jeden Augenblick, denn es gibt ihn nur einmal.«

33. Kapitel

18. Juli 1546

Viel war geschehen in den letzten Wochen. Sarina war nach Hause zurückgekehrt und von ihrem Oheim mit offenen Armen empfangen worden. Frau Wiltrud hingegen hatte sie kaum noch zu Gesicht bekommen, denn sie lag weiterhin krank zu Bett, und dort blieb sie auch, bis ihr Gatte sie auf eigenen Wunsch zu den Frommen Frauen ins Niedermünster brachte, bei denen sie fortan in Frieden lebte und endlich zur Ruhe kam.

Meister Zacharias hatten sie in aller Würde zu Grabe getragen, das Gemälde hatte Frau Gudrun mit ins Leichentuch eingenäht.

Fünf Wochen später heirateten Sarina und Ansgar, und Sarina zog mit ihm zu Meister Jacobus, wo sie als Hausfrau für ihren Gatten und die Lehrlinge sorgte. Sie wäre nun ganz und gar glücklich gewesen, hätte es da nicht schon wieder diese Kriegsgerüchte gegeben …

Olrig half, das Haus an der Fidelgasse herzurichten, das Frau Gudrun mit Anna bezog – Meister Zacharias' Haus stand seitdem zum Verkauf. Als alle Arbeit getan war, bat der Knecht Frau Gudrun, ihn aus ihren Diensten zu entlassen. In zwanzig Jahren hatte er sich genug Geld gespart, um seinen Träumen nachzureisen; mit den Treidlern über Wien nach Budapest, vielleicht sogar bis zum Meer.

Sarina hatte ihn zum Abschied in die Arme geschlossen und ihm von Herzen gedankt, hatte er ihr doch das Leben gerettet – ein Leben voller Glück an Ansgars Seite. Dass er eine der Zeichnungen aus der Lade des Meisters Zacharias entwendet hatte und in einem Beutel an seinem Herzen trug, ahnte sie nicht, auch nicht, dass sie ihn niemals wiedersehen würde. Manchmal, wenn sie mit Ansgar am Ufer der Donau stand und auf die Schiffe wartete, die den Marmor lieferten, dachte sie an ihn und schickte ihm Grüße nach.

Doch heute würden keine Schiffe anlegen, heute rüstete sich Regensburg für ein Fest – eine Hochzeit wurde gefeiert! Maria von Österreich, gerade erst fünfzehn Jahre alt geworden, heiratete den Herzog von Kleve. Der Kaiser selbst hatte das Paar zusammengeführt, der Bischof sollte sie auf den Domstufen segnen.

Auch Sarina und Ansgar wollten dabei sein und dem Kaiser und dem Paar zujubeln. Sie zogen ihre besten Kleider an, und Sarina wand die Perlenschnur in ihr Haar, die ihr Vater ihr aus Brüssel zur Hochzeit mitgebracht hatte.

Anna begleitete das junge Paar in die Stadt. An den Fenstern der Häuser hingen Schabracken und Kränze aus Buchsbaum, Gaukler zeigten ihre Kunststücke, Marktleute verkauften ihre Waren. Seltsame Dinge waren darunter. Windräder und Murmeln aus bunten, geschliffenen Steinen, Hasentatzen in Silber gefasst, farbenprächtige Vögel, die sprechen konnten, Duftwässer, die kaum zu bezahlen waren – und auch der Bader mit dem seltsamen Dialekt verkaufte wieder seine Salben gegen Rheuma und andere Leiden.

Ansgar schenkte Anna ein Spitzentuch und Sarina drei Haarnadeln aus Schildpatt. Dankend küssten sie ihn beide auf die Wange, lachten und scherzten mit ihm, bis er ihnen auch noch Geld für türkischen Honig gab, den sie mit Genuss aßen, um sich danach die Fingern abzulecken.

Auf dem Weg zum Dom holten sie Barbara ab. Sie sah hübscher aus denn je, ein bisschen voller und in ihren Augen nistete ein Strahlen, das ihnen einen ganz besonderen Glanz verlieh. Ihr langes blondes Haar hatte sie zu einem

Zopf geflochten und um ihren Kopf gewunden; seit sie verlobt war, trug sie es nicht mehr offen.

Vor dem Dom war ein Gedränge wie schon lange nicht mehr. Jeder wollte Braut und Bräutigam, den Bischof und den Kaiser sehen. Als Maria von Österreich dann endlich in einer goldenen Sänfte um die Ecke bog – der Kaiser auf seinem weißen Hengst ritt ihr voraus –, jubelten die Menschen. Sie warfen Hüte oder ließen weiße Tauben steigen und riefen dazu: »Hoch lebe der Kaiser! Hoch lebe die Braut!«

Da beugte sich Barbara zu Sarina und flüsterte ihr ins Ohr: »Ich will dir ein Geheimnis anvertrauen, aber du musst darüber schweigen wie ein Grab!«

»Wie ein Grab!«, versprach Sarina.

»Ich bin schwanger, ich trage das Kind des Kaisers unter dem Herzen.«

Sarina sah ihre Freundin aus weit aufgerissenen Augen an. »Jesus«, flüsterte sie atemlos.

Barbara lachte. »Nun schau doch nicht so entsetzt. In drei Wochen heirate ich den Mann, den mir der Kaiser ausgesucht hat. Ich werde Frau Kegel heißen und mein Kind bekommen, und so Gott will, werde ich mit meinem Gatten ein wenig durch die Welt reisen und glücklich sein.«

Inzwischen war die Braut aus der Sänfte gestiegen, und der Kaiser hatte sie ihrem Bräutigam an die Hand gegeben. Es ging bereits auf Mittag zu, die Sonne stand hoch über dem Dom. Zwischen den Türmen kreisten Mauersegler auf der Jagd nach Insekten, und hinter ihnen waren die Turmfalken her.

Ansgar nahm Sarinas Hand und drückte sie zärtlich. Barbara griff nach dem goldenen Amulett, das sie um den Hals trug, schloss ihre Finger darum und dachte an des Kaisers Worte: »Wenn dir Schlechtes widerfährt, dann lerne daraus, denn nichts Schlechtes gibt es, das nicht auch etwas Gutes in sich birgt. Wenn dir aber Gutes widerfährt, dann genieße jeden Augenblick, denn es gibt ihn nur einmal.«

Ja, das würde sie tun, immer und ewig und drei Tage lang. Sie küsste das Amulett. »Hoch lebe der Kaiser!«

Nachwort

Der Kaiser und seine Politik

Am 24. Juli 1546 führte der Kaiser den Reichstag zu Ende. Die Zeichen standen zu diesem Zeitpunkt längst auf Krieg.

Schon am 7. Juni hatte Karl V. heimlich einen Bund mit Papst Lutz III. geschlossen, um die Ketzer Philipp von Hessen und Kurfürst Johann Friedrich von Sachsen zu besiegen. Kaum vier Wochen später hatten die süddeutschen Reichsstädte und Bündnismitglieder innerhalb von wenigen Tagen ein Heer von 12 000 Mann aufgestellt. Im Norden des Reiches sammelten sich gleichzeitig etwa 16 000 Mann Fußvolk und 5000 Reiter. Karl V. hatte hingegen kaum mehr als 1000 Mann unter seinem Befehl, doch waren Truppenverstärkungen aus den Niederlanden, Italien und Ungarn bereits auf dem Weg.

Ein Jahr dauerte der Schmalkaldische Krieg und hinterließ viele politische Scherben. Der Kaiser hatte diese Auseinandersetzung nie als Religionskrieg gesehen, vielmehr als Vollstreckung der Reichsacht mit dem Kriegsziel, die Erhebung der protestantischen Fürsten endgültig und vollständig zu zerschlagen.

Barbara Blomberg

Am 3. August 1546 verließ Kaiser Karl V. Regensburg. Barbara Blomberg brachte ihren Sohn am 24. Februar 1547, dem Geburtstag des Kaisers, zur Welt. Sie taufte ihn auf den Namen Hieronymus, später ging er als Juan d'Austria in die Geschichte ein.

Über Barbara Blomberg waren und sind noch heute viele Gerüchte in Umlauf. Sie hätte im *Goldenen Kreuz* gesungen, dabei sei sie dem Kaiser aufgefallen. Sie habe ihn verführt, sei eigenwillig und verschwenderisch gewesen. Man munkelte so einiges! Doch sollte man nicht vergessen, dass Geschichtsschreiber damals ausschließlich Männer waren – und von selbstbewussten Frauen hielt ›mann‹ zu dieser Zeit nicht viel.

Ich sehe Barbara Blomberg anders. Sie war eine Bürgerstochter und hatte eine gute Erziehung genossen. Auch war sie mit Sicherheit noch Jungfrau, sonst hätte der Kaiser ihren Sohn nicht ohne jeden Widerspruch anerkannt. Eine achtzehnjährige unerfahrene junge Frau konnte keine *Femme fatale* sein, eher erlag sie dem Charme eines erfahrenen, mächtigen Mannes.

Man stelle sich vor: Der Kaiser war nicht mehr jung und von Krankheit gezeichnet. Er befand sich politisch in einer schwierigen Lage und war ausschließlich von Männern umgeben – seine von ihm sehr geliebte Frau, der er lebenslang die Treue gehalten hatte, war sieben Jahre zuvor bei einem Reitunfall ums Leben gekommen. Da stand plötzlich ein junges Mädchen vor ihm, das ihn anhimmelte – wie sollte er da nicht schwach werden?

Aus diesen Gesichtspunkten heraus habe ich Barbara als ein schwärmerisches junges, vielleicht etwas naives und durchaus lebenslustiges Mädchen gezeichnet. Auch dass sie bei ihren Verwandten im *Goldenen Kreuz* ausgeholfen hat, scheint mir glaubhafter als die Mär, der Kaiser hätte sie im Gasthaus singen gehört.

Alle übrigen Personen sind von mir frei erfunden. Nichtsdestotrotz habe ich sie während eines Jahres, in dem ich täglich mit ihnen zusammen war, ins Herz geschlossen und waren sie für mich lebendig geworden. Mit Olrig träumte ich mich fort, mit Meister Zacharias habe ich mich durch sein dunkles Innerstes gekämpft, an Ansgars Seite habe ich mich in Sarina verliebt, und mit Frau Wiltrud, die von Neid und Missgunst zerfressen war, habe ich gelitten. Und ich habe die Stadt, in der ich zum Teil aufwuchs und in die Schule ging, während meiner Recherchen von einer ganz anderen und sehr interessanten Seite kennengelernt.

An dieser Stelle möchte ich mich ganz herzlich bei meinen Helfern bedanken.

Ella Hehn, Stadtführerin aus Passion, hat mir mit viel Geduld all meine Fragen zum mittelalterlichen Regensburg beantwortet. Uwe Wolfgramm, Maler, Zeichner und Werbetexter, gab mir Auskunft zu Fragen der Malerei. Werner Ballmann, Steinmetz in der Dombauhütte, beriet mich, was den Dom und die Steinmetzkunst betraf. Uwe Peter Böhm, Museumsleiter a. D. und Museumsberater für Militärgeschichte, gab mir Auskunft in Kriegsfragen, wenn ich bei meinen Recherchen wieder einmal auf widersprüchliche Zeitangaben oder andere Unstimmigkeiten gestoßen war.

Mein Dank gilt aber auch Karl Bauer, der leider bereits verstorben ist und mit dem ich nicht verwandt bin. Ohne sein umfassendes Nachschlagwerk über Regensburg hätte ich viele Stunden in Archiven zubringen müssen.

Im Wesentlichen beschreibe ich die Stadt und einzelne Bauwerke in meinem Roman so, wie sie 1546 tatsächlich aussahen. Ein paar kleinere Abweichungen habe ich mir zugunsten der Geschichte erlaubt.

Literaturhinweise:

Karl Bauer, *Regensburg – Kunst-, Kultur- und Alltagsgeschichte*, Regensburg, überarbeitete Ausgabe von 1997

Harry Kühnel (Hg.), *Alltag im Spätmittelalter*, Graz Wien Köln 1984

Marita A. Panzer, *Barbara Blomberg – Bürgerstochter und Kaisergeliebte*, Regensburg 1995

Maike Vogt-Lüerssen, *Der Alltag im Mittelalter*, *Zeitreise 1*

Angeline Bauer
Die Närrin des Königs
Roman
359 Seiten
ISBN 978-3-7466-2388-7

Gefährliche Liebe

Mathurine ist die gefeierte Närrin am französischen Hof. Sie darf als Einzige dem König die Wahrheit sagen, ohne dass es sie den Kopf kostet. Doch nach einer unerhörten Liebesnacht wird sie schwanger und lebt fortan in Angst um ihre heimliche Tochter, die fernab von Paris zu einer Schönheit heranwächst. Als der König getötet wird, schafft Mathurine es, ihre Stellung zu halten – dann aber steht ihre Tochter im Mittelpunkt einer gefährlichen Liebesaffäre. Opulent erzählt – ein historischer Roman aus dem Paris des 16. Jahrhunderts.

Mehr Informationen erhalten Sie unter
www.aufbau-verlag.de oder in Ihrer Buchhandlung

aufbau taschenbuch